*Joan Ohanneson*

# Der scharlachrote Klang

*Joan Ohanneson*

# Der scharlachrote Klang

Der Hildegard-Roman

Aus dem Amerikanischen
von Ursula Gräfe

Knaur

Originaltitel: Scarlet Music
Originalverlag: The Crossroad Publishing Company,
New York

*Die Deutsche Bibliothek – CIP-Einheitsaufnahme*

**Ohanneson, Joan:**
Der scharlachrote Klang : der Hildegard-Roman /
Joan Ohanneson. Aus dem Amer. von Ursula Gräfe. –
München : Knaur, 1998
Einheitssacht.: Scarlet Music <dt.>
ISBN 3-426-66035-0

Die Folie des Schutzumschlags sowie die Einschweißfolie
sind PE-Folien und biologisch abbaubar.
Dieses Buch wurde auf chlor- und säurefreiem Papier gedruckt.


Umschlaggestaltung: Agentur ZERO, München
Umschlagabbildung: Archiv für Kunst und Geschichte, Berlin
Satz und Herstellung: Barbara Rabus
Druck und Bindung: Clausen & Bosse, Leck
Printed in Germany
ISBN 3-426-66035-0

2 4 5 3 1

# *Inhalt*

## *Opus dei – Das Werk Gottes*

Das Benediktinische Stundengebet

| | |
|---|---|
| *Mette* | zwischen 2.30 Uhr und 3.00 Uhr morgens |
| *Laudes* | zwischen 5.00 Uhr und 6.00 Uhr, bis zum Anbruch der Dämmerung. Morgenlob |
| *Prim* | zwischen 6.00 Uhr und 7.00 Uhr. Bitte um Segen für den bevorstehenden Tag |
| *Terz* | gegen 9.00 Uhr |
| *Sext* | 12.00 Uhr mittags, auch die Stunde des Mittagsmahls |
| *Non* | zwischen 14.00 Uhr und 15.00 Uhr |
| *Vesper* | gegen 16.30 Uhr; bei Einbruch der Dämmerung |
| *Komplet* | zwischen 18.00 Uhr und 19.00 Uhr. Nachtgebet vor dem Schlafengehen |

# *Danksagung*

Meinen besonderen Dank für ihre Hilfe und Ermutigung möchte ich Schwester Adelgundis Führkötter, OSB, und Schwester Ancilla Ferlings, OSB [die auch an der deutschen Übersetzung hilfreich mitgewirkt hat], von der Abtei St. Hildegard in Eibingen aussprechen. Unvergeßlich bleiben wird mir auch die großzügige Gastfreundschaft von Ehrengard und Hans Lothar von Racknitz aus Disibodenberg. Ebenso dankbar erinnere ich mich der Unterstützung von Christina Kress.

Über viele Jahre hat mich das Wissen von Barbara Newman, Peter Dronke, Anna Silvas, OSB; Kathryn Kerby-Fulton, Matt Fox, Bruce Hozeski, Sabina Flanagan, Ann Kessler, OSB; Heribert Breidenbach, Georges Kohles, FSC; Barbara Jeskalian und Schwester Imogene Baker, OSB bereichert und inspiriert. Die umfassende Beratung und spirituelle Freundschaft der benediktinischen Gelehrten Miriam Schmitt, OSB, waren von unschätzbarem Wert für mich.

Von Anfang an war mir Mitch Kinnacanons Verehrung für Hildegard ein Born der Freude, ebenso wie die fruchtbare und beständige Freundschaft von Susan McCarthy, Scott Scherer, John Hubner und Jill Wolfson, Freda Taylor, Pat Helin, Eileen Walsh, Alice Pratte, Sandra Conley und Pamela Jekel.

Weiterhin zu großem Dank verpflichtet bin ich meiner rührigen Agentin Roslyn Targ, deren Zutrauen zu meinem Buch niemals nachgelassen hat. Und auch meinen Töchtern Kim, Beth, Jill und Erin danke ich von Herzen für ihren Glauben an dieses Buch und ihre jahrelange liebevolle Ermutigung.

Vor allem jedoch widme ich dieses Buch meinem Mann Greg, der mir den Rücken freihielt und mich mit seiner Liebe ermutigte.

Die in der deutschen Übersetzung verwendeten und zitierten Ausgaben der Werke Hildegards und andere Veröffentlichungen zum Thema finden sich in der Bibliographie auf S. 381 (Anm. d. Ü.).

# *Prolog*

Vier Jahrzehnte waren seit der Spaltung in die Ostkirche von Konstantinopel und in die Westkirche von Rom vergangen. Der Erste Kreuzzug, der das Rheinland beinahe unberührt gelassen hatte, lag etwa drei Jahre zurück.

Doch an der Schwelle des zwölften Jahrhunderts war auch Deutschland in zwei Lager geteilt. Im einen schwang man das Schwert für das Kaiserreich, im anderen für das Papsttum. Ingrimmig kämpften Papst und Kaiser um ihren Anspruch auf Gottesgnadentum.

Der Streit hatte sich an der Frage der Investitur entzündet, jener Zeremonie, bei der der König einen Bischof »einkleidet«, das heißt, ihm seine Insignien – Bischofsring und Hirtenstab – überreicht. Die Bedeutung dieser Symbole war so groß, daß Papst Gregor VII. König Heinrich IV. exkommunizierte, als dieser das Papstedikt mißachtete, das die Investitur durch Laien verbot. Diese Vorgänge führten zum Skandal von Canossa in der Toskana, wo der Papst den reuigen deutschen König der Demütigung unterwarf, drei Tage barfuß im Alpenschnee zu stehen. Erst dann gewährte der Papst dem König Absolution und erlaubte ihm, den päpstlichen Zeh zu küssen.

Als die beiden Schwerter aufeinandertrafen, strömten landauf landab die Gläubigen in die Abteien, um Beistand zu erbitten. In ihren Almosenhäusern und Hospizen nahmen sich die Mönche und Nonnen der Flüchtlinge an, speisten und behandelten sie und nahmen sie in ihre Leprahäuser auf.

Die beiden großen Stände Aristokratie und Bauerntum prägten

das Land, dessen Herren – Fürsten, Herzöge, Barone – sich auf die edlen Wurzeln des Rittertums und ihre Güter beriefen. Sie lebten in ständiger Gier nach größeren Ländereien, die ihre Bauern im Schweiße ihres Angesichts bearbeiten mußten.
Die Bauern hingegen gewannen zunehmend an Stärke, obwohl das Gespenst der Leibeigenschaft sie weiterhin verfolgte. Sie lebten in ständiger Furcht, daß sie und ihre Familien abermals zu erblicher Knechtschaft verdammt sein könnten.
Doch die furchterregendste Auseinandersetzung von allen, das Ringen zwischen Gott und dem Teufel, hing wie eine unheilverkündende Wolke über dem ganzen Volk, arm oder reich. Keiner vermochte ihr zu entrinnen. Und zu Anbruch des neuen Jahrtausends sahen alle mit Entsetzen den Schrecken dieses geistigen Krieges entgegen. Wer würde die Menschen vor dem fürchterlichen Zorn Gottes schützen? Sie wären verloren!
In diese von Gewalt, Entsetzen und Unsicherheit geplagte Welt wurde 1098 Hildegard von Bingen geboren.

# *Erster Teil*
# 1098–1136

*Die Weisheit lehrt mich auch im Licht der Liebe und heißt mich sagen, wie ich in diese Schau hineingestellt worden bin …*
*Bei meiner ersten Gestaltung, als Gott mich im Schoße meiner Mutter durch den Hauch des Lebens erweckte, prägte er dieses Schauen meiner Seele ein.* Vita Sanctae Hildegardis

Im Gebärzimmer auf Gut Bermersheim herrschte eine Hitze wie im Backofen. Die Verzweiflung der Hebamme wuchs angesichts des nur tröpfchenweise aus dem Leib der Gebärenden sickernden Fruchtwassers. Frau Mechthild lag bereits seit dem Morgengrauen in den Wehen. Inzwischen klang ihre Stimme heißer vom Schreien, jede Wehe hob ihre Hüften, als wolle sie sie schier entzweireißen, und erfüllte sie mit trügerischer Hoffnung. Mechthild fühlte sich, als wären die Hufe Hunderter von Pferden über sie hinweggetrampelt. Dann war es wieder, als wäre sie auf ein Schlachtfeld geschleudert worden, auf dem sie vergebens nach dem Gesicht ihres Gatten, des Edelfreien von Bermersheim, Ausschau hielt.
Sich auf ihrem Kissen von einer Seite zur anderen wälzend, rief sie immer wieder den Namen ihres Mannes, flehte ihn an, doch zur Geburt ihres zehnten Kindes zurückzukehren. Die Hebamme seufzte resigniert, denn im Grunde wußten beide Frauen, daß solche Bitten töricht waren. Dieser Tage war der Krieg die einzige Leidenschaft des Edelfreien. Die Männer waren in ih-

rer unersättlichen Gier nach Land in einen Rausch geraten, der sie zwang, es einander zu entringen. Ob die Zusammenstöße zwischen Brüdern oder Vettern stattfanden, spielte kaum noch eine Rolle; der Kampf tobte zwischen Welfen und Hohenstaufen, zwischen Kirche und Krone. Wie den anderen lag auch dem Grafen ausschließlich daran, daß das Kriegsrad sich weiter drehte. »Hört das denn nie auf?« stöhnte Mechthild.
»Trinkt das, Herrin«, drängte die Hebamme in der Hoffnung, etwas Zuckerwasser würde die Gebärende kräftigen. Mechthild zog sich ein Stück hoch, trank einen Schluck und sank in die Kissen zurück. In der Hitze dünsteten die mit Erbrochenem und Urin beschmutzten Laken einen üblen Geruch aus. Die Hebamme begann zu summen, um sich von ihrer Furcht abzulenken. Sie hatte die Schenkel der Gebärenden bereits mit Rosenöl eingerieben, um die Niederkunft zu beschleunigen, und auch schon mehrmals Ackermennigwurzel auf ihren Bauch gelegt, um die Schmerzen zu lindern. Doch inzwischen konnte nicht einmal der Jaspis, den Mechthild an sich preßte, ihr die nötige Kraft verleihen.
In ihrer Qual, die sie alles nur noch wie durch einen Schleier wahrnehmen ließ, klammerte Mechthild sich an einen Trost: Ihrem zehnten Kind würde alles Trachten und Ringen erspart bleiben. In seinem Leben würde es keine Kriege, kein Blutvergießen, keine Entsetzensschreie auf dem Schlachtfeld geben. Denn einem alten Brauch gemäß gehörte das zehnte Kind der Kirche.
Bei Sonnenuntergang war die Luft unerträglich, schwarz von Fliegen. Die Gräfin von Bermersheim hatte immer noch nicht entbunden. Jeder Glockenschlag, der von der Kirche herübertönte, traf Mechthilds Seele wie ein Hammer. Warum ließ die Jungfrau sie im Stich? Den Blick auf die einzige Kerze gerichtet, die die Dunkelheit durchdrang, betete Mechthild um den Tod. Ihre Schreie zerrissen den Raum, als die Schmerzwellen in immer kürzeren Abständen heranbrandeten. Ausgelaugt

von den Qualen, empfahl sie ihre Seele Gott und wollte sich in die Arme des Todes werfen. Dann hörte sie den Schrei eines Kindes.

»Gelobt sei Gott, Herrin. Es ist eine Tochter.«

»Ist sie am Leben?« keuchte Mechthild. »Und lebe ich?«

Die Hebamme nahm die Hand ihrer Herrin und küßte sie. Wieder einmal hatten die beiden Frauen das Tor zwischen Leben und Tod gemeinsam durchschritten. Beide wußten, daß sie eine schwere Aufgabe gemeistert hatten. Im Namen Gottes hatten sie um das Leben eines Kindes gerungen und gesiegt. Damit der Teufel sich nicht doch noch der Seele des Säuglings bemächtigte, wurde er in aller Eile getauft und tauschte seine Wasserwiege im Leib der Mutter gegen das geistige Naß der Taufe ein.

»Ruht nun, liebe Herrin«, gurrte die Hebamme. »Am Ende kam das Kind so leicht, als habe die Jungfrau selbst es aus Eurem Schoß gezogen und in meine Hände gelegt.«

Mit fünf Jahren war Hildegard groß für ihr Alter. Zuweilen wurde sie von plötzlichen Erkrankungen heimgesucht, aber sonst schien sie überall auf dem Gut gleichzeitig zu sein. Das Gesinde stöhnte, wenn sie auftauchte, denn alle wußten, sie würde nicht eher ruhen, bis man sie zu den Falken mitnahm oder mit ihr am Teich des Gutes kauerte und die glänzenden Fische beobachtete. Da sie die jüngste von zehn war, ließen die Geschwister ihr stets jeden Willen, ebenso wie die Küchenmägde und Stallburschen.

Allein ihr Vater, der Edelfreie, blieb ungerührt. Doch jedesmal wenn er in den Gutshof einritt, rannte Hildegard ihm entgegen und umklammerte, wenn er vom Pferd stieg, sein Bein, so daß er nicht entkommen konnte.

»Wo ist ihre Kinderfrau?« schrie er dann ungeduldig, während er die Arme seiner Tochter von seinem Bein löste.

Der Edelfreie betrachtete seine Kinder mit unvoreingenommener Distanz und registrierte Roricus' geraden Rücken, wenn er zu Pferde saß und die Lanze hielt; Druitwins schlafwandlerischen Instinkt bei der Falkenbeize oder beim Töten auf der Jagd; die ungeachtet ihrer Schüchternheit offenkundige Schönheit seiner Tochter Clementia; den Schwung von Odilias Hüften, der jedesmal die Blicke auf sich zog, wenn sie an den Männern im großen Saal vorüberschritt. Hildebert sah alles und behielt es im Gedächtnis. Als seine Erben waren sie gleichfalls Figuren auf seinem Schachbrett, Pfänder, die er geschickt auszuspielen gedachte, um seine Ländereien zu vergrößern. Welche Schenkungen könnten seinen Söhnen die Ritterwürde in den Diensten der Krone oder der Kirche sichern? Wie sollte er die Mitgift seiner Töchter gestalten, um ihnen zu den besten Partien zu verhelfen?

Auf das zehnte Kind hingegen mußten keine Überlegungen verschwendet werden, da seine Zukunft schon vor seiner Geburt festgestanden hatte. Eine weise Entscheidung, das wußte der Graf jetzt, denn je älter Hildegard wurde, desto offenkundiger wurde ihm auch die Andersartigkeit dieser Tochter. Ihr Wille war zu stark, ihr Verhalten zu kühn – Züge, die sich später gewiß als unliebsam erweisen würden.

Diese Sorge nagte auch jetzt an ihm, als er an einem knisternden Feuer im Saal saß und Hildegard sich zu ihm gesellte. Die Tiefe ihrer veilchenblauen Augen und ihr gelassener Blick verwirrten in stets aufs neue. Sie streckte wortlos die Hand aus und begann, mit dem Finger eine Narbe auf seiner Wange nachzuziehen. Dabei füllten sich ihre Augen mit Tränen.

*»Das Blut hat an jenem Tag Eure Augen verschleiert und lief in Euren Mund, und Ihr habt es hinuntergeschluckt«, sagte sie. »Ihr glaubtet Euch selbst tot.«*

Der Graf erstarrte. Was sagte sie da? Woher wußte sie das?

»Warum ziehen die Männer in die Schlacht, Vater?« fragte sie ruhig.

Einen Moment lang starrte er sie mit leerem Blick an. »Um ihr Land und ihren Besitz zu schützen«, antwortete er abwesend.

»Und um zu beweisen, wer der Stärkste und Tapferste ist, denn nur die Starken und Tapferen überleben.«
»Und was wird aus den anderen?«
»Einige werden gefangengenommen, andere verwundet. Viele von ihnen sterben.«
»Empfandet Ihr jemals Furcht in der Schlacht, Herr?«
»Die Furcht hat keine Heimstatt im Herzen eines Kriegers«, murmelte er.
»Also muß auch ich tapfer sein!« rief sie. »Damit ich an Eurer Seite kämpfen kann.«
»Nein, Hildegard«, entgegnete er energisch. »Die einzige Schlacht, die du zu kämpfen hast, ist die gegen den Teufel, den Feind, den wir weder hören noch sehen können. Er hockt ganz nah in dunklen Winkeln und wartet darauf, im Augenblick unserer Schwäche unsere Seelen zu packen. Doch du, mein Kind, wirst davor behütet sein.«
»Werdet Ihr mich schützen, Herr?«
Ihr Frage versetzte ihm einen Stich. Anstelle einer Antwort wandte er sich ab.

❦

Noch tagelang verfolgte ihn der Gedanke an Hildegard. Woher konnte das Kind von seinen Ängsten auf dem Schlachtfeld wissen, und vor allem, woher wußte sie von dem hinuntergeschluckten Blut? Als er Mechthild davon erzählte, sah auch sie betroffen aus, beruhigte ihn aber rasch, daß Hildegards Zukunft durch ihre Entscheidung sicher in den Händen Gottes lag.
Dennoch überlief es ihn jedesmal kalt, wenn er daran dachte, wie Hildegard ihn angesehen hatte. Mit diesem Blick hatte sie in ihm jenen Moment des Entsetzens auf dem Schlachtfeld beschworen, als er mit den Armen rudernd wankte und zu Boden stürzte. Die Frage ließ ihm keine Ruhe: Woher wußte sie? Er fand keine Antwort darauf. Verzagt richtete er seinen Geist auf

seine kriegerischen Triumphe und sagte sich, daß ein einziger Befehl von seinen Lippen die Truppen eines Feindes vernichten konnte. Dennoch hatte dieses arglose Kind ihn entwaffnet, wie kein Feind es je vermocht hatte.
Auch wenn er seine Distanz bewahrte, suchte der Graf von nun an als erstes Hildegards Gesicht, wenn er einen Raum betrat oder von einer Reise heimkehrte. Doch wenn er ihrem Blick begegnete, ergriff ihn Furcht. *Sie war damals noch nicht einmal auf der Welt gewesen. Sie konnte auf keinen Fall etwas davon wissen.*
Hildegard näherte sich ihm nur noch selten. Spürte sie sein Unbehagen? Eine Hoffnung beruhigte ihn. Er lobte jeden neuen Morgen, an dem die Sonne aufging, denn er wußte, daß ihn jeder Tag der Befreiung von der Sorge um Hildegard näher brachte.

❦

Hildegards Amme war verzweifelt. Obwohl ihre Knie vor Kälte taub waren, kniete sie in der Kapelle auf dem Gut und betete, während Hildegard sich neben ihr tummelte wie ein munteres Hündchen. »Hilf mir, dieses Kind zu verstehen, heilige Mutter Gottes«, flehte sie die Jungfrau an. »Sag mir, was ich tun soll!«
Eine Hand auf ihrer Schulter ließ sie zusammenfahren. Als sie aufschaute, sah sie Frau Mechthild. »Hildegard hat mir erzählt, du weinst«, sagte sie.
Die Amme wand sich. »Herrin, ich bitte Euch, entbindet mich von meiner Pflicht als Fräulein Hildegards Amme«, sagte sie rasch. »Meine Bemühungen, sie zu erziehen, sind gescheitert.«
»In welcher Hinsicht?« Unruhig begann Mechthild an dem Schlüsselbund herumzuspielen, der an ihrer Taille hing. »Das Kind liebt dich.«
Die Amme blickte finster. »Ich fürchte, das ist nicht der Fall, Herrin. Was ich auch tue, Hildegard rückt ständig aus. Wenn ich sie an meiner Seite wähne, merke ich, daß sie hinter mir

zurückbleibt, um nach Belieben entweichen zu können.« Sie hob die Hände. »Wo ist sie überhaupt schon wieder?«
»Aber ist sie denn ungehorsam?« forschte Mechthild.
Wieder tat die Amme sich schwer. »Ganz und gar nicht, sie behandelt mich mit einer Geduld, die ich beinahe aufreibend finde. Mitunter weiß ich nicht mehr, welche von uns die Amme und welche das Kind ist.«
»Unfug!« murmelte Mechthild, mit ihren Schlüsseln rasselnd.
Die Augen der Amme blitzten. »Meine Herrin, bei Hildegards Geburt hat die Hebamme bestätigt, daß ihre Augen die einer viel älteren Seele seien. Dieses Kind erkennt Dinge, die wir nicht sehen. Das erschreckt mich.«
»Was meinst du?« Mechthild rückte näher und wappnete sich für eine weitere Offenbarung von Hildegards seltsamem Verhalten.
»Vorgestern hat sie mich mitten in der dunklen Nacht aus dem Schlaf gerissen und über den eiskalten Hof hinüber zum Stall gezerrt ...«
»Doch zu welchem Zweck?« unterbrach Mechthild.
»›Ich muß gehen!‹ Mehr wollte sie nicht sagen. Doch in jenem Augenblick fühlte ich, daß noch etwas anderes als nur die Hand des Kindes mich vorwärtszog. Ich verspürte den Zwang, ihr zu folgen.« Die Amme rang nach Atem. »Im Stall beugten sich die Knechte über eine Stute, die in fürchterlichen Wehen lag. Das Tier litt schreckliche Qualen, sein Fell war schweißbedeckt, wild warf es den Kopf hin und her, aus seinem Maul spritzte Schaum über das Stroh. Doch Hildegard ging ruhig auf die Stute zu und legte ihre Wange an den keuchenden Leib des Tieres. Sanft streichelte sie es und begann zu singen, wie um das ungeborene Wesen darin zu trösten.«
Mechthild war entsetzt. »Sie hätte getötet werden können! Hat niemand sie aufgehalten?«
»Wir waren viel zu benommen! Selbst die Stallknechte starrten sie voller Erstaunen darüber an, daß das Kind, obwohl das Zit-

tern der Stute den ganzen Stall erbeben ließ, sie immer weiter streichelte. Schließlich wurde das Fohlen geboren. Doch selbst als Wasser und Blut auf das Stroh spritzten, streichelte das Kind die Stute immer weiter.« Die Amme brach in Schluchzen aus. »Als die Stute endlich Ruhe fand, streckte das Kind die Arme nach mir aus und bat, ins Bett gebracht zu werden. Bis zu diesem Augenblick hat sich keiner gerührt.«

Mechthild richtete sich auf. »Warum wurde mir nichts davon gesagt?«

»Ich wagte nicht, davon zu sprechen; auch die Stallburschen fürchteten wohl eine Bestrafung durch den Herrn.«

Mechthild entspannte sich vor Erleichterung. »Dank sei Gott, es ist ihr kein Leid geschehen. Gewiß wußte das Kind um die Geburt des Fohlens, und seine Neugier hat es verführt. Nichts weiter.«

Die Amme ließ den Kopf hängen. »Die Stallknechte schwören bei der Seele der Jungfrau, daß das Kind die Stute nie zuvor gesehen hatte, Herrin. Hildegard war es nicht gestattet, die Ställe aufzusuchen. Seine Gnaden hatten es verboten, damit kein Unfall geschähe. Doch als ich Hildegard an dieses Verbot gemahnte, drängte sie weiter zum Aufbruch und wäre auch ohne mich davongelaufen.«

❦

»Die Zeit ist gekommen«, teilte Mechthild dem Grafen mit. »Das ganze Gut tuschelt schon darüber. Wir können nicht mehr warten. Das Kind muß es erfahren.«

»Ihr müßt mich kaum daran erinnern, Herrin!« knurrte er. »Ich kenne meine Pflichten.«

Mechthild beneidete ihn nicht um seine Aufgabe. »Es ist das beste für ein Kind von solch ... ungewöhnlicher Art«, wagte sie sich sanftmütig vor. »In ihrem neuen Heim wird sie vor neugierigen Blicken geschützt sein.«

Der Graf fand Hildegard auf einem Strohballen vor den Stallungen sitzend. Ihre Augen folgten den rhythmischen Bewegungen des Pferdeknechts beim Striegeln seines Lieblingspferdes.
»Komm, Hildegard, wir wollen ausreiten«, rief der Graf, als er sich den Stallungen näherte.
Das Kind stand sofort auf, wischte sich die Hände an ihrem Hemd ab und rannte ihm entgegen. Wie klein sie ist, dachte der Graf, als er sie auf sein Pferd hob. Als sie zum Tor hinausritten, zitterten ihre Beine, doch die Händchen ruhten leicht wie zwei weiße Blumen auf seinen rauhen Fäusten.
Hildegard schien wie gebannt, als sie durch das Buschwerk ritten. Jede neue Entdeckung erfüllte ihr Gesicht mit Staunen. Während er sie beobachtete, breitete sich Zufriedenheit in seinem Körper aus. Es war weise von ihm gewesen, dem Impuls zu folgen, sie auf einen Ausritt mitzunehmen. Das würde ihm seine Aufgabe erleichtern.
Es war ein heißer Tag. Der Graf ritt auf einen Hain zu, der ihnen Schutz vor der Sonne bieten würde. Sie lehnten sich gegen einen Baumstamm, und Hildegards Augen wurden lebhaft, während sie die aus der Erde ragenden, knorrigen Wurzeln des Baumes betrachteten. Sie berührte sie mit solcher Hingabe, daß der Graf einen Moment lang glaubte, sie würde anfangen zu weinen. Hildegards Augen weideten sich an dem Wald, der sie umgab. Es schien, als sei die Schönheit vor ihren Augen zu groß, um sie ertragen zu können. Aufschauend deutete sie auf einen saphirblauen Schmetterling, der sich auf einem Blatt genau über ihrem Kopf niedergelassen hatte. Sie starrte ihn einige Augenblicke an und wandte dann ihre Aufmerksamkeit einer Ansammlung von Farnen auf dem Waldboden zu. Als sie die filigranen Blätter auseinanderbog, sah sie etwas Leuchtendes. Sie griff danach und zog einen kleinen Stein hervor, der mit smaragdgrünem Samt bedeckt war.
»Das nennt man Moos«, erklärte der Vater.

»Aber wie kann etwas so Weiches und Grünes auf etwas so Hartem und Kaltem wachsen?« fragte sie ihn.
»Vielleicht zeigt uns Gott auf diese Weise, daß etwas, das kalt und hart erscheint, dennoch Schönes hervorbringen kann«, erwiderte der Graf. »Denk an diesen Stein, mein Kind, wenn Kälte dein Herz erschauern läßt«, sagte er plötzlich eindringlich. »Vergiß nicht, daß Gott allmächtig ist.«
Später am selben Tag – Mechthild machte gerade einen Spaziergang auf der Ummauerung – stieg Gelächter aus dem Hof zu ihr herauf. Bei einem Blick nach unten sah sie, daß ihr Mann und ihre Tochter zurückkehrten. Ihr Lachen erleichterte sie. Offensichtlich war alles gutgegangen.
Als sie an diesem Abend im Bett lagen, fragte Mechthild gespannt ihren Mann, wie Hildegard die Neuigkeiten über ihre Zukunft aufgenommen hatte.
Er sah sie nicht an. »Ich habe es ihr gar nicht gesagt«, gestand er. »Sie wird es noch früh genug erfahren.«
Am Vorabend von Hildegards siebtem Geburtstag traf Pater Wolfram, der Dorfpriester, mit den offiziellen Papieren auf dem Gut ein. Er hatte sorgfältig Schmutz und Stroh von seiner Robe gebürstet und sein Gesicht geschrubbt, daß es glänzte. Verlegen drehte er seinen Hut in der Hand. Seit er die Stellung als Dorfpriester von seinem Vater geerbt hatte, war dies das erste Mal, daß er vom Grafen gerufen worden war, um eine kirchliche Angelegenheit zu regeln. Daher konnte er seine Aufregung kaum verbergen.
Doch seine Hoffnung auf ein Schwätzchen und einen Becher Wein wurden gleich zunichte gemacht. Nachdem der Graf die Dokumente geprüft hatte, unterschrieb er sie rasch und drückte sein Siegel darauf. Noch im Stehen übergab er die Papiere dem Priester und entließ ihn.
Nun gab es kein Zurück mehr. Der Tribut des zehnten Kindes war fällig.

Der Wald schwieg, als die Reisenden ihn durchquerten. Das Gezwitscher der Vögel und die raschelnden Geräusche im Unterholz waren verstummt.
Hildegard saß vorn auf dem Pferd ihres Vaters. Sie führten die Gruppe an. Nach drei Tagen waren die Glieder der Reisenden so verkrampft, daß jede Bewegung schmerzte. Überdies hatten sie eine unruhige Übernachtung auf der Kauzenburg in Kreuznach hinter sich. Während sie sich beeilten, voranzukommen, kehrte der Edelfreie immer wieder in Gedanken zur Szene ihres Aufbruch auf Gut Bermersheim zurück. Er konnte sich an kein anderes Ereignis erinnern, bei dem das gesamte Gesinde sich versammelt hatte, um ein Mitglied der Familie zu verabschieden.
Wieder sah er Hildegards Amme sich vergewissern, ob die Reisetasche des Mädchens auch sicher am Pferd des Knappen befestigt war. Laut hatte sie gefragt, wann die Kleine aus dem neuen Wollumhang, den sie gerade für sie gewebt hatte, herausgewachsen sein würde und ob sie in ihrem neuen Leben überhaupt einen Umhang brauchte.
Mühsam die Tränen unterdrückend, hatte Clementia ihre jüngste Schwester fest umarmt und Hildegard ihr blaues Lieblingsband in die Hand gedrückt. Es sollte sie daran erinnern, wie sie einander oft stundenlang das Haar gekämmt hatten.
»Warum war Clementia so traurig bei unserer Umarmung?« hatte Hildegard ihn gefragt. Bei diesem Gedanken schaute der Graf auf seine Tochter hinunter, die an seiner Brust schlummerte. Als sie den Aufstieg zum Disibodenberg begannen, streichelte er zum ersten Mal zärtlich ihren Kopf.
Hinter ihm stolperte Mechthilds Pferd, und sein Wiehern hallte wie ein hysterischer Schrei durch den Wald. Mechthild verlagerte ihr Gewicht, wobei sie versuchte, die Taubheit ihrer Glieder etwas zu mildern. Zum hundertsten Mal tröstete sie sich mit Pater Wolframs Worten.
»Ihr habt eher Grund zu frohlocken, als zu trauern, edle Her-

rin«, hatte der Priester ihr versichert. »Gibt es denn einen besseren Weg, der Kirche den Zehnten zu zollen, als Hildegard unter die Obhut der edlen Jutta von Sponheim zu stellen? Wenige Oblatinnen erfahren die Gunst, eine so in den Psalmen und der Heiligen Schrift bewanderte Lehrerin zu erhalten. Ich verspreche Euch, die Zukunft Eurer Tochter wird in dieser Umgebung gesichert sein.«
»Nicht die Zukunft ist es, die ich fürchte, sondern die Gegenwart«, hatte Mechthild erwidert. »Hildegard ist von zarter Gesundheit, und überdies ist sie ungewöhnlich ... *empfindsam.* Kann ein solches Kind sein Leben lang in einer Einsiedelei als einzige Gefährtin einer heiligen Klausnerin eingeschlossen bleiben?« Die Vorstellung ließ sie immer noch erschauern. Doch welche andere Möglichkeit hatten sie?
Der Priester ging unruhig auf und ab. »Dennoch möchte ich Euch daran erinnern, Frau Mechthild, daß Ihr und der edle Herr zwiefach gesegnet seid. Als Frau Juttas Oblatin wird das Kind im Schutz der Abtei Disibodenberg leben. Sie könnte sich kein friedlicheres Heim wünschen.«
Gewiß hatte der Priester sie nicht belogen. Die Finger ihrer linken Hand an die Stirn gepreßt, betete Mechthild wieder zur heiligen Jungfrau.
Auf halbem Weg erwachte Hildegard und sah die ersten Anzeichen der Mauer. Darüber krönte eine Ansammlung weißer Wolken die Spitze des Berges; das Läuten von Kirchenglocken drang zu ihnen herunter, um sie zu begrüßen.
»Woher kommt der Glockenklang?« Hildegard zupfte ihren Vater am Gewand. Doch der Edelfreie hatte sich umgewandt, um den Knappen mitzuteilen, daß sie sich ihrem Ziele näherten.
Oben auf dem Berge standen zwei steinerne Pfeiler, die den Eingang der Abtei kennzeichneten. Ein rundlicher, weißhaariger Mönch trat aus dem Pförtnerhaus, um sie willkommen zu heißen.

»*Deo gratias!*« rief er und verbeugte sich förmlich vor den Reisenden. »Willkommen in der Abtei Disibodenberg! Ich bin der Bruder Pförtner.«

Hinter ihm trat ein junger rothaariger Novize mit einem Krug Wasser und einem Leintuch aus dem Pförtnerhaus. Während er die Hände der Ankömmlinge mit Wasser übergoß, sah Hildegard, daß seine schweißbedeckte Oberlippe zitterte, doch als sie ihn anlächelte, schaute er rasch zur Seite.

»Vater Abt hat mich angewiesen, Euch in die Empfangshalle zu geleiten. Er weilt gerade zum Gebet in der Kapelle«, stotterte der Novize, endlich einen Blick auf das Kind wagend.

Als er die Reisenden über den Hof der Abtei führte, runzelte Mechthild die Stirn über den dort herrschenden Lärm. Rufe erschallten und Hammerschläge dröhnten, derweil in der Nähe der Zusammenbruch eines Wagens einen deftigen Fluch hervorrief. Inzwischen wehte auch der Duft von frisch gebakkenem Brot aus dem Ofen der Abtei zu ihnen herüber. Rauch stieg aus einem offenen Hof empor, in dem ein Schwein in der Mittagssonne am Spieß knusprig gebraten wurde.

Unterwegs zeigte der Novize auf die Abteikirche an der Nordseite des Geländes und dann auf das Rechteck, das den Kreuzgang mit seinem überdachten Wandelgang barg. Das durch die offenen Nischen des Kreuzgangs einfallende Licht ermöglichte es den Mönchen, hier Manuskripte zu illuminieren und zu kopieren. Daran angrenzend lag das Kapitelhaus, in dem die Brüder täglich zusammenkamen, um die Angelegenheiten der Abtei zu besprechen. Direkt dahinter befanden sich die Räume der Mönche und die Wohnung des Abtes.

Der Empfangsraum der Abtei war geräumig. »An diesem Ort haben schon ungezählte glückverheißende Versammlungen stattgefunden«, verkündete der Mönch feierlich. Holzbänke mit der Patina vom Rauch zahlloser Kerzen säumten die Wände. Ein großer, aufgebockter Tisch mit einem gold- und silberbestickten Läufer aus Leinen dominierte den Raum.

Der Läufer ist ein Geschenk unserer Klausnerin Frau Jutta, Eurer neuen Herrin«, erklärte der Novize dem Kind.
Doch Hildegards Blicke wurden von einem großen Elfenbeinkreuz auf dem Tisch angezogen, das die Reliquie des Heiligen Disibod, des Begründers der Abtei, enthielt. Das Kreuz war von zwei bronzenen Kerzenständern in Form anmutiger Engel mit erhobenen Armen flankiert.
Der Edelfreie fühlte sich sogleich zur Stirnseite der Halle hingezogen, wo eine Reihe von Bannern den rauhen Granitwänden verschwenderischen Glanz verliehen. »Die Familienwappen unserer Mitglieder und Wohltäter«, erläuterte der Mönch.
Kurz darauf erschien ein magerer Mönch mit silbrigem Haar in der Tür.
»Ich bin Abt Burkhard, verkündete er würdevoll. Während er sich verbeugte, bemerkte er die geballten Fäuste des Vaters und das besorgte Stirnrunzeln der Mutter. Sodann glitten seine Augen zu dem kleinen Mädchen.
»Seid willkommen auf dem Disibodenberg, Fräulein Hildegard«, sagte er lächelnd. »Es ist ein Segen für Euch, Frau Juttas Oblatin werden zu dürfen, wie es ein Segen für sie ist, Eure Meisterin zu sein.«
Hildegard knickste, und dem Abt fiel das Selbstvertrauen auf, das aus ihren Augen strahlte. Kein Wunder, dachte er, wie die hohe Stirn und der schlanke Hals war auch Selbstbewußtsein ein Zeichen ihrer edlen Herkunft.
Als Hildegard aufschaute, bemerkte sie, daß die Haut des Abts zerknittertem Pergament glich. Seine Augen waren müde und rotgerändert; der Weihrauchgeruch seines Ornats stach ihr in die Nase.
»Mit dem Eintritt Fräulein Hildegards feiern wir eine neue geistige Hochzeit zwischen den edlen Häusern von Sponheim und Bermersheim«, sagte der Abt. Zum ersten Mal strahlte Mechthild.
Der Abt beglückwünschte sich. Seine Entscheidung, Herrn

Hildeberts Gesuch an Frau Jutta zu ermutigen, erwies sich als Glücksfall. Er mußte darauf achten, daß das Bermersheimer Banner einen gut sichtbaren Platz in der seidenen Parade an der Wand erhielt.

»Seid Ihr Frau Jutta begegnet, bevor sie sich auf ihre Pilgerfahrt begab?« fragte er den Edelmann.

»Nein, Herr Abt, doch unsere Familien sind durch Land und Blut verbunden. Aber ihr Entschluß, bei ihrer Rückkehr aus Santiago de Compostela Klausnerin zu werden, war uns bekannt. Seit wann weilt sie hier bei Euch?«

»Ihr Vater, Graf Stephan II. von Sponheim, hat die Einsiedelei vor drei Jahren gestiftet.« Der Abt faltete zufrieden seine schlanken Hände. »Seither verdankt die Abtei ihrer Gegenwart zahlreiche Segnungen. Wie viele andere ist ihre Base Markgräfin Richardis von Stade angereist, um die Nähe ihres Gebetes und ihren Rat zu suchen. Sie ist sogar eine unserer hingebungsvollsten Wohltäterinnen. Überdies«, sein Gesicht hellte sich auf, »werden zur Feier von Fräulein Hildegards Aufnahme in unsere Gemeinschaft« – er räusperte sich – »die Markgräfin und die Klausnerin uns die Ehre ihrer Anwesenheit beim Mittagsmahle angedeihen lassen.«

»Wahrhaftig?« Mechthild lächelte. »Frau Jutta lebt also nicht gänzlich zurückgezogen?«

»O doch, natürlich!« erwiderte der Abt und fügte an Hildegard gewandt hinzu: »Allein, sie hat sich bereit erklärt, dies eine Mal zu Ehren von Fräulein Hildegards Ankunft mit uns zu speisen.«

Sein Blick begegnete Hildegards Augen, und ein sonderbares Gefühl ergriff ihn. Es war, als schaue das Kind durch ihn hindurch. Er führte seine Gäste aus dem Empfangssaal und begann in die Richtung der Einsiedelei zu gehen.

»Jetzt werden wir endlich dein neues Heim zu sehen bekommen, Liebchen«, sagte der Edelfreie barsch zu Hildegard, als sie sich auf den Weg machten. Ungeachtet seiner Schärfe, ruh-

ten seine Augen zärtlich auf seiner Tochter, strahlend in ihrem langen weißen Kleid, dessen feine Spitzenärmel mit winzigen Perlen bestickt waren. Auf dem Kopf trug sie einen Blütenkranz, das blonde Haar fiel ihr über die Schultern. Mechthild hatte ihr ihren kostbarsten Besitz um den Hals gelegt: das Medaillon mit dem Saphir, das seit Generationen von den Müttern der Familie an die Töchter weitergereicht wurde.
Unterwegs eilten zwei Mönche an ihnen vorbei, die jedoch wie der Novize den Blick senkten, als Hildegard sie anlächelte.
Verdutzt über die zweite Zurückweisung hob Hildegard das Kinn, wie ihre Mutter sie zu tun gelehrt hatte, wenn sie sich fürchtete. Alles war so anders hier. Wo waren die Kinder? Wo wurden die Tiere gehalten? Lag ihr Zuhause, das Gut, weit weg? Gestern nacht hatte sie zum ersten Mal ohne Clementia allein in einem Bett geschlafen. Ihr Kopf begann wieder zu schmerzen wie vor ein paar Tagen, als sie das heimische Gut verlassen und die Mägde ihre Gesichter in den Händen verborgen und geweint hatten. Warum waren sie so traurig gewesen? Hatte Pater Wolfram an diesem Tag nicht bei der Messe verkündet, daß sie zu einem Berg ziehen würde, wo sie mit einer heiligen Dame in einem kleinen Haus neben einer Kapelle leben sollte?
»Du wirst sehen!« hatte Vater Wolfram ihr versprochen. »Frau Jutta wird die schönste Überraschung von allem.«
Doch nun war Hildegard nicht mehr so überzeugt. Würde diese Dame auch wegschauen, wenn sie sie anlächelte, wie die Mönche? Unwillkürlich griff sie nach der Hand ihres Vaters.

Die Dienerin Herzeloyd strich sich die grauen Haarsträhnen zurück, als sie die Tür der Klause öffnete und vor den Besuchern knickste. Ihre Augen weiteten sich sichtlich beim Anblick des Kindes. Großer Gott, dachte sie, wie soll dieses Würm-

chen hier überleben? Sie trat zur Seite und deutete auf das nur eine Armeslänge entfernte Empfangszimmer.
Die Ähnlichkeit der beiden Frauen, die dort saßen, war verblüffend. Beide zierten die legendären Attribute der Frauen von Sponheim: glänzendes rotes Haar, zimtfarbene Sommersprossen und blaugrüne Augen.
»Seid willkommen, Fräulein Hildegard.« Die Frau im schlichten grauen Wollgewand trat auf sie zu. »Ich bin Frau Jutta.« Die Klausnerin trug kastanienbraune Flechten, und ihr Lächeln war warm wie ein Sommertag. Über dem Herzen trug sie eine kleine Muschel: das Pilgerabzeichen von Santiago de Compostela.
»Und ich bin Markgräfin Richardis von Stade.« Die Stimme dieser Dame kräuselte sich wie eine Melodie, und sie roch nach Lavendel. Ihre Erscheinung war ebenso elegant wie die Frau Juttas schlicht.
»Wie schmuck du bist, liebes Kind«, begeisterte sich die Markgräfin, während sie Hildegard in Augenschein nahm. »Du bist dazu geboren, Saphire zu tragen. Sie passen zu deinen Augen.« Das elfenbeinfarbene Gewand der Frau floß in gefälligen Falten um ihren Körper und schmeichelte ihren üppigen, mit Perlen durchwirkten, rotgoldenen Locken. Der Gürtel, den sie um die Taille trug, war mit scharlachroten, goldenen und violetten Knospen bestickt, und seine mit Quasten versehenen Enden fielen in anmutigen Windungen bis an den Saum.
»Schau, wie unser Schmuck zusammenpaßt!« rief die Markgräfin aus, indem sie zuerst ihren Ring neben Hildegards Saphirmedaillon und dann an die Augen des Kindes hielt. »Wir sind uns sehr ähnlich, du und ich«, strahlte sie.
Das Kind starrte einfältig zurück.
»Hildegard, bist du nun wahrhaft bei uns?« fragte Frau Jutta aufgeregt. »Seit Wochen habe ich an meinem Fenster nach dir Ausschau gehalten. Sei gedankt, daß du gekommen bist, um bei mir zu leben.« Juttas Wärme wirkte tröstlich.

Die Klausnerin nahm die Hände des Kindes. »Wie eigen sie sind«, sagte sie in ihre Betrachtung versunken. »Was hältst du am liebsten in ihnen?« flüsterte sie.
Hildegard kam näher. »Meine Kaninchen«, wisperte sie verschwörerisch zurück.
»Warum sie?«
»Sie sind so weich und weiß, und sie möchten, daß ich sie streichle, wenn sie Angst haben.«
»Und was hältst du noch gerne?« Die Stimme der Klausnerin war noch leiser geworden.
Die Augen des Kindes glänzten. »Einmal habe ich die Zügel von meines Vaters Pferd gehalten, als wir zusammen ausgeritten sind. Und ich suche gerne Steine im Wald, die mit schimmerndem Moos überwachsen sind.« Ihre Köpfe waren nun ganz nah beieinander, als wäre niemand anderes mehr im Raum.
Während er ihnen zusah, seufzte der Graf und rutschte auf seinem Stuhl herum.
»Fürchtet nichts, lieber Graf«, raunte die Markgräfin ihm zu. »Eure Tochter ist gut aufgehoben bei Frau Jutta.« Sie rückte näher. »Es ist Euch gewiß bekannt, daß sie eine glänzende Verbindung mit einem der edelsten Häuser des Rheinlandes ausgeschlagen hat, um ihr Leben Gott zu weihen.« Mit geschürzten Lippen fügte sie hinzu: »Doch sie hätte keine größere Achtung gewinnen können als den Ruhm, der ihr hier zuteil wird.«
Ihre Worte stießen auf taube Ohren. Die Augen des Grafen waren auf seine Tochter geheftet. Zum hundertsten Mal quälte ihn die Frage: »Was ist es, das mein Kind sieht?«

❦

Der Abt konnte seine Freude kaum verbergen, als er in der Einsiedelei eintraf, um seine Gäste zum Festmahl abzuholen. Zwar erhoben sich die Gäste zum Aufbruch, doch die Klausnerin blieb sitzen.

»Vater Abt«, erklärte sie, »ich fürchte, in meiner Freude über die Ankunft meiner Oblatin hatte ich den Verstand verloren. Die Klause zu verlassen, um mit Euch zu speisen, hieße, mein Gelübde zu brechen.« Lächelnd legte sie ihre Hände auf Hildegards Schultern. »Meine Oblatin wird mich heute am Vorabend unserer Klausur an der Tafel vertreten.«
Der Abt zuckte zusammen, als wolle er ihre Worte abschütteln. »Ich verstehe nicht. Ihr hattet zugesagt, Herrin!«
Die Klausnerin lehnte sich zurück und schob ihre leichtbeschuhten Füße nach vorn. »Eine Torheit, die ich nur wettmachen kann, indem ich hier verbleibe.«
Der Abt schaute sie ärgerlich an.
»Ich vertraue auf Euer Verständnis für meine Entscheidung, Vater Abt«, fügte die Klausnerin gelassen hinzu.
Erbost blickte der Abt in Richtung der Markgräfin, die jedoch in die Betrachtung ihres Saphirringes versunken schien.
»Wie Ihr beliebt, Herrin.« Der Abt spie die Worte förmlich aus. »Ich werde den Brüdern Euer Bedauern übermitteln.«
»Das Bedauern ist auf Eurer Seite, Herr Abt«, erwiderte Jutta rasch. »Nicht auf meiner. Doch ich hoffe, daß zumindest einige Eurer Brüder meinen Wunsch, mich an mein Gelübde zu halten, verstehen werden.«
Der Abt verneigte sich kühl, als sie sich verabschiedeten. Er war aschfahl. Wie konnte sie ihm das antun? Er würde ihr nie verzeihen. Er war so beleidigt über Frau Juttas Entschluß, daß ihm erst, als sie an der Tür zum Refektorium standen, bewußt wurde, daß auch die Markgräfin nicht bei ihnen war. Die doppelte Kränkung nagte an ihm, zumal ihm jetzt die Bürde oblag, die Abwesenheit zweier Gäste zu erklären und zu entschuldigen.
Als die Mönche in einer düsteren Prozession an ihnen vorüberzogen, schmiegte sich Hildegard ans Knie ihres Vaters. Mit geschlossenen Augen lauschte sie dem Schlurfen der Sandalen auf dem frisch im Refektorium ausgestreuten Stroh. Dann öff-

nete sie sie wieder und sah, wie die Mönche mit verschränkten Armen ihre Plätze an den langen Holztischen einnahmen.
Sie spürte, wie die Blicke ihr folgten, während der Abt sie an seinen Tisch geleitete. Er stand mit erhobenen Armen an seinem Platz und bat um den Segen des heiligen Benedikt, ihres Ordensgründers, und des heiligen Disibod, des Namenspatrons der Abtei. Dann wurden die Becher auf das Wohl ihrer Eltern erhoben. Der dritte Trinkspruch galt dem staunenden Kind, das sie eilig auf ein Strohkissen gesetzt hatten, denn es reichte kaum bis an die Tischkante. Inmitten des Stromes schwarzer Roben, der sie umwallte, war das Kind wie ein kleiner weißer Kieselstein auf einem mitternächtlichen Ufer.

❦

Das Dröhnen der Glocken bei Sonnenaufgang, das die steinernen Mauern des Hospizes zu sprengen schien, riß die Edelleute von Bermersheim aus dem Schlaf. Ihr Blick eilte zu Hildegard, die, die kleinen Arme von sich gestreckt, noch schlummerte. Der Graf beugte sich über sie, berührte ihr Kinn und fühlte, wie ihr süßer kindlicher Atem seine Finger streifte. Nur noch wenige Stunden.
Die drei zogen sich rasch an und wuschen sich die Gesichter mit Wasser aus dem Eimer, den man vor ihre Tür gestellt hatte. Mechthild war wie betäubt, als sie Hildegards Haar zum letzten Mal kämmte und es mit Clementias blauer Schleife zusammenband.
Sie verließen das Gästehaus und eilten zur Abteikirche. Der Prior wirkte erleichtert. »Die Brüder erwarten Euch«, sagte er aufgeregt.
Hildegard spürte den Schweiß in der Hand ihres Vaters, als sie über die Schwelle stolperte. Das Innere der Kirche war riesig und dunkel wie ein Wald, außer daß in diesem Wald alles aus Stein war. Gewaltige steinerne Bäume ragten zu beiden Seiten

empor; dicke, mit seltsamen Früchten und Blumen beladene Ranken umschlangen ihre Stämme. Grinsende Tiere mit scharfen, spitzen Zähnen starrten sie von den Ästen herab an. Die schwungvollen Bögen schienen wie Arme, die sich an der Decke zueinander ausstreckten. Weit vorne strahlte der Altar so hell in der Dunkelheit, daß sie sich fragte, ob er vielleicht brannte. Sie klammerte sich fester an die Hand ihres Vaters.

*Nun erhob sich um sie herum Gesang. Dieser nie gekannte Klang hüllte sie ein und ließ sie über dem Boden an den Reihen der Mönche vorbeischweben, die vor dem Chorgestühl auf den gegenüberliegenden Seiten vor dem Altar standen. Zuerst sang die eine Seite, dann antwortete die andere – als hätten sie sich zu einem anmutigen Tanz zusammengefunden. Der Gesang war von solcher Schönheit und Macht, daß sie zu schweben glaubte. Sie empfand höchstes Entzücken. Die Stimmen erhoben sich höher und höher, wurden immer herrlicher …*

Der Druck der Hand ihres Vaters riß sie aus ihrer Verzückung. Sie spürte ihre Mutter neben sich erschauern.

Als sich die drei dem Altar näherten, vermochte Mechthild kaum zu atmen. Ihr Herz sank beim Anblick der Begräbnisfackeln, die die Stufen zum Altar säumten, während sich die Gesänge wie ein Leichentuch um Hildegard zu legen schienen. Einen Augenblick sehnte sich Mechthild danach, ihr Kind an sich zu reißen und zu fliehen.

Zwei Mönche traten vor, um Hildegard zum Altar zu geleiten, einer schritt neben ihr, während der andere vorausging, um ihren Weg mit Weihrauch zu reinigen. Von einer Woge der Erleichterung getragen, sah das Kind, daß Frau Jutta ihr vom Altar entgegenlächelte, wo sie beide ihr Versprechen, Gott als Meisterin und Schülerin zu dienen, geben würden.

Die Gelübde der frommen Pflichten wurden abgelegt. Plötzlich fühlte das Kind sich schwindlig, überwältigt vom Weihrauch, der wie eine sich windende Schlange vor ihren Augen aus dem goldenen Brenner aufstieg.

Mit jeder Kerze, die gelöscht wurde, versank die Kapelle in größere Dunkelheit. Hildegard tastete nach Frau Juttas Hand. Ein knisterndes Geräusch durchbrach auf einmal die Stille, als die erste Totenfackel entzündet wurde. Als alle brannten und die Flammen an den trockenen Binsen leckten, erfüllte ein unheimliches Zischen die Kapelle. Das getragene Geläut der Glocken über ihren Köpfen klang wie Klagerufe, die den symbolischen Übertritt vom Leben in den Tod betrauerten, als die Klausnerin und das Kind die äußere Welt gegen ein neues Leben in der Abgeschiedenheit der Einsiedelei vertauschten.
Zwei Mönche erschienen nun an ihrer Seite, die sie aufforderten, niederzuknien und sich dann bäuchlings mit ausgestreckten Armen vor den Altar zu legen, so daß ihre Körper ein Kreuz formten. Dann wurde plötzlich über jede eine schwarze Decke geworfen.
Die singenden Stimmen der Mönche um sie herum schwollen an wie eine sich auftürmende Woge.
*»Placebo et dirige.«* Die Totenmesse hatte begonnen.
*»Zieh hin, christliche Seele, aus dieser Welt, im Namen Gottes des allmächtigen Vaters, der dich geschaffen hat.«*
*Aus dieser Welt* ... In der Erinnerung an Hildegards Geburt biß sich Mechthild die Knöchel blutig. Ihr zehntes Kind würde nun aus der Welt verschwinden. Rauhe, wollene Hemden würden es von nun an bedecken, nie mehr rosa Damast. Ihr knospender Körper würde erblühen und verwelken, unberührt, kein Kind an der Brust, dessen Schrei es zu stillen galt.
*»Hört, meine Töchter, seht her und neiget euer Ohr, vergeßt euer Volk und euer Vaterhaus!«*
»Was haben wir getan?« hauchte Mechthild schaudernd. »Sie ist zu jung, zu unschuldig. Nie mehr wird sie unbeschwert zwischen den Goldruten und Glockenblumen in den Weinbergen herumspringen oder im Wald nach moosbedeckten Steinen suchen.«
*»Mögen sie, tot für diese Welt, in Dir leben ...«*
Die Kirche fiel ins Nichts, die Mönche mit den gesenkten Köp-

fen, die Gesichter in den Höhlen ihrer Kapuzen verborgen, glichen Gespenstern. Die Stille schien sich über Äonen auszudehnen. Dann kehrte das Leben zurück, die Wiedergeburt.
*»Mitten im Tod sind wir im Leben«*, ertönte der Gesang.
*»Ich trete ein in den Ort des wunderbaren Heiligtums«*, rezitierten die Stimmen, als die Decken hochgehoben wurden. Entsetzen zeichnete sich auf dem Gesicht des Kindes ab, als jemand es hochnahm und auf die Füße stellte. Seine Wangen waren gerötet, die weißgoldenen Löckchen klebten an der schweißbedeckten Stirn. Starr vor Angst heftete Hildegard ihren Blick hilfesuchend auf das Gesicht ihres Vaters. Ihre Augen bettelten, er möge mit ihr davonlaufen, fort von diesem schaurigen Ort mit dem kalten Steinboden, an dem der Rauch sie beinahe erstickt hätte.
Obwohl ihm ihr Anblick fast das Herz brach, wagte der Graf nicht, sich zu rühren. Krampfhaft das Beben seiner Hände beherrschend, drückte er ihr einen Efeukranz auf den Kopf und beachtete weder ihr zitterndes Kinn noch ihr verzweifeltes Wimmern.
Statt dessen überreichte er Hildegard den glänzenden goldenen Teller mit ihrer Mitgift: die Schenkungsurkunde für die Weinberge.
Er stützte die kleinen Hände des Kindes, als sie den Teller vor sich hertrug. Sie opferte sich für den Saft der Trauben, den roten Wein, der in Kelche gefüllt und auf den Altären des Rheinlandes in Blut gewandelt wurde, zum Gedächtnis an das Opfer Christi.
Der Abt beugte sich zu ihr hinunter und nahm das Geschenk entgegen. Obwohl die schmächtigen Arme unter dem Gewicht der Schale zitterten, traf ihn das durchdringende Licht aus den Augen des Kindes mit großer Gewalt.
»Fräulein Hildegard, Ihr habt Euer altes Leben hinter Euch gelassen. Nun beginnt Euer neues Leben in Abgeschiedenheit mit Eurer Meisterin.«

Mit brennenden Fackeln führten die Mönche sie hinauf zur Einsiedelei. Der Abt segnete den Eingang der Klause mit einem in Weihwasser getauchten, grünen Zweig, dann jeden der winzigen Räume, dann die Tür zum Hof und anschließend die Pforte, die sich nun nur noch Besuchern öffnen würde.
Als der Moment des Abschieds gekommen war, kniete ihr Vater nieder und breitete die Arme aus. Als sie Hildegard umschlossen, fühlte sie sich wieder so sicher wie zuvor. Alles würde gut werden, jetzt, wo sie wieder nach Hause reiten würden. Doch dann fühlte sie, wie ihr Vater zu beben begann wie ein Holzscheit, das rotglühend im Feuer auseinanderfällt. Nachdem er sich von ihr losgerissen hatte, fühlte sie die tränennassen Wangen ihrer Mutter, als diese ihr Gesicht in die Hände nahm und es mit Küssen bedeckte. Schließlich riß sich Mechthild unter verzweifeltem Schluchzen los, drehte sich um und ging mit dem Grafen und dem Abt hinaus. Sie schlossen die Tür hinter sich und ließen Hildegard auf der anderen Seite zurück.
Vor den Augen der Eltern gingen die Arbeiter zu Werke. Mit raschen, geschickten Bewegungen spachtelten sie die Tür der Einsiedelei zu, bedeckten sie mit Mörtel, bis jegliche Spur des Eingangs getilgt war. Die Klausur hatte begonnen.
Innen rannte Hildegard verwirrt und ängstlich umher. Die Klausnerin versuchte, die Arme des Kindes festzuhalten. Ihre Augen weiteten sich vor Mitgefühl. Die Dienerin an ihrer Seite seufzte laut auf, und ihre Augen füllten sich mit Tränen. Immer wieder die Namen ihrer Eltern rufend, rannte Hildegard von Zimmer zu Zimmer, in der Gewißheit, daß sie sich vor ihr versteckten. Dann schlug sie an die Tür, während die beiden Frauen nur stumm dabeistanden. Außer sich begann Hildegard auf die Klausnerin einzutrommeln.
»Laßt mich raus!« schrie das Kind, als die Klausnerin vor ihr niederkniete. Frau Jutta umschloß die winzigen Fäuste mit ihren Händen und versuchte sie zu küssen, aber der kleine schluchzende Körper brach in ihren Armen zusammen.

Unten auf dem Weg, der zum Berg hinaufführte, machten die Eltern halt, um einen letzten Blick auf die Einsiedelei zu werfen.
Hoch über ihnen reckten sich zwei kleine Arme durch das Eisengitter eines Fensters, die Händchen flatterten wild wie die Flügel eines verängstigten Vogels.
»Herr!« rief eine zitternde Stimme. »Herrin! Ihr habt mich vergessen. Ihr habt vergessen, mich nach Hause mitzunehmen!«

❦

Zuerst vernahm die Kleine nur das Rauschen der Stille, als würde die Klause aus jeder Ritze atmen. Dann tauchte sie in die Stille ein, zog sie sich über den Kopf wie eine Bettdecke, während sie Tag für Tag vor dem Fenster kniete und nach ihren Eltern Ausschau hielt. Nach einer Woche waren ihre Augen vom Weinen so geschwollen, daß sie kaum das Essen in ihrem Napf erkennen konnte. Wenn die Klausnerin sich anschickte, ihr etwas vorzusingen, bedeckte sie die Augen. Und wenn die Dienerin versuchte, die Kleine mit Süßigkeiten zu trösten, stieß sie diese von sich.
Warum hatten ihre Eltern sie hier bei diesen Fremden zurückgelassen? Und weshalb konnte ihr niemand sagen, wann ihre Eltern zurückkehren würden? Sie war völlig verwirrt und verzweifelt. Ihre Schwestern fehlten ihr, und sie hätte so gern ihre Kaninchen gestreichelt. Hier gab es keine Kinder, nur Mönche. Doch immer wenn einer der Mönche am Hoftor erschien, rannte sie fort und versteckte sich aus Angst, daß man sie wieder in die Kapelle bringen würde, um sie auf den kalten Boden zu legen und zu ersticken.
Wann würden endlich ihre Eltern kommen?
Im Laufe der Zeit wurde auch Jutta von Verzweiflung ergriffen. All ihre Bemühungen, das Kind abzulenken, waren gescheitert. Mißtrauen verschleierte Hildegards Blick. In der

Nacht hörten sie sie so heftig schluchzen, daß sie fürchteten, sie könnte ersticken.
»Wann werden sie zurückkommen?« fragte sie immer wieder, aber die Frauen konnten ihr keine Antwort geben, nur sagen, wie gerne sie sie bei sich hatten.
»Wir müssen etwas finden, das die Leere in ihr ausfüllt«, flüsterte Jutta Herzeloyd zu. »Etwas, das sie tröstet wie eine Freundin.«
»In der Einsiedelei ist nicht genug Raum für ein weiteres Kind, Herrin«, warnte die Dienerin.
Jutta nickte. »Doch wir könnten etwas anderes ausprobieren. Wir wollen einen kleinen Baum im Hof anpflanzen.«
»Du kannst beobachten, wie er wächst, und uns erzählen, wie er sich verändert«, erklärten sie ihr. »Der Baum ist dein besonderer Freund und gehört dir allein.«
Da lächelte sie zum ersten Mal.
Mit der Zeit wichen die Tränen kleinen Freudenausbrüchen, wenn sie am Morgen zum Fenster rannte, um den Baum zu begrüßen, und am Abend beobachtete, wie sein Schatten im Hof länger wurde.
Nach einer Weile fiel den Frauen auf, daß das Läuten der Glocken Hildegard am ehesten zu beruhigen schien. Sie horchte auf, wenn sie alle drei Stunden läuteten, um die Mönche zum Gebet zu rufen. Sie wurden zu einer Art Trost für Hildegard, zu etwas Unveränderlichem, auf das sie sich freuen und verlassen konnte.
»Warum läuten sie?« fragte sie die Klausnerin.
»Die Mönche nennen die Glocken *vox dei* – Stimme Gottes«, erklärte Jutta. »Sie läuten, um uns zu gemahnen, innezuhalten und Gott zu loben, denn er ist ein Dichter und die ganze Schöpfung ist sein Gesang. Doch sie erinnern uns auch daran, Gott um die Dinge zu bitten, die wir selbst und andere brauchen.«
»Hört Gott jeden?« fragte das Kind.
»Gottes Herz ist groß, und er hat viel Platz für unsere Gebete

darin«, sagte die Klausnerin lächelnd. »Ich weiß das, denn bevor du kamst, habe ich zu Gott gebetet, er möge mir einen Engel schicken, und die Antwort, die Gott mir gab, warst du.« Hildegard starrte sie an, noch zu argwöhnisch, um zu vertrauen. »Wahrhaftig, Herrin?«

Als Jutta zärtlich nickte, legte Hildegard ihren Kopf zum ersten Mal in den Schoß der Klausnerin. Als das feine Goldhaar des Kindes sich über ihren Schoß breitete, sprach Jutta im Geiste ein Dankgebet. Auf diesen Augenblick hatte sie lange gewartet.

Während sie die seidigen Locken streichelte, flüsterte sie: »Weißt du, mein Kind, wenn wir geboren werden, gibt Gott jedem von uns einen Schutzengel. Dieser Engel paßt nicht nur auf uns auf, sondern er vermag auch, Gebete in Brot für die Hungrigen und Mäntel für die Frierenden zu verwandeln. Unsere Engel erfüllen zuerst die Gebete für jene, deren Herzen gebrochen sind, denn sie sind es, die unserer Liebe am stärksten bedürfen.«

Also deshalb hielten die Mönche während des Tages und der Nacht so häufig inne, um zu beten! Oft erwachte Hildegard in der Dunkelheit und hörte, wie Frau Jutta zur Mette mit den Mönchen Psalmen rezitierte, während sie an dem Fenster saß, das der Kapelle am nächsten war. Durch das Gitter konnte sie die Kerzen der Mönche wie Sterne in der dunklen Kapelle funkeln sehen. Dieses Fenster war eines von dreien in der Einsiedelei, die der Verbindung zur Außenwelt dienten. An einem anderen vergitterten Fenster im Vorraum empfing Frau Jutta Pilger, während durch ein drittes Fenster in der Küche Nahrungsmittel und andere Vorräte hereingereicht wurden. Hildegard lauschte stets auf das Quietschen des Karrens, mit dem der Cellerar von der Abteiküche herübergerumpelt kam, und rannte an dieses Fenster, um zu erraten, was der Bruder Cellerar ihnen an diesem Tag schickte. Waren es frisch gepflückte Äpfel oder Rüben und Kohl oder mit Honig gesüßte Mandelküchlein?

»Rate mal!« hatte Herzeloyd die Kleine am Anfang geneckt, doch nach einer Woche merkte sie, daß Hildegard immer richtig riet. Bald verlor das Kind das Interesse am Karren des Cellerars und beachtete das Fenster nicht mehr.

❦

Im Frühling schien Hildegard sich endlich in der Einsiedelei eingelebt zu haben. Sie und Frau Jutta verbrachten die Vormittage mit Nähen, wobei ihre Nadeln beim Besticken der Meßgewänder und des Altarleinens für die Abtei wie winzige bunte Vögel über die Stoffe schwirrten und die Klausnerin dem Kind zahllose Geschichten über ihre Pilgerreise nach Santiago de Compostela erzählte. Nach einer gewissen Zeit begann sie, der Kleinen Lieder beizubringen. Zuerst entlockte sie Hildegard die ersten schüchternen Töne eines »Hallelujah«, bis der süße Lobgesang des Kindes schließlich den ganzen Raum erfüllte.
An den Nachmittagen schaute Hildegard zu, wie die Klausnerin hinter ihrem Gitterfenster saß und den Pilgern ihren Rat erteilte. Es konnte ein Leibeigener mit Fußlappen sein oder ein Herzog, der seine unter seinem pelzgefütterten Mantel verborgenen Sünden bekannte. Ritter kamen häufig vor einer Schlacht, aber auch Witwen oder verirrte Wandermönche baten um Rat. Niemand wurde abgewiesen.
Jeden Tag beobachtete das Kind, wie seine Herrin sich nach vorn beugte und aufmerksam den stoßweise hervorgebrachten Fragen und Ängsten lauschte. Oft begannen die Ratsuchenden zu schluchzen. »Betet für mich, edle Herrin! Ich flehe Euch an!« Wenn sie dann fort waren, sah das Kind, wie die Klausnerin auf die Knie fiel, um ihre Versprechen einzulösen.
Doch am meisten liebte die kleine Hildegard die Dämmerung, denn es war dies die Zeit der Überraschungen. Tag für Tag traten ihr feurige Propheten aus den Seiten der heiligen Schrift entgegen und zogen sie in ihren Bann. Moses beschrieb Donner

und Blitz auf dem Berg Sinai. Oder der Prophet Jesaja, der in seinen wundersamen Offenbarungen Ströme inmitten der Wüste hervorbrechen und glühenden Sand in Teiche aus kühlem, klarem Wasser verwandelt sah. Oder der atemlose Jeremia, der sich zu jung fand, um sein Blut für die Bedürfnisse seines Volkes zu vergießen. »Ist denn keine Salbe in Gilead, oder ist kein Arzt da? Warum ist denn die Tochter meines Volkes nicht geheilt?« flehte er. Ehrfurchtsvoll zu Füßen ihrer Gebieterin sitzend, lernte das kleine Mädchen die Propheten kennen. Zuweilen vergaß sie darüber fast zu atmen.

Später, ehe sie zu Bett ging, stand sie dann am Fenster und suchte den Nachthimmel nach den Augen der Prophetin Debora ab, der Richterin, die von Gott dazu auserwählt worden war, die Seele Israel wiederzuerwecken. Oder sie lauschte Sarahs kehligem Lachen, als sie erkannte, daß sie im Alter noch ein Kind empfangen hatte. Gab es irgendein Wunder, das zu groß war für Gott?

Beim ersten Schnee bettelte sie immer wieder, Jutta möge ihr die Weihnachtsgeschichte erzählen, bis sie schließlich in den Armen der heiligen Jungfrau Maria einschlief, deren Schoß Sonne, Mond, die Sterne und den Sohn barg, den sie zwar geboren, doch nie verstanden hatte.

Manchmal, wenn sie wachlag, dachte Hildegard an ihre erste Nacht in der Einsiedelei zurück. Sie hatte sich so sehr gefürchtet, daß sie in Frau Juttas Bett gekrochen war, sich an sie geschmiegt und sich vorgestellt hatte, in ihrem eigenen Bett mit Clementia zu liegen. Jutta hatte sie im Arm gehalten, bis sie aufhörte zu zittern. Nach einer Woche hatte sie ihr jedoch befohlen, nun in ihrem eigenen Bett zu schlafen. Denn auch dort sei sie nicht allein.

»Du mußt nur darum bitten, dann werden die Engel zu dir kommen und dich zärtlich umarmen. Lausche ihnen«, hatte sie gesagt und Hildegards Ohr berührt. Damals hatte Hildegard gelernt, die Stille auf eine neue Art zu lieben.

In der Morgen- und Abenddämmerung lehrte Jutta das Kind zu beten, indem sie dem Raunen Gottes lauschte.
»In der Stille«, hatte Jutta ihr erklärt, »hört man den Wind in den Bäumen rauschen: zuerst in den Pinien, dann in den Eichen, dann in den Blättern der Apfelbäume. *Deo gratias*!«
»Die Grillen zirpen nun im Dunkeln, und ich sehe das Leuchten der ersten Glühwürmchen«, antwortete Hildegard. »Und vorhin habe ich das Summen der Bienen gehört, wie sie auf ihrer Suche nach Honig in die Herzen der Blumen flogen. *Deo gratias*!
Auch das Gurren der Tauben und das Muhen der Kühe, das klingt wie sanftes Donnergrollen, vernahm ich. *Deo gratias*!«
Langsam durchdrang eine tiefe Ehrfurcht die Sinne des Kindes. Diese Ehrfurcht, so hatte Frau Jutta sie gelehrt, hatte die ersten Psalmen der Lobpreisung hervorgebracht.
Hildegard begann jeden Tag mit einem Blick in den Hof, voll Neugier auf die Veränderungen ihres Baumes während der Nacht und auf die Farbe, die die Welt sich für diesen Tag zum Gewand erwählt hatte. Sie fand, daß der Winter für gewöhnlich traurig und grau oder plötzlich weiß war und der Himmel mitunter mit Donner und Blitz seine Fäuste schüttelte. Die Wolken weinten im Frühling, aber die Sonne verscheuchte sie, bis die Welt Stück für Stück ergrünte und die Erde sich schmückte. Dann trieb ihr Baum Blätter und streckte seine Glieder dem Gold des Sommers entgegen. Wenn im Herbst die Kühle zurückkehrte, schaute sie zu, wie ihr Baum in Flammen aufging und seine Blätter wie karmesinrote Blüten zu Boden segelten.
Ein Jahr war vergangen.

Tagesanbruch. Die Glocken läuteten zur Prim. Das Kind sprang auf und rannte barfuß in die Küche. Dabei spürte es, wie der Wind durch das offene Fenster hineinblies.
Doch als sie hinausschaute, stieß Hildegard einen Schrei aus. Die Klausnerin stand mit ausgebreiteten Armen auf einem Grashügel vor dem Tor und hielt ihr Antlitz wie ein Opfer der Sonne entgegen.
»Herrin, was tut Ihr?« rief das Kind voll Entsetzen. »Warum habt Ihr die Einsiedelei verlassen?«
Die Klausnerin wirbelte herum. Ihr Gesicht strahlte.
»Hildegard, heute ist dein Jahrestag! Du hast nun ein ganzes Jahr in Klausur gelebt. Komm und lauf auf Gottes grüner Erde und atme die freie Luft. Komm, mein Kind!« rief sie.
Doch das Kind verharrte wie betäubt. Sie wankte aufgeregt auf der Schwelle zwischen den beiden Welten, verwirrt und unsicher. *Einmal eingetreten, darfst du nie mehr hinaus*! Was würde geschehen, wenn sie es dennoch tat? Aber Frau Juttas Arme luden sie ein.
Langsam überquerte das Mädchen mit bloßen Füßen den Hof und hielt an der offenen Pforte inne. Angesichts ihres Zögerns, eilte die Klausnerin ihr entgegen. Sie nahm Hildegard in die Arme und wirbelte sie in alle Richtungen herum, bis sie so schwindelig wurden, daß sie den Boden unter den Füßen verloren und stolperten. Als die Klausnerin auf die Erde fiel, entrang sich ihr ein tiefer Seufzer. Sie warf die Arme zur Seite, drehte Kopf hin und her und badete ihr Gesicht im morgendlichen Tau.
»O Hildegard, meine Kleine«, rief sie atemlos, »das ist deine Gelegenheit! Atme die Wolken ein, trinke die Sonne!«
Das Kind legte sich zurück, während ihr zerzaustes Haar sich wie goldener Honig über den Boden breitete. Die Wärme der Welt machte sie schwindelig. Sogleich schloß ihr die blendende Sonne die Augen.
Die Klausnerin drehte sich, auf den Ellbogen gestützt, zur Seite. In einem Augenblick der Freude beugte sie sich hinunter

und küßte die Stirn des Kindes. Es war der erste Kuß, den die Kleine bekam, seit ihre Eltern sie zurückgelassen hatten. Sogleich ergriff ein Anflug von Furcht das Kind. Was bedeutete der Kuß ihrer Meisterin? Kündigte dieser Ausflug ins Freie einen Abschied an?

Lange lagen die Frau und das Kind schweigend auf der Erde. In ihrer Nähe schäkerte eine Biene mit den Butterblumen. Eine Brise streifte ihre Haut wie unsichtbare Federn, während die Spätsommersonne ihre Knochen erwärmte. Wo Hildegard auch hinschaute, nichts als Grün umgab sie! Diese Schönheit versetzte sie in Staunen. Sie wandte sich zur Seite und sah, daß sich auf der Stirn ihrer Gebieterin Löckchen zeigten. Obwohl Jutta die Augen geschlossen hielt, lächelte sie. Sie hatte ihre Meisterin noch nie so glücklich gesehen. Hildegard fühlte sich warm und leicht und begann zu dösen.

»Was liegen wir hier herum?« hörte sie Frau Jutta rufen.

Blinzelnd setzte Hildegard sich auf. »Heute können wir die ganze Welt sehen!« Die Klausnerin zog sie hoch. »Die Sonne steht schon über unseren Köpfen, und wir haben noch nicht einmal angefangen.«

Hand in Hand stiegen die Frau und das Kind zur Spitze des Hügels hinauf. Im Tal unter ihnen begegneten sich der Glan und die Nahe und breiteten sich wie silberne Bänder im Sonnenlicht aus. Der blaue Himmel über ihnen war ein grenzenloses Meer, auf dem die Wolken dahinzogen wie Gischt.

War dieser Tag ein Traum? Hildegard drückte die Hand ihrer Herrin, um sich zu vergewissern. Als sie bergab wanderten, spürte das Kind mit Entzücken die weiche, klumpige Erde unter seinen Füßen. Sie blieb stehen und ließ die Schirmchen einer Pusteblume vom Wind davontragen, während Ameisen über ihre Füße krochen und sie kitzelten.

»Ich hatte schon ganz vergessen, wie viele Schattierungen von Grün es auf der Welt gibt«, seufzte die Klausnerin, während Hildegard, unermüdlich Fragen stellend, an ihrem Arm zog.

»Gab es diesen Hügel hier schon immer? Und die Weinberge?« erkundigte sie sich aufgeregt. »Und den Obstgarten dort mit den Apfelbäumen? Und die Kühe? Haben sie schon immer dort geweidet?«
»Komm, wir fragen sie!« rief die Klausnerin, raffte ihre Tracht und rannte los.
Jauchzend vor Vergnügen lief Hildegard neben ihr her. Während sie auf die Herde zurannte, sah sie sich selbst zu Hause auf ihrem Melkschemel sitzen und den Finger in den Eimer in die sahnige Süße schaumiger, frischer Milch tauchen.
Beim genaueren Betrachten der Kühe deutete Hildegard auf eine, deren Euter fast bis zum Boden reichte.
»Sie wird bald ihr Kälbchen bekommen«, sagte die Klausnerin.
*»Ja, morgen«*, nickte Hildegard. *»Es wird vier schwarze Flecken auf seinem weißen Fell haben. Einen über dem Auge und einen anderen unter dem Kinn.«* Sie tätschelte die Kuh und küßte sie, ehe sie weitergingen.
Der Tag verging in einem wunderbaren Leuchten. Als sie auf ihren Hügel zurückkehrten, funkelten Hildegards Augen vor Entzücken beim Anblick des Korbes mit Brot und Äpfeln auf dem Tuch, das Herzeloyd für sie ausgebreitet hatte.
Sie sah ihnen vom Tor entgegen und klatschte in die Hände, als Hildegard versuchte, einen Schmetterling zu fangen. Ihr fiel der geschmeidige, junge Körper unter dem dünnen Linnen auf. Das Mädchen war in diesem Jahr rasch gewachsen, denn sie hatte jeden Tag auf Zehenspitzen am Fenster gestanden, damit ihr auch ja nichts entging.
Den ganzen Tag streiften die Frau und das Kind umher, die Welt in sich aufnehmend, bis die Luft kühl wurde und die Glocken zur Komplet läuteten.
Nach einem letzten langen Blick über den sternenübersäten Abendhimmel kehrten sie seufzend in die Klause zurück, wo die Dienerin alle Räume mit Blüten und Zweigen aus der Welt, die sie gerade hinter sich gelassen hatten, geschmückt hatte.

Als sie sich am Morgen beim Krempeln der Wolle abwechselten, fragte Jutta zögernd: »Hildegard, erinnerst du dich an die Kuh, die wir auf der Weide gesehen haben, die, deren ungeborenes Kälbchen du beschrieben hast?«
Hildegard nickte lächelnd.
»Der Bruder Koch hat Herzeloyd erzählt, daß es heute früh geboren wurde. Es ist weiß und hat vier schwarze Flecken, dort, wo du es vorausgesagt hast.«
»Ja, Herrin.«
»Hildegard, woher wußtest du, wo die Flecken sein würden, als du die Kuh anschautest?«
Die Kleine wirkte erstaunt. »Ich habe sie gesehen, Herrin. Ich habe sie auf dem Fell des Kalbs gesehen.« Auf dem Gesicht des Kindes spiegelte sich Vertrauen, als es zu seiner Meisterin aufschaute.
»Hildegard, hast du solche Dinge schon öfter gesehen?«
»Was für Dinge, Herrin?«
»Wie die Flecken auf dem Kalb.«
»Ja, Herrin«, sagte Hildegard und senkte den Blick.
»Warum hast du nie davon gesprochen?« fragte Jutta sanft.
»Ich fürchtete, Ihr würdet mich schelten wie meine Amme auf dem Gut. Sie war so bekümmert, daß ich fand, es wäre am besten, nicht mehr über diese Dinge zu sprechen.«
»Was hast du noch gesehen, mein Kind?«
Hildegard hielt inne und biß sich auf die Lippen. »Einst vor langer Zeit«, begann sie unsicher, »sah ich ein Licht, so hell, daß ich mich nicht bewegen konnte, so sehr zitterte ich. Doch ich konnte nicht davon sprechen.« Sie beeilte sich zu sagen: »Denn ich war noch klein und hatte keine Worte.« Ängstlich schluckend sah sie auf. »Seid Ihr nun zornig auf mich, Herrin?«
Jutta schüttelte den Kopf. Sie nahm Hildegard in die Arme und wiegte sie sanft. Dabei vergaß sie die Zeit. Doch ihr Verstand raste. *Warum hat Gott mir dieses Kind gesandt?*

Obwohl der Herzschlag ihrer Herrin an ihrer Wange Hildegard beruhigte, machte sie sich Sorgen. Sie dachte, es sei am besten, nie wieder von diesen Dingen zu sprechen.

❦

Hildegard lag in ihrem Bett und konnte nicht schlafen. Sechs Jahre waren seit ihrer Ankunft in der Einsiedelei vergangen. Jene frühen Tage waren so friedlich gewesen. Alles hatte sich verändert, als Jutta vor zwei Jahren befohlen wurde, die Einsiedelei zu verlassen und in der Abteihalle vor dem Bischof von Mainz und seinen Beratern zu erscheinen.

Bei ihrer Rückkehr sank sie mit einem tiefen Seufzer auf ihren Stuhl vor dem vergitterten Fenster. Ihre Augen waren glasig.

»Offenbar ist unser Leben in der Einsiedelei beendet«, flüsterte sie. »Der Bischof hat mich meiner Gelübde als Klausnerin entbunden.« Ihre Hand zitterte, als sie nach ihrem Muschelanhänger griff.

»Vorüber?« Das Kind erstarrte.

»Der Abt hat eine Stiftung von meiner Familie erhalten, um hier ein Kloster zu errichten, unter der Bedingung, daß ich damit einverstanden bin, es als Magistra zu führen.« Sie war immer noch starr vor Staunen.

»Ein Kloster?« fragte das Kind aufgeregt. »Was bedeutet das?«

»Andere Frauen werden bei uns wohnen. Wie die Mönche werden wir nach der Regel des heiligen Benedikt in Gemeinschaft ein Leben in Arbeit und Gebet führen.«

Andere Frauen? Das hieß, sie würde nicht mehr allein mit Jutta und Herzeloyd sein. Das vermochte sie sich nicht vorzustellen. Furcht ergriff sie.

»Du wirst nicht mehr allein sein.« Jutta lächelte tapfer. »Du wirst Schwestern haben.«

Schwestern? wunderte sich Hildegard. Ihre Schwestern hatte sie auf dem Gut zurückgelassen. Diese Frauen würden Fremde

sein. Was würden sie von ihr denken? Ihr Kopf begann zu schmerzen, als umschlösse ein stählernes Band ihre Stirn.
»Nach dem Ausbau der Klause könnten wir zehn neue Zöglinge aufnehmen«, hörte sie Frau Jutta sagen. »Bis dahin habe ich viel zu tun.« Ihre Stimme klang hohl.
»Zehn Fremde, Herrin?« Hildegard hörte sich an wie ein Fädchen Rauch. »Was wird aus mir? Muß ich fort und eine andere Zuflucht finden?«
»Was redest du?« rief Jutta. »Ich werde dich mehr brauchen als je zuvor!«
Doch Hildegard spürte bereits, wie ihr die Sinne schwanden und ihr Gesichtsfeld in grelle Prismen zerfiel. Sie klammerte sich an die Armstützen ihres Stuhls, als die Prismen in Glasscherben mit zackigen Rändern zerbarsten. Wellen von Übelkeit brandeten durch ihren Körper.
»Herzeloyd, schnell!« hörte sie Frau Jutta schreien.
Zwei kräftige Arme hoben sie auf und legten sie auf ihr Bett. Der Druck von Juttas Hand beruhigte sie.
»Vergiß nie, daß du stets meine erste und liebste Tochter sein wirst«, hatte die Klausnerin sie damals getröstet.
Immer wieder hatte Hildegard sich in den vergangenen beiden Jahren an diese Worte geklammert. Seit die anderen gekommen waren, hatte sich so viel verändert. Sie wurde Zeugin, wie sie sich nacheinander in der Einsiedelei niederließen – wie Vögel in einem Nest. Die Zwillinge Gertrud und Gisla waren die ersten, die wie Habichte in der Schlinge eines Vogelfängers flatternd eintrafen, wund noch von ihres Vaters Erleichterung, sie los zu sein. Beide waren klein und stämmig; ihre langen schwarzen Zöpfe fielen wie dicke Taue bis über ihre Hüften. Wenn sie sprachen, wirkten die Zwillinge eher wie Mutter und Tochter. Gertruds vorstehender Unterkiefer verbot jede Einmischung, während die mondgesichtige Gisla ihrer Schwester nicht nur an den Lippen hing, sondern wie ein Echo jedes Wort wiederholen mußte.

Als nächste erschien die zierliche, immer lächelnde Ilse gurrend wie eine Taube, als sie ihre Röcke plusterte und ihre Ärmel glättete, und beeindruckte sie mit ihrem ausgedehnten Repertoire an Seufzern. Im Gegensatz zu ihr zwitscherte Kunigunde wie eine Nachtigall. Als jüngste von sechs Schwestern hatte sie gelernt, andere zu unterbrechen oder ungehört zu bleiben. In den Pausen waren außer Berthas Fingertrommeln nur Geräusche zu hören, die Hildegard verwirrten: schlurfende Schritte, aufsässiges Zischeln, lautstarkes Gähnen.
Hiltrude, Frau Juttas Nichte, war mit zwölf Jahren die jüngste und heftete sich wie ein gerade geschlüpftes Küken an Hildegard. Sie hatte Apfelbäckchen und nickte häufiger, als sie sprach, schien sich jedoch große Mühe zu geben.
Mit jeder, die kam, wurde Hildegard unsicherer. Mit vierzehn Jahren war sie fast einen Kopf größer als die anderen, eine Tatsache, die sie bedrückte. Sie beneidete ihre Gefährtinnen um deren natürliche Gelassenheit und Selbstsicherheit. Sie wußte, daß sie einer Welt entstammten, die sie selbst kaum kannte. Fasziniert beobachtete sie die Leichtigkeit, mit der die anderen ihre Röcke beim Treppensteigen hoben oder mit der sie sich in ihren Stühlen zurücklehnten oder die Lippen mit der Zunge befeuchteten, wenn sie Geheimnisse austauschten oder einander Zeichen gaben, die sie selbst niemals zu entschlüsseln vermochte. Beim Gang in die Kapelle merkte sich Hildegard den Schwung ihrer Hüften und das vollkommene Selbstbewußtsein, mit dem sie die Gedanken und Bemerkungen anderer mit einer Handbewegung abtaten.
Mehr und mehr schmerzte Hildegard die eigene Unbeholfenheit. Gewiß baumelten ihre Arme wie Stecken an ihren Schultern, und ihre Hände flatterten. Haben sie bemerkt, wie anders ich bin? quälte sie sich und fühlte sich von den neugierigen Blicken oder dem verhaltenen Kichern bloßgestellt. *Und immer die Angst: Was würden sie von mir denken, wenn sie von den Dingen wüßten, die ich sehe und höre?*

Diese Fragen marterten sie, wenn sie sich in der Dunkelheit auf ihrem Lager wälzte. Inzwischen hatte die Furcht ihren Körper bis ins Mark durchdrungen. Ihr erstes Gebet galt stets der Wachsamkeit. Sie wagte nicht, ihren Schutzwall einzureißen.

❦

»Die Großmut unserer edlen Wohltäter beeindruckt mich«, gestand Bischof Otto von Bamberg dem Abt Adelhun in dessen Gemächern, wobei er mit dem Weinkrug spielte. Draußen wimmelte es vor Besuchern, die gekommen waren, um einen Blick auf die ehemalige Klausnerin und neue Magistra Frau Jutta zu erhaschen und um bei der Weihe ihrer neuen Schülerinnen dabei zu sein.
»Wären alle Eure Gäste nur halb so großzügig wie die derer von Sponheim und Stade, würden Eure Ländereien ein Drittel des Rheinlands umfassen«, lächelte er.
Abt Adelhun zuckte Gleichgültigkeit heuchelnd die Achseln. Sie verließen die Gemächer des Abtes und begaben sich in den fahnengeschmückten Saal.
»Es heißt, Markgräfin Richardis hat eine Kapelle für Frau Juttas neues Kloster gestiftet«, forschte der Bischof.
»Sie wird die tiefen Wurzeln der Familie Sponheim in diesem Kloster nähren. Die Kapelle ist gewiß nur die erste von vielen Schenkungen. Sie waren außerordentlich großzügig«, lächelte der Abt und faltete die Hände.
»Der Pfad der Markgräfin ist mit Sternen übersät, nicht wahr?« Der Bischof lächelte vielsagend. »Zweifellos wird sie im Verein mit Frau Jutta dieser Abtei zu noch mehr Ruhm verhelfen.«
Den Abt schmerzte die zwiefache Kränkung. Warum wurden die Erfolge der Abtei immer der Klausnerin zu Füßen gelegt? Er kochte innerlich vor Wut. Warum wurde er niemals gewürdigt? Jedes der Banner, das die Wände dieses Saales zierte, war

die Frucht der Jahre seiner Beharrlichkeit und sorgfältigen Planung.
Gewiß, nachdem sich die Nachricht von Frau Juttas Gründung verbreitet hatte, waren Stiftungen wie Frühlingsblumen zu seinen Füßen erblüht. Die Familien beeilten sich, ihre Frauen hier unterzubringen, in dem Wissen, daß keine Schenkung von Land oder Wald dem Ruhm gleichkam, der Frau Juttas Schirmherrschaft entsprang.
Doch in letzter Zeit waren dem Abt die Begegnungen mit ihr ein Graus. Jede ließ ihn beschämt und neidisch zurück. Er haßte und erhoffte sich gleichzeitig die Lobpreisungen, mit denen sie ihre Oblatin Hildegard überhäufte. Er spürte, wie es ihn reizte, wenn sie fragte, ob er die neuesten Gesänge schon gehört habe, die Fräulein Hildegard komponiert hatte, oder von dem großen Erfolg der Heilsalbe, die sie aus Kräutern des Abteigartens zusammenstellte. Selbst nach all den Jahren betrachtete der Abt Hildegard immer noch als Eindringling. Sie beunruhigte ihn, als ob sie die Macht besäße, in ihn hineinzusehen.
»Herr Abt?«
Als er aufschaute, sah er den Bischof stirnrunzelnd an der geöffneten Tür stehen. »Die Glocke hat zum zweiten Mal geläutet«, knurrte er. »Muß ich ohne Euch gehen?«

❦

In Juttas Augen glitzerten Tränen, als Hildegard vor ihr kniete.
»Was ist dein Begehr?«
»Meine Berufung zur benediktinischen Nonne zu verkünden.«
Es folgten die Worte des Gelübdes. Die Kerze in Hildegards Hand begann zu zittern. Entsetzt schaute sie zu, wie sich das Wachs gleich heißen, weißen Tränen über ihr neues schwarzes Ornat ergoß.
Hildegard geriet in Verlegenheit, so verzeihlich ihr Mißgeschick auch war. Mit leisem Stöhnen senkte sie die Lider, als

ihre geliebte Herrin den weißen Novizinnenschleier über ihr Haupt breitete.
Der Augenblick war verdorben; Hildegard brannte vor Scham. Die Kerze umklammernd, erhob sie sich und wandte sich um, während sie sich innerlich gegen das verächtliche Schnauben ihrer Mitschwestern angesichts der Wachskaskade wappnete, die ihr Gewand verunzierte. *Wieder ein Grund für sie, zu tuscheln.* Als sie schließlich an ihrem Betpult auf die Knie sank, vermochte sie kaum noch zu atmen.
Warum mußte das geschehen? Seit sechs Jahren war es ihr einziger verzehrender Wunsch, Frau Jutta nachzueifern. Als ihre Oblatin hatte sie jeden Choral, jeden sehnsuchtsvollen Psalm, das Flehen jedes Propheten eingesogen.
Doch just in diesem einmaligen Augenblick war ihre Meisterin gezwungen, Gott eine tölpelhafte Jungfrau im fleckigen Gewand zu präsentieren. Ihr Mißgeschick umgab sie mit einer Hülle der Scham. Noch Wochen später behauptete Hildegard, wenn ihre Schwestern sich über diesen Tag unterhielten, daß sie sich an kaum etwas erinnere.
»Aber Hildegard, wie kannst du das vergessen haben? Du hast dich doch länger auf die Gelübde vorbereitet als wir alle. Außerdem hast du die Ordensregel vor uns allen anderen auswendig gekonnt«, sagte Gertrud.
»Aber warum denn?« erwiderte Hildegard. »Ich war damals Oblatin und ...«
»Aber du warst die erste, die wußte, daß ein Kloster für Frau Jutta gestiftet werden sollte«, unterbrach Kunigunde. »Du hast gewiß schon angefangen, dich vorzubereiten.«
»Habe ich nicht!« entgegnete Hildegard bestimmt.
»Auch nicht, als Frau Jutta zur Magistra ernannt wurde?« fiel Gisla stirnrunzelnd ein. »Gewiß hat sie dir die Regel des heiligen Benedikt in allen Einzelheiten erklärt.«
»Und die Gelübde«, beharrte Bertha. »Gehorsam, Beständigkeit und Umkehr?«

Hildegard versteinerte. »Die Regel wurde natürlich erwähnt, doch nur, wie sie von den Mönchen gelebt wird.«
»Aber du hast gewußt, was dich erwartet.«
»Anders als wir übrigen«, beschwerte sich Gertrud.
»Das Haareschneiden zum Beispiel«, sagte Ilse vorwurfsvoll.
»Ich habe nichts davon gewußt.« Hildegards Stimme klang flehend. Doch an den geschürzten Lippen ihrer Schwestern erkannte sie, daß keine ihr Glauben schenkte.
Warum mußte es immer so enden? Warum stellten die anderen sie ständig auf die Probe? Hatte sie an jenem tristen Dezembermorgen nicht auf derselben Holzbank gekauert und gewartet, daß ihr wie den übrigen die Haare geschoren wurden? Hatte Frau Juttas Hand ihr Haar nicht genauso fest umschlossen, während das Messer die langen blonden Flechten durchschnitt? Und hatte sie nicht ebenso ungläubig ihren bloßen Nacken betastet, als das Scheren beendet war, und suchend in den Korb mit den Haaren am Boden geblickt?
»Komm schon, Hildegard, du kannst wohl kaum vergessen haben, wie du das Gelübde vor dem Altar abgelegt hast?« forderte Gertrud sie heraus.
»Natürlich erinnere ich mich daran!«
»Und an sonst nichts?« drängte Ilse und warf den anderen einen raschen Blick zu.
»Was könnte von größerer Bedeutung sein als das Gelübde?« fragte Hildegard.
»Ganz recht.« Ilses Stimme war kühl. »Frau Jutta wäre die erste, die dir zustimmte. Sie hat dich ausgezeichnet unterrichtet.«
Hildegard schluckte und zwang sich, an Frau Juttas Gebot zu denken. »Die anderen werden dich als Vorbild betrachten. Ich vertraue darauf, daß du den Glauben deiner Schwestern beflügeln wirst.«
Sie hatte es, weiß Gott, versucht. Sie rief sich nun ins Gedächtnis, wie sie ihre Schüchternheit überwunden und ihre neu eingetroffenen Schwestern durch ihr neues Heim geführt hatte:

den Arbeitsraum, in dem sie zusammenkommen und nähen würden; den Alkoven, wo die Mahlzeiten stattfanden; und den vor kurzem vergrößerten Raum für die Schreiberinnen und Kopistinnen. Sie hatte sich gefreut, als Hiltrudes Augen beim Anblick der beiden Lesenischen und der Sammlung von Tintenfässern und Federkielen aufleuchteten. Unvorbereitet war sie jedoch auf die geflüsterten Worte gewesen: »Es ist so eng! Wie sollen wir das nur ertragen?«

Hildegards Erstaunen hatte sich in Entsetzen verwandelt, als ihre Schwestern im oberen Geschoß beim Anblick der ordentlichen Schlafstätten mit den Strohsäcken und den kleinen Truhen neben jedem Bett zurückwichen.

»Unmöglich!« hatte Ilse geschnaubt und auf den Koffer gezeigt, den sie von zu Hause mitgebracht hatte und der etwa doppelt so groß war wie die Truhen des Schlafsaals.

In der Hoffnung, sie zu beruhigen, hatte Hildegard rasch eine der Truhen geöffnet und ihren Inhalt präsentiert: eine langärmlige schwarze Robe, ein Paar Filzpantoffeln für die Innenräume, zwei Garnituren weiße Unterwäsche und ein robustes Paar Arbeitsschuhe.

Ilse schlug die Hand vor den Mund. »Keine Seide?« keuchte sie.

»Seide? Für uns?« hatte Hildegard gekrächzt. »Allein die Priester tragen Seide und auch nur zur Messe in der Kapelle. Alles, was wir brauchen, befindet sich hier in der Truhe.«

Nasenflügel bebten, und Lippen preßten sich aufeinander. Wieder war eine Tür zugeschlagen. Eine Welle von Panik war über ihr zusammengestürzt. Was hatte sie falsch gemacht? Was hatte sie außer acht gelassen?

*Hinter ihnen sah sie den Beginn des Leuchtens, dann eine sanfte Explosion von Licht. Eine leuchtende Frau, in eine hyazinthfarbene Robe gehüllt, mit einer Kette aus Smaragden, erschien.*

*»Geliebte, da dein Begehren rein ist, wird Gott einst deinen Wunsch erfüllen, denn dein Wille, Gutes zu tun, ist der duftendste aller Wohlgerüche.*

*Sei gewiß: Keine Wärme wird verschwendet!«*
*Seufzend streckte sie die Arme nach der entschwindenden Gestalt aus. »Noch nicht!« rief sie.*
»Hildegard? Was redest du?«
Verwirrt hatte sie geblinzelt und Hiltrudes Erschrecken gesehen. »Du hast schon wieder gemurmelt!« sagte diese nun beunruhigt. »Du hast so sonderbar ausgesehen!«
*Was hatte sie diesmal getan? Was hatte sie gesagt?*

❦

»Steht gerade, Herrin!« schalt Herzeloyd, während sie sich niederbeugte, um den Saum von Hildegards Robe auszulassen. »Und haltet auch den Kopf hoch.«
»Warum kann ich nicht klein sein?« Ihre Stimme klang gereizt. »Warum kann ich nicht wie die anderen sein?«
»Weil Gott Euch so geschaffen hat!«
»Das genügt mir nicht«, stöhnte Hildegard.
Die alte Frau richtete sich auf. »Ihr müßt Geduld haben, Herrin. Mit der Zeit wird alles leichter.«
»Nur wann?« quengelte Hildegard. »Sogar Hiltrude fängt an, mich schief anzusehen. Und Frau Jutta wirft mir nur die Brosamen ihrer Zeit zu.«
Herzeloyd seufzte. Es war nicht zu leugnen, daß die Magistra jetzt mehr Zeit außerhalb der neuen Baulichkeiten verbrachte als darin. Sie huschte entweder zu Beratungen mit dem Abt oder Zusammenkünften mit Wohltätern.
»Bis nach der Vesper hat sie keine Zeit für uns«, klagte Hildegard. »Und dann ist sie so erschöpft, daß sie kaum aus den Augen schauen kann.«
»Versucht, stark zu sein, meine Herrin«, sagte die Dienerin. »Die Zeit weiß Antwort auf jede Frage.«
Doch beider Herzen sehnten sich schmerzhaft nach Jutta. Der Übergang von ihrem Leben in der Einsiedelei war zu abrupt

gewesen und hatte Hildegard, zusammen mit den Veränderungen ihres Körpers, in völlige Verwirrung gestürzt. Obgleich Hildegard selbst unter ihrem heranwachsenden Körper litt, fiel der Dienerin das Entstehen einer gewissen Anmut auf. Die klare Stirn, die schmale Nase und vollen Lippen verliehen Hildegards ovalem Gesicht einen edlen Ausdruck. Ihr hellgoldenes Haar war zwar im vergangenen Jahr um eine Schattierung dunkler geworden, doch ihre elfenbeinfarbene Haut hatte nun einen noch blasseren Ton und bildete einen starken Kontrast zu ihren eindringlichen veilchenfarbenen Augen, die immer noch auf der Suche nach einem sicheren Ort in dieser neuen Welt voller Überraschungen waren.

»Habt Geduld, liebe Herrin. Ihr müßt Frau Jutta nun Gott überlassen«, riet ihr die Dienerin. »Und Ihr müßt lernen, die Schwestern zu lieben, die sie Euch geschenkt hat.«

»Ich versuche es ja«, seufzte Hildegard. »Aber nun bin ich die Fremde, ständig in Angst, Dinge zu sagen, über die die anderen lachen oder tuscheln.«

Die Augen der Dienerin verengten sich. »Was für Dinge, Herrin?«

Traurigkeit umwölkte Hildegards Augen, während sie den Kopf schüttelte und sich abwandte. »Die Glocken werden gleich zur Vesper rufen«, sagte sie.

In diesem Augenblick läuteten sie. Die Dienerin zog sich zurück, während Hildegard ihr Gewand raffte und mit offenem Saum zu Treppe rannte. Sie durfte auf keinen Fall zu spät kommen; sie durfte nicht auffallen; sie mußte unbemerkt bleiben.

❦

Das Probejahr war vorüber.

In einer Stunde sollten sie ihre letzten Gelübde als Bräute Jesu ablegen. Als die Novizinnen sich vor der Kirche aufstellten, schaute Hildegard in jedes Gesicht und labte sich an der Freude ihrer Schwestern. Beim Zurechtrücken ihrer Kränze aus Veilchen und Lilien aus dem Tal blickten sie hilfesuchend auf sie. »Ist alles in Ordnung? Sitzt er gerade?« Nickend lächelte Hildegard in der Erinnerung daran, wie die Mädchen, nachdem sie den Kranz gesehen hatten, den Hildegard für die heilige Jungfrau geflochten hatte, um einen ebensolchen für jede von ihnen gebettelt hatten. Die Anerkennung der Schwestern hatte sie beglückt.

Im Laufe des vergangenen Jahres war das Eis der Einsamkeit getaut. Durch schiere Willenskraft war es ihr gelungen, sich auf die Zunge zu beißen, wenn das Licht kam, und ihr Gesicht in den Händen zu verbergen, wenn sie eine Vision empfing, damit ihr niemand etwas an den Augen ablesen konnte. Tagsüber sprach sie selten, hingegen war sie eine gute Zuhörerin. Doch wenn sie sich entschloß, ihre Gedanken mitzuteilen, hörten ihre Schwestern aufmerksam zu. Sie wurde häufig um Rat gebeten, und alle schätzten ihr Urteil. Ungeachtet ihres zunehmenden Selbstbewußtseins, war sie immer noch auf der Hut. Sie achtete darauf, daß ihr Gesang nie den ihrer Schwestern übertönte. Sie würdigte jede Freundlichkeit und wahrte jedes Geheimnis. Und als der Tag kam, an dem ihr Unterleib sich zum ersten Mal verkrampfte und Blut zwischen ihren Beinen hervorströmte und sie sich ängstigte, eilten ihr die Schwestern mit Erklärungen zu Hilfe, pflegten und umsorgten sie. Das Blut seien nur die Tränen des enttäuschten Schoßes, beruhigten sie ihre Ängste. In jener Nacht weinte sie wie nie zuvor aus Dankbarkeit für die Gabe, nach der sie sich zwar gesehnt, doch auf die sie nie zu hoffen gewagt hatte – das Geschenk der Schwestern.

In Erinnerungen versunken betrachtete Hildegard den Trubel dieses aufregenden Tages mit einem Gefühl der Zugehörigkeit. Das vergangene Jahr erschien ihr wie ein Wunder. Es war, als wären ein Dutzend Strudel zu einem ruhig fließenden Strom geworden, dessen Ufer die Ordensregel begrenzte. Tag für Tag kämpften die Mädchen darum, die Klippen und Untiefen des Menschseins zu umschiffen, denn die Regel stellte strenge Anforderungen an sie.

Jede Nacht waren Hildegard und ihre Schwestern noch im Dunkeln aufgestanden und zur Mette gestolpert. Danach huschten sie zwar wieder in ihre Betten, doch nur, um nach wenigen Augenblicken, wie es ihnen schien, beim ersten Licht des Tages Laudes zu singen und kurz darauf zur Prim zu erscheinen. Tagsüber begaben sie sich alle drei Stunden zum Gebet und schlossen den Kreis mit der Komplet bei Sonnenuntergang. Danach senkte sich das Große Schweigen über die Abtei. Und heute würden sie im Angesicht Gottes ihre endgültigen Gelübde als Nonnen ablegen.

Die Glocken läuteten zum zweiten Mal. In der Kapelle wurde es still. Die Männer strichen ihre Samtumhänge glatt, während die Frauen mit juwelengeschmückten Fingern die Schleier zurechtzupften. Beim dritten Läuten entstand eine Bewegung, als die Prozession der hübsch bekränzten Novizinnen das Mittelschiff entlangzog und das Allerheiligste betrat. Die Gesichter strahlten.

Alle wandten sich um, als Frau Jutta, die neue Magistra, folgte. Ihr Antlitz schimmerte wie eine kostbare Perle über ihrem weißen Gewand. Sie hatte jedes Ansinnen, ihr ein juwelenbesetztes Kreuz zu schenken, zurückgewiesen und trug zum Zeichen ihres Amtes ein schlichtes kleines Holzkreuz um den Hals.

Ernst und hager folgte der Abt. Er nickte den Stiftern zu beiden Seiten zu, wobei seine Augen der Markgräfin von Stade auswichen, die in ihrem Purpurgewand mit dem dazu passenden Umhang und dem mit Diamanten und Perlen durchwirkten, aufgesteckten Haar eine glänzende Erscheinung war.

Hildegard hörte Bischof Otto, noch ehe sie ihn sah. Das Rasseln seines Atems ging ihm voraus, als er sich unter dem Gewicht seiner Damastgewänder durch die Kirche schleppte. Seine Augen glitzerten wie Gagatperlen in seinem aufgeschwemmten, von geplatzten Äderchen durchzogenen Gesicht. Die zusammengekniffenen Augen huschten über die Mädchen, die nun niederknieten, um den schwarzen Schleier der Benediktinerinnen zu empfangen.

Hildegard hatte aus Angst vor einem erneuten Mißgeschick mit der Kerze diesen Augenblick tausendmal geprobt. Wochenlang hatte sie geübt, das Gelenk der Hand, in der sie die Kerze halten würde, zu umklammern, um es zu stützen. Doch als sie nun vor dem Bischof kniete, waren ihre Hände ruhig und ihre Gedanken erhaben.

»An diesem meinem Hochzeitstag schenke ich mein Herz meinem göttlichen Bräutigam«, betete sie inbrünstig, erfüllt von unermeßlicher Seligkeit.

Nachdem sie ihre Gelübde abgelegt hatten, warfen sich die Nonnen vor dem Altar nieder und preßten zum Zeichen ihrer Demut die Stirn auf den Marmorboden. Nacheinander riefen sie die heiligen Märtyrerinnen an, die für ihren Glauben gestorben waren.

*Agnes*, die geweihte Jungfrau, den Hals durchbohrt, Märtyrerin mit dreizehn.

*Felicitas*, das schwangere Sklavenmädchen, und ihre Herrin Perpetua, beide von wilden Tieren in der Arena zerrissen, ihre Herzen bei ihrem letzten Atemzug von Schwertern durchbohrt.

*Lucia*, die Jungfrau, die in ein Bordell gebracht wurde und um ihres Glaubens willen den Flammentod erlitt.

*Cecilia*, die sie nicht zu ersticken vermochten und die mit halb abgeschlagenem Haupt blutend und voller Schmerzen am Boden lag.

Name um Name wurde beschworen, bis ihre Schläfen unerträglich zu hämmern begannen.

»Heilige jungfräuliche Märtyrerinnen, steht uns bei! Laßt uns an der Verheißung des himmlischen Reiches teilhaben!« betete Hildegard.

Vor ihrem geistigen Auge sah sie sich und ihre Mitschwestern mit ausgebreiteten Armen vor dem Altar liegen. Ihre Körper bildeten einen Kreis aus menschlichen Kreuzen, die Wangen wie karmesinrote Rosenblüten auf dem Marmorboden.
In Hildegard stieg die Erinnerung daran auf, wie sie zum ersten Mal nach Atem ringend unter einer schweren Decke auf diesem Boden gelegen hatte. Als sie an das Zischen der Totenfackeln dachte, stieg ihr ein lang unterdrücktes Schluchzen in die Kehle und würgte sie, während sie abermals nach der Hand ihres Vaters tastete.
*»Herr, Ihr habt mich vergessen! Ihr habt vergessen, mich nach Hause mitzunehmen!«*
Vorbei, denn ihre Eltern waren inzwischen aus dem Leben geschieden, beide Opfer eines wütenden Fiebers.
Der Gesang setzte wieder ein, und gemeinsam mit ihren Schwestern rief sie dreimal: »Nimm mich an, Herr, wie Du es versprochen hast, und ich werde leben! In seinem Angesicht liebe ich ihn und vertraue auf ihn. Ihn habe ich zu meiner Liebe erwählt, bis daß der Tod uns heimruft.«
Als der Tag zu Ende ging, hatte sich Hildegard noch nie so erfüllt, so glücklich, aber auch so allein gefühlt.
Glücklich, weil sie die Herausforderung angenommen hatte und nun eine geweihte Nonne war. Allein, weil es immer noch keinen Menschen gab, mit dem sie den Triumph ihres fleckenlosen Ornats und der aufrechten Kerze teilen konnte. Immer noch kümmerte es keinen, daß ihre Hand blutete, weil sie die Kerze so grimmig entschlossen umklammert und ihre Fingernägel sich in die Haut gebohrt hatten.

❦

Wieder neigte sich ein Sommer seinem Ende zu. Hildegard war zwanzig Jahre alt. Die Augusthitze war schon bei Laudes mit den ersten Lichtstrahlen ins Dormitorium gedrungen. Hil-

degard ließ ihre Hand unter das Laken gleiten, um ihr Nachthemd zu lösen, das sich zwischen ihren Beinen verfangen hatte. Ihre Schenkel waren feucht von Schweiß.
Eine Fliege summte in der Nähe, zog endlos ihre Kreise. Hildegard konnte, auch wenn ihre Augen geschlossen waren, ihre Schwestern am Klang ihres Atems erkennen. Gertruds kurze Atemzüge, als ob das Luftholen eine Pflichtübung wäre; Gislas weiches, zischendes Flüstern; Ilses gelegentliches Stöhnen und ihre flachen Atemzüge, als ob sie nach Luft rang.
Hildegard stützte sich auf ihren Ellenbogen und betrachtete die Körper um sie herum; einige lagen mit angewinkelten Armen auf dem Rücken, andere flach auf dem Bauch.
Schließlich blieb ihr Blick an Hiltrude hängen. Sie lag auf der Seite, ihr Kissen an sich gepreßt, die Lippen geöffnet, der Atem gleichmäßig. Da sie die Decke weggestrampelt hatte, waren ihre schlanken Beine und die kleinen Füße zu sehen. Hildegard sank zurück und seufzte. »Meine beste und vertrauteste Schwester. Wie lieb sie mir selbst im Schlaf ist!« Auch im Schlaf schimmerte Hiltrudes Haut, und ihre Gliedmaßen waren so anmutig, daß sie zu schweben schienen.
Hildegard erhob sich, zog sich an und ging nach unten, wo ihre zärtlichen Gedanken über ihre schlafenden Schwestern jäh unterbrochen wurden, als sie sich einen Weg durch die Menge bahnte, die sich am Eingang zum Hospiz versammelt hatte. Die Luft in der Haupthalle war von säuerlichem Schweißgeruch und dem Gestank schwärenden Fleisches erfüllt. Zahllose Leiber wanden sich stöhnend auf dem Boden oder den Pritschen. Indessen kam auch Hiltrude nach unten. Als Hildegard vorsichtig durch den Irrgarten der Körper schritt, um zu Hiltrude zu gelangen, ließ ein Stöhnen ihr beinahe das Blut in den Adern gefrieren. Ihr Blick fiel auf einen mit Schlamm, Blättern und Erbrochenem verklebten Haufen Lumpen zu ihren Füßen. Sie beugte sich nieder, und unter den verdreckten Lumpen kam ein kleiner, vogelartiger Körper zum Vorschein. Das Ge-

schöpfchen lag auf der Seite und umklammerte seine angezogenen Knie mit spindligen Armen. Dabei preßte es das winzige, spitze Kinn auf die Brust, als wollte es sich so klein wie nur möglich machen.

»Ist das ein Junge oder ein Mädchen?« rätselte Hildegard und hielt sich wegen des aufsteigenden Gestanks die Nase zu.

»Beides: ein Mädchen in Jungenkleidern«, antwortete Hiltrude. »Gleichwie, das arme Geschöpf ist völlig ausgehungert. Sie hat nach den Brotkrusten geschnappt und sie so schnell hinuntergewürgt, daß sie sich verschluckt und übergeben hat.«

»Wie lange ist sie schon hier?« fragte Hildegard und schielte auf die Läuse im verfilzten Haar des Kindes.

»Der Bruder Pförtner sagt, eine altes Weib aus dem Dorf habe Kräuter im Wald gesammelt, als sie ein Kratzen hörte und das arme Dinge dabei fand, an der Rinde eines Baumes zu nagen. Die Alte hat sie Huckepack genommen und hier am Tor abgesetzt, wo wir sie stammelnd und mit großen Augen gefunden haben. Als ich sie untersuchen wollte, hat sie sich gesträubt wie ein gefangenes Tier«, berichtete Hiltrude. »Ich glaube, ihr Handgelenk ist gebrochen. Als ich es berührte, ist sie in lautes Kreischen ausgebrochen.«

Kniend drehte Hildegard das Gesichtchen zu sich. Unter der Dreckkruste entdeckte sie ein halbgeschlossenes, blauschwarz angeschwollenes Auge. Bei ihrer Berührung begann das Mädchen zu zucken, und ihre Beine zitterten unkontrolliert.

Hildegard legte ihre Hände auf die Knie des Kindes und drückte sie sanft auf die Pritsche. Da sah sie den dunkelroten Fleck, der sich von der Leistengegend über die schmutzverkrusteten Oberschenkel ausbreitete. Das Blut war noch feucht.

»Wie heißt du, mein Kind?« flüsterte Hildegard und streichelte die verdreckte Stirn des Kindes. »Woher kommst du?«

Das kleine Gesicht verzerrte sich vor Entsetzen. Als Hildegard die Hand des Mädchen anhob, fühlte sie ein Pochen. Beim Lösen der Finger sah sie, daß die Innenfläche von Eiter verkrustet

war. Als sie näher hinschaute, entdeckte sie darin verborgen einen Gegenstand, der aussah wie ein kleiner Ring.
Hildegard strich das verfilzte Haar aus dem Gesichtchen und fragte leise: »Woher stammt der Ring, Kind? Warum hältst du ihn so fest?«
Das Kind keuchte. »Er gehört mir, es ist mein Verlobungsring«, würgte sie hervor. »Man hielt mich für tot und ließ mich liegen, nachdem der Schloßherr in meiner Hochzeitsnacht mit mir fertig war.«
»Der Schloßherr?« Hildegard fuhr zusammen.
»Sie spricht vom Brautpreis«, murmelte Hiltrude. »Dem Recht der ersten Nacht des Gutsherrn auf jede Braut, die auf seinem Grund und Boden lebt.«
»Nein, nein, das muß ein Irrtum sein!« rief Hildegard. »Wo ist dein Mann, Kind?«
Das Wimmern des Mädchens war herzzerreißend. »Es heißt, er sei wahnsinnig vor Kummer geworden, als er mich fand. Er glaubte, ich sei tot, und rannte davon.« Das Mädchen versuchte vergeblich, den Kopf zu heben. »Gewiß hat man ihn getötet.«
»Schlaf, mein Kind«, flüsterte Hildegard. »Hier wird dir nichts geschehen.« Sie erhob sich und zog Hiltrude beiseite.
»Verbrenne ihre Kleider, und bade sie. Dann komm zum Herbarium. Ich werde eine Salbe aus Wundkraut und Sanikel zum Säubern ihrer Wunden vorbereiten und Rote Betonie und Vogelmiere für den Verband mischen.
Schlaf jetzt«, flüsterte sie dem Mädchen zu. »Du bist in Sicherheit.«
Als Hildegard sich erhob, hatte sie das sichere Gefühl, daß ihre Hände brannten. Der Schmerz war unglaublich. Sie stolperte durch das Gewirr der Pritschen, taub für die Schreie der Säuglinge, die sie sonst in die Arme zu nehmen pflegte. Als sie endlich nach draußen gelangte, war die Hitze in ihren Händen unerträglich geworden.

*»Du hast ihr mit deiner Berührung die Furcht genommen«, flüsterte eine Stimme.*

In Panik rannte sie den Pfad zum Kräutergarten hinunter und stieß mit dem Fuß das eiserne Tor auf. Sie sank auf die Knie und steckte ihre Hände tief in die dunkle, feuchte Erde.

»*Viriditas*, grüner Atem Gottes, heile meine Hände«, betete sie, während sie die Stirn auf die Erde preßte. »Befreie sie vom Entsetzen jenes Mädchen, damit ich es mit meiner Berührung nicht auf alles andere übertrage! Flüstere mir deine heilenden Geheimnisse zu, so daß ich mit jedem Samenkorn, jeder Wurzel und jeder Ranke in deinem Namen heilen kann.«

❦

Ein scharfer Oktoberfrost war in den Kapitelsaal gedrungen, den Jutta begrüßte. Zumindest würde er ihre Töchter bei der heutigen Lesung über die Demut wachhalten. Sie betete, daß diese Überlegungen Früchte tragen würden.

Die Tagesordnung war kurz. Hiltrude verkündete, daß der Bruder Cellarar sehr beeindruckt über die reiche Apfelernte in diesem Jahr gewesen sei. Hildegard verstand Hiltrudes Anspielung.

»Wenn ein Baum Früchte tragen soll, muß man ihn umarmen«, hatte sie Hiltrude zu Beginn des Jahres erklärt. »Auch Bäume haben Herzen, weißt du«, hatte sie lächelnd gesagt. Offensichtlich hatte sich aus ihrem Ratschlag und Hiltrudes Arbeit eine gute Ernte ergeben.

Als sie den glücklichen Blickwechsel sah, sprach Jutta ein Dankgebet. Das Band der Freundschaft zwischen ihrer Nichte und ihrer Oblatin war ein Segen für beide. Hildegard saß nun aufrechter, die Schultern gestrafft, die Hände gelassen im Schoß. Sie schien Frieden mit ihrem Körper und Geist geschlossen zu haben. Nachdem Jutta sie zur Herbalistin ernannt hatte, war sie in die Welt der Salben und Öle eingedrungen und bewegte sich stets zwischen Hospiz und Kräutergarten hin und her. Selbst dem Bruder Krankenpfleger war ihre Hingabe aufgefallen.

»Schwester Hildegard berührt die Pflanzen mit einer Ehrerbietung, die man für gewöhnlich nur heiligen Dingen erweist«, hatte er Jutta anvertraut. »Ich erkenne das in der Art, in der sie eine Tasse Gänsefingerkrauttee für einen sterbenden alten Menschen kocht oder einem Kranken eine Aloe- und Ringelblumentinktur auf die Blasen an seinen Füßen streicht.«

Jutta lächelte in sich hinein. Kein Wunder, daß Hildegards Schwestern sie neckten, länger im Kräutergarten zu knien als beim Gebet in der Kapelle.

Die Lesung im Kapitelsaal war für heute beendet.

»Meine Töchter, ich habe noch eine Ankündigung zu machen«, sagte Jutta. »Der Landvogt bittet uns, nach einer entlaufenen Leibeigenen Ausschau zu halten, die unserem Wohltäter Graf Ulrich gehört. Vater Abt hat Wachsamkeit angeordnet, denn es würde unserer Abtei zum Übel gereichen, wenn das Mädchen innerhalb unserer Mauern entdeckt würde.«

Hildegard starrte geradeaus. Gegenüber räusperte sich Hiltrude, während Jutta die Liste der verstorbenen Freunde der Abtei verlas.

Hildegard starrte weiter. Ein zweites Hüsteln von Hiltrude. Dann ein drittes.

Bei einem kurzen Blick gewahrte Hildegard den Ärger in den Augen der Freundin: Wirst du von dem Mädchen im Hospiz erzählen, oder soll ich es tun? Doch Hildegard wandte sich einfach ab.

Vertraut und ermüdend schleppten sich die Bekenntnisse der Verfehlungen dahin.

»Während der Mette ist mir Kerzenwachs auf meinen Psalter getropft.«

»Ich habe Schwester Ermintrude gescholten, weil sie mir beim Frühstück den Bierkrug nur zu Hälfte gefüllt hat.«

»Ich habe das Große Schweigen gebrochen und laut im Bett gesungen.«
»Ich bin in meiner Lesenische eingedöst.«
Hiltrudes Hand schoß in die Höhe.
»Herrin, ich habe ein verwundetes Mädchen im Hospiz betreut«, sprudelte sie hervor. »Sie könnte vielleicht die entlaufene Leibeigene sein. Sie war so schwer verletzt, daß ich sie kaum berühren konnte. Sie war verrückt vor Furcht, blutete überall und hatte Wunden, schrie vor Schmerz. Ich beruhigte sie ...« Ihre Stimme sank zu einem Flüstern. »Bis Hilfe kam.«
»Hildegard, du untersuchst nach dem Kapitel das Mädchen und findest heraus, ob sie die Verdächtige sein könnte. Berichte mir unverzüglich.«
»Ich habe mich bis spät um das Mädchen gekümmert, Herrin«, rief Hildegard laut und deutlich.
»Ist das wahr?« kam es scharf von Frau Jutta. »Warum hast du dann nicht als erste gesprochen?«
»Herrin, das Kind ist schwerkrank an Leib und Seele. Als Braut entkam sie knapp dem Tode, nachdem der Grundherr sie ... sie bei sich gehabt hatte. Ich habe begonnen, sie zu behandeln ...« Juttas zorniger Blick ließ sie verstummen. »Schwester Hildegard, ihre Anwesenheit hier muß auf der Stelle gemeldet werden. Sie ist das Eigentum ihres Herrn und ihm zur Untertanentreue verpflichtet. Sie muß zurückkehren.«
»Wenn sie am Leben bleibt«, sagte Hildegard.
»Selbst wenn sie stirbt«, gab Jutta zurück.
»Doch unsere Regel schreibt doch gewiß vor, daß wir solch ein armes Wesen bis dahin beherbergen«, erinnerte Hildegard sie. Der Vorwurf war offensichtlich. Aller Augen waren auf Jutta gerichtet.
»Die Regel erfordert es nicht, eine Gesetzesbrecherin zu beherbergen, und schon gar nicht eine, die sich gegen ihren Herrn vergangen hat.«
»Gegen ihren Herrn oder Gott, Mutter?«

»Meine Tochter, bekennst du eine Verfehlung, oder ergötzt du dich daran?« donnerte Jutta.

Errötend fiel Hildegard auf die Knie. »Ich bekenne, daß ich nicht sogleich vorgetreten bin, ehrwürdige Mutter. Ich nehme meine Buße an.«

»Du wirst deine Mahlzeiten zehn Tage lang kniend im hinteren Teil des Refektoriums einnehmen.« Jutta erhob sich. »Das Kapitel ist geschlossen.«

Nacheinander gingen die Nonnen nach der Magistra hinaus. Keine schaute zurück. Hildegard saß allein im Kapitelsaal. Sie war nicht erstaunt über das, was sie getan hatte, aber sie fragte sich, warum sie es getan hatte.

❦

Hildegard betete um die Gabe der Tränen, als sie den Klosterhof überquerte. Ihre Augen brannten, als wäre Sand in ihnen. Von Zweifeln geplagt, ging sie wie eine Schlafwandlerin einher. Warum hatte sie sich gegen Frau Jutta aufgelehnt?

Als sie vor der Tür der Magistra stand, hob sie den Arm dreimal und betete. Erst dann fand sie den Mut, anzuklopfen.

*»Deo gratias«*, antwortete Juttas Stimme rasch.

*»Benedicte.«* Mit gesenktem Blick trat Hildegard ein und kniete nieder, um den Segen zu empfangen.

Juttas Hand auf ihrer Schulter überraschte sie. »Steh auf, Schwester Hildegard, und setz dich zu mir.« Sie gehorchte mit abgewandtem Blick, damit ihr die Tränen nicht wieder aus ihren bereits geröteten Augen strömten.

Es herrschte Schweigen. Frau Juttas Augen waren geschlossen. Ob sie betete?

Draußen hörte man das Knirschen von Schritten, die sich aber rasch wieder entfernten. Während sie wartete, beobachtete Hildegard einen Käfer, der tapfer am Saum ihres Schleiers entlangkrabbelte. Als sie ihn fortschnippte, wagte sie einen Blick auf die Magistra. Zum ersten Mal bemerkte Hildegard das Netz haarfeiner Linien, die sich in die Wangen der Frau gegraben hatten. Und sie sah, daß die Furchen auf ihrer Stirn so tief waren, daß ihr Schleier daran scheuerte.

Beim Anblick dieser Veränderungen sank Hildegards Herz. Frau Jutta wurde alt. Auf der Suche nach etwas Tröstlichem eilten ihre Augen zu Juttas Muschelanhänger. Zumindest ihn hatte die Zeit unberührt gelassen.

Die Magistra bewegte sich. »Hildegard, warum hast du gezögert, die Flüchtige zu melden?«

»Diese Frage verfolgt mich, Herrin, ebenso wie ihre Augen und die Furcht, die sie umhüllt wie der Winterfrost und meine Seele erschauern läßt.«

Juttas Stimme klang fest. »Meine Tochter, warum verteidigst du sie? Hat Mitleid dich blind gemacht für das Vergehen, das sie gegen ihren Herrn begangen hat?«

»Herrin, wenn Ihr sie gesehen hättet, wie ich sie gesehen habe – der ganze Körper voller Blutergüsse, das Gesicht von Schwellungen verzerrt, zwei Zähne ausgeschlagen, der Gaumen entzündet. Hättet Ihr einem so elenden Geschöpf Euer Mitgefühl versagt?«

»Und was würdest du ihrem Herrn sagen?«

»Daß nicht sie die Schuldige ist, sondern er.«

»Wie kannst du es wagen?« fuhr Jutta auf. Ihr Mund zuckte vor Schreck. »Diese Frau ist an das Land ihres Herrn gebunden; ohne seinen Schutz würde ihre Familie verhungern. Auch wenn wir vor dem, was er getan hat, erschauern mögen, kann er dagegenhalten, daß er sich nur genommen hat, was nach dem Gesetz ihm gehört.«

»Nach altem Brauch«, beharrte Hildegard.

»Ich wiederhole: nach dem Gesetz!« schrie Jutta. »Dem Gesetz, das einem Herrn das Recht auf alles gibt, das auf seinem Grund und Boden lebt, einschließlich der Magdschaft jeder Jungfrau.« Ihre Hände zitterten.

»Auch wenn es zu ihrem Tode führt, ehrwürdige Mutter?«
Jutta seufzte und fröstelte. »Welche Leidenschaft treibt dich dazu, diese Sache zu verfolgen, meine Tochter? Warum bedeutet dir diese Leibeigene so viel?«
»Herrin«, rief sie und streckte ihre Hände nach vorn, »meine Hände haben in dem Augenblick, in dem ich das Mädchen berührt habe, Feuer gefangen. Ich hörte den Schrei, der noch in ihrem Körper kreiste. Ich fühlte, wie sie würgte, als er seine weinbefleckte Faust in ihren Mund stieß, um ihr Flehen zum Schweigen zu bringen. Wie er sie ins Gesicht schlug, als er sein Knie zwischen ihre Beine rammte, damit sie sich nicht mehr wehren konnte. Und das fürchterlichste war der Schrei, mit dem sie den gekreuzigten Christus anflehte, als ihr Fleisch wund gerissen, ihr Hymen zerrissen wurde und rote Ströme von Blut, vermischt mit Bächen von Tränen, sich über ihre Schenkel ergossen.«
Jutta war erschüttert und verunsichert von dieser Offenbarung. »Es bleibt dabei: Das ist eine Sache zwischen dem Grundherrn und seinem Gott. Ein Urteil kommt dir nicht zu.«
Hildegard biß sich schluchzend auf die Knöchel. »Herrin, sind das wahrhaftig Eure Worte?«
Juttas Augen blickten schmerzerfüllt. »Sie sind es nicht, weder heute noch jemals werden sie es sein, meine Tochter! Doch es sind die Worte eines Gesetzes, dem auch die Kirche gehorcht, wie du sehr wohl weißt.«
»Wie kann ich das wissen, Herrin?« Hildegards Augen blitzten. »Wann habt Ihr mir je von solchen Dingen gesprochen?«
Jutta erblaßte. Die Beschuldigung verletzte sie. »Die Welt jenseits dieser Mauern ist voller Schlechtigkeit, meine Tochter. Es war bis heute keine Not, über solche Schrecken zu sprechen.«
»Ihr vergeßt, daß die Wunden der Welt bis ins Hospiz herüberfluten, Herrin. Tag und Nacht verbinde ich diese Wunden. Jetzt bitte ich Euch, ehe es zu spät ist: Lehrt mich alles, was ich von der Welt wissen muß, die diese Wunden schlägt. Lehrt

mich diese Dinge, damit meine Schwestern mich nicht mehr ob meiner Ahnungslosigkeit bemitleiden müssen«, flehte sie. In sich vernahm Jutta eine flüsternde Stimme: »Die Tage, an denen sie die Ohren spitzte, um keines deiner Worte zu versäumen, sind längst gezählt. Sie ist nun eine erwachsene Frau. Das mußt du anerkennen.« Die Zeit ist schließlich gekommen, dachte Jutta. Sie mußte kommen. Ich wußte es.

❦

Hildegard war nach der Komplet ins Hospiz zurückgekehrt, um eine Frau zu pflegen, deren Zwillinge tot geboren worden waren. Obgleich sie schon zwanzig Jahre im Hospiz gearbeitet hatte, mußte sie immer noch weinen, wenn sie Müttern den Tod ihrer Kinder erklären mußte. Auf dem Weg zum Kloster fragte sie sich, ob ihr solche Dinge wohl jemals leichter fallen würden. Die feuchte Abendkühle machte sie frösteln, und sie zog ihren Umhang enger um sich. Ihre aufgesprungenen Hände schmerzten von der stundenlangen Arbeit mit dem Mörser in ihrem Herbarium, doch der Bedarf an Sirup und Breiwickeln war während der kürzlichen Regenfälle gestiegen. Innehaltend bog sie sich zurück und streckte die Arme. Sie war erschöpft.

Ihr Blick fiel auf das vom Mondlicht gesprenkelte Dach der Abtei und die sich hochauftürmenden Umrisse ihres geliebten Baumes daneben. In den Jahrzehnten, seit sie ihn als Setzling im Hof der Einsiedelei gepflanzt hatten, hatte sie immer wieder nach einem niederschmetternden Tag in der Abtei Trost in seinem Schatten gesucht. Sie umarmte ihn häufig und stieg sogar hinauf in seine Äste, um in seinen Armen zu weinen.

Seit damals hatte sie bei ihrer Arbeit so viele Geburten und Tode gesehen, so viele Heilungen und an Wunder grenzende Ereignisse, die sie dazu aufriefen, noch tiefer in die heilenden Mysterien der Erde einzudringen. Seit einer Weile faszinierten sie die Heilkräfte der Edelsteine und Mineralien. Jede Ent-

deckung erfüllte sie mit Ehrfurcht. Wie konnte es bei solchem Überfluß keinen Gott geben?
Blaugraue Sturmwolken brauten sich zusammen, als Jutta zwei Mönche auf die Abtei zukommen sah. Abt Adelhun ging mit gesenktem Kopf und hängenden Schultern, während der jüngere Mönch entspannt einherschritt und dabei den Blick über die Klostermauern gleiten ließ. Sie beobachtete ihn genau, denn er war der neue Propst und Kaplan.
Kaum angekommen, beeilte sich der Abt, Frau Jutta zu erklären, was für einen guten Propst er mit Vater Volmar für sie erwählt hatte.
»Ich hoffe es sehr, ehrwürdiger Vater«, erwiderte sie bestimmt. »Unsere Stifter sind bereits ungehalten wegen der Beschwerden ihrer Töchter über die Untüchtigkeit der letzten beiden Pröbste.«
»Eine Erinnerung, die Vater Volmar rasch auslöschen wird«, erwiderte der Abt und verbarg die Hände rasch in den Falten seiner Ärmel. »Unter Vater Volmars Leitung ist unser Skriptorium regelrecht aufgeblüht. Die Brüder schätzen seinen Rat und vertrauen auf sein Urteil.«
»Es wird mir eine Ehre sein, Euch zu dienen, Frau Magistra«, sagte Volmar und verbeugte sich. Doch Jutta war die tiefe Falte, die seine Stirn teilte, nicht entgangen. Lob beunruhigt ihn, dachte sie. Ein gutes Zeichen, wenn er bescheiden ist, ein schlechtes, wenn es auf Unsicherheit weist. Volmar war mittelgroß und eher schmächtig; er hatte ein Adlernase und litt unter Akne. Aus seiner Haltung schloß sie, daß seine Schultern verspannt waren. Obwohl er erst dreißig war, hatte sein Haar bereits graue Strähnen.
»Seid willkommen, Vater Volmar.« Jutta lächelte warm. »Ich kann Euch versichern, daß Eure Gaben bei uns nicht brachliegen werden. Unser Kloster ist mit begabten Frauen gesegnet, die Euch gewiß beflügeln werden. Sie hungern geradezu nach Aufgaben, wie ihr bald erfahren werdet.«

»Das soll mir willkommen sein«, antwortete Volmar rasch. »Ich werde alles in meiner Macht Stehende tun, um mich Eures Vertrauens würdig zu erweisen.«
»Und um sicherzustellen, daß Euer neuer Kaplan nicht von seinen klösterlichen Pflichten abgehalten wird«, säuselte der Abt, »befreie ich ihn von seinen Pflichten im Skriptorium der Abtei.«
Volmar war eindeutig überrascht. War diese Ernennung eine Belohnung oder eine Strafe? überlegte Jutta. Und für wen? Für den Mönch oder für uns?
In Wahrheit hatte der Abt, besorgt über die Unzufriedenheit der Magistra mit gleich zwei Beichtvätern hintereinander, begonnen, beim Mittagsmahl ernsthaft die Gesichter zu studieren. Während die Brüder ihren Eintopf und ihr Brot verzehrten, zeigten nur wenige Interesse an der Lesung aus den Schriften des Clemens von Alexandria. Allein in Volmars Augen blitzte Interesse für den Sinn des Vorgetragenen auf. Dergestalt ermutigt, fiel dem Abt auch die Geduld auf, mit der Volmar sich über die Schreibpulte des Skriptoriums beugte und klare, hilfreiche Anweisungen gab. »Sein Verstand ist scharf«, befanden seine Mitbrüder. »Er fordert uns heraus, indem er eine Frage mit einer weiteren Frage beantwortet.« War das ein gutes Zeichen?
»Hilf mir, heilige Maria!« hatte der Abt die Jungfrau angefleht. »Diesmal darf ich nicht scheitern!«
Als Jutta nun ihren neuen Kaplan betrachtete, richtete sie jedoch ein ganz anderes Gebet an die Jungfrau. Es war die Bitte einer Mutter für ihre Tochter: »Heilige Maria, laß mich erkennen, ob ich es wagen darf, ihm von Hildegard zu sprechen. Meine Zeit läuft ab.«

# *Zweiter Teil*

# 1136–1148

*Die wahre Weisheit sagt:*
*O Mensch, höre diese Worte und sprich sie nicht nach deinem, sondern nach meinem Sinn und, durch mich belebt, sprich in der folgenden Weise von dir ...* Vita Sanctae Hildegardis

Die Nachmittagssonne schien noch kräftig, als Markgräfin Richardis von Stade ihr Pferd vor den Toren der Abtei zügelte. Trotz der kühlen Herbstluft war das Pferd nach dem steilen Aufritt schweißüberströmt. Die Markgräfin war darauf bedacht gewesen, rechtzeitig zum Läuten der Vesperglocke einzutreffen.

Nun wurde sie belohnt. Der Wind trug den Gesang in ihre Richtung, und ein Gefühl des Friedens erfüllte sie. Doch ihr größter Trost bestand in dem Wissen, daß die Familie derer von Sponheim hier so tief verwurzelt war. Ihre Ankunft in der Abtei kam einer Heimkehr gleich.

Doch ein einziger Blick über das Gelände der Abtei erschütterte sie. Verstreut unter den Bäumen versuchten Gruppen zerlumpter Pilger ihre jammernden Kinder zur Ruhe zu bringen, während andere blicklos wie zwischen den Welten umherirrende Gespenster über ihren Krücken hingen. Den größten Schrecken versetzte ihr jedoch das neue Hospiz. Es dominierte die Anlage und überragte alles in seiner Umgebung. Um seine bedrohlichen Mauern scharten sich noch mehr um Einlaß bettelnde Pilger. Die Wege zwischen dem Backhaus und der

Brauerei waren verstopft mit Leuten, die auf die Armenspeisung von Bruder Almosenpfleger warteten. Überwältigt von dem Aufruhr mußte sich die Markgräfin am Tor stützen. War sie am falschen Ort gelandet?

»Seid willkommen, edle Frau Markgräfin!«

Das runde Gesicht des Bruders Pförtner starrte zu ihr herauf. »Anläßlich des Todes unseres Herrn verstärkt die Abtei ihre Wohltaten. Wir beten für seine Seele.«

Eine Welle von Trost erwärmte sie. »Ich werde meine Seele an den Gebeten der Abtei erquicken«, sagte sie milde. Sie glitt vom Pferd und reichte die Zügel ihrem Knappen.

»Es ist eine große Zahl von Fremden hier, Bruder Pförtner! Woher kommen sie?«

»Die Kunde vom neuen Hospiz hat sich rasch verbreitet, Herrin. Und da die Ernten in diesem Jahr knapp waren, leiden viele Hunger.«

»So scheint es«, erwiderte sie barsch.

»Doch wir sind nun in der Lage, mehr Menschen zu speisen und zu heilen, Herrin. Wahrlich verdanken wir vieles davon Eurer Großherzigkeit.«

Das ist nicht ohne Ironie, dachte sie, als der Mönch sie zum Gästehaus geleitete. Im Vorübergehen belästigte sie das Geschrei und der Gestank der Pilger, und sie bedeckte Mund und Nase rasch mit ihrem Handschuh. Da rumpelte ein Karren hinter dem Hospiz hervor, der sie beinahe umstieß und das letzte Läuten der Vesperglocken übertönte.

Nachdem sie die Tür zu ihrem Zimmer geschlossen hatte, schlug sie mit der Faust in ihre Handfläche. Sie hatte kaum erwartet, ein solches Durcheinander vorzufinden, als sie Frau Juttas Einladung erhalten hatte, ihre Trauerzeit hier zu verbringen. Da die Einladung zwei dringende Bitten um Antwort enthielt, hatte sie vermutet, daß die Magistra noch eine andere Sorge neben ihrer natürlichen Anteilnahme am Verlust der Markgräfin belastete. Bereitete auch ihr die katastrophale Unruhe Kummer, die durch das Hospiz verursacht wurde? Aber natürlich, das mußte es sein! Zum ersten Mal seit ihrer Ankunft entspannte sich die Markgräfin.

❦

Hildegard blinzelte ins helle Morgenlicht, als sie der Markgräfin die Tür des Klosters öffnete. Sie hatte sie seit ihrer ersten Begegnung in der Einsiedelei nicht mehr gesehen. Ihre einzige unauslöschliche Erinnerung bestand darin, daß die Gegenwart der Markgräfin den ganzen Raum erfüllt hatte. Die Zeit ist gnädig mit ihr umgegangen, dachte Hildegard, obgleich sie nicht so groß ist, wie ich sie in Erinnerung hatte. Die Markgräfin lächelte und verströmte den gleichen Zauber, den Hildegard bei ihrer ersten Begegnung verspürt hatte.

»Seid hundertfach willkommen, Herrin!« rief Hildegard begeistert. »Ich bin Schwester Hildegard von Bermersheim.«

Überrascht trat die Markgräfin zurück und betrachtete sie.

»Aber natürlich! Doch die Saphiraugen des kleinen Mädchens haben sich in Amethyste verwandelt.« Als sie sich vorbeugte, streifte der seidige Marderkragen ihres Mantels Hildegards Wange, und ein Duft von Lavendel breitete sich aus, doch die angespannte Haltung der Frau erinnerte Hildegard an die zu straff gespannten Seiten einer Lyra.

»Kommt«, sagte Hildegard lächelnd und führte den Gast in das Gemach der Magistra. »Frau Jutta wird Euch gewiß am Schritt erkennen.«

Wie zerbrechlich sie geworden ist, dachte die Markgräfin, als ihr Blick beim Betreten des Raumes auf ihre Kusine fiel. Als sich ihre Blicke begegneten, röteten sich Juttas Wangen vor Freude und erfüllten ihren Gast mit einem tiefen Gefühl der Auszeichnung. Die Arme der Magistra streckten sich zärtlich der Kusine entgegen, obwohl sie keine Anstalten machte, sich zu erheben.

»Wir beten mehrmals am Tag für Euch, liebe Kusine«, seufzte Jutta. »Obgleich ich Markgraf Rudolf nur einmal gesehen habe, erinnere ich mich doch an die Wärme in seinen Augen, wenn er Euch ansah.«
»Das wird nie mehr sein«, entgegnete die Markgräfin weinend. »Man hat mir berichtet, sein Blut sei auf dem Schlachtfeld gleich einer Fontäne aus seinem Herzen geschossen, und binnen einer Stunde habe der Schnee seinen Körper wie ein großes weißes Leichentuch bedeckt.«
Ein Klopfen an der Tür unterbrach sie.
»Eure Medizin, Herrin.« Hildegard brachte der Magistra eine kleine, mit dunklem Sirup gefüllte Karaffe. Während Frau Jutta sie austrank, bückte sich Hildegard und schüttelte die Kissen unter ihren Füßen. »Die Schwellung ist zurückgegangen, Herrin«, sagte sie lächelnd. »Ein gutes Zeichen!«
»Hildegards Hingabe an Euch ist rührend«, bemerkte die Besucherin, nachdem die junge Nonne gegangen war. »Doch habt ihr gewiß jetzt viele Töchter, die diese Hingabe teilen.«
Jutta wandte ihren Blick ab. »Mit Segnungen gehen auch Pflichten einher. Und mit Pflichten Notwendigkeiten. Da unsere Ländereien weit verstreut liegen, erfordern sie ständige Aufmerksamkeit. Über die Ernten muß sorgfältig Buch geführt und die Pacht muß eingetrieben werden. Und natürlich«, ihr Gesicht hellte sich auf, »ist Schwester Hildegard, meine Priorin, mir in diesen Angelegenheiten eine große Hilfe und leistet zusätzlich hervorragende Arbeit im Herbarium und in der Schreibstube. Ohne ihre unermüdliche Pflege hätten wir gewiß eine der Zwillinge an die Lungenkrankheit verloren. Nun arbeiten beide mit Hildegard im Hospiz.«
»Erstaunlich! Ich weiß noch, was für ein scheues Kind sie in der Einsiedelei war«, sagte die Markgräfin. »Habt Ihr Euch nie gewünscht, dorthin zurückzukehren? Bedauert Ihr, daß wir Euch die Last dieses Klosters aufgebürdet haben?«
»Niemals.« Jutta ergriff die Hand ihrer Kusine. »Schaut Euch

doch die Freuden und Aufgaben an, die es in mein Leben gebracht hat!«
»Wahrhaftig«, stimmt die Markgräfin zu. »Und Ansehen dazu.«
Jutta zuckte zusammen. »Unser neuer Abt Kuno würde eilends betonen, daß die Abtei schon lange vor meiner Ankunft blühte und gedieh. Dem kann ich mich nur anschließen.« Als ihre Kusine sie ein wenig argwöhnisch musterte, fügte sie hinzu: »Worin bestehen denn nun die wahren Früchte unseres Ruhmes, meine edle Kusine? Doch nur darin, daß unsere Namen voller Zuneigung ausgesprochen werden. Am Ende bleibt die Liebe das einzige Vermächtnis – eine Liebe, die Gastfreundschaft entbietet.«
Die Markgräfin rutschte unruhig auf ihrem Sitz hin und her. »Sagt mir, Frau Magistra, wie könnt Ihr Euer Leben dem Gebet widmen, wo so viele Fremde unausgesetzt durcheinanderlaufen, stöhnen und schreien?«
Jutta blickte rasch auf. »Wohltätigkeit bestimmt den Herzschlag unseres Lebens hier. Jeden Tag gemahnt er uns, daß jeder Pilger wie Christus empfangen werden muß.«
Die Markgräfin zuckte die Achseln. »Also betrachtet Ihr die Arbeit im Hospiz als einen gerechten Tausch für den Frieden und die gebrochene Stille?«
»Unsere Arbeit ist unser Gebet, edle Herrin und Kusine. Uns bleiben viele Inseln der Stille. Wir schweigen während der Mahlzeiten und von der Komplet bis zur Prim. Wie Ihr sehr wohl wißt, beten wir schweigend Tag und Nacht für jene, die ohne Hoffnung sind. Wenn der Lärm mich beirrt, suche ich die Stille meines Herzens.«
»Ich beneide Euch, edle Kusine.« Die Markgräfin klang gereizt und hochmütig, denn ihr Kopf begann zu schmerzen.
Jutta beugte sich besorgt nach vorn. »Ihr müßt verstehen, liebe Kusine, daß das Hospiz nicht uns gehört. Es ist das Symbol Eures Vertrauens zu uns. Wir haben nichts verlangt, und doch

wurde uns alles durch Herzen wie das Eure zuteil. Wir können uns dieses Vertrauens nur würdig erweisen, indem wir es weitergeben und nutzen, um Bedürftige zu nähren und zu trösten.«

»Dazu gehören doch auch Eure Wohltäter, nicht wahr? Oder wollt Ihr ihnen den Frieden und den Trost vorenthalten, die Ihr den Pilgern, die zu Euch kommen, in Hülle und Fülle gewährt?«

Jutta seufzte. »Würdet Ihr auch nur mit einem von ihnen tauschen wollen? Beneidet Ihr sie um ihre Lumpen, ihre faulenden Zähne und verkrüppelten Gliedmaßen?«

»Ganz gewiß nicht. Doch auch ich bin eine Pilgerseele und habe das Recht, um Frieden und Ruhe zu bitten.«

»Wir sollen auswählen ...?«

»Ist das zuviel verlangt?« entgegnete die Markgräfin. »Schließlich schicken wir Euch unsere Töchter mit einer Mitgift von Weinbergen und fruchtbaren, vor Getreide strotzenden Feldern. Dürfen wir dann nicht auch, wenn uns das Glück verlassen hat oder wir Witwengewänder tragen, einen Teil der Ernte einbringen, die wir auf den Feldern der Stille gesät und all die Jahre gedüngt haben?«

»Vertraut nur darauf, daß für alle ausreichend vorhanden ist«, erwiderte Jutta gleichmütig. »Der Menschensohn hat uns das gelehrt, als er die vielen speiste.«

»Mit wie vielen Mühlen, Zöllen und Getreidespeichern müssen wir uns denn ein bißchen Frieden und Stille erkaufen?« erkundigte sich die Besucherin bitter. »Sagt uns nur Eure Wünsche, wir werden sie gern erfüllen; so groß ist unser Bedürfnis, uns auf die Kissen des Trostes zu stützen, die wir hier zu finden hoffen.«

Jutta streckte mit flehendem Blick die Hand aus. »Bitte versteht mich doch, edle Kusine.«

»Doch versteht Ihr mich denn? Glaubt Ihr wirklich, daß unsere Juwelen uns trösten, wenn wir uns des Nachts in unseren leeren Betten wälzen oder uns totgeborene Kinder in die Arme

gelegt werden oder unsere Männer so lange fort sind, daß wir den Klang ihres Lachens vergessen haben? Ich spreche die Wahrheit, wenn ich sage, daß wir unter den Falten unserer Gewänder aus Satin und Samt blutige Wunden verbergen und des Trostes und der Stille bedürfen, die wir einst hier fanden.«
»Es bekümmert mich tief, daß Ihr Euch durch das Hospiz so verraten fühlt«, sagte Jutta traurig.
»So ist es ja gar nicht. Aber wäre der Abtei nicht auch mit einem kleineren gedient gewesen? Einige der Spenden hättet Ihr ebensogut für eine Vergrößerung der Bibliothek anlegen können oder für die Unterstützung der Gelehrten bei ihren Übersetzungen der arabischen Texte, die jetzt so große Beachtung finden. Und was ist mit dem Gästehaus? Wie kann der Abt dem königlichen Gefolge oder päpstlichen Gesandten in solch beengten Unterkünften seine Gastfreundschaft erweisen?«
»Der Abt wäre der erste, der Euch beipflichten würde«, sagte Jutta ruhig. »Tatsächlich teilt er die Bedenken, die Ihr geäußert habt, seit einiger Zeit. Er wird erfreut sein, daß Ihr eines Sinnes seid.«
»Besonders jetzt, da ich vor kurzem Witwe wurde und das Anwesen meines Gatten noch verteilt werden muß«, ereiferte sich die Besucherin.
Die Magistra war völlig entgeistert. »Gewiß trügen mich meine Ohren, edle Kusine. Ihr wollt doch nicht andeuten ...?«
»Ihr tut überrascht, doch mir ist nun klar, daß die Dringlichkeit Eurer Einladung viel mit den gegenwärtigen Nöten der Abtei, die Menschenschwärme hier zu speisen, zu tun hatte. Eine großzügige Spende, vielleicht im Namen des Markgrafen oder in meinem, zu seinem Gedächtnis?«
Frau Jutta fuhr zurück, als ob ihre Kusine sie geohrfeigt hätte. »Gott verzeihe mir«, flehte sie, »wenn meine Worte diesen Eindruck in Euch erweckt haben. Niemals, niemals war das meine Absicht. Ich hatte das dringende Bedürfnis, Euch etwas anzuvertrauen, Euch ein Geheimnis mitzuteilen, das ...« Ihre

Worte wurden undeutlich. »Ihr wart die einzige, der ich zu vertrauen wagte ...«
Sie griff nach ihrem Hals und wand sich, während der Schmerz sie würgte. Röchelnd umklammerte sie ihren Leib und fiel mit einem erstickten Schrei der Markgräfin zu Füßen.

❦

Der Schrei der Markgräfin war noch nicht verhallt, als Hildegard ins Zimmer der Magistra stürzte. Die Markgräfin hatte panisch und vergeblich versucht, das Blut der Äbtissin zu stillen, und flehte ihre Kusine nun schluchzend um Vergebung an. Bei diesem Anblick griff Hildegard nach der Lehne eines Stuhl, um nicht ohnmächtig niederzusinken. Frau Jutta lag ausgestreckt am Boden. Tapfer und wie blind in der Blutlache kniend, begann Hildegard, sie zu untersuchen. Als sie ihre geliebte Herrin aufhob und Juttas Arme dabei leblos herunterhingen, brach ihr Herz mitten entzwei. Damals in der Einsiedelei hatten diese Arme sie immer wieder gewiegt und sie dann von Tag zu Tag, von Gebet zu Gebet, vom eisigen Regen in die Sonne geleitet.
Hildegard spürte einen erstickenden Druck auf ihrer Brust, als sie zum ersten Mal die Hand erhob, um ihre Herrin zu segnen. Dann drückte sie die Magistra an ihr Herz, und nun wiegte die Tochter die Mutter, während die Markgräfin nach Atem ringend den Raum verließ. In diesem Augenblick zersplitterte Hildegards Gesichtsfeld wieder in die gezackten Prismen aus blitzendem Licht, und sie konnte nichts mehr sehen. Sie tastete nach Frau Juttas Wange und küßte ihre geliebte Trösterin, wiegte sie, bis die anderen kamen und sie fortbrachten.

❦

Volmar läutete die Glocke an der Pforte des Nonnenklosters, um seine Ankunft anzukündigen. Über ihm hing der Mond als schlanke silberne Sichel am Himmel. Seine Schönheit beruhigte ihn. Ein Novize eilte herbei, um das Tor zu öffnen. Als sie den Hof überquerten, wurden Volmar die Brust eng und die Hände feucht.

Die Nonnen wechselten sich am Krankenlager der Magistra ab. Ihr Zusammenbruch an diesem Tag hatte alle wie betäubt zurückgelassen. Die Nonnen hatten es kaum fertiggebracht, während der Morgenmesse ihre Gebete zu murmeln. Immer wieder verbargen sie die Gesichter in den Händen, um nicht Frau Juttas leeren Stuhl sehen zu müssen.

»Wie geht es ihr?« fragte Volmar Hildegard leise, als sie am Bett der Magistra standen.

»Ich habe ihr Mohnsirup gegeben, um ihre Schmerzen zu stillen«, antwortete sie. »Doch wenn ich ihre Hand berühre, ruft sie Euren Namen.«

Im Kerzenlicht wirkte Frau Juttas Haut fahl. Nur auf ihren Wangen glühten unnatürliche rote Flecken.

*»Das Fleisch an ihrem Herzen ist stark entstellt«, sagte Hildegard, mit geschlossenen Augen sehend. »Doch ein Flämmchen flackert noch.«*

»Vielleicht möchte sie beichten«, schlug der Mönch vor. »Falls sie sich bewegt, werden wir ihr die letzte Ölung geben.«

»Die sie selbst so vielen gespendet hat.« Hildegard schaute über Volmars Schulter.

*Sie strömten herbei, Scharen füllten den Raum, all die Seelen, die sie je ins Leben zurückgeliebt hatte.*

Volmar wunderte sich über das Lächeln, das sich nun langsam auf Hildegards Antlitz ausbreitete und Hildegards Müdigkeit und die dunklen Ringe unter ihren Augen vertrieb.

»Ich bin in der Kapelle, solltet Ihr mich brauchen«, erklärte sie. Als er nach unten schaute, sah er, daß Frau Jutta die Augen aufschlug.

»Näher«, hauchte sie, und als er sich zu ihr beugte, umklammerte sie mit festem Griff sein Handgelenk. Es schien ihm, als wäre jeder Tropfen ihrer Kraft in ihre Finger geströmt, so daß die Venen sich als knotige blaue Stränge von ihrem Handrükken abhoben.

»Hört mir genau zu! Hildegard ...« Erschöpft von den wenigen Worten schloß sie abermals die Augen. Schweißperlen durchtränkten den Saum des Leintuches, das ihren Kopf bedeckte. Sie hielt sein Gelenk noch immer grimmig umklammert.

»Mein Sohn«, begann sie wieder. Tränen rannen ihr aus den Augen. »Seit ihrer Kindheit hat Hildegard Dinge gesehen und erfahren, die uns verborgen sind, auch wenn sie nicht wagt, von ihnen zu sprechen. Ihre Gesichte sind wahrhaftig von Gott, erfüllen sie jedoch mit Furcht.« Sie preßte sein Handgelenk noch fester. »Versprecht mir, daß Ihr sie niemals im Stich lassen werdet«, bat sie. »Ich stelle sie unter Euren Schutz.« Ihre Hand wurde schlaff, als würde sie schmelzen. »Mein Sohn, betet für mich, wenn ich gestorben bin«, flüsterte sie.

Volmar war schwindlig. Er hielt sein Ohr an ihren Mund und stellte erleichtert fest, daß ihr Atem zwar schwach, aber dennoch regelmäßig ging. Sie war eingeschlafen.

Noch in dieser Stunde brachte Volmar ihr die Eucharistie. Darauf legte er ihr ein Kruzifix zum Kuß auf die Lippen. »Im Namen Jesu Christi, meine Herrin, gelobe ich Euch, zu tun, wie Ihr mich geheißen habt«, hörte er sich selbst flüstern.

Mit geschlossenen Augen kniete er neben ihrem Lager, während er gemeinsam mit ihren Töchtern das Miserere anstimmte, den alten Psalm über das Herz, das sich danach sehnt, die Heimreise zu beginnen: »Entsündige mich mit Ysop, daß ich rein werde; wasche mich, daß ich weißer als Schnee werde.« Der Abt näherte sich, um ihre Stirn, die Hände und die Füße mit dem heiligen Öl zu salben und sie zum letzten Mal zu segnen.

Um Mitternacht erwachte Hildegard plötzlich in ihrer Nische, wo sie allein gesessen hatte, um zu beten.
*Als sie aufblickte, sah sie eine Woge aus goldenem Licht schwebend dreimal aufleuchten, ehe sie verging.*

❦

Die neuen Gesänge erhoben sich in der Kapelle und wurden den Berghang hinuntergetragen. Als sie die Höhen vernahmen, zu denen sich die Stimmen emporschwangen, spitzten die Köche im Backhaus die Ohren, und die Schreiber schauten von ihren Pergamenten auf. Die melodischen Sprünge des melismatischen Gesanges betörten sie. Hatte je zuvor ein Lied so viele Noten gehabt? Welcher Komponist hatte solche erlesenen Höhenflüge gewagt und daran geglaubt, daß die menschliche Stimme sie zu erreichen vermochte?
Hildegard hatte die Melodien zuerst in ihrer Seele gehört, als sie eines Morgens nach ihrer Wahl zur Magistra aufgeregt in ihrem neuen Bett gelegen hatte. An diesem Morgen war ihr ihre Wahl noch wie ein Traum vorgekommen. Kaum hatte sie von Frau Jutta auf dem Totenbett Abschied genommen, als sie auch schon zu ihrer Nachfolgerin gemacht wurde. Es war alles so schnell geschehen, daß es ihr immer noch unwirklich erschien. Wie aus einem überquellenden Brunnen waren die Töne in ihr angeschwollen und übergeflossen. Da hatte sie sich ein Herz gefaßt, die einfachen Psalmen, die sie auf Frau Juttas Knien gelernt hatte, mit Ornamenten zu versehen. In ihr strebten die Töne empor, als stiege ihre Stimme eine Leiter aus Licht bis zu einer gewissen Sprosse hinauf, ließe sich dann sanft fallen, um sich sogleich wieder emporzuschwingen.
Sie sang die Psalmen das erste Mal in der Kapelle, als sie mit einigen Nonnen nach der Vesper dort zurückgeblieben war, um zu beten. Die Musik schien sich unaufhaltsam aus ihr zu ergießen. Ehrfurcht ergriff sie. War sie in der Musik, oder war die

Musik in ihr? Gertrud und Gisla waren starr vor Staunen gewesen, und Hiltrude sprang auf. Hildegard hatte unbeirrt weitergesungen; unfähig, innezuhalten, erkannte sie so deutlich wie nie zuvor, daß sie von einem Mysterium umgeben war.

*Während sie sang, begann sie die Farben der Töne zu sehen wie damals als Kind, als die Gesänge der Mönche auf dem Disibodenberg sie zum ersten Mal ergriffen hatten.*

Nun sang sie diese Melodien als Magistra mit ihren Schwestern, und ihre Töne schwebten den Berghang hinunter. Noch beim Singen überwältigte sie eine neue Erkenntnis: Nach all den Jahren, in denen sie sich bemüht hatte, die Barrieren zwischen ihr und ihren Schwestern niederzureißen, mußte sie als achtunddreißigjährige Magistra eine neue Einsamkeit ertragen lernen. Sie erkannte die Kluft – drei kleine Stufen zwischen ihrer Welt und der ihrer Töchter. In der Kapelle stand ihr Stuhl allein auf einer Insel aus samtenen Kissen. Nie wieder würde sie über Geheimnisse tuscheln oder mit den anderen ihre kleinen alltäglichen Erlebnisse austauschen. Frau Jutta, verlaßt mich nicht, flehte sie.

Nun ebbte ihr Lied ab, und ihre Stimme fügte sich wieder in den Gesang ihrer neuen Töchter ein: »Schau auf ihn, so möget ihr vor Freude strahlen und euer Antlitz möge schamvoll nicht erröten.«

Obgleich sie diese Worte schon tausendmal gesungen hatte, verschloß sich ihre Kehle ihnen jetzt. Hildegard war wie gelähmt, als ihr bewußt wurde, was sie sich nie hätte vorstellen können: Frau Jutta war tot, und sie war Magistra.

❦

Als Hildegard von den Büchern auf ihrem Pult aufschaute, sah sie zu ihrer Erleichterung Vater Volmar. Er war ihr Rechtsbeistand, und sie benötigte seine Unterschrift auf einer Urkunde, die eine neue Schenkung bestätigte. Seine Gegenwart war ebenso beruhigend wie sein Rat unverzichtbar. Wenn einer der Stifter sie bat, ihn zu beschreiben, lobte sie als erstes seine Voraussicht und unerschütterliche Geduld, hatte aber Mühe, seine äußere Erscheinung zu schildern. Er kam nur, um zwei Messen zu zelebrieren, eine für die Nonnen und eine für die Stifter. Zweimal im Monat nahm er den Nonnen die Beichte ab.

»Obgleich ich ihn täglich sehe, habe ich ihn mir wohl nie angeschaut«, wunderte sie sich.

»Ihr müßt erleichtert über den Abschluß dieser Angelegenheit sein, Herrin«, sagte Volmar, während er seine Feder ins Tintenfaß tauchte. Ihre Augen beobachteten ihn, während ihre Ohren dem langsamen Kratzen seiner Feder auf dem Pergament folgten. »Eure Pflichten nehmen kein Ende, nicht wahr?« sagte er lächelnd.

»Ich könnte gut und gerne meine gesamte Zeit auf die Überwachung der Zölle und Ernten verwenden«, stimmte sie ihm zu. »Jetzt weiß ich auch, warum die Meisterinnen das Gelübde des Gehorsams so sehr achten, andernfalls würden sie niemals die Zeit zum Beten finden.«

»Aber schaut, was Ihr bereits geleistet habt!« begeisterte sich Volmar. »Die Dorfpacht ist eingetrieben, die Brückenzölle sind eingenommen, und ein Großteil der Mühlsteuer ist bezahlt. Und Eure Bücher sind so sorgfältig geführt, daß alles seine Ordnung hat.« Er zeigte auf das aufgeschlagene Hauptbuch.

»Wenn die Brüder auf den Gütern im Norden die erwarteten Erträge einbringen, wird es die beste Weizenernte seit Jahren.«

Der Propst lachte. »Ihr werdet sehen, nach dem ersten Schnee wird das Leben ruhiger«, versicherte er ihr. »Auch die Erde muß sich erholen.«

»Wie wir alle«, seufzte sie. »Ihr auch, Vater Volmar.«

Er lächelte, nickte kurz und erhob sich. Ihre Arbeit war beendet. Dennoch zögerte er, aufzubrechen.

»Euch gebührt meine aufrichtige Bewunderung, Herrin. Ihr habt Euer Geheimnis gut gewahrt.«

»Geheimnis?« Hildegard war verwirrt. »Was meint Ihr damit?« Angespannt fragte sie sich, was er gesehen oder gehört haben mochte.
»Eure Gabe für die Musik, Herrin. Eure Kompositionen.«
»O ja, natürlich!« Sie war erleichtert. »Für meine Töchter.«
»Und auch für Eure Brüder«, sagte er. »Für Bruder Wilhelm, um nur einen zu nennen«, fügte er hinzu.
Hildegard blickte mißtrauisch. »Erspart mir Eure Scherze, Vater Volmar. Bruder Wilhelm weigert sich anzuerkennen, daß Nonnen sprechen können, vom Singen ganz zu schweigen.«
»Bei allem Respekt, Herrin, Bruder Wilhelm hat selbst beim Abt um die Erlaubnis gebeten, Abschriften Eurer neuen Antiphone an die Heilige Jungfrau zu erhalten. Er möchte die Chöre der Abtei und des Klosters zu Michaelis zusammenführen, wenn der neue Statthalter von Mainz seinen ersten Besuch bei uns macht.«
Bruder Wilhelm? Hildegard überlegte. Das konnte doch nicht sein! Als Präzentor hatte er sich ernsthaft gegen die Gründung ihres Klosters ausgesprochen.
Volmar grinste vergnügt. »Es scheint, edle Herrin, daß Eure Lieder ihn entwaffnet haben.«
Zum ersten Mal bemerkte Hildegard die grauen Strähnen in Volmars dunklem Haar. Ihr fiel ein, daß er sich jedesmal bückte, wenn er durch ihre Tür trat, und daß seine Stimme so ruhig war wie die Wärme des Sommers. Wahrlich Erkenntnisse.

❦

Als Hildegard vorsichtig den vereisten Weg zur Empfangshalle der Abtei entlangbalancierte, fragte sie sich, ob eine Mahlzeit mit den Stiftern an der Tafel des Abts als Arbeit oder Buße galt. Abt Kuno bat sie nun häufiger um ihre Anwesenheit, denn die Nachricht von seiner Freigebigkeit hatte sich verbreitet. Da er vor Abt Adelhuns Ableben Cellerar gewesen war, hatte er Jahre mit der Buchführung über den Besitz der Abtei verbracht. Nun hatte er die Macht, über ihn zu verfügen. Obgleich er nur mittelgroß war, wirkte er viel größer aufgrund seiner stämmigen Figur und seines dicken Nackens und der Art, wie er seine Arme kräftigen Rudern gleich in den Schultern schwang, um sich voranzuschnellen.

Auch heute stellte er sie wie üblich als Magistra vom Disibodenberg und ehemalige Oblatin der Frau Jutta von Sponheim vor.

Als sie vom Tageslicht ins Dunkel der Empfangshalle trat, mußten Hildegards Augen sich erst an das dämmrige Licht gewöhnen. Eine Reihe silberner Kelche glänzte auf der Tafel und gaben ihr einen Hinweis auf die Bedeutsamkeit der Gäste. Sie machte sich bereit, einen Raum voller Fremder zu begrüßen. Der Abt erschien. Sein Gesicht war vom Wein gerötet, der Kragen seiner Robe bereits dunkel von Schweiß.

»Eine glückverheißende Zusammenkunft, liebe Hildegard«, flüsterte er ihr zu, während sein säuerlicher Atem ihr die Luft nahm. »Bedeutende Gäste, die Ihr unbedingt kennenlernen müßt.«

Hildegard seufzte. Seit sie Magistra geworden war, hatte sie versucht, sich gegen Kunos Forderungen zur Wehr zu setzen, damit sie nicht zu sehr von ihm vereinnahmt wurde.

»Einen Augenblick noch«, bat sie. Mühelos entdeckte sie Volmars schwarze Kutte unter den seidenen Standarten am anderen Ende der Halle. Er schien Gefangener eines rotgesichtigen Grafen, der gerade seine Faust schüttelte und wahrscheinlich dabei war, zu verkünden, daß seine Leibeigenen ein faules, diebisches Pack seien.

Doch der Abt ließ sich nicht abweisen. »Erlaubt mir, hohe Herrin«, sagte Kuno und schob sie auf eine Gruppe von Gästen zu. Als sie näher kamen, öffnete sich der Kreis.

»Euer Exzellenz, darf ich Euch unsere Magistra, Frau Hildegard von Bermersheim, vorstellen?« krächzte Kuno heiser.

»Herrin, Seine Exzellenz Fürst Heinrich Moguntin, unser neuer Erzbischof von Mainz.«
Hildegard schaute hinauf in die blauen Augen eines Riesen. Der weißgoldene Bart und das ebenso weißgoldene Haar des Bischofs bildeten einen herrlichen Kontrast zu seinem lapisblauen, mit Hermelin abgesetzten Samtumhang. Er trug ein goldenes Kreuz mit einem funkelnden Rubin. Als er sich ihr näherte, spürte Hildegard die Wärme seines Körpers.
»Es ist mir eine Ehre, Herrin.« Langsam befeuchtete er sich die Lippen. »Ich höre, daß Eure Töchter in zwiefacher Hinsicht gesegnet sind. Ihr führt sie nicht nur, sondern inspiriert sie auch mit Eurer Musik.« Als er noch näher kam, wich sie einen Schritt zurück, beunruhigt von der Art, in der seine Augen über ihr Gesicht und ihren Körper glitten.
»Euer Exzellenz«, murmelte sie.
»Man hat mich ebenfalls davon unterrichtet, daß Eure Antiphone an die Heilige Jungfrau erlesen seien«, sagte und starrte in ihre veilchenfarbenen Augen. »Wann darf ich sie hören?«
Erschrocken wandte sie sich an Kuno.
»Zu Michaelis, wie vorgesehen, Euer Exzellenz«, erwiderte der Abt unruhig.
»Michaelis?« Er runzelte die Stirn.
»Zu Eurem geplanten Besuch, Euer Exzellenz.«
»Prächtig!« rief er aus, die Augen immer noch auf Hildegard geheftet. »Ich freue mich auf diese einzigartige Gelegenheit.« Er wandte sich beiläufig der Frau neben ihm zu und raunte: »Ich hoffe, auch Ihr werdet uns mit Eurer Anwesenheit beehren, edle Dame.«
Hildegard begegnete den Augen der Markgräfin von Stade.
»Frau Magistra«, die Frau machte eine spöttische Verbeugung, »ich hatte gehofft, Euch zu überraschen. Ist es mir gelungen?«
Hildegard blinzelte. Sie hatte die Markgräfin seit Frau Juttas Begräbnis nicht gesehen. Damals hatte sie in schwarze Schleier gehüllt abseits gestanden und war anschließend verschwun-

den. Die Veränderung war verblüffend. Heute zog ihre wahrhaft königliche Erscheinung aller Augen auf sich. Ihr glänzendes, mit einem Reif aus Opalen gekröntes Kupferhaar war zurückgesteckt und lockte sich in ihrem Nacken. Ihr mandelfarbenes Kleid raschelte bei jedem Atemzug. Der tiefe Ausschnitt und die langen, weiten, mit hyazinthfarbenem Samt abgesetzten Ärmel verstärkten den überwältigenden Eindruck noch. Ihr Gürtel war mit goldenen Blättern bestickt. Hildegard erkannte den Duft von Lavendel.

»Wir sind Nachbarinnen«, gurrte die Markgräfin. »Meine Residenz liegt hier im Tal, ganz in der Nähe meiner geliebten Abtei, die ich stets als meine zweite Heimat betrachtet habe.« Ihre Augen lächelten süß. »Wir werden uns nun, da Ihr Magistra seid, gewiß öfter begegnen. Wie wunderbar, zu erfahren, daß Ihr die Nachfolge von Frau Jutta angetreten habt, meine Liebe. Das tröstet mich ein wenig über ihren Verlust hinweg.«

*Hildegard erschauerte, denn in ihren Ohren gellte abermals der Schrei der Markgräfin, als Jutta zu Boden stürzte.*

Angelockt von den Safrandüften der Gerichte, begannen die Gäste an der Tafel Platz zu nehmen. Dampfende Schüsseln standen neben Platten voller Klößchen mit schwarzen Johannisbeeren und mit Pfeffer und Zimt gewürzten Wildgerichten. Der Wein floß in Strömen, und die Tischgespräche wurden angeregter. Erzbischof Heinrich saß nicht weit von Hildegard entfernt. Sie beobachte ihn und folgte seinen ruhelosen Augen, die ständig durch den Raum schweiften. Doch als er ihrem Blick begegnete, starrte er ihr so dreist ins Gesicht, daß sie wegsah. Ihre Zunge fühlte sich geschwollen an, und sie konnte nicht mehr schlucken. Als sie einen weiteren Blick riskierte, starrte er sie wieder an ihr und beobachteten sie genau, während er sich in allen Einzelheiten nach den Familien ihrer hochwohlgeborenen Töchter erkundigte. Zwar betörte sie sein verhaltenes Lächeln, doch seine neugierige Fragen versetzten sie in Unruhe. Sie sah auch, daß er seine Augen kaum von der

Markgräfin losreißen konnte, und sie verfolgte aufmerksam das Spiel ihrer Blicke. Ohne ihn auch nur einmal zu beachten, zog die Markgräfin Heinrich mit meisterhafter Geschicklichkeit in ihren Bann, indem sie beiläufig bemerkte, daß ihre Tochter Luitgard einstige Königin von Dänemark und Hartwig, ihr Sohn, der gegenwärtige Dompropst zu Bremen war. Während sie mit den Erfolgen ihrer Kinder prahlte, lehnte sich Kuno in seinem Stuhl zurück und blähte sich förmlich vor Zufriedenheit. Sein Ornat war fettbespritzt, und er befingerte selbstvergessen seinen Weinbecher.
In Hildegards Kopf schien sich alles zu drehen. Die Aufmerksamkeit des Erzbischofs hatte sie in Verlegenheit gebracht, und auch das Wiedersehen mit der Markgräfin verunsicherte sie auf unbestimmte Weise. Sie fühlte sich wie in ein geheimnisvolles Netz verstrickt. Der Gedanke erschreckte sie. Die Welt, aus der diese Menschen kamen, war ihr fremd und unheimlich.

❦

»Was quält denn die ehrwürdige Mutter diesmal?« Ilse beugte sich über ihre Stickerei und zuckte, als sie sich zum zweiten Mal in den Finger stach.
»Bitte«, flehte Hiltrude, »vergiß nicht, daß sie jetzt unsere Magistra ist. Alles ist anders. Wir können nicht mehr erwarten …«
»Das wissen wir doch«, unterbrach Ilse. »Ich meine, warum sie in der Kapelle auf und ab geht, während wir die Gesänge für Michaelis proben. Gestern hat sie Schwester Kantorin mitten in einer Zeile das Monochord entrissen und darauf bestanden, selbst zu spielen. Ich verstehe nicht, warum sie so aufgeregt ist. Inzwischen könnten wir die Antiphone doch im Schlaf singen.«
»Ich vermute, der Abt bedrängt sie und fordert Vollkommenheit, weil Erzbischof Heinrich anwesend sein wird«, meinte Gisla.
»Ich habe gehört, daß Seine Exzellenz ausgesprochen gut aus-

sieht«, schnurrte Ilse, während sie einen neuen Faden einfädelte. »Zwei Mägde haben ihn gesehen, als er seinen Hengst am Tor bestieg. Sie sagen, das Spiel seiner Schultermuskeln unter dem Umhang sei ganz außerordentlich gewesen.«

»Ach tatsächlich, Schwester Ilse?« schnaubte Gertrud und zog die Augenbrauen hoch. »Waren es nicht die Schultern eines Mannes, die die Neugier einer gewissen Nonne aus Watton erregten. Und schaut nur, welches Schicksal sie ereilte!«

Ilse knirschte mit den Zähnen. Gertrud fuhr sie für gewöhnlich bei jedem Wort an, wie ein Hund nach einem Knochen schnappt. »Erspare mir deine Verdächtigungen, Gertrud. Mußt du immer so vorschnell urteilen?«

Doch die anderen, angespornt durch Ilses Bemerkung, drängten Gertrud, ihnen noch einmal die Geschichte der englischen Nonne zu erzählen.

»Eine wahre Geschichte«, betonte Gisla und räusperte sich. »Bezeugt von Ailred, dem Abt von Rievaulx.«

»Ein vierjähriges Mädchen wurde auf der Schwelle des Klosters Watton von Erzbischof Henry von York abgesetzt«, begann Gertrud genüßlich.

»Aus unbekannten Gründen ...« fügte Gisla hinzu.

»Doch als sie älter wurde«, beeilte sich Gertrud fortzufahren, »wurde deutlich, daß ihr die Berufung zur Nonne fehlte. Das Mädchen stolzierte herum wie ein Hürchen und verführte bei der erstbesten Gelegenheit einen Mönch. Das Paar gab sich seiner Lust hin, bis Verdacht aufkam und der Mönch fliehen mußte. Die schuldige Nonne bekannte ihre Schuld und wurde in den Kerker geworfen. Sie humpelte in Ketten herum, als ihre entsetzten Schwestern erfuhren, daß sie schwanger war. In ihrem Zorn suchten sie die Mönche auf und fingen gemeinsam mit ihnen den schuldigen Bruder ein. Sie schleuderten ihn zu Boden, reichten ihm ein Messer und verlangten, er solle sich auf der Stelle vor seiner schwangeren Buhle kastrieren.«

Gisla schrie auf, und Kunigunde schlug die Hand vor den

Mund, während Hiltrude entgeistert dreinsah. Doch Ilses Wangen waren gerötet, und ihre Lippen hatten sich zu einem Lächeln geöffnet.

»Da siehst du, was geschehen kann!« rief Hiltrude anklagend.

Aber Ilse ließ sich nicht einschüchtern.

»Ihr einziges Verbrechen war die Liebe«, beharrte sie. »So etwas hätte jeder von uns zustoßen können.«

»Doch nicht hier und auch nicht dir«, spottete Gertrud.

»Wie hartherzig du bist, Gertrud«, flüsterte Ilse heiser. »Und wie unversöhnlich.«

Alle schauten zu Boden.

Hiltrude spürte, wie ihr Magen sich zusammenzog. Es war schon wieder geschehen. Warum ließ Gertrud keine Gelegenheit aus, Ilse zu demütigen und auf ihren Schwächen herumzuhacken? Die anderen betrachteten Ilses romantische Anflüge als Zerstreuung. Warum konnte Gertrud das nicht auch tun? Warum lauerte sie ihr ständig auf, um sich dann auf sie zu stürzen. Und warum, um Gottes willen, gefiel ihnen diese abscheuliche Geschichte so sehr, obwohl sie wußten, welche Unruhe sie verursachte?

Die schwerlastende Stille wurde nur vom Scharren von Gertruds Füßen und Gislas Seufzern durchbrochen. Ilse brach in Tränen aus, schleuderte ihre Stickerei zu Boden und stieß sie mit dem Fuß aus dem Weg, als sie aus dem Zimmer stürmte.

❦

Michaelis. Über Nacht wurden die grauen Granitmauern mit frischgeschnittenen Kiefernästen und Zweigen grellroter Beeren geschmückt, und der würzige Duft von Harz mischte sich mit dem Aroma des Weihrauchs in der kühlen, schon winterlichen Luft. Die Gäste in der Kirche merkten gespannt auf, als Seine Exzellenz Erzbischof Heinrich in der Tür erschien und sich in die Prozession einreihte.

Bei seinem Anblick verkrampfte sich Hildegard, und ihr Herz begann wild zu schlagen. War der Tag wirklich gekommen? War es wirklich soweit? Als er seine Augen über die Menge schweifen ließ, erstarrte sie und betete, er möge sie nicht anschauen. Er war noch schöner als in ihrer Erinnerung. Sie wurde von Furcht ergriffen. Wenn sie nun den Mund öffnete und nicht singen könnte? Wenn sie alles vergessen hatte? All die Wochen voller Proben, alle ihre Ansprüche auf Vollkommenheit, die ihre Schwestern fast zum Wahnsinn getrieben hatten! Warum hatte sie Seiner Exzellenz nur versprochen, daß ihre Marienlieder zu Michaelis gesungen würden? Was hatte sie sich dabei nur gedacht?

Als sie das Mittelschiff entlangging, starrte Hildegard geradeaus und gestattete sich keinen Blick auf ihn. Seit kurzem errötete sie sogar in der Kapelle, wenn Gedanken an ihn, die nicht ganz so fromm waren, die Festung ihrer Gebete erstürmten. Als er nur auf Armeslänge entfernt an ihrer Nische vorbeischritt, hämmerte ihr Herz noch lauter.

Lieber Gott, wie sollte sie weiterleben, wenn er ihre Gesänge eintönig fand?

Im Laufe der Wochen war diese Vorstellung unerträglich geworden, hatte ihre Ängste gesteigert und ihre Seele beschattet. Was, wenn die Novizinnen ihre Einsätze verpaßten oder jemand hustete oder falsch sang? Und am schlimmsten von allem: Was, wenn man ihre Kompositionen verspottete, weil ihre Noten die Grenzen des Chorals sprengten?

*Als sie zu singen begann, hüllte das Licht sie plötzlich ein und hob sie in die Höhe.*

Danach erinnerte sie sich an nichts mehr. Nur noch an Glückseligkeit.

An dem Flüstern um sie herum erkannte sie, daß die Messe zu Ende sein mußte. Die Augen des Abtes leuchteten. »Frau Magistra, Eure Musik war erhaben.«

Wo war sie gewesen? Betäubt vernahm sie das Hüsteln des Abtes, als er ihren Ellbogen berührte, um ihr zu verstehen zu geben, daß sie sich dem Schlußchoral anschließen solle. Sie sah nur, wie Licht sich aus dem Chorgestühl und aus der Menge zu ihren Seiten erhob, als sie in die blendende Helligkeit des Schnees und der Wintersonne schritt.

Auf einmal stand Volmar freudestrahlend im Eingang zum Saal.

»Eure Gesänge haben ihnen den Atem verschlagen, Herrin«, stieß er hervor. Dann war sie auch schon von Menschen umringt, die sie überwältigt von der Reinheit ihrer Musik mit Lobeshymnen überschütteten. Sie nickte, doch sie konnte sich an nichts erinnern.

Die Gäste brachen auf. Außer den Novizinnen, die die Tische abräumten und die Bänke wieder an die Wand stellten, war niemand mehr im Saal. Volmar stand am anderen Ende der Halle und sah zu, wie die Magistra die letzten Besucher verabschiedete und dann auf einen Stuhl sank. Auf diesen Augenblick hatte er gewartet.

»Bruder Wilhelm ist gleich auf mich zugekommen und hat mir erzählt, seine Brüder hätten noch nie mit solcher Freude gesungen«, verkündete sie, als er näher kam. »Seine Dankbarkeit hat mich beschämt.«

»Wie Eure Gabe uns beschämt hat, Herrin. Wie hätte es anders sein können? Eure Gesänge haben den Vorhang des Himmels gelüftet!« rief der Mönch. »Und diese Kunde wird rasch verbreitet werden.«

»Von einigen«, murmelte sie und wandte den Blick ab.

»Von allen, die Ohren haben, Herrin«, beteuerte er.

»Außer Seiner Exzellenz, Bischof Heinrich.«

Volmar seufzte. »Zu schade, daß er vor dem Gesang nach Mainz aufbrechen mußte. Doch er läßt sein Bedauern ausrichten.«

»Sonst nichts?«

»Eure Musik war himmlisch, Herrin.« Volmar wich ihrer Frage aus.

Doch Hildegard starrte ihn an. Sie wußte jetzt, daß Erzbischof Heinrich kein Interesse an ihren Antiphonen hatte. Er war aus anderen Gründen gekommen.

»Herrin?« Volmar runzelte besorgt die Stirn, denn ihre Lippen zitterten und ihre Zähne schlugen aufeinander.

Hildegard sprang auf, widerstand ihrem Drang, mit Fäusten gegen die Wände zu trommeln oder gar sich zu geißeln. Irgend etwas zu tun!

»Närrin! Närrin!« schalt sie sich selbst. Volmar beiseitestoßend, stolperte sie aus dem Saal. Heiße Tränen strömen ihr aus den Augen, und der Geschmack von Asche würgte sie im Hals.

❦

Seit vier Tagen schneite es ununterbrochen. Nur noch die Spitzen des Tors der Abtei ragten wie schwarze Fingerkuppen aus dem Schnee. Man brauchte die Kraft von sieben Männern, um die eisverkrusteten Schneewehen am Tor beiseite zu schieben. Unaufhörlich blies ein erbarmungsloser Wind.

Die Nonnen froren die ganze Mette hindurch und ließen sich sofort danach, noch in ihre wollenen Umhänge gehüllt, in ihre Betten zurückfallen. Erst kurz nach der Terz fanden sie sie. Hildegard lag mit dem Gesicht nach unten auf dem Boden des Kreuzgangs. Ihr Schleier war zur Seite gerutscht und bedeckte ihre linke Wange. Die rechte Wange war blau angeschwollen.

Stumm vor Schmerz vernahm Hildegard die auf sie zueilenden Schritte, dann die entsetzten Schreie, als sie sie aufhoben und Hiltrude ihren Kopf in die Hände nahm. In ihrem Bett liegend, lauschte sie dem besorgten Raunen, doch sie war zu benommen, um zu sprechen.

»Kein Wunder, daß das Zittern nicht nachläßt«, jammerte Gisla. »Ihre Knochen müssen ja ganz taub sein, so lange wie sie auf den eisigen Steinen gelegen hat.«

»Aber ihre Hände sind doch glühend heiß«, wunderte sich Hiltrude. »Wenn sie uns nur sagen könnte, was geschehen ist.«
Doch Hildegard wußte, daß sie es sowieso nicht verstehen würden. Wie konnte sie ihre plötzlichen Visionen erklären, die jederzeit und überall ohne Vorwarnung über sie hereinbrechen konnten und sie mit Worten und Bildern berauschten, die sie erbeben ließen. An diesem Morgen war es wieder geschehen, als sie gerade dabei war, einen Leinsamenumschlag um das Bein eines Pilgers zu wickeln. Ihr Kopf glühte vor Schmerz, als ob jemand einen Glassplitter in ihre Stirn trieb. Von Übelkeit ergriffen verließ sie den Raum und erreichte den Kreuzgang, wo sie von der Vision eines riesigen, strahlenden Sternes, der vor ihren Augen zerbarst, überwältigt wurde und beinahe erblindete. Dann ging ein Regen von Sternen auf sie nieder, die einzeln aufblitzten, ehe sie in einen dunklen Abgrund stürzten. Ohnmächtig vor Schwäche blieb sie zurück.
Was, in Jesu Namen, war ihr geschehen? Was bedeutete diese Schau? Und warum hatte sie sie mit solcher Gewalt ergriffen? Und danach – Leere.
Zwei Tage vergingen, ehe sie die Augen öffnete. Volmar hatte sich bereit erklärt, bei ihr zu wachen, während Hiltrude ins Herbarium ging, um Arzneien für ihre Verletzungen zu holen. Hildegard befühlte ihre Wange. Sie war völlig taub. Als sie aufschaute, sah sie in Volmars lächelndes Gesicht, doch hinter ihm, vom Lebendigen Licht übergossen, stand Frau Jutta. Hildegard war tränenüberstömt, und ihre Lippen waren so aufgesprungen, daß sie kaum sprechen konnte.
*»Werde ich wahnsinnig, Mutter?« rief sie Frau Jutta verzweifelt zu.*
Der Mönch fuhr zurück.
*»Als ich in den Wind fiel«, flüsterte sie heiser, »verschmolzen meine Ohren mit seinem Geheul, und meine Augen zersprangen in Prismen aus Licht.«*
Ihre Finger zerrten an der Decke.

*»Als der Himmel sich teilte, öffnete sich mein Schädel wie die Blüten einer Blume, und ein blendendes Licht kam und durchströmte mein Gehirn ...« schluchzte sie. »Und sein Glanz durchglühte mir Herz und Brust gleich einer Flamme, wie die Sonne die Erde mit ihren Strahlen erwärmt. Inmitten dieses Glanzes erschloß sich mir plötzlich der Sinn der Schriften der Propheten, des Psalters und der übrigen Bücher des Alten und Neuen Testaments.«*

Ihr Kiefer wurde schlaff, ihre Augen starr, während sie angestrengt zu lauschen schien. Dann begann sie ihren Kopf von einer Seite auf die andere zu werfen.

*»Aber, Herrin, die Stimme aus dem Licht sprach zu mir: ›Gebrechlicher Mensch, Asche von Asche, Moder vom Moder, sage und schreibe, was du siehst und hörst!‹ Dreimal erscholl die Stimme. Ich höre sie noch!«*

Ein ersticktes Schluchzen entrang sich ihrer Kehle. Ihre Augen weiteten sich, als sie zurückweichend in die Kissen sank.

*»Nein, nein, Herrin, ich kann nicht!«*

Ihr Schrei zerriß die Stille im Raum.

*»Ich wage es nicht! Warum habt Ihr mich mit dieser Bürde allein zurückgelassen?«*

Vor Angst begann sie, stoßweise zu atmen, während sie versuchte, sich auf ihren Ellbogen zu stützen, aber sogleich wieder zurücksank.

»Herrin?« fragte Volmar sanft.

Ihre Augen sahen durch ihn hindurch und irrten pfeilschnell umher. »Wo ist Frau Jutta geblieben?« Sie begann zu weinen.

Volmar erstarrte. »Ich weiß es nicht, Herrin«, antwortete er ruhig. »Vielleicht kehrt sie zurück, wenn wir gemeinsam beten? Doch zuerst müßt Ihr ruhen.«

Volmars Verstand raste. Die Hände in seinen Ärmeln verbergend, umklammerte er seine Ellbogen in dem Versuch, sich zu fassen. War Frau Jutta wahrhaftig zugegen, oder fieberte die Magistra in ihrer Krankheit? Warum war ihr Gespräch mit

Frau Jutta so streitbar gewesen und ihre Fragen an Frau Jutta so unnachgiebig? Und warum, um Gottes willen, war ausgerechnet er eingeweiht? Was sollte er tun?
Hildegard zupfte an seiner Kutte. »Wie bin ich hierhergekommen?«
»Eure Töchter haben Euch ohnmächtig auf dem Boden im Kreuzgang gefunden.«
»Aber Frau Jutta war hier, ich habe sie gesehen, *ich habe ihr gesagt* ...« Sie schluckte die Tränen hinunter.
»Ich glaube Euch, Herrin. Ich habe Eure Worte gehört.«
»Meine Worte?« Ihr Blick war trotzig.
»Ihr spracht von der Stimme in Eurer Schau, von der Stimme aus dem Licht.«
»Nein! Ihr habt nichts gehört!« schrie sie. »Nichts, schwört es mir!«
»Herrin, hört mir zu«, sagte er fest. »Als Frau Jutta im Sterben lag, hat sie mir von Euren Gesichten gesprochen und mich gebeten, Eure Gabe in jeder Hinsicht zu nähren. Ich mußte ihr schwören, daß ich tun würde, wie sie mir geheißen hat, und ihr willfahren.«
Hildegard fuhr zurück, als hätte er sie geohrfeigt.
»Ihr zu willfahren?« brauste sie auf. »Und was ist mit mir? Ist mein Wille, nun, da ich verlassen bin, ohne Belang?«
»Verlassen, Herrin?« stotterte Volmar. »Ihr meint« – er stockte und schaute nach hinten über seine Schulter – »weil sie verschwunden ist wie eben?«
»Und wie das erste Mal, als sie mich ohne Vorankündigung verließ. Ich war allein, völlig verlassen, ohne jemanden, der meine Visionen, meine Geheimnisse verstand. Ich hatte niemanden außer ihr.« Sie begann zu schluchzen. »Sie hat mich einfach unvorbereitet zurückgelassen.«
Volmar betete um die Kraft, sie beruhigen zu können. »Vergebt mir, Herrin, ich wollte Euch nicht kränken, nur helfen.«
»Niemals!« Sie wandte den Kopf zur Seite. »Laßt mich allein!«

Einundzwanzig Tage lang schien die Magistra kaum zu atmen. Die Nonnen erschauerten voll Angst, wenn sie sie badeten, denn ihre Haut war nur noch wie ein dünner Schleier. Sie würgte beim Essen und verweigerte sogar den mit Honig gesüßten Brei, den man in der Klosterküche für sie bereitete. Schließlich gelang es Hiltrude, sie mit Brotkrumen und kleinen Schlucken Bier zu füttern, doch sie sah immer noch aus wie ein Gespenst. Tag für Tag lag sie mit angezogenen Knien auf ihrer Bettstatt, das Gesicht zur Wand gedreht.

»Wohin ist unsere Herrin entschwunden?« flüsterte Gisla, während sie Hildegards Stirn und Gelenke betupfte.

»Und wann wird sie wieder zu uns zurückkehren?« flüsterte Ilse, womit sie die größte Angst aller aussprach.

Unablässig ging Volmar im Hof auf und ab. Seine Seele war in Aufruhr. »Wo sie jetzt wohl ist?« fragte er sich ununterbrochen. »Was sieht sie?« Er preßte seine Fingerspitzen gegen die Stirn; die Augen brannten ihm vor Übermüdung. Wie lange würden ihre Visionen sie gefangenhalten? Wann würden sie enden? Ihre Stimmungen erschöpften ihn; ihre Ausbrüche züngelten wie Flammen. Welche seiner Handlungen und welches seiner Worte würden sie als nächstes erzürnen? Er litt noch immer an ihrer seltsamen Zurückweisung nach der Michaelismesse. Noch Tage danach war sie ruhelos durch die Abtei gestreift, war bei jeder Störung aufgebraust und hatte erbarmungslos bis zum Zusammenbruch gefastet. Was hatte er getan, um einen derartigen Ausbruch hervorzurufen? Und warum grollte sie ihm wegen seines Versprechens an Frau Jutta und beschuldigte ihn, sie ausforschen zu wollen? Fragen über Fragen quälten ihn. Er war überzeugt, daß ihr Vertrauen zu ihm zerstört war.

Er öffnete das Hoftor und schlug den Weg zur Kapelle ein. Nur im Gebet konnte er sein geistiges Gleichgewicht wiederfinden.

Hiltrude fuhr zusammen, als Hildegards Hand sie berührte. »Die heilige Kommunion«, flüsterte die Magistra heiser. »Ich brauche sie jetzt.«
Als die Botschaft ihn erreichte, glitt eine gewaltige Last von Volmars Schultern. Die Magistra hatte endlich um die Gabe gebeten, die ihr zu bringen er sich gesehnt hatte. Seit Wochen hatte sie aus Angst, vor Schwäche erbrechen zu müssen, die Hostie verweigert. Doch Volmar hatte mehr dahinter vermutet.
Er eilte an ihr Lager. Ihr Gesicht in den Kissen war so ausgezehrt, daß man es für eine Totenmaske hätte halten können. Wangen- und Kieferknochen der Äbtissin schienen beinahe die Haut zu durchbohren. Seine Anwesenheit spürend, wandte Hildegard ihm das Gesicht zu, doch ihre Augenlider waren schwer wie Blei.
»Ehrwürdige Mutter, ich bringe Euch den Leib des Herrn.« Seine Stimme war nur ein Flüstern. »Wünscht Ihr zu beichten?«
Sie befeuchtete ihre Lippen und antwortete mühsam: »Gott hat mich zur Strafe für meine Weigerung, das, was ich in meinen Visionen erschaue und vernehme, niederzuschreiben, mit dieser Krankheit geschlagen.« Ihre Stimme brach. »Mein Freund, verdorrt ist das Blut in meinen Adern, der Saft in meinem Fleisch und das Mark meiner Knochen.« Sie tastete nach seiner Hand. »Vor Gott bekenne ich die Sünde des Hochmuts und des Ungehorsams. Ich nehme meine Buße an.«
Er erteilte ihr Absolution und legte die Hostie auf ihre Lippen. »Eure Buße wird sein, Eure Angst anzunehmen. Erst dann könnt Ihr dem Befehl gehorchen, niederzuschreiben, was Ihr hört und seht.«
Ihr Seufzer ließ ihn erschauern. »Kann ich es wagen?« hauchte sie.
»Ich werde Euch zur Seite stehen, Herrin. Ich werde Euch nie verlassen.« Die Worte sprudelten aus dem Mund des Priesters,

während gleichzeitig sein Herz anschwoll und Furcht ihn ergriff. Er würde alles tun, um sein Wort zu halten – würde für sie sogar seinem Keuschheitsgelübde trotzen.

❦

Abt Kuno zog die Schultern zurück und bürstete an seiner Robe herum, während er die Stufen zur Kapelle hinaufeilte. Er war außer Atem, sowohl vor Eile als auch vor Aufregung. Drei Gäste waren eingetroffen: die Markgräfin von Stade in Begleitung ihres Sohnes Hartwig und ihrer Tochter Richardis. Letztere sollte ins Kloster eintreten, und der Abt war begierig, die drei zu begrüßen, bevor sie der Magistra begegneten.

In die Kapelle spähend, beobachtete er, wie sie ihre Häupter vor dem Altar beugten, der die Reliquie der seligen Frau Jutta enthielt. Die Familie war wegen des Todes des ältesten Sohns der Markgräfin – Rudolf II. – in Trauer. Da er keine Erben hinterließ, war unsicher, wer die ausgedehnten Ländereien derer von Stade erben würde, die sich von der unteren Weser bis zur Eder im nördlichen Deutschland erstreckten. Rudolfs Schwester Luitgard wäre eine logische Wahl. Nach ihrer Scheidung von König Eric Lam III. von Dänemark hatte sie den Grafen Palatine Friedrich von Sommerschenburg geehelicht. Ihre Besitztümer reichten nun weit über das Rheinland hinaus. Die Aussicht auf Stiftungen aus dem Reichtum derer von Stade erregte Kuno, als er die wohlhabenden Erben begrüßte.

Hartwig, der Sohn der Markgräfin, war zur Zeit Dompropst in Bremen. Er war ein schlanker Mann um die Dreißig; sein blasser Teint und das kastanienbraune Haar wiesen ihn als Sponheim aus, auch wenn das Haar um seine Tonsur herum schon schütter wurde und auch sein Bart spärlich war. Sein unruhiger Blick verriet die Wachsamkeit eines Mannes, der ständig mit Schwierigkeiten rechnete. Neben ihm wirkte seine jüngere Schwester Richardis wie ein Sonnenstrahl neben einer Wolke.

Sie hatte dickes flachsblondes Haar, das ihr in Wellen bis zur schlanken Taille fiel. Ihre blauen Augen waren neugierig und forschend. Doch Kunos Hoffnung, daß ihr gutmütiges Lächeln Naivität verhieß, wurde sogleich angesichts der Selbstsicherheit ihres geschmeidigen Gangs und ihres furchtlosen Blickes zunichte gemacht.

Nachdem er die Markgräfin überschwenglich empfangen hatte, wandte Kuno sich schließlich an Richardis. »Im Namen der Abtei des heiligen Disibod heiße ich Euch willkommen«, beteuerte Kuno, als er bemerkte, daß die Augen der jungen Frau sich verengten. Lächelnd fügte er hinzu: »Wir sind entzückt, daß Ihr das bedeutende Vermächtnis derer von Sponheim hier am Disibodenberg, von Frau Jutta begründet und Schwester Hildegard genährt, fortführen werdet.«

»Nicht zu vergessen, unseren hochwohlgeborenen Großonkel Graf Stefan, den Stifter von Frau Juttas Einsiedelei«, entgegnete Richardis mit einem dünnen Lächeln.

»Fürwahr«, nickte Kuno, »ein Tag, den die Abtei stets mit einer Messe zum Erntedankfest am Jahrestag seines Todes begeht.«

»Leider war mir eine Teilnahme bisher verwehrt«, verkündete Hartwig steif. »Doch nun, da meine Schwester sich entschlossen hat, Eurer Gemeinschaft beizutreten, werde ich mein möglichstes tun.«

Richardis trat vor. »Ich kann es kaum erwarten, die Magistra vom Disibodenberg kennenzulernen«, sagte sie unvermittelt. »Wo kann ich sie finden?«

Kuno räusperte sich und deutete auf das Frauenkloster. Seltsamerweise fühlte er sich wie ein Novize, der es versäumt hatte, beim ersten Glockenschlag zum Gebet zu eilen.

Erst als die Markgräfin mit ihren Kindern erschien, wurde Hildegard plötzlich bewußt, daß sie sie nie als Mutter gesehen hatte. Sie verfügte über eine fesselnde Präsenz, gewiß, glich darin jedoch eher einer roten leuchtenden Flamme als einer Frau mit einem Kind an der Brust.

Richardis verneigte sich tief und richtet sich dann langsam auf. »Durchschreite ich wahrhaftig das Tor zum Paradies, Herrin?« Ihr Blick war offen, ihr Gesicht strahlte.

Hildegard lehnte sich in ihrem Stuhl zurück. Ein neues Paar Flügel ließ sich im Nest der Abtei nieder, doch das Rauschen dieser Flügel klang seltsam gedämpft und schwer. Die Flügel eines Schwans.

»Paradies?« fragte die Magistra lächelnd. »Das wird davon abhängen, was du durch dieses Tor mitbringst und was aus dir wird, wenn es sich hinter dir schließt«, sagte sie. »Es gibt viele Überraschungen.«

Sie ist die Tochter ihrer Mutter, dachte Hildegard. Die Falten von Richardis' kornblumenblauem Gewand schmiegten sich weich an ihren Körper. Sie war erst sechzehn, doch sie hatte eindeutig den Zauber ihrer Mutter geerbt, und ihre Worte hatten die gleiche gewandte Beredsamkeit.

»Die Vorstellung, Abteien seien von Engeln bewohnt, ist ergötzlich, wenn nicht belustigend«, sagte Hartwig und dachte an die Spannungen in seinem Kapitel in Bremen.

»Wenn nicht hier, wo dann?« erwiderte die Markgräfin achselzuckend. »Aus diesem Grund hat unsere Familie so große Anstrengungen unternommen, um den Frieden dieses heiligen Klosters zu bewahren.«

»Also komme ich doch ins Paradies«, sagte Richardis versonnen. »Werde ich hier Engeln begegnen?« fragte sie lebhaft.

»Wenn dein Herz voll Demut ist«, antwortete die Magistra freundlich. »Doch auch die Tage und Nächte von Engeln sind von Arbeit und Gebet erfüllt.«

»Ich bin auf beides eingestellt«, versicherte das Mädchen mit

einem kurzen Blick auf ihre Mutter. »Die Entscheidung, hierherzukommen, ist allein meine.«
Hartwig hustete laut. »Schon als Kind zeigte mein Fräulein Schwester großen Wissensdurst. Meine Frau Mutter und ich sind dankbar, daß er hier gestillt werden wird.«
»Dennoch war nicht der Ort Grund meines Entschlusses. Ich wählte die Meisterin«, stellte Richardis hastig klar, »nicht die Abtei. Ich komme zum Disibodenberg, weil Ihr hier seid, Frau Hildegard. Ich habe viel von Euch zu lernen.«
Hildegard beobachtete, wie die anmutigen Finger der Markgräfin sich verkrampften und sie gequält die Augen schloß.
Im warmen Schein der Gegenwart ihrer Mutter leuchtete Richardis tapfer und unverbraucht. Doch Hildegard fragte sich, wieviel von diesem frischen Docht die Beschneidungen der nächsten Zeit überleben und wie hell seine Flamme noch leuchten würde, nachdem sie Nacht für Nacht durch die Finsternis zur Mette gestolpert war.
Dennoch standen die Worte ›ich habe viel von Euch zu lernen‹ im Raum. Beim Anblick dieses sonnigen Geschöpfes wurde Hildegard von plötzlicher Ergriffenheit erfüllt. Dieser Neuankömmling war so selbstsicher, so elegant.
»Mutter Gottes«, betete sie. »Hilf diesem Schwan, hier in dieser rastlosen Abtei von Spatzen ein Nest zu finden.«

❦

Pult und Hocker standen unter dem einzigen Fenster in der Zelle der Magistra, um jeden Schimmer des Tageslichts zu nutzen. Ein zweiter Hocker stand ein Stück davon entfernt. Das abfallende Pult war, abgesehen von einem Apfelblütenzweig, leer. Sein Duft war das erste Aufbegehren gegen die muffigen Wintermonate.
Während sie über das Holz strich, betrachtete Hildegard das Regal, auf dem sie ihre Griffel, Wachstafeln und Vellumbögen

aufbewahrte. Über dem Pult hatten Tintenfässer und Gänsekiele, ein Lineal, um die Grenzen der Seiten zu markieren, und ein Bimsstein zum Schaben des Pergaments ihren Platz.
Alles stand bereit. Nach einem Leben voller Heimlichkeit und Vorsicht, würde sie die Schleusen öffnen und ihre Visionen offenbaren. Der Befehl hatte ihr diese Entscheidung aufgezwungen. Ihr blieb keine Wahl.
Frau Jutta hatte sie wegen ihrer Vermutung, die Visionen seien allein für ihre Augen und Ohren bestimmt, des Hochmuts bezichtigt. Auch jetzt sehnte sie sich danach, zu entkommen, fortzulaufen, doch wohin und zu wem? Es gab keinen sicheren Ort für sie. Sie riß sich zusammen, beugte sich nach vorn und umfaßte das Pult mit beiden Armen.
»Gib mir Vertrauen!« betete sie zur Jungfrau.
Vor ihrer Tür hielt auch Volmar zum Gebet inne, doch sein Flehen war an Frau Jutta gerichtet. »Verlaßt uns nicht, Herrin!« Tief in seinem Inneren wußte er, daß das Versprechen, das er der Magistra gegeben hatte, äußerst gefährlich war. Wenn ihr Vorhaben mißglückte, würde der Abt ihn dafür verantwortlich machen. Würde sie, wenn sie ihre Gesichte preisgab, das Schicksal jener Seher erleiden, deren Visionen sie blind oder stumm machten? Und wenn sie sich in einem dämmrigen Labyrinth verlief und nicht mehr zurückfand? Schlimmer noch, welches Schicksal würde ihn, ihren Sekretär, erwarten, wenn es ihm nicht gelang, ihre Worte fehlerfrei wiederzugeben?
Doch als er ihre Zelle betrat, gingen seine Ängste in ihren unter.
»Warum sollten andere mir Vertrauen schenken?« rief sie aus.
»Warum hat Gott Euch Vertrauen geschenkt, Herrin?« erwiderte er ruhig. »Die Visionen wurden Euch geschenkt, um sie anderen mitzuteilen, nicht um sie zu horten.«
»Ihr wiederholt nur Juttas Worte ...« Dennoch spürte er, daß seine Zuversicht ihr Halt gab.

»Ich bete«, seufzte sie, »daß eines Tages wenigstens Euer Glaube an meine Visionen in den Augen des Abtes und Eurer Brüder gerechtfertigt sein wird.«

Volmars Mut sank. Ihre Bedenken waren berechtigt. Die Mönche hegten tatsächlich immer noch große Abneigung gegen die Anwesenheit der Nonnen. Bruder Bibliothekar beispielsweise murrte immer noch und wehrte sich standhaft gegen die Bitten der Nonnen, seine kostbaren Texte lesen zu dürfen. »Ihre Rosenkränze sollten ihnen genügen. Sie brauchen Augustinus nicht.« Andere machten Witze über die Nonnen und äfften sie nach, während der zarte Bruder Sakristan immer noch sprachlos war, wenn ihm eine Nonne begegnete. »Was tun diese Frauen hier?« zeterte er. »Dies ist eine Abtei. Sie müssen sofort verschwinden!«

»Wie werden meine Brüder Eure Visionen wohl aufnehmen, Herrin?« fragte Volmar geduldig.

»Sie werden glauben, ich sei verrückt oder eitel oder ein Opfer meiner Einbildungskraft.«

»Natürlich wird es Fragen geben«, gab er zu, »und Zweifel. Doch mit der Zeit …«

»Werdet Ihr mich gegen die Geringschätzung Eurer Brüder verteidigen, Vater Volmar?« In ihren Augen blitzte plötzlich Panik auf.

»Herrin, ich hätte Euch kaum meine Hilfe angeboten …«

»Und Eure Treue? Versprecht Ihr auch, mir die Treue zu halten?« verlangte sie grimmig. »Wie kann ich Euch sonst meine Seele öffnen? Wie kann ich Euch sonst die Dinge anvertrauen, die ich sehe?«

»Herrin, es betrübt mich, daß Ihr schon jetzt zu Anfang so wenig Vertrauen zu mir habt«, stöhnte Volmar.

»Ihr werdet mich also gegen Eure Brüder verteidigen?«

Der Mönch verschränkte die Arme und rüstete sich gegen die Schrecken, die sich über ihr wie eine unheimliche Wolke zusammenbrauten.

»Müßt Ihr mich wirklich so unerbittlich prüfen?«
Sie versuchte zu sprechen, doch ein plötzliches Zittern hinderte sie daran.
»Ich glaube, ihr verlangt meine Seele, Herrin.«
»Nein«, hauchte sie, »ich fürchte mich davor, Euch die meine anzuvertrauen.«

❦

Volmar ließ vor Erschöpfung die Schultern hängen. Die Äbtissin saß regungslos auf ihrem Stuhl, Wachstafel und Griffel in der Hand. Nach einer Weile gelang es Volmar, seine Gedanken durch Gebete zu beruhigen, in denen er die Jungfrau bat, das Eindringen böser Geister in den Raum zu verhindern. Da die Stille andauerte, begann der Mönch zu dösen und erwachte erst, als sein Gänsekiel mit einem Geräusch zu Boden fiel. Beim Bücken bemerkte er, daß die Magistra sich mit schlaffem Kiefer und bebenden Nüstern nach vorne beugte.
Er vernahm ein leises Stöhnen, dann ein Murmeln.
»Was ist Euch, Herrin?« fragte er sie sanft.
*»Das Licht ist gekommen.« Sie nickte nachdenklich. »Eine Frauenstimme ruft nach mir und zeigt mir Einen, der auf einem Berge thront und so lichtherrlich ist, daß es meine Augen blendet. Von beiden Schultern des Herrschers geht, Flügeln von wunderbarer Breite und Länge gleich, ein matter Schatten aus.*
*Vor ihm steht zu Füßen des Berges ein Wesen, über und über mit Augen bedeckt. Es ist die Furcht des Herrn, die vor Gott steht, die Ehrfurcht und Demut, die der Beginn aller Weisheit sind.*
*Die Stimme der Frau erklärt mir das zweite Wesen am Berge. Es ist im Kindesalter und trägt ein mattfarbenes Gewand. Wenn nämlich die Furcht des Herr vorangeht, folgen ihr die Armen im Geiste. Über das Haupt des Mägdeleins ergießt sich soviel Licht, daß du ihr Antlitz nicht zu schauen vermagst.*
*Von dem, der auf dem Berge sitzt, gehen nun viele lebendige Funken aus, die die beiden Gestalten mit sanftem Glühen lieblich*

*umfliegen. Sodann erscheinen Menschenhäupter, von Sternen umgeben.«*

Hildegard hielt inne und streckte sich. Sie schien sich zu sammeln. »Merkt auf«, ermahnte sie Volmar. Dann fuhr sie fort:

*»Die Frau erklärt mir, daß die Helligkeit, die den Berg krönt, Gott ist, der die Welt ordnet, während seine weichen, gütigen Schwingen sie schützen.*

*Nun ruft der, der auf dem Berge sitzt, mir zu: ›Gebrechlicher Mensch, Staub vom Staub der Erde, Asche von Asche, sprich von der Verderbtheit, die dich umgibt. Klage an die Gleichgültigkeit und Achtlosigkeit aller, die diese Verderbtheit nicht beachten. O gebrechlicher Mensch, ergieße dich wie ein überreicher Quell und ströme geheimnisvolle Lehre aus, damit durch die Flut deiner Wasser, die aufgerüttelt werden, die um der Sünde Evas willen dich verächtlich halten. Erhebe dich also, rufe und sprich, was dir durch die so starke Kraft göttlicher Hilfe kund wird.‹«*

Hildegard saß aufrecht auf ihrem Stuhl, und ein Seufzer entrang sich ihren Lippen. Als sie sich Volmar zuwandte, fröstelte er plötzlich. Ihr Gesicht war wie vom Fieber gerötet, ihre veilchenfarbenen Augen waren dunkel. Ihr Schleier klebte schweißdurchtränkt an ihrer Stirn.

»Gebt acht, mein Freund. Wir haben ein anderes Reich betreten«, sagte sie sanft. Ihre Worte bildeten Ringe, wie ein Stein, der in einen bodenlosen Teich geworfen wird. Er mußte sich dem Sog stellen, wohl wissend, daß es keinen Weg zurück gab.

❦

Richardis von Stade war nun seit sechs Monaten Novizin auf dem Disibodenberg. Ungeachtet ihrer Bemühungen, hatte sie begonnen, tiefe Zweifel über den Sinn ihres Aufenthaltes dort zu hegen. Die schwerste Zeit war das Ende des Tages, die Komplet. Schon beim Singen der Antiphone und Wechselgesänge grübelte sie über die Möglichkeiten nach, dem nächtlichen

Gang zur Mette und Laudes in der Kapelle zu entgehen. Sie erinnerte sich selbst ständig daran, daß sie ja nicht mit naiven Vorstellungen gekommen war. Sie war völlig darauf vorbereitet gewesen, daß sich ihr Leben veränderte, auf die schwierigen Augenblicke, in denen sie ihren pelzgefütterten Umhang gegen eine langweilige schwarze Tracht eintauschen und ihren Bernsteinring und ihren mit roten Blumen und Perlen bestickten Lieblingsgürtel abgeben mußte.

Doch auf das alltägliche Einerlei war sie nicht vorbereitet: die endlosen Gebete und starren Stundenpläne und Regeln. Die abgezirkelte Berechenbarkeit des Tages machte sie fast wahnsinnig! Manchmal wäre sie in der Kapelle am liebsten aufgesprungen und hätte geschrien. Sie war entsetzt, als man ihr die Haare schor. Sie wußte nun, daß unter den Schleiern struppige Stoppeln verborgen waren. Aber im Gegensatz zu verheirateten Frauen, die auch einen Schleier trugen, würde sie kein langes Haar haben, das sie zur Freude ihres Mannes am Ende des Tages über die Kissen breiten konnte. In der Nähstube studierte sie die Gesichter der Schwestern. Sie fragte sich, wie viele Erinnerungen an Locken, Wellen und Zöpfe noch unter ihren Schleiern schlummerten, während ihr Haar von Grau in Weiß überging. Dann kam die Erkenntnis: Für den Rest ihres Lebens würden nur ihr Gesicht und ihre Hände sie von den anderen unterscheiden.

Doch eine trotzige Hoffnung blieb ihr. Auch hier mußte es einen Weg geben, der ihren Verstand herausforderte und ihren Geist anregte. Sie mußte etwas finden, das ihrem Gefühl der Auflösung Einhalt gebot. Sie mußte! Es würgte sie bei dem Gedanken, wie lange sie sich an den idyllischen Erzählungen ihrer Mutter über diese Abtei ergötzt hatte. Sie war nun überzeugt, daß ihre Mutter den Disibodenberg für ihr ganz persönliches Reich hielt, über das sie sich vorstellte zu herrschen, wie ihre Tochter es als Königin von Dänemark getan hatte. Ihre Geschichten erschienen ihr nun wie ein grausamer Scherz.

War ihre Mutter taub gewesen für die wuchtigen Amboßschläge des Schmieds, die während Laudes ihre Stimmen übertönten? War sie nie bei den unterdrückten Flüchen der Leibeigenen zusammengefahren, die unter schweren Getreidesäcken und Holzlieferungen ächzend am Tor standen, um ihren Zehnten abzuliefern? Und was war mit dem unaufhörlichen Läuten der Glocken, das die Tage und Nächte in kleine Stücke, unterbrochene Träume und kurzen Schlummer zersplitterte?
Frau Juttas Ausstrahlung war gewiß das geistige Elixier gewesen, das ihrer Mutter hier Halt gegeben, ihre Ängste beruhigt, ihren Kummer gestillt hatte und sie erholt nach Hause hatte zurückkehren lassen. Oder hatte die Zärtlichkeit ihrer Mutter, wenn sie vom Disibodenberg heimkehrte, nur in ihrer Einbildung bestanden? Aber Richardis erinnerte sich noch genau, wie die Arme der Mutter sie umschlossen hatten, wenn sie sich unter dem weichen Fell des großen Bettes mit smaragdenen Samtvorhängen aneinanderkuschelten – Erinnerungen, die sich ihr unauslöschlich eingeprägt hatten.
Seither beherrschte der Berg ihre Träume und forderte sie heraus, Frau Juttas Geheimnis zu ergründen. Wie konnte ihr abgeschiedenes Leben als Äbtissin ihr solchen Ruhm gebracht haben? Begeistert begann sie eines Tages im Gebet Frau Juttas Namen zu beschwören. Am fünfzehnten Tag hatte sie ihre Entscheidung getroffen.
»Als Nonne auf dem Disibodenberg werde ich endlich frei und sicher sein«, sagte sie kühn, als sie ihren Entschluß kundtat.
»Frei von was und sicher vor wem?« hatte ihre Mutter ärgerlich gefragt. »Solche Orte gibt es außerhalb des Himmels nicht, nicht einmal der Disibodenberg kann dir das geben.«
»Warum bist du dann alljährlich wochenlang dort geblieben?«
»Natürlich um bei Frau Jutta zu sein, die ungeachtet ihres Ruhmes von unantastbarer Demut war. Ihr ist es zu verdanken, daß der Name derer von Sponheim weit über das Rheinland hinaus bekannt geworden ist. Da wir dort unsere Wurzeln ha-

ben, müssen wir darauf achten, daß unsere Stiftungen gut angelegt werden. Die Neuigkeiten an der Tafel des Abtes sind ebenfalls von unschätzbarer Wichtigkeit, denn seine Gästeliste ist recht beeindruckend. Gäste vom königlichen Hof suchen die Abtei in immer größerer Zahl auf, und ihre Bibliothek gehört zu den besten im ganzen Rheinland.« Sie seufzte sehnsüchtig. »Ja, es gab viele gute Gründe für meine Besuche.«

»Und nach ihrem Tod?«

»Erreichte sie mich auf tiefere Art durch die von Glauben erfüllten Briefe ihrer Nachfolgerin, der Magistra Hildegard. Sie verfügt über außergewöhnliche Gaben. Sie hat Visionen.«

»Wenn die Abtei auf dem Disibodenberg dir solchen Trost und solche Freude gespendet hat, warum freust du dich dann nicht, daß ich mich entschlossen habe, mein Leben dort zu verbringen?«

Die Markgräfin nahm die Hand ihrer Tochter. »Warum sollst du dort verschmachten, wenn du auf der Stelle eine glänzende Partie nach deinen Wünschen machen könntest?«

»War es Luitgards Wunsch, den König von Dänemark zu heiraten?«

»Sie war ... zufrieden. Und die Ehe dämpfte ihr Temperament, so überreizt und erregbar, wie sie ist.«

»Ist es nicht vielmehr so, daß es dich drängt, das Stade-Pantheon mit einer weiteren Krone zu schmücken?«

Die Mutter überging die Frage und pflückte einen Fussel vom Ärmel ihrer Tochter.

»Versteh mich recht, meine edle Tochter«, flüsterte sie mit innigem Blick. »Als ich dich heranwachsen sah, hat sich mein Herz geweitet. Deine Lebenslust steht deiner Schönheit um nichts nach. Sie glüht wie das Feuer eines Opals unter der Oberfläche. Männer spüren das. Ich sehe, wie Begehren ihren Blick verschleiert, wenn sie dich sehen. Nutze die Gunst des Augenblicks. Wohin du auch schaust, jede Frucht kannst du dir pflücken: Ländereien voller Burgen, die sich bis ans Meer erstrecken, Wälder voller Wild. Du könntest alles verlangen, nichts würde dir verwehrt. Dessen bin ich gewiß.«

In ihrem Inneren schrie Richardis auf. Sie wußte mehr über den Hunger in den Augen der Männer, als ihre Mutter sich vorstellen konnte. In der Burg hatte sie oft genug ihr Verlangen gespürt, wenn sie sie mit ihren Augen entkleideten. Sie sah auch die süßen, weidwunden Blicke der schüchternen jungen Pagen, die staunend im großen Saal an ihr vorüberstolperten. Überdies hatte sie durch Zufall leibeigene Dienerinnen gesehen, die im Schatten der Festungswälle vor Schmerzen stöhnten oder ihre Schreie erstickten, wenn sie auf das stinkende Stroh der Ställe geworfen wurden. Dann hatte sie beobachtet, wie ihre schlanken Leiber von Woche zu Woche anschwollen, ihre jungen Beine von Adern durchzogen wurden, bis sich eines Tages schließlich ihre Schreie mit denen eines Neugeborenen verbanden. Das Leben hielt mehr für sie bereit – dessen war sie sich sicher.

»Vertraue mir«, hatte ihre Mutter gesäuselt und ihre Hand gestreichelt. »Das Klosterleben ist zu zurückgezogen für einen lebhaften Geist wie dich.«

»Hättet Ihr diese Worte auch im Angesicht Frau Juttas auf dem Totenbett gesagt?« fragte das Mädchen, während sie der Mutter ihre Hand langsam entzog.

Die Markgräfin erbleichte. Augenblicklich begann Richardis einen Brief an ihren Bruder Hartwig in Bremen zu schreiben, in dem sie ihn um seine Hilfe bat.

Rückblickend schien es Richardis, als läge der Tag, an dem sie bei ihrem Ritt auf den Disibodenberg die frische Waldluft geatmet und das Schlittern der Pferdehufe auf dem regengetränkten Herbstlaub gehört hatte, zehn Jahre zurück.

Und auch jetzt noch war es ein Schock für sie, zu erfahren, daß die Novizinnen die Bibliothek erst dann betreten durften, wenn sie die endgültigen Gelübde abgelegt hatten – in einem ganzen Jahr. Sie betete um Geduld. Bis dahin mußte sie sich mit ihrer Stickerei zufriedengeben, einer Tätigkeit, die bald ihre bevorzugte Bezeichnung für das Worte Buße geworden war.

❦

Als der Frühlingsregen schließlich nachließ, brach an den ersten sonnigen Tagen wie eine Epidemie der Übermut unter den Nonnen aus.
Hildegard erkannte ihn in den unruhigen Blicken und der Rastlosigkeit, während sich die Kapitelversammlung dahinschleppte. Bedeuteten Gertruds gesenkte Lider, daß sie schlief oder nur im Wachen träumte? Welchen Phantasien gab sich Ilse hin, deren Füße unruhig in den Filzpantoffeln zappelten? Konzentrierte sich auch nur eine von ihnen auf die Tagesordnung und merkte sich die Aufgaben, die ihr gerade zugeteilt worden waren? Gewiß würde der Besuch des Abtes heute nur eine weitere Ablenkung sein.
Abt Kuno betrat breit lächelnd den Raum.
»Herrin«, verkündete er, »ich überbringe Euch und Euren Töchtern die wärmsten Grüße der Abtei von Cluny.« Seine Worte wurden sogleich mit lautem, neugierigem Gemurmel begrüßt.
»Ich hatte die Ehre, dort zwei Wochen zu Gast zu sein«, erzählte er begeistert. »Natürlich ist das Kloster ein sehr erfolgreiches … und gesegnetes Werk. Hochbeeindruckt erfuhr ich, daß die Abtei ihre Wohltaten durch die Errichtung von vier Leprahäusern auf dem Land ausgedehnt hat.«
»Von Cluny mit seinen Tausenden von Mönchen und Hunderten von Abteien ist auch nichts Geringeres zu erwarten«, erwiderte Hildegard. »Findet Ihr nicht auch, Vater Abt?«
»Fürwahr, edle Magistra«, stimmte er laut zu. »Doch ich bringe Neuigkeiten aus Cluny, die auf eine noch tiefere Großzügigkeit weisen. Die Abtei hat es gewagt, einem Verfemten Unterschlupf zu gewähren, den die Konzile in Sens und Soissons we-

gen Ketzerei verurteilt haben. Seine Bücher wurden verbrannt, und der Papst verbot ihm, zu lehren und zu schreiben. Schicksalsergeben wanderte er von Ort zu Ort, bis Abt Peter ihm die Tore seines Herzens öffnete, ihm Schutz bot und seine Größe würdigte.«

Die Nonnen waren erstaunt.

»Zwei Tage vor meiner Abreise verkündete der Abt, daß dieser Verfemte gestorben sei, zweifellos an gebrochenem Herzen. Sein Name war Petrus Abelardus. Ich bitte Euch um Eure Gebete für diesen glänzenden Gelehrten, auf daß sein Name nicht der Vergessenheit anheimfalle.«

Hildegard nickte. »Welchen Teil seines Vermächtnis' sollen wir erinnern, Herr?« erkundigte sie sich.

»Das Herzstück seiner Lehre: daß alles von der Ausbildung des Gewissens abhängt und von einer inneren Überzeugung, die weit reineren Absichten entspringt als die Anzahl der guten Taten, die ein Mensch vollbringt.«

Gefährliche Worte für einen Abt, dachte Hildegard. Würde er es wagen, sie vor einem unserer Stifter zu wiederholen, dem seine Ländereien als Friedhof für seine Sünden dienen?

»Ich erbitte Eure Gebete für ihn«, wiederholte Abt Kuno ernst.

»Ehrwürdiger Abt«, rief eine klare Stimme aus dem Raum, »darf ich fragen, ob Ihr auch Gebete für seine Witwe Heloise erbittet, die die Mutter seines Sohnes und nun Priorin des Parakleten ist? Auch ihr Herz wurde gebrochen, als ihr Mann die Tonsur nahm und sie sich zur Klausur in ein Nonnenkloster begab. Gewiß wünscht Ihr unsere Gebete auch für sie?«

»Wie könnte ich nicht, Schwester Richardis?«

»Ehrwürdiger Abt, ist es möglich, daß Ihr auch mit der Lehre des Abelardus übereinstimmt, daß die Seele der Frau reiner und sie daher zu größerem Einklang mit dem Heiligen Geist fähig ist und daß deshalb der ›Neue Mann‹, von dem Abelardus schrieb, viel von den Frauen zu lernen habe?«

Der Abt erbleichte. »Meine Achtung vor den Frauen hat stets

ihren Spiegel in meiner Verehrung für die Himmelskönigin gehabt, Schwester Richardis!«
»Und schließt gewiß die Frauen ein, die Petrus Abelardus als Apostel Christi bezeichnet hat, besonders Maria Magdalena, die Christus nach seiner Auferstehung als erste mit seiner Erscheinung ehrte, denn er wußte, daß sie und die anderen Frauen ihn, anders als die Männer, am Kreuz nicht verlassen hatten. Daher, behauptet Abelardus, seien Frauen Jesus näher als Männer.«
Kuno breitete die Arme aus, schwieg jedoch.
Abrupt wandte er sich an Hildegard, dankte ihr und ging mit rotem Gesicht und knirschenden Zähnen zur Tür.

❦

Volmar wartete geduldig vor der Tür des Abts.
Schließlich erschien der Prior. »Der Abt wird Euch nun empfangen«, sagte er. Er senkte die Stimme, zwinkerte und klopfte leicht gegen sein Buch. »Er ist heute guter Laune. Der Pachtzins ist endlich vollständig eingetrieben.«
Der Abt saß bei Volmars Eintritt mit dem Rücken zur Tür und rief ihm seinen Gruß über die Schulter zu. Volmar war dankbar, daß der Abt sich auf der anderen Seite des Raumes befand. So wurde ihrer Begegnung die Intimität genommen. »Vater Abt, eine gewisse Angelegenheit bedarf Eurer Zustimmung. Sie betrifft die Magistra.«
Kuno fuhr herum. »Was ist denn nun schon wieder?«
»Während Ihr in Cluny weiltet«, begann Volmar, »hat sie mich gebeten, einen Text aufzuzeichnen, den sie mir diktierte. Es schien sich um eine einfache Sache zu handeln. Doch nun ergibt es sich, daß diese Aufgabe weit mehr Zeit in Anspruch nehmen wird als erwartet. Ich bitte um Eure Erlaubnis, ihr weiterhin dienen zu dürfen.«
»Wieviel Zeit wird dies zusätzlich zu Euren Aufgaben als Propst in Anspruch nehmen?«

»Zwei Stunden täglich, Vater Abt.«
»Zwei Stunden?« Der Abt war entgeistert. »Auf keinen Fall! Welche Aufgabe würde einen derartigen Zeitaufwand rechtfertigen?«
»Ehrwürdiger Vater, die Äbtissin schaut Gesichte, und es erging das Gebot an sie, diese aufzuzeichnen.«
»Gesichte!« rief der Abt. »Ich glaube gar!« Er hob die Arme. »Ihr beliebt zu scherzen!«
»Nein, Herr.« Der bestimmte Ton des Mönchs verblüffte ihn. »Was hat Euch dazu bewogen, in einer derart ernsten Sache ohne meine Erlaubnis vorzugehen?« donnerte der Abt.
»Ich hielt es für klug, den Ruf zu prüfen, ehe ich ihn zurückwies.« Volmars Hände suchten Zuflucht in seinen Ärmeln.
»Wollt Ihr damit sagen, Ihr seid überzeugt?«
»Noch nicht ganz.« Volmar schüttelte den Kopf. »Mitunter sind die Visionen, die die Magistra beschreibt, so inbrünstig und geheimnisvoll, daß ich fürchte, sie entstammen ihrer überschäumenden Einbildungskraft. Doch zu anderen Zeiten spüre ich ihre Wahrheit bis ins Mark. Diese Botschaften und Bilder können nur von Gott kommen.«
Volmars erregtes Gesicht gab Kuno zu denken. Er wandte sich ab. Wenn er Volmar gestattete weiterzumachen, und die Visionen erwiesen sich als falsch, machte er sich als Abt zum Gespött der gesamten Abtei. Die Stifter wären bloßgestellt, und das Ansehen der seligen Jutta konnte Schaden nehmen. Wären jedoch die Visionen echt, würden sie Einnahmen, Pilger, Stiftungen hervorbringen ... Ein Abt muß wissen, wem er Rechenschaft schuldig ist, mahnte ihn die Regel. Wenn also die Visionen wahrhaftig bedeutsame Botschaften enthielten, durfte er es riskieren, sie zu unterdrücken?
Als er sich Volmar wieder zuwandte, waren dessen Augen geschlossen. Kuno wußte, daß sein Bruder betete: um Mut, wenn die Visionen echt waren, und um Gnade, sollten sie sich mit der Zeit als falsch erweisen. Was bleibt mir übrig? dachte Kuno.

»Ihr dürft Eure Tätigkeit fortführen«, brummte der Abt. »Doch zwei Bedingungen müssen erfüllt werden. Der Inhalt der Visionen muß streng vertraulich bleiben. Außerdem muß ständig eine Nonne anwesend sein, die der Äbtissin in jeder Lage zur Seite steht.« Er strich sich den Bart. »Überbringt der Magistra die Nachricht, daß meine Wahl auf Schwester Richardis gefallen ist. Eine tägliche Aufgabe würde ihrer Seele guttun.«

Als Volmar Hildegard dieses Gespräch berichtete, wurde sie zornig.

»Wie kann er es wagen, sich einzumischen!« rief sie. »Dazu ist es lächerlich, Schwester Richardis für diese Aufgabe vorzuschlagen. Sie ist Novizin! Und noch kein Jahr bei uns. Das ist eindeutig wieder einmal eine List, um die Geldkatze der Markgräfin zu streicheln.«

Volmar zuckte die Achseln. »Wen würdet Ihr dann erwählen, Herrin? Welche Eurer Töchter wäre der Aufgabe dann gewachsen?«

Hildegard runzelte bei dieser Frage die Stirn. Warum stand er dem Vorschlag des Abtes so zustimmend gegenüber? Sah er denn nicht, daß eine Novizin in dieser Stellung ihnen Schwierigkeiten bereiten konnte? Natürlich bestünde ihre Aufgabe nur in der Niederschrift. Richardis Eignung war nicht zu leugnen. Sogar Hiltrude hatte schon auf ihren Eifer hingewiesen. »Kaum hört sie, gehorcht sie auch schon«, hatte sie über die Novizin gesagt. Richardis eilte immer im Laufschritt zur Kapelle, als ob die Glocken von Gott selbst geläutet würden, auch wenn sie die Fäden ihres Webstuhls hängen und ihre Kopistenfeder im Tintenfaß stehen ließ.

»Immerhin hat sie Petrus Abelardus auf beeindruckende Weise verteidigt«, gab Hildegard zu, »und ist recht kühn mit dem Abt umgesprungen.«

»Ein feuriger Geist wie der ihre ermüdet leicht«, fügte Volmar hinzu. »Es wird nur eine Frage der Zeit sein, ehe sie neue Aufgaben sucht. Dennoch könnte sich der Vorschlag des ehrwürdigen Abtes als klug erweisen. Ein drittes Paar Augen und Ohren und ein wacher Geist würden unsere Arbeit bereichern und ihre Talente fördern.«

»Also seid Ihr mit der Wahl des Abtes einverstanden?«

Der Mönch hob die Schultern. »Ich wäre zu einem Versuch bereit.«

Doch lohnte sich das Wagnis? fragte sich Hildegard. Das ungezügelte Selbstvertrauen des Mädchens erregte und beunruhigte sie auf unerklärliche Weise. Wenn sie Richardis in der Kapelle beobachtete, stiegen Erinnerungen an ihr eigenes Leben am Fenster der Einsiedelei in ihr auf. Wie anders hätte es doch verlaufen können, hätte sie jene Welt erkunden dürfen, die Richardis ihr Selbstbewußtsein gegeben hatte. Selbst bei ihrer Ankunft hatte Richardis das Leben im Kloster als großes Abenteuer begonnen, zu dem sie allein sich entschlossen hatte. Wie herrlich, so frei und furchtlos zu sein! Sie konnte sich die Wunder, die Richardis bereits gesehen, gehört, geschmeckt und berührt hatte, nur ausmalen.

Gefährliche Gedanken.

❦

Hiltrude schloß das Klostertor hinter sich und weidete sich am Anblick des blühenden Hofes. Vor der Mauer bewegten sich die Apfelbäume wie sich bauschende Spitze, und ihr Duft streichelte sie. Sie setzte sich auf den Boden, schloß die Augen und spürte die Kühle der Mauer an ihrem Rücken. Zu ihrer Überraschung rannen ihr Tränen über die Wangen.

Seit ihrer Ernennung zur Priorin waren Augenblicke wie dieser selten geworden. Hildegards Ruhelosigkeit war ungebrochen; ihre Aufgaben hielten die beiden von der Mette bis zur Komplet in Atem. Die Wochen verflogen – Advent, Weihnachten, Fastenzeit, Pfingsten. Selbst an Tagen wie diesem, wenn die Magistra an rasenden Kopfschmerzen litt, leitete sie

die Abtei von ihrem Krankenbett aus. Nichts entging ihr. Gestern hatte sie sich wiederholt nach Richardis' Fortschritten erkundigt. Erfüllte die Novizin ihre Pflichten willig und ohne Murren? Zeigte sie sich demütig gegenüber ihren Schwestern, spielte sie sich selbst nicht in den Vordergrund? Und vor allem vollzog sie die Stundengebete mit geziemender Ehrerbietung?
»Ja, vollkommen, Herrin«, hatte Hiltrude versichert. »Überdies haben ihre Schwestern sie wegen ihrer Bereitwilligkeit liebgewonnen, ihnen zu helfen, wenn es notwendig ist.«
»Gott sei Dank«, antwortete die Äbtissin und streichelte dankbar Hiltrudes Hand. Die Geste hatte Hiltrude gerührt. Seit Hildegard Magistra geworden war, hatte es nur wenige solcher Augenblicke gegeben. Doch Hiltrude hatte ihre gegenseitige Zuneigung nie in Zweifel gezogen, besonders, da die Belastungen sich vergrößert hatten und Hildegard noch stärker von ihr abhing.
Aber in diesem Jahr hatte sie eine Veränderung gespürt. Die Magistra wirkte zerstreut und schaute häufig an ihr vorbei, wenn sie sprach. War es das, was ihr jetzt die Tränen in die Augen trieb? Einen Augenblick lang sah sie sich wieder mit ihrer besten Freundin die Bäume im Obstgarten umarmen. Warum hing sie so inbrünstig an diesen Erinnerungen? Vielleicht weil das Leben damals so einfach gewesen war?
Eine weiche Brise hob ihren Schleier. Sie richtete sich auf. Die Glocken würden bald zur Sext läuten. Als sie nach ihrem Korb griff, schlug das Tor zum Hof. Sie schaute auf und sah Richardis.
»Die Magistra hat nach mir geschickt«, keuchte Richardis atemlos. »Ich bin den ganzen Weg vom Kreuzgang hergerannt.«
»Aber es geht ihr heute nicht gut«, gab Hiltrude zu bedenken. »Ist irgend etwas passiert?«
»Man hat mir nichts dergleichen gesagt.« Sie schaute Hiltrude ins Gesicht. »Doch eigentlich habe ich nur daran gedacht, daß

sie mich hat rufen lassen.« Sie schluckte und fügte klagend hinzu: »Es ist erst das zweite Mal in dem Jahr, daß ich hier bin.«
Um was mochte es sich wohl handeln? fragte sich Hiltrude. Als ihr die Fragen der Magistra nach Richardis einfielen, spürte Hiltrude, wie sich ihr Magen zusammenkrampfte.

❦

»Es ist eine große Ehre für mich, Herrin«, brachte Richardis hervor.
Doch die Augen, die ihr von dem Berg aus Kissen entgegenblickten, lächelten nicht.
»Ehe du beginnst«, sagte Hildegard, »mußt du wissen, daß viele Dinge geschehen werden, um deren Verständnis du kämpfen mußt, sie aber dennoch nicht in Frage stellen darfst. Die Aufgabe, die vor uns liegt, ist unendlich. Deine Geduld wird jeden Tag auf eine harte Probe gestellt werden.«
»Ja, Herrin.« Die Worte hallten in ihren Ohren. Ihr Herz flatterte.
»Wir werden jeden Tag zwei Stunden arbeiten; unsere Aufgabe wird sich … entwickeln.«
»Darf ich fragen, welcher Gestalt die Aufgabe sein wird, Herrin, nur um besser vorbereitet zu sein?«
»Wärst du nicht geeignet, hätte ich dich nicht dazu erkoren«, antwortete die Äbtissin barsch. »Die Arbeit wird einfach sein. Vater Volmar wird meine Worte niederschreiben, und du wirst ihm helfen. Das ist alles.«
Warum wurde mir diese Aufgabe nicht in der Kapitelversammlung zugeteilt? wunderte sich Richardis. Und warum weicht sie mir aus?
»Noch eins«, erklärte die Magistra. »Es ist dir zur Zeit nicht gestattet, mit irgend jemandem über den Inhalt dieser Arbeit zu sprechen. Hast du mich verstanden?«
»Ja, Herrin.«

Hildegard hob ihr Kinn und beäugte das Mädchen aus halbgeschlossenen Augen. »Hast du irgendwelche Fragen?«
»Nur eine, ehrwürdige Mutter. Es sind hier so viele, die Ihr gut kennt und denen Ihr zutiefst vertraut. Warum habt Ihr mich erwählt?«
»Weil ich glaube, daß du die Bürde zu tragen vermagst.«
Richardis zuckte erstaunt zusammen. »Genau das waren ihre Worte.«
»Wessen Worte?«
»Die der Alten mit schlohweißem Haar aus dem Dorf. Bruder Pförtner sagt, sie sei am Tor erschienen und habe ihm gedroht, seine Seele sei in Gefahr, falls er mich nicht sogleich herbeirufe. Als ich kam, betrachtete sie mich mit durchdringendem Blick. Ihre Augen waren wie blaue Perlen.«
»Ich habe von ihr gehört«, hauchte Hildegard schwach. »Einige halten sie für eine Seherin.«
»Ich mußte ihr versprechen, Euch dies zu geben«, sagte Richardis und öffnete die Hand, in der ein kleiner, in graue Wolle gepackter Gegenstand lag. »Überdies bat sie mich, Euch zu bestellen, Ihr solltet Euch nicht fürchten, denn Ihr könntet die Bürde tragen.«
Hildegards Hand zitterte, als sie die Wolle auseinanderzog. Darin lag ein kleiner runder Stein, überwachsen mit glänzendem Moos.

❦

Die Auswirkungen des Föhns waren verheerend. Die feuchten, südlichen Winde von den Alpen hatten Krankheiten ins Rheinland gebracht. Die Krankenbetten, in denen die Nonnen für gewöhnlich zum Aderlaß oder zum Schröpfen lagen, waren statt dessen mit jenen belegt, die an der seltsamen Krankheit litten, die der Föhn brachte.
Während sie sich über Ilses Krankenlager beugte, schloß Hildegard lauschend die Augen.

»Sei getrost, deine Lungen sind jetzt freier. Du wirst bald wieder deine Stellung als Kantorin einnehmen.«
»Aber morgen noch nicht«, jammerte Ilse.
»Ich weiß. Nach wochenlangen Proben verpaßt du die Einweihung der Marienkapelle. Richardis hat mir jedoch versichert, daß der Chor ausgezeichnet vorbereitet ist.«
»Richardis ist großherzig wie stets«, erwiderte Ilse nickend.
»Schlaf jetzt«, flüsterte Hildegard. »Ich bin gewiß, daß die Jungfrau morgen in deiner Abwesenheit über deinem Stuhl schwebt und all deine Bemühungen bei der Vorbereitung der Schwestern auf die Zeremonie segnet.«
»Aber Richardis muß sogleich zu mir kommen und mir berichten, wenn alles zu Ende ist«, bettelte Ilse. »Nur sie vermag mich zu beruhigen.«
Nachdem sie die Tür der Krankenstube hinter sich geschlossen hatte, hielt Hildegard nachdenklich inne. *Nur sie.* Wieder eine Huldigung an Richardis, der es gelungen war, ihre Schwestern zu überreden, auf ihre Mittagsruhe zu verzichten, um für die Einweihung zu üben. Auch jetzt hörte Hildegard die Stimmen, die ihr »Responsorium für die Jungfrau« sangen. Die Klänge schwebten ihr mit der milden Frühlingsluft entgegen.

Was für ein Schatz
ist doch die Unversehrtheit dieser Jungfrau!
Ganz verschlossen war ihre Pforte,
da die heilige Gottheit mit wärmendem Leben
durchflutet hat ihren Schoß,
so daß aus ihr die Blüte entsproß.

Und Gottes Sohn,
denn dieser zarte Sproß ihr Sohn,
hat durch den verschlossenen Leib
uns wieder geöffnet das Paradies.

Hildegard erinnerte sich an Richardis Tränen, als sie den Gesang zum erstenmal gehört hatte. Impulsiv war das Mädchen niedergekniet und hatte Hildegards Hand geküßt. Obgleich diese Szene bereits ein Jahr zurücklag, war Hildegard noch immer überrascht von der Unbefangenheit, mit der Richardis ihren Gefühlen Ausdruck verlieh. Ein weiterer Schatz, den sie selbst nie besessen hatte.
Am nächsten Tag war der Himmel mit schiefergrauen Wolken bedeckt, während Nebel wie ungeweinte Tränen in der Luft hing.
Nach der Terz nahm die Prozession zur Einweihung der Kapelle ihren Weg durch den kühlen Kreuzgang, begleitet vom klopfenden Geräusch der Prälatenstäbe und dem Rascheln seidener Gewänder. Kuno ging am Ende des Zuges. Immer wieder betrachtete er den kunstvollen goldenen Reliquienschrein, den er vor sich her trug und dessen vier Ecken von geflügelten Löwen bewacht wurden. Seine Kanten waren mit Tauben gesäumt, von denen jede einen funkelnden Diamanten im Schnabel hielt. Der Schrein enthielt Frau Juttas sterbliche Überreste, die heute von der Krypta des Kapitelhauses in der Abtei zum Altar der neuen Kapelle überführt wurden, wo sie sichtbar ausgestellt werden sollten.
Die Reliquie krönte Kunos langgehegte Träume von einer Marienkapelle, deren Bau er gelobt hatte, als er Abt geworden war und sein Leben der Jungfrau geweiht hatte. Seit damals loderte die Verehrung der Jungfrau Maria wie ein geistiges Feuer im ganzen Land auf. Nun konnte er endlich ruhen, denn seine Kapelle trug wie alle anderen Kirchen der Christenheit Marias Bild im Tympanon.
Von ihrem Platz im Oratorium hielt Hildegard unter den Prälaten Ausschau nach Frau Juttas Bruder, Hugo von Sponheim, dem Erzbischof von Köln. Er überragte die anderen, und sein Gesicht war wie aus Stein gemeißelt, doch in seinen Augen glühte ein heiliges Feuer. Neben ihm stand sein Neffe Hartwig.

Sein Lächeln wirkte entspannter, seit er Erzbischof von Bremen war.
Schließlich kehrten Hildegards Augen zu Richardis sommersprossigem Gesichtchen zurück. Ihre schlanke Gestalt wirkte angespannt, während ihre Augen eifrig die erlesenen neuen Retabeln erkundeten. Die geschnitzte Altartafel war von ihrer Mutter als Geschenk an die Abtei in Auftrag gegeben worden. Kunstvolle Lilien – Symbol für die Reinheit der Jungfrau – zierten sie.
Ein Raunen ging durch die Menge. Als sie sich umwandte, erkannte Hildegard zu ihrer Überraschung Seine Exzellenz Erzbischof Heinrich. Da er sich zuvor entschuldigt hatte, hatte man ihn nicht mehr erwartet. Er stieg die Stufen hinauf, begrüßte den Abt mit einem Nicken und wandte sich an die Versammlung.
Ein Jahr war seit ihrer letzten Begegnung vergangen. Sein Gesicht wirkte müde, und er schien viel magerer, dennoch war er immer noch eine beeindruckende Gestalt. Sein saphirfarbener, mit Marderpelz gesäumter Umhang vertiefte das Blau seiner Augen.
Bei der Erinnerung an Michaelis, die wirren Gedanken und die ungewohnten Empfindungen, die sie damals ergriffen hatten, errötete Hildegard. Inzwischen hatten die bedrückenden Berichte über das leichtfertige Benehmen des Erzbischofs diese Gefühle erstickt und sie gezwungen zu begreifen, daß sein Interesse an ihren Antiphonen nur in höflichen, aber leeren Worte bestanden hatte. Sie schluckte, als sich seine Augenbrauen beim Anblick der Markgräfin hoben. Sie war entschlossen, sich nicht wieder betören zu lassen. Nein, jetzt war sie klüger.
Heinrich begrüßte die Versammlung mit ausgebreiteten Armen: »Ehe wir diese Einweihung begehen, bete ich zu Frau Jutta, sie möge ihren Segen über Leben und Werk ihrer Nachfolgerin, Magistra Hildegard, ihre Tochter im Geiste, walten lassen.«

Unaufgefordert erhob sich Hildegard, schritt zum Altar und setzte sich gelassen und ungerührt von Kunos verdutztem Gesicht und Heinrichs Verblüffung zwischen den Abt und den Erzbischof. Mit ihnen hielt sie die Hände über den Reliquienschrein und segnete den Staub, der einst Frau Juttas Herz gewesen war.
Später berichtete sie Volmar, daß sie sich nicht daran erinnerte, zum Altar gegangen zu sein. Sie wußte nur noch, daß ein kalter Wind sie angeweht und auf die Füße gestellt hatte.

❦

Die Luft in der Empfangshalle war stickig. Es roch nach Safran und Senf, während Knoblauch- und Pfefferdüfte von den Platten mit Gänsebraten und Wild aufstiegen, die von den Novizen für das anschließende Festmahl aufgetragen wurden.
»Ihr müßt alsbald den ehrwürdigen Bernhard einladen, damit er unsere Kapelle segnet, Vater Abt«, sagte Erzbischof Heinrich, als sie ihre Plätze einnahmen.
»Ihr schmeichelt mir«, zierte sich Kuno. »Inzwischen weilt er wahrscheinlich am Hof König Ludwigs VII. Der König stand ihm schon zur Seite, als er am Palmsonntag in Vézelay den päpstlichen Aufruf zu einem zweiten Kreuzzug verkündete.«
»Königin Eleonore von Aquitanien und ihre Edelleute haben das Kreuz ohne Zögern ergriffen ...« fügte die Markgräfin hinzu.
»Das Rheinland wird folgen«, donnerte Hugo. »Auch unser König Konrad hat Bernhards Ruf vernommen, der nun in unseren Grenzen widerhallt.«
Die Neuigkeiten waren ernüchternd. Die Gäste, alles Herren über ausgedehnte Ländereien, zuckten in der bitteren Erinnerung an den Ersten Kreuzzug zusammen, als die Leibeigenen in anderen Teilen Europas dem Ruf in Scharen gefolgt waren und zahllose Ernten auf den Feldern verrotteten. Nun, da die

Seltschuken Odessa eingenommen hatten, war das Heilige Land erneut in Gefahr. Doch dieser zweite Kreuzzug würde dem Rheinland nicht erspart bleiben.
Als Volmar aufschaute, um Hildegards Reaktion abzuschätzen, sah er zu seinem Erschrecken, wie sich ihre Finger um die Tischkante krampften, die Knöchel weiß vor Anstrengung. Ihre Augen hatten den starren Blick, der ihm inzwischen aus dem Skriptorium so bekannt war. Einen Augenblick lang geriet er beinahe in Panik.
Glücklicherweise verging der Moment unbemerkt.
Doch später erfuhr der Mönch, daß sich in diesem Augenblick strahlendes Licht über Hildegard ergossen hatte und ein Befehl an sie ergangen war.

❦

In den nächsten Tagen rang Hildegard mit ihrem Vorhaben. Sollte sie das Wagnis eingehen und sich ihren beiden Gehilfen anvertrauen? Und wenn sie versuchten, sie von ihrem Plan abzuhalten?
Richardis gewiß nicht. Aufregung ließ sie aufblühen, deshalb verursachte sie sie auch bei jeder Gelegenheit. Sie diente ihr wie eine Magd und erfüllte jeden Auftrag unverzüglich. Wenn Hildegard mit ihrer Arbeit begann, waren die Federkiele stets gespitzt, jeder Bogen Vellum geschabt und mit Kreide geglättet. Ihr scharfer Verstand und ihr Fleiß bestätigten Hildegard in ihrer Wahl.
Aber Volmar würde sich vielleicht gegen ihren Plan sträuben. Der nachdenkliche, ruhige Mann war wie ein schützender Baum. Weder seine Aufmerksamkeit noch sein Interesse ließen je nach. Doch würde die Loyalität ihres Propstes vor dieser Entscheidung versagen? Würde er ihren Plan als zu kühn empfinden?
Sobald sie zu diktieren begonnen hatte, schweiften Volmars Augen nicht mehr vom Blatt ab.

An Bernhard, Abt von Clairvaux, von Hildegard, Magistra vom Disibodenberg:
Ihr, der das Banner des Heiligen Kreuzes im Namen des lebendigen Gottes schwingt, der Euch stützt, ich bitte Euch, hört mich, da ich frage!
Ich schaute schon von meiner Kindheit an große Wunderdinge, die meine Zunge nicht aussprechen konnte. Da ich nicht zu sprechen wagte, beschweren diese Wunder wie ein Gewicht meine Seele.
In dieser Vision erhellte ein Licht mein Herz und meine Seele, und in einem Augenblick erschloß sich mir der Sinn der Heiligen Schriften. Doch gleichwohl dieses Wissen in meiner Seele wohnt, bin ich ungelehrt; man hat mich nur unterwiesen, in aller Einfalt die Buchstaben zu lesen. Ich habe meine Vision nur einem Mönch und einer jungen Nonne offenbart, die sie für glaubwürdig halten. Doch im Wissen um Eure Heiligkeit, bitte ich um Euren Rat.
Ich sah Euch vor Jahren in meiner Vision als einen Mann, der in die Sonne blickt und sich nicht fürchtet, sondern sehr kühn ist. Ich aber, ich habe geweint, weil ich so zaghaft bin, denn die Dinge, die ich schaue, erfüllen mich mit Qual. Mein Schweigen hat mich an mein Lager gefesselt und mich schrecklichen Leiden unterworfen. Zuweilen hat meine Verzweiflung die Gestalt eines verkrüppelten, knorrigen Baumes. Ich habe mich in Eure Seele hineingelegt, damit Ihr mir durch Euer Wort enthüllt, ob Ihr wollt, daß ich dies alles offen sagen oder lieber schweigen soll. Helft mir, daß ich Gottes Willen erkenne.

Hildegard sank in ihrem Stuhl zusammen, vergrub das Gesicht in den Händen und brach in Schluchzen aus.
»Gott stehe Euch bei, Herrin«, sagte Volmar leise. Richardis glitt von ihrem Sitz und kauerte sich mit glänzenden Augen zu Füßen ihrer Herrin nieder.

»Für den Abt von Clairvaux ist nun die Zeit gekommen, die Magistra vom Disibodenberg zu würdigen!« verkündete sie mit einer Bestimmtheit, die Hildegard zwar erschreckte, aber nach der sie sich auch gesehnt hatte.

❦

Der Disibodenberg erschauerte noch unter der Kühle des ungewissen Frühlings, als die vierzigtägige Buß- und Fastenzeit am Aschermittwoch ihren Anfang nahm. Das Refektorium war von Gähnen und Magenknurren erfüllt. Als sie ihren Blick über die ernsten Gesichter schweifen ließ, wußte Hiltrude genau, welche ihrer Schwestern ihr Grauen vor den kommenden Wochen täglichen Rüben- und Erbsenbreis teilte. Die Schwermut der Jahreszeit hatte sich über sie gesenkt, als wäre die Luft mit Netzen aus grauer Gaze verhangen.

»Wenn ich nicht gelernt hätte, mir vorzustellen, daß Fastenfisch gebratenes Hühnchen ist, wäre ich schon im ersten Jahr verhungert«, hatte Gertrud einmal gemurrt. Obwohl Hiltrude bei dieser Erinnerung lächelte, entwich ihr auch ein Seufzer. Solche Augenblicke fehlten ihr. Jetzt, da sie Priorin war, fürchteten ihre Schwestern, sie könnte solche Spötteleien als Klagen verstehen. In gewisser Weise hatten sie sogar recht. Sie bemerkte jetzt, wer bei den Mahlzeiten säumte oder während der Mette döste oder sich zu oft über Unwohlsein beklagte. Wenn sie näher kam, verstummten die Gespräche und die Blicke wichen ihr aus. Die Fastenzeit zerrte nur an einem Gewebe, das ohnehin an den Rändern ausgefranst war.

Doch als Hiltrude sich jetzt auf ihre monatliche Beichte vorbereitete, war es nicht das Getuschel ihrer Schwestern, das sie belastete, sondern ein anderer Schatten breitete sich über ihr Herz.

»Ich bekenne, die Sünde des Neides begangen zu haben, Vater Volmar.« Ihr Rückgrat fühlte sich wie eine Sprungfeder an, und ihre Beine zitterten.

»Wen beneidest du, meine Tochter?«
»Schwester Richardis, die unter meine Obhut gestellt ist.«
Die gleichen Worte, wie bei ihren letzten beiden Beichten.
»Hast du um die Gnade gebetet, diese Schwäche überwinden zu können?«
»Täglich, stündlich, da meine Sünde sich vertieft durch die Güte und den Gehorsam, die Schwester Richardis mir erweist.«
»Was ist an deiner Schwester, daß du sie so beneidest?«
Ein tiefer Seufzer. »Sie strebt nach nichts und niemandem, doch alles fließt ihr zu. Die Schwestern sind wie gebannt von ihrer Kenntnis der Schriften und entzückt von den Liedern, die sie von den Minnesängern in Sponheim gelernt hat. Selbst in der Kapelle ruhen die Augen der Nonnen mit solcher Hingabe auf ihr, als hätte sie das Gebet erfunden.«
»Deine Worte beschreiben eine Heilige, Schwester Hiltrude.«
»Wem anders könnte die Magistra ihre innersten Gedanken jeden Tag im Skriptorium anvertrauen?« stotterte diese. »Außer Euch natürlich, Vater Volmar.«
»Doch Mutter Hildegard hat dir das Amt des größten Vertrauens verliehen. Du bist Priorin, die Hüterin des Haushaltes. Du mußt dem Musikprogramm der Kantorin und den Wünschen der Sakristanin zustimmen. Der Cellerar pflanzt keinen Samen im Garten und bestellt kein Bier ohne dein Wissen. Und da du die Aufgaben verteilst, kommt niemand häufiger mit den Schwestern zusammen als du.« Nach einer Pause fragte er sanft: »Ist es nicht so?«
»Doch ganz gleich, mit wie vielen Menschen ich an einem Tag spreche, ich fühle mich einsam.«
»Rührt das daher, daß deine Gedanken und Empfindungen um das Skriptorium kreisen?«
Sie unterdrückte einen Schrei. »Warum wurde nicht ich dazu ausersehen, an der Seite der ehrwürdigen Mutter zu arbeiten, anstelle eines jungen Mädchens, das erst seit kurzem bei uns ist?«

»Meine Tochter, unsere Regel verlangt von uns zu gehorchen, nicht zu verstehen.«
»Dann bekenne ich mich überdies zur Sünde der Hoffart«, gab sie sich resigniert geschlagen. »Und bete um die Gnade der Demut.«
»Auch ich werde für dich beten, meine Tochter«, sagte Volmar und segnete sie, doch es quälten ihn die gleichen Fragen. Es schmerzte ihn im Innern seines Herzens, daß er als ihr Beichtvater nicht mit Hildegard über sie sprechen durfte.

❦

Der Abt vom Disibodenberg war erschöpft. Kaum hatte er sich nach dem Mittagsmahl niedergelegt, klopfte es auch schon an seiner Tür. Er stöhnte.
Volmar betrat mit schweißglänzender Stirn den Raum. »Es ist alles so schnell gegangen, ehrwürdiger Abt«, stieß er, mit einer Pergamentrolle wedelnd, hervor. »Sie kamen und waren auch schon wieder fort, ehe ich Euch rufen lassen konnte.«
»Beruhige dich, Bruder Volmar«, sagte Kuno. »Wovon sprichst du überhaupt?«
»Bruder Pförtner sagte, kurz nach der Non seien zwei weißgekleidete Mönche erschienen, um Frau Hildegard eine Nachricht zu übermitteln.«
»Und?« fragte Kuno ermattet und verschränkte die Arme vor der Brust.
»Schwester Richardis und ich befanden uns im Zimmer, als Hildegard sie empfing und eine Schriftrolle mit einem mir unbekannten Siegel entgegennahm. Nachdem sie ihnen gedankt hatte, knieten sie nieder, um ihren Segen entgegenzunehmen, verabschiedeten sich, und fort waren sie.«
»Und alles ging gesittet vonstatten?«
Volmar blinzelte entgeistert. »Natürlich, Herr!«
»Warum bist du dann so in Aufruhr?« fragte der Abt gereizt.

Der Mönch schien verwirrt. »In Aufruhr, Herr?«
Kuno räusperte sich. »Bruder Volmar, ich schätze deine Ehrerbietung für die Magistra, aber die Botschaften, die sie erhält, betreffen mich nicht.«
»Bei allem Respekt, ehrwürdiger Vater, sie fand, es gehöre sich nicht, Euch diese vorzuenthalten«, sagte der Mönch und reichte ihm die Rolle.

> Für die in Christo geliebte Tochter, Hildegard, Magistra des Disibodenbergs, betet Bruder Bernhard, genannt Abt von Clairvaux:
> Eine Vielzahl von Aufgaben hat meine Antwort auf Eure hochherzige Botschaft verzögert, doch habe ich keineswegs übersehen, den Brief Eurer Liebe zu erwidern, obwohl die Menge der Geschäfte mich zwingt, es kürzer zu tun, als ich möchte.
> Wir freuen uns mit Euch über die Gnade Gottes, die in Euch ist. Folgt ihr in aller Demut und Hingabe mit dem Wissen, daß Gott den Stolzen widersteht, den Demütigen hingegen Gnade gibt.
> Im übrigen, was sollen wir noch lehren oder ermahnen, wo schon eine innere Unterweisung besteht und eine Salbung Euch über alles belehrt hat? Vielmehr bitten und verlangen wir inständig, daß Ihr unser bei Gott gedenket und auch derer, die uns in geistlicher Gemeinschaft in Gott verbunden sind.

❦

Ein steifer Novemberwind blies über die Mosel, während einzelne Sonnenstrahlen die eisige Oberfläche in gefrorenes Silber verwandelten.
Erzbischof Heinrich von Mainz ritt am Ufer entlang und tätschelte seinen erschöpften Hengst, aus dessen Maul weißer Schaum trat. Bald hatte er die Reise von Mainz nach Trier hin-

ter sich und würde sich vor dem Beginn der Bischofssynode noch ausruhen können. Obwohl ihm der Hals vom Wind steif war, schnurrte er innerlich vor Wohlbehagen. Ich mußte nur abwarten, und nun ist mir die Gelegenheit wie erwartet in den Schoß gefallen, freute er sich lächelnd.
Warten war ein Spiel, das Heinrich in seiner Kindheit gelernt hatte. Als Kind hatten sein weißgoldener Lockenkopf und sein Engelsgesichtchen mit dem schüchternen Lächeln dafür gesorgt, daß ihm niemand widerstehen konnte. Selbst der ergraute Falkner hatte nachgegeben und seinen abgetragenen Handschuh über Heinrichs kleine Hand gestreift. Dann hatte er ihn, wohl wissend, daß er sein Leben riskierte, um dem Kleinen eine Freude zu machen, den edelsten Wanderfalken des Fürsten halten lassen. Die Ritter gingen kein geringeres Wagnis ein, wenn sie ihn ihre rasiermesserscharfen Wurfspeere schwingen ließen, die selbst erwachsenen Männern nicht geheuer waren. Und wenn die Ritter sich vor dem Feuer in der großen Halle ausstreckten, ließen sie den Knaben zwischen sich herumkrabbeln, während sie ihre Becher leerten und mit Vergewaltigungen und Schwerthieben prahlten.
Als er größer wurde, lernte Heinrich rasch, sich an die Frauen zu halten: die Dienerinnen, deren warmen Atem er am Hals spürte, wenn sie ihn an ihre weichen Hüften und Bäuche drückten und ihn in die Wangen kniffen, belohnte er mit kindlichen Küssen. Und immer wieder seine Mutter, die den goldenen Flaum seines sprießenden Bartes liebkoste und seine breiten Schultern bewunderte. »Mein Goldsohn, mein Erstgeborener«, gurrte sie. Er lernte rasch und gründlich, daß er nur zu warten brauchte, und die Welt würde zu ihm kommen und mit ihren Sternen seinen Pfad erhellen.
Vor ihm tauchten die Türme des Doms zu Trier auf. Sigmund, sein Kanzler, winkte ihm, und Heinrich richtete seinen Blick auf ihn. Sigmund saß mit gekrümmten Schultern wie ein Habicht auf seinem Roß. Er hatte eine vorspringende, scharf ge-

bogene Nase, und seine blauen Augen spähten in die Landschaft. Sein schwarzer lockiger Bart und ebensolches Haar bildeten einen auffälligen Gegensatz zu Heinrichs hellem Typ. Doch Heinrichs Wertschätzung reichte weit über Sigmunds dunkles Äußeres und seinen wachen Verstand hinaus. Seine Vorbereitungen für diese Reise waren über jeden Zweifel erhaben. Keine Einzelheit war dem Zufall überlassen geblieben. Als er ihn nun beobachtete, ergriff Heinrich eine Welle der Erregung. Sie waren unzertrennlich, jeder akzeptierte die Stärken und Schwächen des anderen auch ohne Worte. Sigmund kannte sowohl die Gefahren als auch den Lohn, und Heinrich enttäuschte ihn nicht.

Als sie sich der Stadt näherten, fielen Heinrich die uralten Geschichten von keltischen Stämmen ein, die hier vor dem Beginn aller Zeiten gelebt hatten. Ihnen waren die mächtigen Römer gefolgt: Julius Cäsar, Cäsar Augustus, dann Konstantin. Fußspuren von Riesen umgeben mich, dachte Heinrich, und das Glück erwartet mich hier. Ich kann nicht fehlgehen.

Sie passierten das Stadttor von Trier und steuerten auf den gewaltigen Dom zu. Um sie herum drängten sich Scharen von Pilgern, die die ganze Nacht auf Einlaß gewartet hatten, um die unschätzbare Reliquie – den saumlosen Umhang des Erlösers – zu sehen. Doch Heinrich und Sigmund eilten weiter.

Nahezu ein Jahr war vergangen, seit Kuno Erzbischof Heinrich von Frau Hildegards Visionen berichtet hatte. Es war während eines offiziellen Besuches auf dem Disibodenberg gewesen. Kuno war aufgeregt, entzückt und furchtsam zugleich, da es sich um einen Angelegenheit von großer Tragweite handelte. Heinrich hatte sich gelangweilt. Kuno hatte damit begonnen, daß Hildegard schon seit ihrer Kindheit Visionen gehabt hatte.

»Seit ihrer Kindheit, ehrwürdiger Abt?« hatte Heinrich spöttisch gefragt.

»Das behauptet sie, Euer Exzellenz«, hatte Kuno erwidert.

»Wie auch Vater Volmar wollte ich sie als fromme Phantasien einer kindlichen Klausnerin abtun. Ich wies ihn an, niemandem etwas davon zu sagen, die Gesichte jedoch niederzuschreiben, wie die Magistra sie ihm diktierte. Schwester Richardis geht ihnen dabei zur Hand.«

Heinrichs Lippen verzogen sich zu einem Lächeln. »Eine kluge Entscheidung, Herr Abt. Die Markgräfin wird davon natürlich sehr angetan sein.«

»Ein Schaden kann daraus nicht entstehen«, hatte Kuno achselzuckend erwidert.

»War es Vertrauen oder Nachgiebigkeit, das Euch zu einer Zustimmung bewogen hat?« Heinrich bückte sich, um einen Stengel Minze zu pflücken.

»Es war eine einfache Entscheidung, Euer Exzellenz. Hätte ich mich geweigert, und ihre Visionen würden sich als echt erweisen, hätte ich Schuld auf meine Seele geladen. Ich habe mich entschlossen zu glauben, daß etwas Gutes daraus entstehen wird.«

»Aus welchem Grund?«

»Auf Bruder Volmars Rat. Er ist nun seit einem Jahr in ihre Visionen eingeweiht und hat sie sorgfältiger Prüfung unterzogen. Er ist ein frommer und besonnener Mann, überdies ein mustergültiger Propst. Wie die anderen Brüder schätze auch ich ihn sehr.«

»Und erfreut sich Fräulein Richardis der gleichen Wertschätzung unter ihren Schwestern?«

»Auf gewisse Weise ist sie sogar zu einer ihrer Lehrerinnen geworden. Wie die Magistra erfahren hat, war sie schon bei ihrer Ankunft nicht nur in der Heiligen Schrift gut ausgebildet, sondern auch in den Werken des Clemens von Alexandria und des ehrwürdigen Boetius.«

»Wahrhaftig«, hatte Heinrich tonlos geantwortet. »Doch die Visionen der Magistra interessieren mich mehr als der Glaube Eures Propstes an sie.«

»Er schwört, er würde für ihre Echtheit seine Hand ins Feuer legen.«

»Verbrannte Gliedmaßen helfen uns wenig, mein lieber Abt.« Heinrich hatte das Gesicht verzogen. »Die Kirche braucht andere Beweise.«

»Die Zustimmung des Abtes von Clairvaux dürfte doch gewiß genügen«, entgegnete Kuno mit triumphierendem Unterton. »Bernhard hat ihr geschrieben, sie ermutigt und sie um ihre Gebete ersucht.«

»Aber gewiß doch!« rief Heinrich. »Bernhard wird von den Gebeten getragen, die er sich von allen, die ihm begegnen, erbittet. Nur seine Leidenschaft kommt seiner Demut gleich, so hat man mir berichtet.« Die Hände auf dem Rücken verschränkend, gähnte er laut. Zu Kunos wachsendem Verdruß führten sie ihren Spaziergang schweigend fort.

»Ich werde bei der Komplet nicht anwesend sein«, sagte Heinrich abrupt und unterdrückte ein Gähnen. »Ich muß mich ausruhen. Ich werde am Morgen im Kloster Eberbach erwartet und muß in der Dämmerung aufbrechen.«

Als er sich von Kuno verabschiedet hatte, wandte sich Heinrich raschen Schrittes dem Gästehaus zu, denn er konnte es kaum erwarten, das Schatzkästlein in Augenschein zu nehmen, das Kuno ihm gerade überreicht hatte.

In der Erinnerung an diese ersten Erkenntnisse auf dem Disibodenberg vor einem Jahr, näherte sich Heinrich nun dem Dom zu Trier.

❦

Die zur Synode von Trier angereisten Prälaten aus Belgien, Frankreich und Burgund bestaunten das dreistöckige Gebäude, das man für den Papst und sein Gefolge errichtet hatte. Es war noch früh, und Heinrichs Kopf hämmerte vom Wein der vergangenen Nacht und dem Dröhnen der Glocken von Trier.

Als er die Peers aus Magdeburg hitzig miteinander diskutieren

sah, schloß Heinrich sich ihnen an und bemerkte, wie rasch ihr Gespräch sich in unterwürfiges Lächeln auflöste.
»Edle Herren, wir müssen dem Erzbischof von Trier raten, die Prozession jetzt zu beginnen, wo die Großdiözese von Mainz eingetroffen ist«, stichelte der Kanzler von Magdeburg.
Verdammt sollen sie sein! dachte Heinrich erbost. Sie schlagen mir auf die Schulter und zugleich auf den Kopf.
Während der Eröffnungsfeierlichkeiten der Synode döste Heinrich die meiste Zeit. Am Ende flüsterte er Sigmund eilig zu: »Wir müssen die Gunst der Stunde nutzen und sogleich mit unserer dringenden Angelegenheit beim Papst vorstellig werden.«
Der riesige Saal war stickig und so voll, daß sie sich kaum rühren konnten; Geschrei und Gelächter erstickten jede Hoffnung, gehört zu werden. Alle waren gekommen, um dem Papst die Ehre zu erweisen, und die Gäste drängelten ungeniert, um das Ohr des päpstlichen Legaten zu erreichen, in der Hoffnung, eine Privataudienz mit dem Pontifex zu erschmeicheln.
»Vergiß nicht, daß ich als Erzbischof von Mainz Herr über mein Land mit allen Privilegien bin«, ermahnte Heinrich seinen Kanzler. »Ohne unsere Unterstützung ist der Papst machtlos.«
Er bewegte sich in einer aufgeregten Atmosphäre der Sprachen, Berührungen und politischen Einflüsse. Auch Sigmund war sehr erregt:
»Seid auf der Hut, Herr! Denkt daran, daß Ihr nur hier seid, um ein Gesicht zu sehen und eine Hand zu küssen«, erinnerte ihn Sigmund. »Denkt an unseren Plan!«
»Wo ist er?« zischte er in Sigmunds Ohr.
»Dort, Herr, geradeaus«, flüsterte Sigmund.
Wäre der Baldachin nicht mit weißer Seide drapiert gewesen, hätte Heinrich den Mann, dem zu begegnen er gekommen war, fast übersehen. In der schlichten Kutte eines Zisterziensermönchs saß Papst Eugen III. auf seinem massiven Eichen-

thron und starrte mit vor Müdigkeit glasigen Augen vor sich hin. Seine lange spitze Nase wirkte in dem vollen Gesicht mit dem dreifachen Kinn fehl am Platz. Sein lockiger schwarzer Bart und sein Haar waren von silbernen Strähnen durchzogen. Er hatte eine breite Brust; sein Bauch schwappte über die Seiten des Throns und verdeckte alles bis auf einen Zipfel der magentaroten Kissen, auf denen er ruhte. Er rutschte unruhig hin und her wie ein Gefangener.

Als Heinrich aufschaute, sah er, wie der Bischof von Trier ihm Zeichen gab, während er sich vom Papstthron entfernte.

»Mit Eurer gütigen Erlaubnis, Euer Exzellenz«, sprach er Heinrich an. »Bischof Albero, Euer Gastgeber, möchte Euch Seiner Heiligkeit Papst Eugen vorstellen.«

Neugierige Blicke folgten ihnen. Als sie sich dem päpstlichen Thron näherten, bewegten sich die Umstehenden und flatterten auseinander wie ein Schwarm Vögel.

Papst Eugens Gesicht war grau vor Erschöpfung. Er war gerade aus Paris eingetroffen, wo er einem Konzil über die Irrlehre des Bischofs von Poitier Gilbert De la Porrée beigewohnt hatte.

Als Heinrich zu Eugens Füßen niederkniete, fiel ihm auf, daß dieser nur einen einfachen Goldring ohne den üblichen Edelstein trug.

»Unser Segen ruht auf dem Bistum Mainz, mein Sohn. Wir beten für Konrad, Euren König«, sagte der Papst kühl. Heinrich war angespannt, denn er wußte von der tiefen Enttäuschung des Papstes über Konrads Entscheidung, am Kreuzzug teilzunehmen, anstatt den päpstlichen Kampf gegen die römischen Aufrührer und Roger II. von Sizilien zu unterstützen. Die Augen des Papstes wurden schmal.

»Man hat uns angekündigt, Ihr bringt ungewöhnliche Neuigkeiten, die von Bedeutung für unsere Herrschaft sein könnten, mein Sohn.«

Bestürzt erbleichte Heinrich.

»Ich erbitte die gütige Erlaubnis Eurer Heiligkeit, diese Ange-

legenheit vertraulich mit Euch besprechen zu dürfen«, erwiderte er.
Doch der Papst bedeutete ihm lediglich, näher zu kommen. Und Heinrich blieb keine andere Wahl.
»Eure Heiligkeit«, begann Heinrich leise, »der Abt des Klosters am Disibodenberg im Tal der Nahe hat mir mitgeteilt, unter ihnen lebe eine Magistra, die anscheinend von Gott mit der außergewöhnlichen Gabe der Prophezeiung ausgezeichnet wird.«
Der Papst seufzte, dann lächelte er. »Visionen sind keine Seltenheit bei Frauen hinter Klostermauern«, sagte er geduldig. »Ich vermute, sie vertraut ihre Gesichte ihrem Beichtvater an.«
»So ist es, Eure Heiligkeit, und er war es auch, der den Abt davon überzeugte, daß die Visionen wahrhaft von Gott eingegeben sind.«
»Sie befindet sich zweifellos im Zustand der Verzückung.«
»Nein, Eure Heiligkeit, keineswegs. Sie ist im Vollbesitz ihrer Sinne und diktiert die Worte und Bilder einer Stimme gehorchend, die ihr befiehlt, zu offenbaren, was sie sieht und hört.«
»Welcher Natur sind diese Visionen?«
»Sie vermag bis zur Schöpfung in die Vergangenheit zurückzublicken und nach vorn in die Gegenwart und Zukunft, einschließlich der letzten Tage.«
»Wir leben in einem Zeitalter der Visionen, nicht wahr, mein Sohn?« Der Papst seufzte ergeben. »Wir können sie an ganz gewöhnlichen Orten suchen und finden. Sie erinnern uns daran, daß Gott uns nicht vergessen hat.«
Er nimmt mich nicht ernst, dachte Heinrich.
Der Papst bewegte sich auf seinem Thron und bedeutete seinem Kardinal, daß die Audienz beendet sei.
Heinrich riß sich zusammen, küßte den Ring des Papstes und war bald, sich rückwärts bewegend, im karmesinroten Ozean der Prälaten, der um den päpstlichen Thron wogte, verschwunden.

Wenige Augenblicke später rief Eugen seinen Kardinal zu sich. »Weist Bischof Albero von Verdun an, daß wir eine Versammlung einzuberufen wünschen, um diese Magistra zu befragen. Tragt Sorge, daß er sogleich aufbricht und unverzüglich zurückkehrt.«

❦

Die Reisenden aus Trier sahen durch den Morgennebel auf die Klostergebäude. »Die Abtei Disibodenberg erscheint bestenfalls bescheiden«, bemerkte Bischof Albero und zügelte seinen Hengst. »Gewiß werden wir die Sache hier rasch erledigen und in der Abenddämmerung wieder nach Trier aufbrechen können.«

Seine Knappen hatten rote Augen und weiche Knie von der anstrengenden Reise. Selbst der Stellvertreter des Bischofs wankte vor Erschöpfung im Sattel.

»Ihr scheint erstaunt, daß Heinrich die Synode gewählt hat, um die Nachricht von seiner Prophetin zu verkünden«, hatte der Stellvertreter bemerkt, während sie durch den eisigen Wald ritten.

»Eher belustigt als überrascht, da die Kunde von dieser Nonne bereits seit einiger Zeit in Frankreich umgeht«, entgegnete der Bischof. »Die Eile hingegen, mit der der Papst uns entsandt hat, läßt darauf schließen, daß ihm Heinrich etwas ins Ohr geflüstert hat, das die Neugier Seiner Heiligkeit erregt hat.«

»Heinrichs Glück erstaunt mich immer wieder«, seufzte sein Stellvertreter. »Noch mit verbundenen Augen verwandelt er Stroh in reinstes Gold. Es fällt ihm einfach wie von selbst vor die Füße.«

Der Bischof zuckte die Achseln. »Doch wer sich zu sehr auf sein Glück verläßt, der läuft Gefahr, leichtsinnig zu werden. Katzengold glänzt ebenso hell im Mondlicht wie in der Mittagssonne.«

»Das scheint nicht für Heinrich zu gelten.«

»Also würdet Ihr gern mit diesem anstelligen Alchemisten aus Mainz tauschen?«
Der Stellvertreter stieß einen höhnischen Ruf aus. »Euer Exzellenz belieben zu scherzen! Ich habe, weiß Gott, genug eigene Gespenster!«
Als Kuno vor dem Tor des Nonnenklosters stand, erstickte er fast an einem Hustenanfall.
»Ich muß sofort die Magistra sprechen«, stieß er hervor. »Wo kann ich sie finden?«
»Sie ist in ihrer Zelle, Vater Abt«, sagte Hiltrude. Sie hatte ihn noch nie so erregt gesehen.
Als Hildegard von ihrem Buch aufschaute, blickte sie in Kunos hervorquellende Augen. Er hatte die Hände in seine Ärmel geschoben.
Er nickte kurz. »Herrin, ich bin hier, um Euch auf einige vornehme Besucher vorzubereiten. Es sind Abgesandte der bischöflichen Synode, die zur Zeit in Trier abgehalten wird. Es scheint, Seine Heiligkeit hat sie geschickt, um Euch über das Wesen Eurer Gesichte zu befragen.«
Hildegard wandte den Blick ab. »Und woher weiß Seine Heiligkeit von meinen Visionen, ehrwürdiger Abt?«
»Vermutlich von Seiner Exzellenz Erzbischof Heinrich«, seufzte Kuno. »Ihr werdet Euch erinnern, daß ich als Abt verpflichtet bin, meinen Bischof von allem Ungewöhnlichen im geistigen Leben der mir Anvertrauten zu unterrichten.« Abermals hustend fügte er hinzu: »Besonders von Angelegenheiten, die ihm Sorge bereiten könnten.«
»Oder Euch Verlegenheit«, sagte Hildegard mit erhobenem Kinn.
»Ich habe dies Risiko auf mich genommen, nachdem ich mich mit Vater Volmar beraten hatte«, entgegnete Kuno spitz.
»Und da alles in Ordnung zu sein scheint, habt Ihr nichts zu befürchten«, schloß sie.
Er wandte ihr den Rücken zu.

»Dennoch wirkt Ihr bedrückt, Herr.«
»Man hat mich nicht vorgewarnt!« rief Kuno beleidigt. »Besuche päpstlicher Delegationen sind außerordentlich selten!«
»Ich werde mein möglichstes tun, Euch nicht zu enttäuschen«, erwiderte sie sanft.
»Euer möglichstes?« Er runzelte die Stirn und errötete. Hastig segnete er sie und rauschte aus der Zelle.
Kurz darauf führte Richardis die Besucher ins Zimmer und ließ sie Platz nehmen. Sie zögerte unschlüssig, denn sie hatte keine Lust, das bevorstehende bedeutsame Schauspiel zu verpassen.
Hildegard erhob sich, um ihre Gäste zu begrüßen. Ihr Lächeln und ihre veilchenfarbenen Augen unter den honiggoldenen Brauen und Wimpern brachen schnell das Eis. Sie ist in der Mitte ihres Leben, dennoch errötet sie wie ein junges Mädchen, bemerkte der Bischof für sich. Doch da war noch etwas, eine Eigenschaft, die er nicht benennen konnte, die ihn jedoch entwaffnete. Unter ihren außergewöhnlichen Augen sah er tiefe graue Ringe. Sie betet mehr, als sie schläft, schloß er. Anmutig und hochgewachsen wirkte sie alterslos. Sie bewegte sich mit der natürlichen Eleganz einer adligen Frau. Der Gürtel mit seinem festen Knoten, der wie eine kleine, entschlossene Faust wirkte, das Symbol ihrer Reinheit, betonte die schlanke Taille. Ihr Atem ging rasch.
»Seid mir willkommen, edle Herren«, sagte sie. In ihrer Stimme lag eine Gelassenheit, die den Bischof verunsicherte. Er bedauerte, daß er vor der Begegnung nicht mehr Mühe auf seine äußere Erscheinung verwandt hatte.
Bequem in seinen Stuhl gelehnt, hörte er zu, wie sein Stellvertreter der Äbtissin für den Empfang dankte.
»Wir bringen Euch Grüße von Seiner Heiligkeit Papst Eugen und der Bischofssynode«, erklärte der Bischof und fügte hinzu: »Und von Eurem Erzbischof Heinrich Moguntin, auf dessen Nachricht von Euren Visionen wir hierhergeeilt sind.«

»Ich fühle mich geehrt, Euer Exzellenz.« Ihr Blick war ruhig. »Was wünscht Ihr zu erfahren?«
»Man hat uns berichtet, daß Ihr in Euren Visionen gewisse Dinge seht und gewisse Botschaften … Anweisungen, wenn Ihr beliebt, erhaltet«, begann der Bischof.
»In der Tat. Doch ich habe niemals erbeten, was ich empfange.« Eine unbeschreibliche Traurigkeit umwölkte ihren Blick. »Was zu mir kommt, ist aus einem anderen Reich, in Licht getaucht.«
»Wie von der Flamme einer Kerze?«
»Es ist mehr wie ein Glanz, Euer Exzellenz. Wenngleich er zuweilen nachläßt, schimmert er doch stets, wenn ich eine Stimme vernehmen oder ein Bild sehen soll.«
»Seht Ihr diesen Glanz bei Tag und bei Nacht?«
»So ist es. Er begleitet mich, seit ich denken kann.«
»Also verwundert oder blendet Euch dieses Licht keineswegs, Herrin?«
»Zuweilen doch. Doch eher verwundert mich, was mir darin offenbart wird.«
»Ergreifen Euch diese Gesichte beim Gebet?«
»Wenn das Gebet im Lauschen besteht.«
»Oder seid Ihr gar entrückt?«
»Niemals!« Ihre Augen blitzten. »Ich habe keine Zeit für Ohnmachten. Gebet und Arbeit erfüllen meine Tage. Meine Gesichte suchen mich zu allen Zeiten heim. Einmal geschah es im Herbarium. Ich war gerade dabei, Traubensaft mit einem Extrakt aus Apfelblüten zu mischen, um den grauen Star zu behandeln. Ein anderes Mal sang ich gerade ein Wiegenlied für einen blinden Pilger, der aus dem Mund blutete und in meinen Armen starb.«
»Verstören Euch die Visionen, wenn Ihr sie schaut?«
»Sehr oft, Herr, da sie Botschaften enthalten, die ich weitergeben muß.«
»Und habt Ihr dies getan?«

»Viele Jahre habe ich sie verborgen gehalten, aus Furcht, man würde mir keinen Glauben schenken. Die Furcht hielt mich gefangen und warf mich wieder und wieder auf das Krankenlager. Doch die Stimme, die dem Lebendigen Licht entströmte, wollte nicht verstummen: ›Schreibe nieder, was du siehst und hörst!‹ Und mit wild klopfendem Herzen gehorchte ich endlich.«

»Wir sind gekommen, diese Botschaften von Eurem Munde zu vernehmen, hohe Frau«, sagte der Bischof freundlich. »Doch seid beruhigt, wir fiebern nicht nach Wundern. Wir bitten Euch nur, die Stimmen, die Ihr hört, die Gesichte, die Ihr schaut, und die Worte, die Euch gebieten, zu schildern.«

»Dann begleitet mich auf meiner Reise«, erwiderte Hildegard sanft. »Ich werde Euch führen.«

Hildegard atmete einige Male tief ein und vertraute auf ihre Seele, als sie begann.

*Mit geschlossenen Augen nahm Hildegard ihre Besucher in ihre Vision auf. Sie zog ihre Filzpantoffeln aus, stellte sie am Ufer ab und watete ins Wasser. Sich umwendend bedeutete sie dem Bischof und seinem Stellvertreter, ihr zu folgen. Immer tiefer ins Wasser hineinwatend, hob sie ihr Gewand und spürte, wie ihre Sohlen den Sand langsam verdrängten. Die Kräfte des Wassers beschwörend, flüsterte sie: »Geliebter Freund, ich gebe nun jeden von uns in deine Hände.« Dann wandte sie ihr Gesicht gen Himmel und bat die Wolken, sie zu dem Ort zu geleiten, an dem der Himmel sich öffnete.*

*Treibend kräuselten sich die Gewänder der Besucher wie magentarote Segel auf einem azurblauen Meer. Einer der Männer begann zu summen; seine Augen waren geschlossen, die Hände lagen wie offene Schalen auf den Wellen. Der andere warf den Kopf voller Angst von einer Seite auf die andere, da er fürchtete zu ertrinken.*

*Während sie in den Himmel über ihnen entschwebten, wurden sie einer leuchtenden Frau ansichtig.*

*Ihr Leib lag gebogen gleich einer Mondsichel, und in ihrem Schoße trug sie die volle Gestalt eines Menschen. Hoch über dessen Haupt schwebte ein zarter Drachen, den der Glanz von tausend Augen erfüllte. Die Augen sahen zu, wie ein Lichtpunkt in ihrer Mitte zu einer Feuerkugel anwuchs; und siehe, nach der geheimen Verfügung des Schöpfers regte sich die kleine Gestalt in erwachender Lebensbewegung, und die Feuerkugel nahm das Herz der Gestalt in Besitz, berührte ihr Gehirn und ergoß sich durch all ihre Glieder.*

*Die Äbtissin berührte nun die Augen der Besucher.*

*»Meine Brüder, seht Ihr nun, wie die Seele diesen Leib durchströmt, ähnlich wie der Baum aus seiner Wurzel allen Zweigen Saft und Kraft mitteilt? Die Erkenntnis der Seele ergießt sich in die Glieder des kleinen Menschen, wie der Saft des Baumes in die Blätter und Äste eines Baumes fließt, während der Wille der Seele die Macht hat, ihn zum Blühen zu bringen. Das Gemüt der Seele wird die Früchte dieses erwachenden Lebens hervorbringen, während die Vernunft eines Tages die Frucht zur Vollkommenheit reifen läßt. Die Seele ist es, die den Menschen mit lebendigem Antlitz, mit Gesicht, Geschmack, Gehör, Geruch und Gefühl herrlich begabt. Die Seele durchfließt den Körper, denn sie gibt dem Fleisch die Frische und nährt den Leib des Menschen, wie die Feuchtigkeit die Erde nährt und Früchte hervorbringen läßt.«*

*Derweil sie schwebten, strahlte die Sonne über ihnen. Gewiegt von den Wellen und der sanften Brise, überdachten der Bischof und sein Stellvertreter alles, was sie vernommen hatten.*

*»Sprecht uns mehr von dieser Frau, deren Leib wie eine Mondsichel geschwungen ist«, sagte der Bischof leise.*

*Die Äbtissin seufzte. »Sie ist die Weisheit, die Stimme, die schon im Schoße meiner Mutter zu mir sprach und mich auch heute noch leitet. Es ist ihr Antlitz, das ich vor dem Lebendigen Licht schaue. Sie ist es, die von Salomon Gepriesene. Aus ihr ergoß sich vor allem Anfang Gottes erstgeborene Weisung. Sie wurde ge-*

*schaffen, ehe der Himmel gemeißelt und die Tiefen der Erde eingesenkt wurden und ehe Er dem Meer seine Grenze setzte und die Weite des Himmels bereitete. Sie war der Liebling Gottes, die an Seiner Seite war, als die Fäden der Welt verwoben wurden. Sie war Seine Lust täglich und spielte vor Ihm allezeit.«*
*»Ihr sprecht von der Frau, die im Buch der Sprüche herrscht!« rief der Bischof.*
*»Fürwahr, sie ist es, und es ist ihre Stimme, die mir erklärt, was ich in der Vision höre und sehe. Sie ist es, die unsere erste Wiege ist, unsere erste Speise. Ihr Herzschlag ist der erste Klang, der unser Ohr durchdringt. Sie ist es, die uns hergerufen hat.«*
*»Zu welchem Geheiß, Herrin?«*
*»Schaut in ihre Augen!« erwiderte die Äbtissin, den Blick gen Himmel gerichtet. »Man nennt sie auch Ecclesia, Mutter Kirche. Ihre Kinder kommen aus ihr mit dem gleißenden Licht von Diamanten.«*
*Über ihnen am Himmel sahen sie eine Frau von so hohem Wuchs, daß sie wie eine große Stadt anzuschauen war. Ihr Haupt war mit wunderbarer Zier gekrönt. Von ihren Armen ging, herabfallenden Ärmeln gleich, ein heller Glanz aus, der vom Himmel bis zur Erde niederstrahlte. Überaus helles Licht durchstrahlte sie, und schimmernder Glanz umfloß sie ringsum. Auf ihrer Brust erglühte ein Morgenrot, und sie vernahmen von dorther einen wundersamen Zusammenklang von Musik.*
*Langsam breitete die Gestalt ihren Glanz wie ein seidenes Gewand aus. »Ich muß empfangen und gebären!« rief sie.*
*Doch als sie ihre geliebten Kindlein ansah, erschauerte sie: »Viele empfange und gebäre ich, die mich, ihre Mutter, niederdrücken mit Irrlehren und Spaltungen, mit Raub und Mord, mit Ehebruch und Unzucht.«*
*Dann ertönten laut ihre Worte, rissen das Firmament entzwei: »Wer wachenden Auges sieht und gespannten Ohres hört, der reiche diesen geheimnisvollen Worten, die mir, dem Lebendigen, entströmen, den umarmenden Kuß!«*

*Bei diesen Worten verstummte der summende Mann, und sein Gefährte vergoß die ungeweinten Tränen vergessener Jahre in das allwissende Herz des Ozeans.*

Im Raum herrschte Stille.
Als die Glocken zur Sext läuteten, erhob sich Hildegard rasch und ergriff ihren Psalter. Sie schloß die Tür hinter sich und ließ den Bischof, das goldene Kreuz auf sein pochendes Herz gedrückt, zurück. Sein Stellvertreter kauerte neben ihm, die Ellbogen auf die Knie gestützt und das Gesicht in den Händen verborgen.

❦

Richardis konnte ihren Blick nicht von Hildegard losreißen. Während der Mette fiel ihr auf, daß sich die Lippen der Magistra bewegten, doch es drang kein Laut aus ihnen. Bei den Psalmen mußte sie ständig schlucken. Irgend etwas stimmte nicht. Richardis blieb in der Kapelle zurück, als die anderen wieder in ihre Betten strebten. Doch sie war zu zerstreut, um zu beten. Ob bei der Begegnung mit den päpstlichen Gesandten etwas Unangenehmes geschehen war? Hatten sie Hildegards Schriften zensiert oder verurteilt? War irgend etwas Bedeutsames vorgefallen, das sie in Verzweiflung gestürzt hatte? Je länger sie kniete, desto überschäumender wurde ihre Phantasie. Sie mußte es herausfinden! Ein kühner Gedanke ergriff sie. Auch wenn es zu dieser Stunde unziemlich war, konnte sie doch an die Tür der Magistra klopfen und sich zumindest erkundigen, ob ihre Herrin sich vielleicht krank fühlte. Lohnte sich das Wagnis? Die Magistra würde ihre Besorgnis vielleicht als Neugier durchschauen. Dennoch war Richardis beunruhigt. Nicht zu singen, das bedeutete für ihre Herrin, nicht zu atmen.
Wenngleich die Gesandten schon am vergangenen Tag zur Mittagszeit aufgebrochen waren, versetzte sie allein schon der Gedanke an sie in Erregung. Die wenigen Augenblicke, die sie

in ihrer Gegenwart verbracht hatte, hatte sie mit mehr Leben erfüllt, als alles, was seit ihrer Ankunft im Kloster geschehen war. Ihre bloße Anwesenheit war wie eine frische Brise gewesen, die die Klostermauern zurückgedrängt hatte. Nicht einmal der Schmutz von der Reise konnte den Glanz ihrer ledernen Stiefel beflecken oder den Schimmer des schwarzen Samtrocks mit den rubinroten Seidenmanschetten trüben, den der Bischof getragen hatte. Immer noch sah sie sein verhaltenes Lächeln und spürte, wie seine Augen ihr folgten, als sie zur Tür ging. Draußen hatte sie das Ohr an die Tür gepreßt und sich schmerzhaft gewünscht, einen Hinweis auf das, was drinnen vor sich ging, zu erhaschen. Trieben die Prälaten die Äbtissin mit ihren quecksilbrigen Fragen in die Enge, oder entwaffnete sie sie mit ihren schlichten Antworten?

Richardis konnte es nicht länger ertragen. Sie rannte aus der Kapelle und klopfte an Hildegards Tür.

*»Deo gratias.«* Die heisere Antwort klang eher wie eine Frage als eine Begrüßung.

»*Benedicte.* Ich bin es, Schwester Richardis, ehrwürdige Mutter.«

Hildegard war in ihren wollenen Umhang gehüllt. Sie fröstelte. Ihre Hand zitterte, als sie der jungen Nonne die Kerze vors Gesicht hielt und sie hereinzog.

»Was führt dich zu dieser Stunde zu mir, meine Tochter? Droht irgendeine Gefahr?«

»Alles ist in bester Ordnung, Herrin.« Sie biß sich auf die Lippen. »Ich war nur besorgt, als ich sah, daß Ihr während der Mette unfähig wart zu singen.« Unter dem erstaunten Blick der Magistra fühlte sie sich wie eine Närrin. »Ich hätte bis zum Morgen warten sollen, doch ich fürchtete um Euer Wohlbefinden.«

»Und deshalb bist du gekommen?«

Richardis errötete. »Ich werde sofort wieder gehen, ehrwürdige Mutter. Ich hätte Euch nicht stören sollen.«

Sie wandte sich zum Gehen, doch Hildegard hielt sie zurück:

»Schwester Richardis, während der Mette war mein Hals wie verschlossen. Ich rief die Töne, aber sie wollten nicht kommen.« Sie seufzte auf. »Es war eine Qual.«
»Ist das vorher schon einmal geschehen?«
»Nein, niemals.« Die Augen der Äbtissin blickten wirr. »Meine Kehle verschloß sich in dem Augenblick, als die Prälaten nach Trier aufbrachen.« Sie schlug die Hand vor den Mund und keuchte. »O, meine Tochter, was habe ich nur gesagt? Was haben sie gehört?«
»Erinnert Ihr Euch denn an gar nichts, Herrin?« fragte Richardis atemlos.
»Ich habe natürlich von meinen Gesichten gesprochen, über die Worte der Weisheit und die Warnungen der Ecclesia. Doch danach herrschte nur Schweigen: kein Muskel bewegte sich; kein Wort wurde gesprochen.«
»Gewiß rührte das Schweigen von der Achtung vor der Großartigkeit Eurer Visionen her, ebenso wie meine Hände zittern, wenn ich Eure Worte aufzeichne.« Sie zog die Magistra in ihre Arme und flüsterte: »Ihr müßt mir glauben.«
»Warum haben sie es dann verschmäht, mir ein Nicken, ein freundliches Wort, einen gnadenvollen Tropfen zu gewähren?« Sie bettelte wie ein Kind, das seinen Becher gefüllt haben möchte.
»Meine liebe Herrin, diese Männer waren nicht ausgesandt, um Euch zu trösten. Sie kamen, um die Dingen zu prüfen, die Ihr hört und seht. Statt dessen habt Ihr Ihnen Geheimnisse offenbart, die weit über ihre wildesten Vorstellungen hinausgingen. Ihr habt Frau Weisheit aus der Heiligen Schrift zum Leben erweckt und ihnen gestattet, in die sorgenvollen Augen von Ecclesia zu blicken, in einen Spiegel, der ihr ganzes Leben in Frage stellt.«
Hildegard war entgeistert. »Sollte mein Bedürfnis nach Anerkennung nur mein Stolz in anderem Gewand sein?« fragte die Äbtissin kleinlaut.

»Solche Bedürfnisse sind menschlich, Herrin. Doch Ihr dürft Ihnen nicht gestatten, Euch blind für die Macht Eurer Gabe zu machen. Diese Prälaten kamen selbstbewußt auf der Suche nach einfachen Antworten, doch sie gingen, gehetzt von den Fragen, die sie sich nun stellen müssen. Bei ihrer Rückkehr werden sie Eure Vision von dem Entzücken einer Seele beschreiben, die einen neugeborenen Leib erhellt!« rief Richardis. »Wie könnte diese Vision sie nicht daran gemahnen, daß das Schicksal solcher Seelen jeden Tag in ihren Händen zittert?«

»Gott segne dich, liebes Kind.« Hildegard weinte vor Erleichterung. »Nachdem sie fort waren, verwandelte sich mein Herz in eine Wüste. Nun bringst du den Regen.«

Gemeinsam knieten sie nieder und sprachen ein Dankgebet an die heilige Jungfrau. Dann half Richardis der Magistra ins Bett und küßte ihre Stirn.

Doch als Richardis im Dunkeln zurück zum Dormitorium ging, fühlte sie sich gleichermaßen erfüllt und leer. Erfüllt, weil sie ihre Neugier hinsichtlich der Begegnung der Magistra mit den Besuchern befriedigt hatte, und leer, weil damit die flackernde Flamme der gestrigen Aufregungen erloschen war.

❦

Kurz vor dem Beginn der täglichen Versammlung der Bischofssynode war die höhlenähnliche Grabeskirche von Lärm erfüllt. Sich an einer Gruppe streitender Kardinäle vorbeidrängend, nahm die bischöfliche Gesandtschaft aus Mainz ihre Plätze ein.

»Da – Bernhard von Clairvaux neben Seiner Heiligkeit!« Sigmund stieß Heinrich an.

»Wenn das der Falke von Rom sein soll, ist er wirklich ein kümmerlicher Falke. Seine eigenen Legenden stellen ihn in den Schatten«, brummte Heinrich beim Anblick der mageren

Gestalt in Weiß neben dem Pontifex. Das Gesicht des Abtes war hager, die Wangen waren längst in seinen verblichenen karottenroten Bart eingesunken.

»Es heißt, Bernhard habe in seiner jugendlichen Leidenschaft von Wicken, Buchenblättern und Wurzeln gelebt, um das mönchische Leben zu seiner ursprünglichen Einfachheit und Disziplin zurückzuführen«, raunte ihm Sigmund zu. »Und weil sein Magen aus der Zeit immer noch blutet, hat er neben seinem Sitz ein Loch graben lassen, da er sich unausgesetzt übergeben muß.«

»Immerhin hat er einen feurigen Blick«, gab Heinrich zu.

»Nicht nur einen feurigen Blick, seine Feder hat auch schon so manches Vellum versengt«, sagte Sigmund bedeutungsvoll. »Ihr bedauert es also nicht, daß ich Euch heute morgen aus dem Bett gezerrt habe, Exzellenz?« Sigmund grinste schlau.

»Keineswegs«, erwiderte Heinrich. Sigmund war in dem Wissen, daß die offiziellen Pflichten der Synode auf seinen Schultern lasteten, nach Trier gekommen. Der Erzbischof hegte so gut wie kein Interesse an Diskussionen über Glaubensfragen, Pfründen und die Verteilung päpstlicher Lehen. Sigmund wußte, daß Heinrich sich gleich nach ihrer Ankunft in Trier aus dem Staube machen würde. Von diesen »Erkundungsgängen«, wie er sie nannte, kehrte er selten vor dem Morgengrauen zurück.

Zu Beginn der Versammlung zerstreute sich das Gedränge um den Papst allmählich. Bernhard erhob sich, um den Ring Eugens zu küssen, doch als er niederkniete, schienen seine Beine unter ihm nachzugeben. Sofort beugte sich der Papst nach vorn, um seinem geliebten Lehrer aufzuhelfen. Die Demut des Papstes nahm Heinrich den Atem und erinnerte ihn an die Gerüchte, denen zufolge Eugen unter seinem päpstlichen Gewand ein härenes Kleid trug. Als Bernhard das Gleichgewicht wiedererlangt hatte, breitete er die Arme zum Morgengebet aus. Das Donnern seiner Stimme schlug die Versammlung in seinen Bann. Von seinem Körper ging eine so starke Energie aus, daß Heinrich fürchtete, der zerbrechliche Abt würde in Flammen aufgehen.

Kein Wunder, daß sie ihn das Gewissen Europas nennen, dachte Heinrich schaudernd.

Nun gab Bernhard bekannt, daß der Heilige Vater vor Aufnahme der Tagesordnung eine wichtige Botschaft zu verkünden habe.

»Meine Söhne«, rief Eugen, »in unserem Land hat der Hunger viele Gesichter. Überschwemmungen und Pestilenz haben die Ernten verdorben; unsere Speicher sind leer; unsere Leibeigenen hungern. Auch in fernen Landen rafft der Hunger unsere heldenmütigen Kreuzfahrer dahin, wo sie versuchen, das Heilige Land aus den Klauen der Ungläubigen zu befreien.«

Bernhard nickte.

»Doch in solchen Zeiten, wenn der Teufel im Gewand der Furcht erscheint, schickt Gott uns seine Propheten. Eine dieser Stimmen hat sich aus unserer Mitte erhoben, um uns Mut zu spenden.

In einer Vision schaute diese Prophetin neun Engelschöre, die wie funkelnde Kronen den Thron des Allerhöchsten umkreisten. Im Auge eines jeden Engels spiegelte sich die Gestalt eines Menschen. Die Heilige Schrift lehrt uns, daß der Mensch eine vollkommenere Schöpfung als die Engel sei, denn Männer und Frauen sind ein Spiegel des ganzen Universums, das in jedem von ihnen eingeschlossen ist.

Gedenket dieser Engelschöre, wenn ihr in die Augen eurer Brüder und Schwestern blickt, denn einen jeden von ihnen sollt ihr wie eine zweite Herabkunft Christi ehren.«

Während sich in der Zuhörerschaft ein zustimmendes Murmeln erhob, bemerkte Sigmund, daß Heinrich mit offenem Mund schnarchte.

»Hört mich an, meine Söhne!« rief der Papst. »Die Prophetin, der solche Gesichte und Offenbarungen zuteil werden, ist die

edle Hildegard von Bermersheim, die Magistra vom Disibodenberg im Bistum Mainz.«
Wieder erhob sich ein Gemurmel, und die Köpfe wandten sich langsam nach dem Prälaten um, in dessen Landesteil diese Prophetin lebte.
Als sich Sigmunds Fingernägel in seinen Arm bohrten, wachte Heinrich auf.
»Jetzt werdet Ihr gewiß einwilligen, die Schriften der Magistra zu lesen, nicht wahr Euer Exzellenz?« zischte Sigmund mit eisiger Stimme, während er den neugierigen Prälaten zunickte.

❦

Der Winter des Jahres 1147 blieb allen im Gedächtnis, denn unmittelbar auf die Ernte folgte Frost, entkleidete das Land seiner goldenen und roten Farben und ließ Felder und Bäume im grau-braunen Trauergewand zurück.
In der Woche vor Weihnachten lag die Hälfte der Nonnen und Mönche mit Erkältung und Fieber röchelnd im Siechenhaus. Hildegard verbrachte einen Großteil ihrer Tage und Nächte mit der Zubereitung von Heilmitteln im Herbarium und hielt nur inne, um mit ihren eiskalten Füßen auf den Boden zu stampfen. Ungeachtet der vielen Tontöpfe, die auf dem Herd brodelten, drang die Kälte durch die Steine und machte ihre Zehen gefühllos. Dennoch wagte sie nicht aufzuhören. Ständig ertönte der Ruf nach Anis- und Fenchelumschlägen gegen verstopfte Nasen und mehr Hustensaft aus Feigen, Birnen und Rosmarin.
Schon zur Non schmerzten Hildegards Arme vom Stampfen und Mischen der Kräuter in ihrem Mörser. Doch ungeachtet aller Anstrengung erfüllte die Arbeit sie mit großer Befriedigung.
Ich habe mich zu lange in meinen Büchern vergraben, dachte sie. Ich hatte beinahe vergessen, daß ein kurzes Reiben schon

den Duft von Basilikum oder die Schärfe der Quitte freisetzen kann.
Sie war völlig vertieft in diese Welt und runzelte die Stirn, als Hiltrude sie unterbrach: »Wenn Ihr beliebt, Frau Magistra, Seine Exzellenz Bischof Heinrich wünscht Euch zu sehen.«
Als sie sich umwandte, erblickte sie zu ihrer Überraschung den Erzbischof von Mainz in der Tür. »Seid gegrüßt, Herrin«, sagte er mit einem strahlenden Lächeln. Seine roten Wangen glühten über seinem rauchgrauen Umhang und der dazu passenden, türkis abgesetzten und goldbestickten Robe. Sein Lächeln schien sie zu verschlingen. Er kam näher. Hildegard wich zurück und warf beinahe ein Gefäß um, das hinter ihr auf dem Herd brodelte.
»Eure Exzellenz lieben Überraschungen«, sagte sie und wischte ihre Hände an der Schürze ab.
»Es ist die erste von vielen, vermute ich«, entgegnete er. Seine Augen huschten über die Regale mit den Salben und Ölen. Er beugte sich nieder, um an den Samen und Wurzeln zu schnuppern, die in den Reihen hölzerner Schalen aufgehäuft lagen.
»Ihr seid erstaunlich, Herrin«, seufzte er, als er die würzigen Gerüche einatmete. Die bekannte Erregung überkam sie. Sein Lächeln war ebenso träge und anzüglich, wie sein Verhalten kühn. Ihre Schläfen pochten schmerzhaft, und sie konnte ihren eigenen Atem hören.
»Ihr seid in Geheimnisse eingeweiht, die Leib und Seele zu heilen vermögen«, erklärte er, als er sich unter den Bündeln getrockneter Kräuter hindurchduckte, die von den Holzbalken hingen.
»Nach dem großzügigen Willen unseres Schöpfers, Euer Exzellenz«, erwiderte sie.
»Ich weiß«, sagte er ernst. Dabei huschte sein Blick zu dem Schlüssel, der um Hildegards Hals hing, und dann zu einer Karaffe mit Mohnsirup auf dem Regal über dem unverschlossenen Schrank.

»Die Erde birgt viele Geheimnisse, ehrwürdige Äbtissin, nicht wahr?« erkundigte er sich vage.
»Fürwahr, Euer Exzellenz. Daher muß man bei der Weitergabe dieser Geheimnisse große Vorsicht walten lassen, damit das, was aus der Hand Gottes ein Segen ist, in den Händen des Menschen nicht zum Fluch wird.«
Er starrte sie mit verschränkten Armen an. Sie fühlte, wie er schauderte.
»Ich habe eine Begegnung mit dem Abt heute nach der Non vorgesehen«, verkündete er abrupt. »Bitte schließt Euch uns an, Herrin.«
Dann ging er.

❦

Als Hildegard die Gemächer des Abtes betrat, war zu ihrer Überraschung auch Volmar anwesend. Der Mönch hielt den Blick gesenkt, die Hände hatte er auf den Rücken gelegt. Heinrich sah ihr zwar direkt ins Gesicht, doch auch er biß sich auf die Lippen.
Warum sind sie so aufgeregt? fragte sich Hildegard. Und warum bin ich hier? *Einen Moment spürte sie Frau Juttas Anwesenheit.*
Kuno räusperte sich und gab dem Erzbischof ein Zeichen.
»Verehrte Magistra«, begann Heinrich, »Seine Heiligkeit Papst Eugen hat mich beauftragt, Euch seine persönlichen Grüße zu überbringen.« Ein rätselhaftes Lächeln umspielte seine Lippen.
»Ich fühle mich sehr geehrt, Euer Exzellenz«, erwiderte sie schlicht. Warum empfand sie nur solches Unbehagen?
»Seine Heiligkeit läßt Euch mitteilen, daß er Eure Schriften gesegnet hat. Er hat ein Stück daraus der Bischofssynode in Trier vorgetragen.«
Hildegard schlug die Hand vor den Mund und warf Volmar einen Blick zu. In seinen Augen standen Tränen.

»Seine Heiligkeit hat Euch eine Prophetin genannt«, verkündete Heinrich, »und ...«

»Haltet ein, Euer Exzellenz«, widersprach sie. »Ich gebe nur weiter, was ich sehe und höre und was man mir befiehlt zu sagen. Ich ertöne nur wie die Seiten eines Instruments bei der Berührung Gottes.«

Doch Heinrich ließ sich nicht beirren.

»Ich habe Euch weiterhin mitzuteilen, Herrin, daß Abt Bernhard von Clairvaux sich erhob, um die Entscheidung des Papstes zu bestätigen und zu verkünden, daß das Licht Eurer Visionen nicht getrübt werden dürfe.«

Kuno trat einen Schritt nach vorn. Seine Hände zitterten, und alles Blut war aus seinem Gesicht gewichen. »Die Abtei fühlt sich hochgeehrt, Euer Exzellenz. Seid nicht auch Ihr dieser Ansicht, verehrte Herrin?«

Ehe sie antworten konnte, hatte Heinrich das Zimmer durchschritten und war ihr nun so nahe, daß sie seinen Atem auf ihrer Wange spüren konnte. Seine Nasenflügel bebten, während die Begeisterung wie Sommerhitze seinem Körper entströmte. »Von diesem Augenblick an bin ich Euer Knecht, Herrin«, erklärte er. Seine Augen glitzerten, und seine Lippen öffneten sich langsam. Mit gebeugtem Haupt flüsterte er ihr sanft zu: »Ihr habt mein Leben mehr verändert, Herrin, als Ihr Euch vorstellen könnt.«

# *Dritter Teil*
# 1148–1152

*Durch ihren prophetischen Geist erkannte die Äbtissin auch die Gedanken und Absichten der Menschen, und im Geiste sah sie das Leben und den Wandel der Menschen voraus, bei manchen sogar das Ende ihres Lebens.*

Vita Sanctae Hildegardis

Der Frühling hatte in diesem Jahr zeitig seinen Einzug im Rheinland gehalten. Das Paradies muß nach Apfelblüten duften, dachte Kuno, als er am Obstgarten der Abtei entlangschlenderte und auf die Windungen der Nahe im Tal hinuntersah. Mit zurückgelegtem Kopf badete er sein Gesicht in der Wärme der Sonne und empfand ein nie gekanntes Hochgefühl. In diesem Augenblick der Freude tauchte eine Erinnerung auf. Ein sechsjähriger Knabe stand in einem Hof und blinzelte in die Sonne. Die Leichen seiner beiden ältesten Brüder waren auf ihre herangaloppierenden Pferde gebunden. Ihre Arme und Beine schlenkerten, und ihr Blut troff an den Flanken der Pferde herunter. Der Junge spürte das Gewicht der rauhen Hand des Vaters auf seiner kleinen Schulter. »Du wirst sie rächen, mein Sohn.«

Kuno erschauerte. Von jenem Augenblick an hatte er ständig versagt, war vor Tyrannen und Gewalt geflohen. Die Hoffnung und Wut seines Vaters verwandelten sich an dem Tag in Erleichterung, als der Junge als Novize in das Kloster Disibodenberg eintrat. Damals war er zehn Jahre alt.

Kuno riß sich aus den Erinnerungen. Hätte der Knabe von damals nur voraussehen können, welchen Ruhm seine Bemühungen der Abtei einbringen würden. Es war immer noch wie ein Traum. Seit der Synode waren Prälaten und Äbte aus Trier und Eberbach eingetroffen, um Frau Magistra Hildegard die Ehre zu erweisen. Überdies füllten die Spenden der Edlen aus Bremen und Köln die Schatztruhen der Abtei fast bis zum Rand. Seit kurzem war es nicht ungewöhnlich, wenn zwanzig adlige Gäste an einer Mahlzeit teilnahmen.

Es gab natürlich auch Schwierigkeiten. Die täglichen Kapitelversammlungen waren oft von der Sorge getrübt, wie man die wachsende Zahl der Pilger speisen sollte, die sich in Gruppen vor dem Tor niederließen oder am Hang lagerten.

»Beruhigt Euch, ehrwürdiger Abt«, hatte Erzbischof Heinrich gemahnt, als Kuno sich beklagte. »Ihr seid nun eine Pilgerstätte. Bittet, und Ihr werdet empfangen! Ihr müßt Eure Wünsche nur äußern, und Eure Wohltäter werden sie Euch erfüllen. Habt Vertrauen. Ihr braucht nur den Namen der Magistra zu erwähnen.«

Heinrich hielt sich selbst ausgiebig an seinen eigenen Rat. Seit der Synode hatte er die Magistra schamlos ausgebeutet. Er hatte sich bei den anderen Bischöfen und den Kardinälen eingeschmeichelt, indem er sie dazu drängte, sich, wann immer sie wollten, des Rates der Magistra zu bedienen. Das Ansehen der Abtei war sprunghaft angestiegen. Heinrich hatte in jeder Hinsicht triumphiert: Kuno war ihm ebenso verpflichtet wie die anderen Prälaten. Ja, ohne Heinrich wäre Kuno nicht in der Lage, zum Fest des heiligen Disibod seine Pläne für das neue Nonnenkloster zu enthüllen. Sein Becher war gefüllt. Die Jungfrau hatte seine Gebete erhört.

»Wir müssen unser Werk nun beschließen«, verkündete Hildegard plötzlich. Volmar und Richardis schauten erstaunt auf. Die Arbeit war gut vorangegangen, und bis zur Vesper war es noch mindestens eine Stunde. Doch die Magistra war bereits unruhig von ihrem Stuhl geglitten. Nachdem Richardis ihre Wachstafeln niedergelegt hatte, ergriff Hildegard die Hand der jungen Nonne.
»Entschuldige uns, meine Tochter«, flüsterte sie. »Ich muß mit Vater Volmar allein sprechen.«
Stirnrunzelnd reinigte Volmar seine Gänsekiele. Erneut hatte sich Hildegard verpflichtet gefühlt, Richardis jede ihrer Bewegungen zu erklären. Das verdroß ihn.
Während Volmar die Federn ablegte, begann Hildegard, auf und ab zu gehen. Was war es wohl diesmal? fragte er sich.
»Ich habe den Befehl erhalten, diese Abtei zu verlassen«, verkündete sie.
»Die Abtei zu verlassen?« Der Mönch lachte. »Hat man Euch vielleicht verbannt?« neckte er sie.
»Die Stimme des Lebendigen Lichts hat es mir befohlen.« Ihr Mund war entschlossen. »Ich muß gehorchen.«
Eine plötzliche Anspannung ergriff Volmar. »Was wollt Ihr damit sagen, Herrin?«
»Ich muß ein neues Kloster für meine Töchter bauen.«
Dem Mönch blieb der Mund offen. »Ihr habt doch hier eine Abtei, die Euch schützt.«
»Vor was?« Ihre Augen blitzten. »Vor der Kenntnis, wie meine Ländereien verwaltet werden? Vor einer Liste der Ankäufe, die mit meinen Zuwendungen gemacht werden? Vor einer Abrechnung über die Verwendung der Spenden, die ich erhalte? Ich habe bisher auf all dies verzichtet.«
»Aber all Eure Bedürfnisse werden erfüllt. Es fehlt Euch an nichts. Eure Töchter werden gespeist und gekleidet, haben ein Dach über dem Kopf, und die Mönche dienen Euren geistigen Bedürfnissen. Ist das nicht ein Segen?«

»Ein Segen? Ist es ein Segen, in Räumlichkeiten zu essen, zu schlafen und zu arbeiten, die so beengt sind, daß man ständig übereinanderfällt? Oder um Zutritt zur Bibliothek bitten und über jede abgebrannte Kerze Rechenschaft ablegen zu müssen?« Ihre Augen funkelten. »Ich kann mich damit nicht länger abfinden! Wir sind diesem Kloster entwachsen; es genügt unseren Ansprüchen nicht mehr.«
»Aber Herrin, Vater Abt ist durchaus Eurer Meinung. Es bestehen doch schon Pläne für eine Vergrößerung …«
»Sie kommen zu spät!«
»Seid vernünftig, Herrin. Was werdet Ihr tun? Wohin werdet Ihr gehen?« Volmar spürte den überwältigenden Wunsch, sie zu beschützen.
»An den Ort, der mir in der Vision offenbart wurde: der Rupertsberg, eine Tagesreise von hier entfernt.« Hildegards Stimme klang unbeugsam.
»Aber dort ist nichts außer unbewachsenen Hängen und ein paar verstreuten Felsen!« rief Volmar nun voller Angst um sie.
»Und der römischen Brücke, wo Rhein und Nahe sich begegnen.«
»So ist es.« Sie nickte.
»Doch das bedeutet nichts. Meiner Vision zufolge ist es heiliges Land.« Mit verschränkten Armen fügte sie hinzu: »Wollt Ihr etwa, daß ich ungehorsam bin?«
»Ihr stellt eine unmögliche Frage, Herrin.« Er wandte sich ab.
Sie ließ die Schultern hängen. »Ich hatte auf Eure Hilfe gehofft, doch nun stoße ich nur auf Verachtung«, seufzte sie.
Volmars Stimme klang barsch. »Herrin, was Ihr vorhabt, ist die reine Torheit.«
»In Euren Augen, nicht in meinen. Überdies ist es noch die Frage, wer von uns der größere Tor ist: Ihr, weil Ihr vorgetäuscht habt, mein Freund zu sein, oder ich, weil ich Euch vertraut habe.«
Ihre Worte trafen ihn wie Steine. »Herrin, Ihr würdet eine

ganze Armee von Architekten und Kaufleuten brauchen, ganz zu schweigen von den Scharen von Arbeitern und Pferden. Und dann die Ställe für alle möglichen Tiere! Der Bau würde Jahre dauern.«

»Also haltet Ihr mich für eine Törin? Ihr vergeßt, daß ich jahrelang gewissenhaft für den Abt die Bücher geführt habe. Doch jetzt reicht es mir!« rief sie. »Ich muß mein Haus nach meinen Regeln führen und meine eigene Bibliothek aufbauen!«

»Als Äbtissin?« fragte er und hielt den Atem an.

»Warum nicht? Ich bin außerordentlich befähigt dazu.«

Volmar erbleichte. »Herrin, ich kann eine derartige Tollkühnheit nicht unterstützen.«

»Verhöhnt Ihr den Befehl meiner Vision, oder liegt es an Eurem mangelnden Vertrauen zu mir?« attackierte sie ihn.

Sein Mut sank. Was stellte sie sich vor? Ohne Fürsorge würden sie und ihre Nonnen verhungern.

»Werdet Ihr mir zur Seite stehen oder nicht, Vater Volmar?«

»Ich denke nur an Euer Wohl, Herrin.« Seine Augen brannten.

»Ihr habt meine Frage nicht beantwortet!« bedrängte sie ihn.

»Denkt an Eure Töchter, Herrin ...«

»Natürlich wird das ein Prüfstein für ihre Treue sein«, sagte sie gelassen. »Doch diejenigen, die an mich glauben, werden standhalten.«

Er öffnete den Mund, hielt dann aber inne, um seine Worte abzuwägen. »Habt Ihr Abt Kuno von Euren Plänen unterrichtet?«

»Seid unbesorgt«, brauste sie auf. »Er wird beizeiten davon erfahren. Doch seine Zustimmung ist für mich von geringer Bedeutung, da ich seiner nicht mehr bedarf.«

»Ihr seid im Unrecht, Herrin, vertraut mir! Ihr werdet Euch nie aus dieser Abtei befreien.«

»Ist das Eure Hoffnung oder Eure Angst, Vater Volmar?« zischte sie und wandte sich ab. Doch ihre Knie zitterten, und alles verschwamm vor ihren Augen. Sie mußte es ohne ihn schaffen.

Ihren Rosenkranz umklammernd, betete sie darum, nicht wieder in den dunklen Schacht ihrer Selbstzweifel hinabzugleiten.
»Also werde ich allein gehen«, drohte sie. »Ich werde einen Weg finden. Ich werde meine Abtei bauen, und nichts wird mich aufhalten. Nicht einmal mein Propst.«
Von ihren Worten tief getroffen, wich er zurück. Ihm war übel vor Verwirrung. Ihre Visionen anzuerkennen, war eine Sache, doch diesen Plan zu unterstützen, das stand auf einem völlig anderen Blatt. Zum ersten Mal stellte er die Stimme des Lichts in Frage. Warum sollte sie Hildegard befehlen, sich und die Nonnen in solche Gefahr zu bringen? Ihre verzweifelte Entschlossenheit ängstigte ihn. Woraus schöpfte sie diese Kühnheit? Wenn er sie nur beruhigen, ihre Hand halten und sie bitten könnte, sich alles noch einmal in Ruhe zu überlegen, nichts zu überstürzen. Doch als er ihrem Blick begegnete, wurde er weich.
Hildegard wandte sich ab und sagte mit unerwarteter Sanftmut: »Fürchtet Euch nicht, mein Freund. Ich werde meinen Weg auch allein gehen, falls nötig. Frau Jutta wird mich führen.«
»Ebenso wie ich einen Weg finden werde«, hörte er sich sagen. »Ich werde mein Versprechen halten, Euch bis zu meinem Tod zur Seite zu stehen.«
Draußen, in Sicherheit, vor ihrem Zimmer lehnte sich Volmar mit dem Rücken gegen die Mauer. Sein Körper war immer noch im zitternden Bann seiner Sehnsüchte. »Bis zu meinen Tod!« Sein Versprechen nagelte ihn fest. Trotz aller Vorbehalte hatte er sich ohne zu zögern an sie gebunden.

❦

Die im Kreis aufgestellten Banner flatterten im Wind. Wie Farbtupfer am Himmel wehten sie über den Gästen, die zum Fest des heiligen Disibod durch die Tore der Abtei strömten. Die Luft war kristallklar, und süßer Vogelgesang ertönte.

Der Festtag hatte in diesem Jahr eine noch tiefere Bedeutung. Viele waren in der Hoffnung angereist, einen Blick auf die berühmte Magistra Hildegard zu erhaschen. Als sie erschien, überhäuften die Gäste sie mit Fragen.

Richardis beobachtete das Schauspiel fasziniert, als ihre Mutter, die Markgräfin, sich zu ihr gesellte.

»Von Euren Kleidern ist eines schöner als das andere, liebe Frau Mutter«, seufzte Richardis und befühlte die elfenbeinfarbene Spitze an den Ärmeln und am Halsausschnitt des safrangelben Gewandes ihrer Mutter.

Die Markgräfin bot ihr die Wange dar, wobei sie bemerkte, daß nicht einmal die Tristesse der verblichenen Ordenstracht die Schönheit ihrer Tochter trüben konnte. »Du scheinst recht zufrieden zu sein, mein Kind«, lächelte sie.

»Warum auch nicht? Als Gehilfin der Magistra beneidet mich die ganze Abtei!« Ihre Augen leuchteten. »Täglich fragt sie mich nach meinen Gedanken. Sie schätzt mein Urteil und hat mir ungeachtet der Bedenken der Mönche Zugang zur Bibliothek verschafft. Nun können wir die Schriften des Heiligen Augustinus erörtern und die Kostbarkeiten des Rabanus Maurus ergründen.« Ihre Hand lag immer noch in der ihrer Mutter.

»Wie schreitet deine Arbeit mit ihr im Skriptorium voran?«

Richardis kam näher. »Ganz erstaunlich, Frau Mutter, kaum zu beschreiben. Die Magistra ist unvergleichlich. Sie ist ein Born ständiger Überraschungen.«

»Das ist unbestritten«, stimmte ihre Mutter zu. Sie war immer noch überwältigt von dem Geheimnis, das die Magistra ihr kurz vorher anvertraut hatte, und ihrer eigenen spontanen Zusage, sie in jeglicher Hinsicht zu unterstützen. »Ihre Zukunftspläne sind außergewöhnlich«, tastete sie sich vorsichtig heran. »Findest du nicht auch?«

»In der Tat, Frau Mutter. Sie erzählt mir all ihre Träume. Und ich werde bis zu ihrem Tode bei ihr bleiben.« Richardis' Augen wurden feucht.

Die Menge, die sich um Hildegard geschart hatte, geriet in Bewegung.
»Edle Herren und edle Damen, bitte entschuldigt mich nun. Ich muß vor der Messe beten«, erklärte Hildegard den Gästen, während sie sich verabschiedete. Als sie die Stufen der Kapelle hinaufstieg, erschien Erzbischof Heinrich in der Tür.
»Seid gegrüßt, edle Magistra!« Der Gruß klang ein wenig zu laut. Er senkte die Stimme. »Euer Brief hat mich ebenso entzückt wie die Gelegenheit, Euch zu Diensten zu sein. Ich habe mich der Angelegenheit sogleich angenommen und Euch die Dokumente, um die Ihr gebeten habt, mitgebracht.«
Hildegard starrte auf die Rollen in seiner Hand.
»Es war ganz einfach«, fügte er hinzu. »Es gab keine Hindernisse, alle Parteien haben eingewilligt.«
»Ich stehe in Eurer Schuld, Exzellenz.«
»Nicht mehr als ich in Eurer, Herrin«, raunte er. »Darf ich als Euer Kurier erfahren, in wessen Namen Ihr gehandelt habt?«
Diesmal war sie es, die ihm ein undurchschaubares Lächeln schenkte.
»Aber gewiß, Euer Exzellenz, schon sehr bald«, sagte sie, nahm ihm die Rollen aus der Hand und verschwand in der Kapelle.

❦

Die Tafel des Abtes war zur Feier des Tages auf einer erhöhten Plattform aufgestellt. »Auf daß Ihr von allen gesehen werdet!« hatte sich Kuno gefreut, als er Hildegard den Platz neben sich anwies. Sein Segen vor dem Mahl fiel gleichfalls recht aufgeräumt aus und endete mit dem Versprechen, eine »große, gute Neuigkeit« zu verkünden, ehe die Gäste aufbrachen.
Wenngleich das Festmahl üppig und Hildegard ausgehungert war, verspürte sie keinen Appetit. Während sich um sie herum Geplauder erhob, schloß sie die Augen, lauschte dem Plätschern beim Einschenken des Weines und sog den würzigen

Duft von Ingwer und Nelken ein, der von den Platten mit Hasen und Fasanen emporstieg. Sie kostete jedoch von keinem, tastete die Speise auf ihrem Brett nicht an und tat nur so, als nippe sie an ihrem Wein.

Schließlich erhob sich Erzbischof Heinrich, und Schweigen senkte sich über den Saal. Geübt entzückte er die Gäste mit einer lebhaften Schilderung der Synode von Trier, bei der er seine eigene Rolle bei der Erwähnung von Hildegards Visionen gegenüber dem Papst geschickt untertrieb und dann bescheiden anmerkte, daß seine Bemühungen durch die Bestätigung von Abt Bernhard von Clairvaux belohnt worden seien.

Als Heinrich seinen Pokal erhob, um einen Trinkspruch auf »unsere berühmte Magistra, Frau Hildegard« auszubringen, sprangen die Gäste auf, um sich ihm anzuschließen, während Abt Kunos Hand vor Aufregung derart zitterte, daß der Wein über den Becherrand spritzte.

»In tiefer Demut nehme ich Eure Güte entgegen«, antwortete Hildegard lächelnd. »Dafür will ich den Becher meines Herzens auf meine geistige Mutter, Frau Jutta, und ihr seliges Andenken erheben. Unter ihren Fittichen habe ich als kleiner, verängstigter Vogel auf dem Disibodenberg mein Nest gefunden.« Sie neigte den Kopf, bevor sie fortfuhr.

»In meiner kindlichen Unschuld habe ich Frau Jutta meine Gesichte erzählt. Erst auf ihrem Totenbett vertraute sie sich Vater Volmar an und nahm ihm das Versprechen ab, mein geistlicher Beistand zu sein. Im Glauben und durch Gottes Gnade hat er mich ermutigt, der Stimme in meinen Visionen zu gehorchen und aufzuschreiben, was ich sah und hörte. Vertrauensvoll und in aller Demut bin ich diesem Befehl gefolgt.« Sie hielt inne, als die Gäste sich mit hochgezogenen Augenbrauen nach dem Mönch umwandten.

»Doch seit kurzem«, fuhr sie fort, »weckt mich nachts ein neuer Befehl, der mein Herz entflammt und an dem ich fast zerbreche.« Sie schluckte. »In dieser sonderbaren Vision wurde

mir ein kahler Hügel gezeigt, der mir als geheiligter Boden offenbart wurde. Ich erhielt den Befehl, auf diesem Boden eine Abtei für meine Töchter zu errichten. Als ich einwandte, daß diese Abtei mein einziges Heim sei, wurde mir befohlen, sie ohne Zögern zu verlassen und nicht zurückzuschauen.«
Offensichtlich überwältigt, atmete Hildegard schwer.
»Ich bitte um Eure Gebete, auf daß ich abermals die Gnade des Mutes empfange, diesen zweiten Befehl mit der gleichen Zuversicht und Demut zu erfüllen wie den ersten.«
Niemand bewegte sich. Sie vernahm ein Ächzen neben sich. Kunos Gesicht blähte sich vor Wut. Erzbischof Heinrich starrte geradeaus. Sein Hals zuckte, während er sich zornig die Lippen befeuchtete.
Hildegard suchte den Blick der Markgräfin. Ihre Augen saugten sich aneinander fest, und sie tauschten ein unmerkliches Nicken aus. Sie hatte es getan – nun konnten sie fortschreiten.
Da schrammte Holz über den Steinboden. Kuno hatte seinen Stuhl zurückgeschoben und rauschte aus dem Saal. Mit geschlossenen Augen sah Hildegard ihn blind davonrennen, bis er schließlich im Obstgarten auf die Knie sank. Den Himmel verfluchend, trommelte er auf die Erde, dann erbrach er sich vor Zorn, bis all seine Kraft verbraucht war.

❦

Binnen einer Stunde hatte die Nachricht von der Ankündigung der Magistra alle auf dem Berg erreicht.
»Hast du das gewußt?« fragte Hiltrude Richardis atemlos, als sie zur Vesper gingen. »Hat sie dir das vorher gesagt?«
»Sie hat mir nichts gesagt«, schnaubte Richardis.
»Wie konnte sie uns das antun? Sie hätte es uns vor den anderen erzählen müssen«, jammerte Hiltrude.
»Frag sie doch selbst!« erwiderte Richardis.
Bei der Kapitelsitzung am nächsten Tag knisterte die Luft vor

Spannung. Nachdem die alltäglichen Geschäfte erledigt waren, erhob sich Hildegard von ihrem Sitz.

»Meine Töchter, ich verstehe eure Verstimmung über die Ankündigung meiner Pläne vor unseren Stiftern. Es bekümmert mich, daß ich euch die Neuigkeit nicht zuerst mitteilen konnte. Doch bis zum endgültigen Erwerb des Bodens war ich gezwungen, mit äußerster Vorsicht vorzugehen. Zu meinem Erstaunen wurde mir die Urkunde über den endgültigen Kauf des Landes gestern, wenige Augenblicke vor der Festtagsmesse, überreicht. Ich habe es als Zeichen der Gnade Gottes empfunden, die Gelegenheit zu erhalten, den Stiftern meinen Plan persönlich darzulegen.

Ihr sollt wissen, daß ich ohne die Führung der Stimme des Lebendigen Lichts niemals auch nur im Traum daran gedacht hätte, diesen Schritt zu wagen. Doch meine Vision vergewisserte mich, daß dort viel Gutes entstehen wird und wir mit Segen überschüttet werden. Ich bitte um euer Verständnis und erbitte eure Vergebung für den Schmerz, den ich euch bereitet habe.«

Sie erwartete das übliche Seufzen und Raunen, aber es blieb still.

»Ich würde eure Gedanken gern hören, meine Töchter«, sagte sie weich.

Aber die Blicke aller Schwestern wichen ihr aus.

Schließlich entließ sie sie.

Als sie allein in dem leeren Raum saß, verzehrte sie ein Gedanke: Wo war Richardis?

❦

»Ist die Magistra verrückt geworden?« schimpfte Kuno und betrachtete den Flecken auf der Landkarte vor ihm. »Dort ist nichts!«

»So scheint es, Herr«, erwiderte Volmar ruhig. »Doch der Bruder Bibliothekar sagt, ein Dokument in der Bibliothek beweise, daß das Land tatsächlich heilig sei.«

»Warum haben wir dann nie etwas davon gehört?« verlangte Kuno zu wissen.

Volmar hob die Schultern. Er schlug das Buch auf und deutete auf eine verblichene Seite. »Das Grundstück wird hier als Berg des heiligen Rupert bezeichnet«, erklärte Volmar, ohne auf die Seufzer des Abtes achten.

»Fahrt fort.«

»Es besagt, daß Rupert der Enkel eines Fürsten am Hofe Karls des Großen und Sohn des Herzogs Robolaus war, der ausgedehnte Weinberge in der Nähe von Bingen besaß. Mit fünfzehn bekehrte sich Rupert zum christlichen Glauben, unternahm eine Pilgerreise nach Rom und errichtete nach seiner Rückkehr Kirchen für die Armen und schenkte ihnen Land. Als er fünf Jahre später starb, gründete seine Mutter ein Kloster an der Stelle seines Grabs. Es bestand hundert Jahre, bis die Normannen es zerstörten. Bruder Bibliothekar meint, daß noch einige Mauern erhalten sind.«

»Die Beweise sind dürftig, reichen jedoch aus, die Bitte der Magistra um eine Versammlung zu stützen«, gab Kuno unwillig zu und schlug das Buch laut zu. »Bringen wir es hinter uns«, sagte er mißmutig. »Geh und hol sie.«

Kuno ärgerte sich, während er wartete. Als Hildegard den Saal betrat, schnaubte er: »Ihr seid gewiß zufrieden, daß Eurer dramatischen Ankündigung soviel Erfolg beschert war, Herrin. Ein glänzender Plan – damit seid Ihr jeder vorherigen Auseinandersetzung mit uns aus dem Weg gegangen.« Er wandte sich an Volmar. »Ihr stimmt mir doch zu, Volmar?«

»Es war in vielerlei Hinsicht ein denkwürdiger Tag, Vater Abt«, sagte der Mönch tonlos.

So sei es denn, dachte Hildegard. Ich stehe allein.

»Die Vorbereitungen für den Umzug sind schon im Gange, ehrwürdiger Vater.« Hildegard ergriff die Flucht nach vorn.

»Nicht so hastig, meine Liebe. Als Euer Abt finde ich jeden ›Befehl‹ verdächtig, der eine Magistra dazu auffordert, mit ihren Nonnen und nur mit ein paar Steinen bewaffnet in die Wildnis zu ziehen.«

»Doch das wird nicht der Fall sein, Herr.«

»Glaubt Ihr, Ihr bräuchtet nur Eure Truhen zu packen und Euch auf diesem Land niederzulassen, um es zu dem Eurigen zu machen?« brüllte er. »Eure überstürzte Entscheidung peinigt mich!«

»So ist es, ehrwürdiger Vater.« Hildegards Stimme klang gelassen.

»Herrin«, sagte er mit einem geduldigen Seufzer, »seit Eurer Ankunft hier im Kloster seid Ihr vor der grausamen Welt geschützt. Eine einzige Straße unten im Tal birgt mehr Gefahren, als Ihr in Eurem ganzen Leben auf diesem Berg begegnen würdet.«

»Die Gefahr trägt viele Masken, Herr«, erwiderte sie, »von denen die des voreiligen Urteils nicht die seltenste ist. Natürlich sind alle nötigen Vorkehrungen für die Sicherheit und das Wohlbefinden meiner Töchter getroffen worden. Alles andere wäre gewissenlos gewesen.«

»Dann erklärt mir doch bitte einmal, wie Ihr gedenkt, sie auf einem unfruchtbaren Hügel, der Euch nicht gehört, unterzubringen und zu speisen, meine Herrin!«

»Ihr versteht nicht, Vater Abt. Der Erwerb des Landes gehört zu meinem Plan.«

»Natürlich«, säuselte er, »und Eure Nonnen werden Holz sägen und Steine klopfen.«

»Wir werden nicht allein arbeiten. Jeden Tag wird uns mehr Hilfe angeboten.«

»Von den Leibeigenen im Dorf, vermute ich?« höhnte er.

»Nein, Herr, von den Klöstern Trier und Eberbach, die mir die Dienste ihrer Architekten und Baumeister angeboten haben, und von zahllosen Stiftern, die mich gleichfalls ihrer Unterstützung versichern.«

Kuno lehnte sich zurück. Wie konnte das sein? Dann erinnerte er sich an die vielen Prälaten, die Heinrich nach der Synode zum Disibodenberg geschickt hatte. Dennoch, ohne den Besitz des Landes würden diese Angebote nichts weiter als Absichtserklärungen bleiben. Jetzt will ich sie ein bißchen aufziehen, dachte er lächelnd.

»Habt Ihr vor, selbst wegen des Landes zu verhandeln, Herrin?«

»Das ist nicht mehr nötig. Die Besitzurkunde mit den Unterschriften der Brüder Hermann und Bernhard von Hildesheim kann jeden Tag eintreffen.«

»Seht Euch vor, verehrte Herrin.« Kuno lächelte. »Solche Urkunden können leicht gefälscht sein und Unschuldige und Narren in die Falle locken.«

»Ihr habt nur zu recht, fürchte ich. Doch Erzbischof Heinrich von Mainz ist keines von beidem, und er war es, der als unser offizieller Unterhändler tätig war.«

Ein Grinsen verzerrte Kunos Lippen. »Jetzt fehlt Euch nur noch meine Erlaubnis, hohe Frau«, sagte er milde, »doch mein Gewissen als Euer Abt und Beschützer verbietet es mir, sie zu erteilen.«

❦

Schatzmeister der Abtei war Arnold, der Subprior. Die Kutte des spindeldünnen Mönchs schien von den Spitzen seiner knochigen Schultern gehalten zu werden, und auch bei strengster winterlicher Kälte glänzte seine Tonsur von Schweiß.

Arnold hatte außerordentliche, fast unnatürliche Freude daran, den Klang der Münzen zu beschreiben, wenn sie in die Schatztruhen der Abtei fielen. Seine Brüder zwinkerten sich zu, wenn er begeistert und dankbar über eine neue Spende angelaufen kam. Als ihn die Kunde erreichte, daß die Abtei der Mitgift ihrer Nonne verlustig gehen würde, war er so verzweifelt, daß er die Nahrung verweigerte. Trotz all ihrer Gebete scheiterten die Bemühungen der Brüder, ihn zu trösten. Tag um Tag welkte Bruder Arnold dahin, bis der Abt in seiner Ratlosigkeit

nach seiner Familie schickte, damit sie ihn zum Sterben nach Hause holen konnte.
Ein böses Omen, tuschelten die Brüder. Der Teufel hatte Frau Hildegards Ruhm in einen Fluch gegen den Disibodenberg verwandelt. Wenn ihre Visionen wirklich von Gott stammten, wie konnten sie dann die Abtei in solch ein Unglück stürzen?
Die Spannungen zwischen der Abtei und den Nonnen nahmen täglich zu, verstärkt durch Kunos Gefühl, daß die Magistra ihm eine Falle gestellt hatte. Mit wachsendem Zorn begann er, Mißtrauen gegen Volmar zu hegen und ihn des Verrats zu verdächtigen.
Die Gerüchte zwangen Volmar, vor der Komplet auf die Gesellschaft seiner Brüder zu verzichten. Der Vorwurf mangelnder Loyalität entwickelte sich zu einer Bürde, die er nicht länger zu ertragen vermochte. Der Ausbruch des Abts bei einer Kapitelversammlung hatte alles nur verschlimmert.
»Meine Söhne«, hatte Kuno gewettert, »wie kann ich als euer Abt dem Schöpfer vors Antlitz treten, wenn ich die Nonnen der Schande unterwerfe, indem ich ihnen gestatte, sich den Gefahren von Hunger und Vergewaltigung auszusetzen? Wie kann ich die edlen Familien verraten, die ihre Töchter unserer Obhut anvertraut haben? Ich kann meine heilige Pflicht, diese unschuldigen Frauen vor Schaden zu bewahren, nicht aufgeben!« Von seinem Eifer angesteckt, hatten die Mönche laut ihre Zustimmung bekundet und Hildegard der Undankbarkeit bezichtigt.
Hin und her gerissen zwischen seinen Gefühlen für die Magistra und der Loyalität gegenüber seinen Brüder, spürte Volmar, wie seine Seele entzweibrach. In einem Anfall von Verzweiflung zog er die Lederpeitsche unter seinem Lager hervor und hoffte, sich durch Geißelung zu betäuben. Am meisten fürchtete er die Nacht und die Qualen der Versuchung, die ihn heimsuchte. Er betete darum, die Augen schließen zu können, nicht den Atem der Magistra auf seinen Wangen und die Wärme

ihres Körpers zu spüren, wenn sie neben seinem Pult stand. Er gestand sich ein, daß ihr Aufbruch doch eine Lösung sein konnte. Aber bei dem Gedanken daran wollte ihm schier das Herz zerspringen. Er betete darum, die Zeit, die ihm noch mit ihr blieb, nicht zu verschwenden. Er mußte jeden Tag, jede Stunde, jeden Augenblick würdigen. Er mußte im Gedächtnis behalten, wie ihre Finger den Griffel hielten, wenn sie auf ihrer Wachstafel schrieb, den Klang ihrer Stimme, wenn sie sang, und den Anblick ihrer Lippen, wenn sie die Töne zum Himmel emporschickte. Und er durfte niemals vergessen, wie sich plötzlich Tränen in den veilchenfarbenen Seen ihrer Augen sammelten. In allen wichtigen Momenten waren Tränen geflossen: Tränen der Ehrfurcht im Skriptorium, Tränen der Freude in der Kapelle, Tränen des Schmerzes, als sie auf der Schwelle des Todes wankte und seine Gebete sich wie Arme nach ihr ausgestreckt hatten, um sie zurückzuziehen. Nun mußte er einen Weg finden, sich zu erinnern und gleichzeitig zu vergessen.

❦

Kuno sprang auf, als Volmar sein Gemach betrat.

»Jetzt ist das Maß voll!« rief Kuno und hielt Volmar einen Bogen Vellum vors Gesicht. »Das Maß ist voll, verstanden? Lies diesen Brief!«

Voller Unbehagen las Volmar:

> An Abt Kuno vom Disibodenberg:
> Wir freuen uns mit Euch über die Botschaft der wunderbaren Vision, die Frau Hildegard uns am gerade begangenen Feiertag mitgeteilt hat. Im Vertrauen auf die Segnungen, die unseren Töchtern, die ihrer Gemeinschaft versprochen sind, im Überfluß angedeihen werden, halten wir es für unser Vorrecht und unsere Pflicht, der neuen Äbtissin in jeder Hinsicht zur Seite zu stehen.

Ihr werdet also unseren Entschluß verstehen, alle zukünftigen Stiftungen derer von Sponheim von der Abtei Disibodenberg auf Frau Hildegards Neugründung auf dem Rupertsberg zu übertragen, die sie als Äbtissin leiten wird. Auf diese Art erweisen wir dem Andenken der seligen Frau Jutta, unserer Schwester und Kusine, unsere Ehre, deren Geist, dessen sind wir gewiß, bereits über dem Baugrund der künftigen Abtei ihrer Tochter im Geiste auf dem Rupertsberg schwebt.

*Richardis von Sponheim-Lavantall*
Markgräfin von Stade

Volmar öffnete den Mund, aber es fehlten ihm die Worte.
»Habt Ihr nichts zu sagen?« drängte Kuno.
»Ein bedauerlicher Verlust, ehrwürdiger Vater«, stotterte er. »Ein großes Mißgeschick, ein sehr trauriger Tag.«
»Verlust?« schrie Kuno. »Eine Katastrophe. Die Magistra ist entschlossen, uns zu ruinieren. Sie hat uns lange genug ausgenutzt mit ihren Visionen. Ich werde sie zum Schweigen bringen, falls nötig sogar einsperren!« Mit dem Befehl an Volmar, ihm zu folgen, stürmte er hinaus. »Komm! Du wirst mein Zeuge sein. Diese Frau muß aufgehalten werden, ehe sie noch weiteres Unglück über die Abtei bringt.«

❦

Die Zelle der Magistra war nur von einer einzigen Kerze beleuchtet. Richardis kniete, den Kopf in die Hände gestützt, am Fußende des Bettes, während Hiltrude betend an Hildegards Lager saß. Eine Schar Nonnen kniete mit traurigen Augen daneben.
Hiltrude winkte Kuno und Volmar heran. Beide wirkten bestürzt.
»Dank sei Gott, daß Ihr gekommen seid«, flüsterte sie. »Mutter

Hildegard ist zusammengebrochen und kann weder hören noch sehen. Gerade hat sie Euren Namen gerufen, Vater Volmar, und nach Euch gefragt. Wir waren so dankbar, denn es waren die ersten Worte, die sie überhaupt gesprochen hat.«

Kuno stöhnte. Kein Wunder, daß die Nonnen an der Tür so erleichtert gewesen waren, sie zu sehen. Volmar war bereits an die Seite der Magistra geeilt. Seine Hände zitterten.

»Wie geht es ihr?« stammelte er an Hiltrude gewandt.

»Sie atmet schwach, aber regelmäßig«, berichtete Hiltrude.

»Wie ist es geschehen?«

»Schon seit drei Tagen ist uns aufgefallen, daß sie sich in der Kapelle kaum auf den Beinen halten konnte. Zuerst glaubten wir, es läge am Fasten. Doch als wir sie während der Mette auf ihren Stuhl zuwanken sahen, wurde uns bewußt, daß sie krank ist. Immer noch wies sie unsere Hilfe zurück, behauptete, sie sei nur erschöpft, beteuerte, sie brauche nichts. Doch dann erschien sie nicht zur Laudes, und wir fanden sie hier vor ihrem Bett, wo sie gestürzt war. An der Art, wie sie nach unseren Gesichtern tastete, erkannten wir, daß sie nichts sehen konnte.«

»Hatte sie keine Beschwerden?« erkundigte sich Kuno mit zusammengezogenen Brauen.

»Mutter Hildegard?« Hiltrude schüttelte den Kopf. »Dann hätte ihre Erkrankung uns nicht so unvorbereitet getroffen.«

Kuno hüstelte nervös. »Hat sie Fieber?«

»Kein Fieber«, klagte Hiltrude. »Doch lastet eine solche Schwere auf ihr, als hätte sich ihr Fleisch in Stein verwandelt. Wir können sie nicht bewegen, wagen es aber auch nicht, sie allein zu lassen.«

»Wir werden um eine rasche Genesung beten«, murmelte Kuno. Volmar schaute auf. »Ich werde die Brüder unverzüglich in Kenntnis setzen. Die Abtei wird Tag und Nacht für sie beten«, sagte Kuno verlegen. Dann schlich er sich hinaus, nicht ohne Volmar vorangehen zu lassen.

»Bitte, tut das, Vater Abt«, rief Richardis ihm nach. Als die Tür

sich hinter ihm schloß, fügte Hiltrude gütig hinzu: »Wir werden auch für Euch beten, ehrwürdiger Vater.«
»Wie kannst du nur?« schnaubte Richardis und schüttelte ungläubig den Kopf.
»Findest du, daß Vater Abt keine Vergebung verdient?« gab Hiltrude rasch zurück.
»Ich weiß nicht mehr, was ich denken soll«, stöhnte Richardis. »Doch wenn ich ihn verurteile, verurteile ich gleichzeitig meine eigene Verbitterung darüber, daß Mutter Hildegard mich wegen des Umzugs nicht ins Vertrauen gezogen hat.«
»Vielleicht begreifst du jetzt, wie schwer es für uns war, mitanzusehen, wie sie dich bevorzugt hat«, erwiderte Hiltrude, und Tränen schossen ihr in die Augen.
Doch Richardis hatte sich schon in ihre eigenen Tränen geflüchtet, denn sie konnte die Wahrheit nicht länger leugnen.

❦

Der Brief traf am folgenden Tag zur Mittagszeit ein. Traurig über die Botschaft, die er enthalten mußte, lieferte Bruder Pförtner ihn selbst ab. Als Kuno das Siegel von Arnolds Familie sah, war auch er überzeugt, daß der Brief die Nachricht vom Tod des bedauernswerten Mannes brachte.

An Vater Kuno, Abt auf dem Disibodenberg:
Seid gegrüßt. Möge der Segen Gottes Euch zuteil werden für all das, was Ihr an unserem geliebten Bruder Arnold getan habt, als er unter Euch war.
Nachdem wir Euch verlassen hatten, machten wir uns auf, ihn zur Burg seiner Geburt zurückzubringen, doch wegen seiner ständigen Schmerzen zweifelten wir daran, daß er am Leben bleiben würde. Wir reisten langsam, da jede Bewegung ihm Schmerzen bereitete. Am Ende des Tages breiteten wir unsere Umhänge auf einer Wiese aus.

Als wir uns zum Schlafen niederlegten, schoß ein Sternenregen über den nächtlichen Himmel. Bei diesem Anblick stöhnte unser Bruder plötzlich und umklammerte seinen Hals. Er schrie, man möge ihn an den Ort bringen, den er so ingrimmig verwünscht hatte – den Rupertsberg.
Im Morgengrauen brachen wir auf und trafen in der Abenddämmerung an jenem Orte ein. Dort fanden wir indessen nur einige zerfallene Mauerreste über der Gruft des seligen Rupert. Unser Bruder Arnold bat uns, wir mögen ihn auf die Gruft legen. Dann streckte er die Arme aus wie Jesus am Kreuz. Wir weinten, denn wir wußten, der Augenblick seines Todes war gekommen, und beteten, daß er bei Gott Frieden und den Trost der heiligen Jungfrau finden möge. Sodann erhob sich unser Bruder Arnold wie durch ein Wunder und rief: *»Deo gratias, deo gratias!«* Vor Dankbarkeit weinend, küßte er die Erde, schwor, dort zu verweilen und das Land für die Gründung der neuen Abtei urbar zu machen. Innerhalb weniger Tage gelangte er in den Vollbesitz seiner Kräfte und bat uns, ihn zu verlassen. Als wir ihn zuletzt sahen, kniete er strahlend auf dem Boden und befreite die zerfallenen Mauern mit bloßen Händen von Ranken und Gestrüpp.
Es war sein innigster Wunsch, daß Ihr von diesem Wunder und seinem Wunsch, bis zu seinem Heimgang Frau Hildegard dort zu dienen, erfahren solltet.

Kuno kniete zu Füßen der heiligen Jungfrau in der Kapelle. Er atmete schwer. Seit dem Zusammenbruch der Magistra war er von ihrer Krankheit wie besessen und erkundigte sich stündlich nach ihrem Befinden. Je länger Hildegard regungslos dalag, desto größer wurde sein Entsetzen. Er fürchtete ihren Tod, denn man würde ihm und seiner Weigerung, sie ziehen zu lassen, die Schuld daran geben.
Seine Aufregung wurde durch die Kunde von Bruder Arnolds

erstaunlicher Bekehrung und die Wirkung, die diese auf die Brüder hatte, noch verstärkt. Täglich erhoben sich mehr Mönche im Kapitel, um reumütig ihren Neid auf Frau Hildegards Ruhm und ihre Wut über den drohenden Verlust des Ansehens als ihre Beschützer zu bekennen.
Kuno indessen blieb unerbittlich. Nur er als Abt konnte die Folgen von einem Auszug der Magistra wirklich einschätzen. Der Verlust der Mitgift und Stiftungen der Nonnen bereitete ihm große Sorgen, doch mindestens ebenso grämte ihn das bevorstehende Ausbleiben der Einkünfte durch die Pilger. In Wahrheit schwebten all seine Hoffnungen und Träume für die Abtei jetzt über dem Bett der Magistra. Er mußte fest bleiben: Sie durfte nicht gehen!
*»Hilf Ihr, sich zu erheben!«*
Kuno schaute auf. Woher kamen diese Worte? Sie ertönten wieder, klar und deutlich, und erfüllten ihn. Die Glocken zur Komplet begannen zu läuten. Als er aufstand, hallten die Worte in seinem Körper von neuem wider.
*»Hilf Ihr, sich zu erheben!«*
Als der Gesang der Komplet begann, überließ sich Kuno dem Trost des zeitlosen Gebets:
O Gott, in Gnaden wolle mir beistehen ...
Herr, eile, mir zu helfen.
Die Nacht birgt keine Schrecken, denn mit seinen Flügeln beschirmt er dich ...
Du meine Burg, meine Zuflucht ...
Er ist es, der dich befreit aus der Schlinge des Jägers, dich rettet vor Verderben und Unheil!

Bin ich selbst ein Jäger, der in seine eigene Schlinge aus Stolz und Ehrgeiz geraten ist? Ist es meine eigene Halsstarrigkeit, die mich und diese Abtei verschlingt? Wenn Bruder Arnold jetzt hier wäre, würde er meine Finger von den Truhen der Abtei lösen? Er betrachtete seine Brüder, mit denen er Jahr um Jahr diese Psalmen gesungen hatte. Sie hatten sich selbst durch ihr Bekenntnis ihrer Schande und Wut öffentlich gedemütigt. Konnte er als ihr Abt ihnen nachstehen?

> Du mußt nicht fürchten das nächtliche Grauen
> Nicht den fliegenden Pfeil am Tage
> Nicht das Unheil, schleichend im Dunkel
> Nicht das Verderben, das hereinbricht am Mittag ...

Nach der Komplet hörte sich Kuno selbst in seiner Zelle flehen: »Heilige Jungfrau, steh mir bei. Ich muß ihr aufhelfen! Und gib mir die Gnade und Demut, sie mit meinem Segen ziehen zu lassen!«

*»Gehe hin in Frieden.«*

Zum ersten Mal seit Wochen fühlte sich Kuno erleichtert. Er fiel auf sein Lager und schlief bis zur Mette.

Binnen drei Tagen war die Magistra vollständig genesen.

❦

Nach der Mette blieb Hildegard in der Kapelle, um zu beten. Dann ging sie langsam durch die Dunkelheit zurück, um vor Laudes noch einige Stunden Schlaf zu finden. Ihre Schritte verlangsamten sich, als sie die Flecken des Mondlichts auf dem Dach des Klosters und die hochaufragenden Umrisse ihres geliebten Baumes sah. Seine mächtigen Äste sprengten beinahe den winzigen Hof neben der früheren Einsiedelei. Über dreißig Jahre waren vergangen, seit Frau Jutta an ihrer Seite gekniet und ihr geholfen hatte, ihn als kleinen Setzling zu pflanzen. Jahrzehntelang hatte sie zugesehen, wie er sich gestreckt, sich ausgedehnt, wie er hoch hinauf in den Himmel gewachsen war.

In dieser Zeit war sie immer wieder zu dem Baum zurückgekehrt, wie um Trost bei einem vertrauten Freund zu suchen.

Doch inzwischen konnte sie nur noch die Hälfte seines Stammes mit den Armen umfassen. Immer noch ließ sie es sich nicht nehmen, ihre Tracht zu raffen und in seinen Armen Zuflucht zu suchen, wenn sie sich nach ihrer stundenlangen Arbeit im Herbarium erquicken wollte. In dieser Blätterlaube gelang es ihr, sich zu konzentrieren und sich tiefer in die heilenden Geheimnisse der Pflanzen und Kräuter zu versenken, die sie in ehrfurchtgebietender Menge entdeckte. Der verschwenderische Überfluß der Erde überwältigte sie. Das Wissen, daß ihr zarter Setzling noch im Herzen des großen Baumes lebte, der über ihr im Mondlicht aufragte, entzückte sie. Inzwischen brauchte sie ihn nur noch aus der Ferne zu betrachten, um sich zu erfrischen.

»Gib mir Mut für morgen, mein Freund!« rief sie inbrünstig im Mondschein aus. »Ich werde deine Kraft brauchen wie niemals zuvor!«

❦

Während der Laudes begann Hildegard die Feuermale in ihren Handflächen zu spüren. Sie preßte die Hände zusammen. »Nicht heute! Bitte, Gott, nicht heute!«

Es war ihr achtundvierzigster Geburtstag.

Nach der Terz nahmen die Nonnen ihre Plätze in der düsteren Kapelle ein. Ihre Augen glühten wie Leuchtkäfer. Heute sollten sie in Vorbereitung auf ihren Umzug zum Rupertsberg offiziell eine Äbtissin wählen, die der Neugründung vorstehen sollte.

Der Abt sollte die Wahl leiten. Vater Volmar und ein weiterer Bruder traten als Zeugen auf. Alle Türen waren verschlossen. Kuno ließ seinen Blick über die verzückten Gesichter zu beiden Seiten gleiten, nickte ihnen zu und trat nach vorn, um die offizielle Namensliste zu verlesen. Eine nach der anderen erhoben sich die Nonnen und riefen *»Adsum«* (anwesend). Das altehrwürdige Ritual der Äbtissinnenwahl hatte begonnen.

Hildegard war wie betäubt. Der brennende Schmerz in ihren Handflächen war unerträglich. Sie starrte auf den Tabernakel und wagte nicht, ihren Blick abschweifen zu lassen. Sie versuchte zu beten, doch ihre rasenden Gedanken quälten sie. So viele Schwestern waren gegen den bevorstehenden Umzug; sie konnten die Wahl zu einer Rebellion mißbrauchen. Warum hatte sie die Ankündigung nicht zuerst ihren Töchtern gemacht? Was wäre, wenn die Befürchtungen des Abtes sich bewahrheiteten? Wie sollte sie es ertragen, wenn ihren Töchtern ein Leid geschähe?

Im Hintergrund fand das Ritual statt, bei dem der Abt und seine Zeugen Verschwiegenheit gelobten und die Nonnen schworen, die zu erwählen, die für das Amt die würdigste sei, »ohne Absprache untereinander getroffen oder eine Absprache angenommen zu haben«.

Hildegard hoffte, die Wahl würde auf Hiltrude fallen. Die anderen kennen die Fähigkeiten und die Hingabe, die Hiltrude als Priorin auszeichnen, dachte sie. Sie kümmert sich auch um das kleinste ihrer Bedürfnisse, während ich in meine Visionen verstrickt im Skriptorium sitze.

Nacheinander wiederholten die Nonnen den Eid: *»Item testor et juro«* (So schwöre und bezeuge ich).

Als Hildegard die Worte aussprach, brannten sie wie Tropfen von siedendem Öl in ihrem Hals. Sie vermochte nicht mehr zu schlucken. Wie konnte sie es wagen, ihr Vorhaben auf dem Rupertsberg zu verfolgen, wo es doch gewiß zum Scheitern verurteilt war!

Die Wahl ging rasch vonstatten. Der Abt trat vor und räusperte sich. *»Domina Hildegard von Bermersheim Abbatissa electa est!«* verkündete er.

*»Für dein ganzes übriges Leben«, hörte sie Frau Jutta flüstern. »Leben, Leben, Leben ...« Die Worte hallten in ihrem Kopf, während die feurigen Male in ihren Händen zu brennen begannen.*

Und schon verneigte sich ihre geliebte Hiltrude vor ihr und

streckte die Hand aus, um sie zum Altar zu geleiten und beim Niederknien zu stützen.
Abt Kuno stand auf der Altarstufe über ihr.
»Im Namen Seiner Heiligkeit Papst Eugen«, ertönte seine Stimme, »bestätige ich dich als Äbtissin.«
Mit erhobenen Händen nahm sie die Insignien ihres Amtes entgegen: einen einfachen goldenen Ring, ein Siegel, den symbolischen Schlüssel zu ihrer künftigen Abtei und – mit einem Seufzer – Frau Juttas kleines Holzkreuz, das Zeichen ihres Amtes. Bei dieser unerwarteten Gabe füllten sich ihre Augen mit Tränen.
Sie drückte die Gegenstände an ihr Herz und stieg die Stufen zum Altar hinauf. Ihre Hände zitterten, als sie jedes der Zeichen vor dem Kreuze in die Höhe hob und es dann vor den Tabernakel legte.
Eine feste Hand half ihr, die Stufen hinunterzusteigen und führte sie zum Äbtissinnenthron.
*Für einen Augenblick sah sie Frau Jutta dort sitzen und einen kleinen blonden Kopf in ihrem Schoß streicheln.*
Unruhig bewegte sie sich auf ihrem Stuhl und überlegte: »Darf ich, die so lange am Rande des Lebens stand, diese Aufgabe übernehmen?«
*Dann auf einer Woge von Licht die Worte: Schau nicht zurück!*
Plötzlich zerriß Glockengeläut wie Donner mit überschäumendem Jubel die Luft, während das *Te deum* der Nonnen anschwoll und sie einstimmten in die jahrhundertealten Lob- und Dankgesänge ihrer Kirche.
Nacheinander traten die Nonnen aus dem Gestühl vor ihre Äbtissin.
Bei ihrem Anblick dachte Hildegard an das verwirrte Flattern ihrer weltlichen Flügel, als jede von ihnen ihr glänzend buntes Gefieder gegen das mitternächtliche Kleid von Amsel und Krähe eingetauscht hatte. Doch jetzt flatterten sie vor Freude. Nun war sie die Fremde, die in ein unbekanntes Nest gesetzt wurde.

Sie knieten vor ihr und legten ihre Hände zwischen die ihrer neuen Äbtissin, gelobten Treue und Gehorsam, während Hildegard jeder ihrer Töchter den Friedenskuß auf die Wange drückte.

*»Deine Hände sind außergewöhnlich«, flüsterte Frau Jutta wieder. »Welche Geheimnisse würdest du gern in ihnen bergen?«*

Hildegard vergaß fast zu atmen, als sich alle erhoben und sich vor ihr verneigten. Gisla nickte pausenlos vor Aufregung und Freude: »Ich tue alles für Euch! Ja, ja, was immer Ihr verlangt«, stieß sie atemlos hervor, wobei die Tränen nur so über ihren Schleier rannen. Die pflichtbewußte Kunigunde drückte ihr sprachlos die Hand, wohingegen Ilse pausenlos ihre Hand küßte und ihre blauen Augen voll Tränen standen. Gertrud tat einen unvermittelten Schluchzer in der Erinnerungen, daß ihre Zwillingsschwester Gisla gestorben wäre, hätte Hildegard sie nicht mit Hingabe und Mandelpulver geheilt.

Daraufhin flatterten die Vögel herbei, die nach der ersten Schar ins Nest gekommen waren. Zu ihnen gehörte Richardis. Ihre Augen tanzten. »Gewiß, aber gewiß doch! Dies ist der Euch vom Schicksal bestimmte Thron!«

Langsamen Schrittes trat Hiltrude als letzte vor Hildegard. Ihre Lippen zitterten. Obwohl sie von nun an nie wieder als Schwestern Apfelbäume umarmen würden, wie sie es so viele Jahre getan hatten, mußte sie ihre Freudentränen zurückdrängen.

Hildegards Schultern bebten, und sie schaute weinend vor Dankbarkeit in Hiltrudes Augen. »Liebste Hiltrude, du teilst diesen Stuhl mit mir. Ich erbitte deine Hilfe. Ich brauche dich so sehr!«

Hiltrude nahm ihre Hände und küßte sie. »Ich werde für Euch da sein, meine Äbtissin«, versprach sie.

*Ich schreibe im Licht einer einzigen Kerze, deren Flamme im nächtlichen Wind des Rupertsberges flackert. Über mir schimmert der strahlende Leib des Mondes und beleuchtet die Dinge, die ich nicht vergessen darf.*

*Ich höre Gertruds entschlossenen Schritt zum letzten Mal auf den Pfaden des Disibodenberges, das zögernde Trippeln von Gislas Pantoffeln auf dem Boden der Kapelle, Hiltrudes unterdrücktes Schluchzen bei der letzten Mette, der letzten Laudes, der letzten Prim. Ich sehe vor mir, wie jede von ihnen beim Aufbruch innehält, um noch einen Blick auf den Disibodenberg zu werfen, wobei Ilse offen und laut schluchzt und ihren Blick über die rosenbewachsene Gartenmauer gleiten läßt. Sie denkt daran, wie sie insgeheim die samtigen Blüten an ihre Lippen gepreßt hat. Verbotene Küsse im Fieber eines jeden bittersüßen Frühlings.*

*Abermals höre ich sie seufzen, am lautesten Richardis, als die Karren mit all unseren Habseligkeiten beladen werden. Dann ertönt nur noch die Klage der kreischenden Wagenräder, als die Pferde an den Mönchen, die die Arme verschränkt und die Blicke abgewandt halten, vorbeiziehen.*

*Und zuletzt Volmars Geist, die Augen voll Schmerz. Er sieht uns zu und weigert sich doch, unseren Aufbruch zu erkennen. Abt Kuno nickt und murmelt: »Gott befohlen.« Die Mönche schweigen.*

*Es zerreißt mir das Herz, als ich zum letzten Mal meine Augen an meinem Baum erquicke.*

*Das Tor der Abtei schlägt hinter uns zu, während Freude und Schrecken sich gleich einer Taube und einer Krähe auf dem Wagen niederlassen. Nun ist nur noch das Klappern der Pferdehufe zu hören. Es zerschlägt unsere Erinnerungen in kleine Stücke, während wir die Windungen des Berges hinunterfahren. Ich sehe vor mir, wie meine Eltern diesen Pfad hinabsteigen. Ich sehe auch mein Entsetzen – sie lassen mich zurück und werden immer kleiner, bis sie ganz entschwunden sind. Nun schaue ich hinauf wie sie und winke dem kleinen Mädchen ein letztes Mal zu.*

*Mit jeder Wegbiegung stöhnen meine Töchter lauter über ihr Ungemach, derweil sich ihre Schweißtropfen mit ihren Tränen mischen. Wir erreichen die Ebene und reisen weiter. In jedem Hufschlag hallt das Echo meiner Furcht.*
*Unterwegs bewundere ich die Flüsse, die sich durch die Landschaft schlängeln, doch die traurigen Augen der zerlumpten Kinder, die mir aus den Weidenhütten am Wege entgegenstarren, erschrecken mich.*
*Nun lagern wir hier in völliger Unordnung auf dem Rupertsberg, unsere Habseligkeiten liegen überall verstreut wie frischgemähtes Heu. Ich halte Wache, während meine Töchter in ihren Träumen wimmern, und verstopfe mir die Ohren gegen die Behauptung, ich sei von bösen Geistern besessen. Warum sollte eine Frau den Auftrag erhalten, eine Abtei zu gründen, wo es doch mächtige und gelehrte Männer gibt? fragen sie.*
*Zwei Schwerter bekämpfen sich in meinem Geist, erschöpfen mich: eines schlägt gegen meine Zweifel und Ängste, verteidigt mich, wohingegen das andere meinen Traum durchbohrt, bis er blutet. Unter Stößen donnert das eine Schwert: »Du Wahnsinnige!« Das andere leuchtet hell und drängt mich, einen Befehl auszuführen, den ich weder verstehe, aber auch nicht zu mißachten wage.*
*Ich treibe dahin und träume, während die Augen der Jungfrau in den Sternen über mir glänzen. Ich bete um Vertrauen zu den moosbewachsenen Stufen, die mich hierher geführt haben.*
*Doch als erste Tat muß ich einen Baum vor meiner Tür pflanzen.*

❦

Die Markgräfin war beeindruckt.
Drei Jahre waren seit ihrem ersten Besuch kurz nach der Gründung des Klosters Rupertsberg vergangen. Damals hatten sich die Gesänge durch die offene Decke der noch unfertigen Kapelle erhoben. Die Nonnen hatten auf Brettern auf dem

schlammigen Untergrund gestanden, umgeben von Granitblöcken und Holzstapeln.
Seit damals waren Scharen von Arbeitern und Architekten zum Rupertsberg gezogen, die von nicht weniger als fünf Prälaten entsandt und von einer Reihe adliger Stifter unterstützt wurden, die auf die dringende Bitte der Markgräfin der Äbtissin ihre Hilfe zugesagt hatten. Die Fortschritte waren offensichtlich. Die neuen Gebäude hatten den öden Hang in eine blühende Siedlung verwandelt. Ein Hain geschmeidiger junger Bäume hieß die Gäste am Tor willkommen. Vor ihnen ragte der Rohbau der neuen St. Rupertskirche über der Gruft des Heiligen aus dem siebten Jahrhundert auf. Der Kreuzgang zur Linken war von scharlachroten Mohnblüten und blauen Kornblumen gesäumt. Nahebei umgaben Gerüste das Dormitorium, das Refektorium, den Kapitelsaal und die Gemächer der Äbtissin, die deutlich durch einen grünenden Ahornsetzling zu erkennen waren.
Als die Glocken zur Terz läuteten, seufzte die Markgräfin in Gedanken an das geliebte Geläut des Disibodenbergs. Sie huschte in die Abteikirche und stellte sich unbemerkt in einen dunklen Winkel. Der sich erhebende Gesang entrückte sie in eine andere Welt. Die Töne hatten eine kristallene, überirdische Schönheit, wie sie sie noch nie vernommen hatte.
Ein tiefes Gefühl der Befriedigung erfaßte sie. Es war weise gewesen, Hildegard von Anfang an ihre Unterstützung zu gewähren. Sie sah sich um und wußte, daß sie eine entscheidende Rolle bei diesen Fortschritten gespielt hatte. Die Markgräfin genoß die Verbundenheit, sonnte sich im Glanz der visionären Äbtissin. Noch mehr aber erregte sie die Gelegenheit, sich an so einem ungeheuerlichen Unterfangen zu beteiligen: eine Abtei, deren Äbtissin das Land besaß und die Abtei allein leitete, frei von der Befehlsgewalt der Mönche. Schon allein deshalb war Äbtissin Hildegard im Rheinland in aller Munde.
In Gedanken versunken merkte die Markgräfin erst jetzt, daß

die Kapelle sich geleert hatte und nur Hildegard zurückgeblieben war, um zu beten.
Als diese sich erhob, trat die Markgräfin aus dem Schatten. Bei ihrer Umarmung spürte sie Hildegards Knochen. Sie war sehr abgemagert und ihre Haut bleich wie Alabaster.
»Eure Gaben sind stets segensreich auf uns herniedergeregnet«, rief Hildegard, »doch Euer jüngstes Geschenk ist unübertroffen und macht uns erst zu einer vollwertigen Abtei. Kommt, ich zeige es Euch.«
Hildegard nahm ihren Arm und führte sie ins Oratorium.
Der Markgräfin stockte der Atem. »Das Chorgestühl ist endlich eingetroffen!« rief sie, während sie überwältigt und aufgeregt über die glänzenden Schnitzereien aus Rosenholz strich. »Ich könnte nicht zufriedener sein. Die Schnitzer haben meine Wünsche zur Vollkommenheit ausgeführt!«
Hildegard führte sie weiter. »Als erstes müßt Ihr auf Richardis Stuhl Platz nehmen und dann auf Hiltrudes, damit sie Eure Gegenwart spüren und Ihr als Familie vereint seid.«
»Das war meine Hoffnung«, nickte die Markgräfin, »denn ich wußte, daß aus diesen Stühlen Gebete emporsteigen.«
»Und Tränen vergossen werden«, sagte Hildegard sanft.
»Hat es denn viele Tränen gegeben?« fragte die Markgräfin mit einem Stirnrunzeln.
»Leider mehr, als ich mir vorgestellt hatte«, entgegnete Hildegard. »Es war einfältig von mir, zu glauben, daß meine Töchter die Annehmlichkeiten auf dem Disibodenberg vergessen würden: den Weinkeller, der niemals leer war, die Lager voll Kerzen und Leinen. All das und die Schätze der Bibliothek, die wir zurückgelassen haben. Es tut mir leid wegen Richardis, denn ich weiß, wie sehr sie die Bücher vermißt.«
»Aber Ihr werdet diese Dinge doch gewiß mit der Zeit erhalten.«
»Einigen geht es nicht schnell genug. Unglücklicherweise sind die Klagen häufig lauter als das Lob. Ich war so töricht, zu

glauben, daß das Murren verstummen würde, wären der Altar und das Gestühl erst einmal aufgebaut. Doch sechs drohen immer noch zu gehen.«

»Sechs?« Die Markgräfin erstarrte.

Hildegard senkte den Kopf. »Ich kann nur noch beten. Viele sind erzürnt über die Weigerung des Abtes, unsere Mitgift herauszugeben. Überdies sträubt er sich, Vater Volmar ziehen zu lassen, so daß er unser Propst werden kann.« Als sie die zusammengezogenen Brauen ihrer Besucherin gewahrte, beherrschte sie sich.

»Vergebt mir, Herrin. Ich bedaure, unsere Begrüßung durch meine Klagen belastet zu haben.« Impulsiv ergriff sie die Hand der anderen Frau und küßte sie. Eine Woge von Wärme durchströmte die Markgräfin. Was war es, das von der Äbtissin auf sie übergesprungen war?

❦

»Eure Großzügigkeit überwältigt mich, Exzellenz!« Hildegard errötete, und die Gäste an ihrem Tisch hielten den Atem an.

»Die Mühle liegt bei Lorch am Rheinufer«, erklärte Erzbischof Heinrich. »Die Schenkung umfaßt auch das umliegende Land.«

Hildegard rang nach Luft. »Doch nicht auch die Insel?«

»Aber natürlich.« Seine Augen tanzten. »Wenig genug für die Abtei, deren Namen ebenso in aller Munde ist wie der ihrer Äbtissin.«

Hildegard errötete abermals. »Euer Geschenk wird uns in die Lage versetzen, mit dem Bau eines Gästehauses zu beginnen, Exzellenz«, kündigte sie an, »eine Hoffnung, die ich schon lange nähre.«

»Und ich werde einer Eurer ersten Gäste sein«, sagte er sehr leise. »Ich brenne darauf, unter Eurem Dach zu schlafen, edle Dame.«

»Wie ungeschickt von mir«, unterbrach Sigmund und richtete schimpfend seinen umgeworfenen Weinbecher wieder auf.

Heinrich beachtete ihn nicht und rückte näher an die Äbtissin heran. »Euer Lobgesang für den heiligen Rupert ist überwältigend, Herrin.« Überrascht schaute sie auf. »Ich bin überzeugt, daß selbst mein Kanzler von Eurer durchgeistigten Leidenschaft, ganz zu schweigen von Eurem musikalischen Genius, beeindruckt ist. Eure Beschreibung vom Leib des heiligen Rupert als Kelch, in dem der Wein nie ausgeht ...« Er ließ die Worte im Raum stehen.
Hildegard hatte ein sonderbares Gefühl. Aus Heinrichs Mund klangen ihre Worte profan, fast lästerlich.
Sigmund räusperte sich laut. »Ich finde Eure Beschreibung höchst ehrerbietig, Frau Äbtissin«, sagte er betont.
»Für die, die reinen Herzens sind, lieber Kanzler«, erwiderte Hildegard.
Heinrich lehnte sich zurück und leerte seinen Becher.
»Ich habe in Aachen oft von Euch gesprochen, Herrin, als ich bei der Krönung unseres neuen Königs Friedrich zugegen war.«
Es wurde still im Saal.
»Als ich in der Kapelle Karls des Großen saß, konnte ich mir die Höhen nur vorstellen, zu denen Eure Gesänge sich emporschwingen würden angesichts der wallenden, silbernen und hyazinthroten Gewänder des Königs, als er die Stufen hinaufstieg, um den Marmorthron Karls einzunehmen.«
Alle hielten den Atem an.
»Doch da Ihr nicht an meiner Seite weiltet, fand ich einen Weg, Euch dorthinzubringen«, verkündete er prahlerisch. »Als ich König Friedrich von Euren Visionen berichtete, erteilte er mir den Auftrag, Euch seine Grüße zu überbringen, und ernannte mich zu Eurem Beschützer.«
Der ganze Saal raunte vor Ehrfurcht.
Die Gunst der Stunde nutzend, erhob Heinrich sich und segnete Hildegard. Dann drückte er sein Bedauern darüber aus, daß er und sein Kanzler sich verabschieden mußten.
Keiner der Männer sprach ein Wort, bis der Rupertsberg weit

hinter ihnen lag. Mit einem Lächeln brach Heinrich das Schweigen. »Warst du eifersüchtig?« flüsterte er und strich mit seinem pelzgesäumten Handschuh über Sigmunds Wange.
»Wohl kaum, Herr«, entgegnete dieser spöttisch und küßte die ausgestreckte Hand, ohne Heinrich anzusehen. »Ihr wart zwar eindeutig trunken vor Begierde, doch nicht vom Wein und nicht nach ihr.«

❦

Hildegard stieß ihr Bettzeug von sich und griff nach ihrem Schal. Der Gedanke an Heinrich verfolgte sie seit seinem Besuch. Sie empfand Übelkeit, war immer noch angewidert von dem höhnischen Ton, in dem er ihr Loblied auf den heiligen Rupert mit seiner eigenen Wollust beschmutzt hatte.
Sie konnte sich nicht entscheiden, ob der Bischof ein Fluch oder ein Segen für sie war. Während sie eine Hand nach seiner Hilfe ausstreckte, stieß sie ihn mit der anderen unwillkürlich zurück. Obwohl seine Schenkung sie blendete, verspürte sie Argwohn. In ihrem Herzen wußte sie, daß seine Großzügigkeit sich ihm als nützlich erweisen würde, hatten ihre Visionen ihm doch Zugang zu Papst Eugen und jetzt zu König Friedrich verschafft. Die Angst, nun Heinrichs willenloses Unterpfand zu sein, machte sie krank, ebenso wie die wachsende Erkenntnis, daß sie sich bereits im Netz seiner Intrigen verfangen hatte. Doch da sie ihm als ihrem Erzbischof offiziell unterstellt war, konnte sie es nicht wagen, ihn sich zu entfremden.
Sie sank auf die Knie und betete zum heiligen Rupert um Klugheit und Wachsamkeit, besonders jetzt, da König Friedrich Heinrich zu ihrem Beschützer ernannt hatte. Ihr Kopf begann wieder zu schmerzen. Sie mußte so viele schützen und hatte so wenige, denen sie vertrauen konnte.
»Wenn doch nur Volmar hier wäre«, flüsterte sie.

❦

Richardis legte ihren Federkiel auf ihr Pult und verschränkte die Arme. Zum dritten Mal in dieser Stunde hatte die Äbtissin ihr Diktat unterbrochen und war in Schweigen versunken. Richardis seufzte. Es blieb ihr nichts anderes übrig, als zu warten. Was die Äbtissin wohl diesmal ablenkte? Gedanken an Architekten oder Petitionen um Grabrechte oder einfach das Rumpeln der vorbeifahrenden Karren? Was war aus jenen Tagen geworden, in denen keine Macht der Erde die Äbtissin von ihrer Arbeit abhalten konnte?

Vielleicht dachte sie an die Kapitelversammlung an diesem Morgen. Ilse war in Tränen ausgebrochen und hatte sich beklagt, daß ihre Hände von der Arbeit mit der Hacke im Garten bluteten. Gertrud wollte nicht nachstehen und reckte ihre Füße in die Luft, um die Blasen zu zeigen, die von ihren im Regen eingegangenen Stiefeln stammten, während Gisla sich beschwerte, daß ihre fadenscheinige Decke schon durchsichtig sei. Richardis wünschte jetzt, sie hätte über die Schmerzen in ihren Knien geklagt, die von der Kälte herrührten, die durch die Ritzen ins Skriptorium drang.

Mit einem Blick sah sie, daß die Äbtissin sich immer noch nicht rührte. Zum ersten Mal verspürte sie das Bedürfnis, ihre Herrin zu schütteln und anzuschreien.

»Schwester Richardis?«

»Ja, ehrwürdige Mutter?« Sie fuhr zusammen.

»Wir haben heute keine großen Fortschritte gemacht. Vielleicht sollten wir ruhen.«

Richardis erstarrte. »Wie Ihr beliebt, Herrin.« Verwirrt ordnete sie ihre Vellumbögen und warf sie prompt zu Boden. Als Richardis sich bückte, um sie aufzuheben, sah Hildegard, daß sie den Tränen nah war. »Wir haben immer noch genug Vellum, meine Tochter«, sagte sie sanft.

»Doch heute anscheinend zu wenig Worte, um sie darauf festzuhalten«, entgegnete Richardis spitz.

Hildegard wandte sich ab.

»Sollten wir vielleicht unseren Zeitplan ändern und nicht mehr jeden Tag arbeiten, ehrwürdige Mutter?« schlug Richardis vor.
Hildegard setzte sich abrupt auf. »Nein, nein, wir müssen weiterarbeiten. Ich werde es noch einmal versuchen.«
Mit geschlossenen Augen holte sie mehrmals tief Luft und begann zu sprechen.
*»Eine Jungfrau, die meinem Sohn verlobt ist, wird ihn als Bräutigam empfangen, denn sie hat ihren Leib bewahrt, und durch ihren Bräutigam hat sie die Priesterschaft und alle Ämter meines Altares inne.«*
Aha, Priesterschaft und Ämter für die Jungfrau! dachte Richardis. So sei es!
*»Die Seele strebt nach dem Guten, doch zu Zeiten kann sie die Sünden des Leibes nicht verhindern. So vertraue, o Mensch, auf die Macht deiner Seele, wenn du versucht wirst, deine Vernunft abzulegen und wie eine Bestie zu handeln.*
*Denn die Begierde des Mannes ist wie ein Strohfeuer und die Begierde der Frau wie eine warme Sonne. Wenn also ein Mann diese starke Begierde in sich spürt, ist er wie ein Hirsch, den es nach der Quelle dürstet. Er eilt zu ihr und sie zu ihm. Gepeitscht von den Stürmen der Leidenschaft, schießt die Begierde in seine Lenden, findet ihren Weg in seine Hoden und läßt seinen Penis anschwellen.*
*Und wenn eine Frau einen Mann liebt, ist sie von sinnlichem Entzücken entflammt und erregt den Ausstoß seines Samens. Erreicht der Samen seinen Platz, zieht die machtvolle Hitze aus ihrem Gehirn ihn zu sich und hält ihn fest, indem ihre Geschlechtsorgane sich zusammenziehen. Sie ist wie der Boden einer Tenne, der von seinen Stößen geschlagen wird und sich erhitzt, wenn das Getreide in ihr gedroschen wird.«*
Hildegards Augen waren inzwischen beinahe schwarz, und ihr Körper fiel vor Verwirrung in sich zusammen.
Süßer Herr Jesus, nach wem sehnt sie sich so? schrie es in Richardis.

Die Äbtissin sprang auf, umschloß ihren Kopf mit den Händen und preßte ihre Stirn gegen die Wand.
»Herrin, geht es Euch nicht gut? Soll ich Euch zu Bett bringen?«
Zu Bett? dachte Hildegard gleichgültig. Doch mein Bett ist das Schlachtfeld, auf dem ich Nacht für Nacht gegen das Ertrinken kämpfe, wenn mein Leib sich windet und meine Brüste vor Zärtlichkeit schmerzen. Und wenn ich erwache, klebt mein Hemd schweißdurchtränkt wie eine zweite Haut an mir, während meine Seele vom Salz meiner Schande verkrustet ist. Dann tauchen die Augen eines Mannes aus der Tiefe auf, und er lächelt, während er mir das duftende Öl seiner Lobpreisung auf die Schultern gießt. Ich habe kein Bett, das er nicht heimsucht, und mich dann taumelnd wie eine Schlafwandlerin zurückläßt, die Stunden zu zählen.
»Wir werden es morgen wieder versuchen, Herrin«, seufzte Richardis. »Ein neuer Tag, ein neues Licht ...«
Und wieder werde ich versinken, dachte die Äbtissin.

❦

Die massive Eichentür schloß sich hinter der Markgräfin, als sie die prächtigen Gemächer des Erzbischofs von Bremen betrat.
»Seid gegrüßt, Eure Exzellenz!« Die Markgräfin verneigte sich förmlich und mit gesenktem Blick. Daraufhin schaute sie ihren Sohn mit einer Zärtlichkeit an, die er seit seiner Kindheit nicht mehr erlebt hatte.
»Mein Titel bereitet Euren Ohren immer noch Vergnügen, verehrte Mutter, nicht wahr?« Lächelnd nahm Hartwig ihren Arm.
»Wahrhaftig, mein Sohn, ich kann es nicht leugnen.«
Hartwig freute sich, daß endlich etwas von dem früheren Leuchten in die Augen seiner Mutter zurückkehrte. Sie wirkte

abwesend und erschöpft. Die Schultern waren wie zum Schutze ihres Herzens nach vorn gebeugt. Es bekümmerte ihn, zu sehen, daß ihre einst berühmten Augen glanzlos und trüb geworden waren. Häufig verwirrten sich ihre Worte, als ob ihre Gedanken wie Stoffetzen an einem fernen Zaun flatterten. Sie hatte nicht nur gute Erinnerungen. Ihr starrer, leerer Blick beunruhigte ihn.

»Sagt mir, Herrin«, fragte er leichthin, »entsprechen meine Gemächer meinem Titel? Sind sie ebenso würdig?«

»Keine Spur weniger würdig als ihr Herr«, nickte sie und betrachtete die Gobelins an den Wänden. »Du konntest wohl den Marktständen am Flußufer nicht widerstehen«, neckte sie ihn und befühlte die feine byzantinische Stickerei, deren Seidenfäden im Nachmittagslicht glänzten. Niemals würde sie sein kindliches Entzücken beim Durchstreifen des Marktes von Stade vergessen, sein Staunen angesichts der klingenden Glöckchen und der Damastballen, die von schwarzbärtigen Männern in Turbanen und buntgestreiften Beinkleidern feilgeboten wurden. Es war ihm immer schwergefallen, diese Welt der exotischen Sprachen und Safran- und Zimtdüfte zu verlassen. Das alles schien unendlich lange her.

»Es würde Euren Vater, den Grafen, nicht überraschen, seinen Sohn an der Spitze der Kirche von Bremen zu sehen«, sagte sie. »Er hat Euch schon immer eine großartige Zukunft vorausgesagt.«

»Und welche Wunder hat er für meine edle Schwester Richardis prophezeit? fragte er. »Auch ihr helles Licht hatte er schon früh erkannt.«

»Ihre Neugier beeindruckte ihn ebenso wie ihr wacher Verstand.«

»Beides hat seit ihrem Umzug in die Abtei auf dem Rupertsberg gewiß viel Nahrung erhalten?« Hartwig lächelte.

»In vielerlei Hinsicht. Doch in letzter Zeit genießt sie eine Stellung als Vertraute der Äbtissin«, sagte seine Mutter ein wenig spitz. »Eine Rolle, die ich eher langweilig finde. Überdies wird es eine Weile dauern, eine Bibliothek einzurichten, die der auf dem Disibodenberg vergleichbar wäre. Vielleicht wird sie nun die Tugend der Geduld erlernen.«

»Das müßte sie vielleicht gar nicht, verehrte Frau Mutter.«

»Warum nicht?« forschte sie überrascht. »Erwägt das Bistum Bremen, der Äbtissin vom Rupertsberg eine Bibliothek zu schenken?«

»Nein, aber der Erzbischof von Bremen erwägt, seiner edlen Schwester eine Bibliothek zu stiften.«

»Doch nicht Eure persönliche Bibliothek?« Seine Mutter war fassungslos.

»Nein, natürlich nicht. Die würde sie als Äbtissin von Bassum und damit Herrin über eine der berühmtesten Bibliotheken des Landes auch nicht benötigen.«

»Mein Sohn, Ihr beliebt zu scherzen.« Die Markgräfin erblaßte. »Was wollt Ihr damit sagen?«

»Anscheinend erschüttern innere Zwistigkeiten die Abtei von Bassum schon seit einiger Zeit. Die Nonnen von Bassum haben mich gebeten, ihnen eine passende Äbtissin, die nicht aus ihren Reihen stammt, vorzuschlagen. Natürlich habe ich sofort an Richardis gedacht.«

Die Markgräfin spielte mit ihrem Ring. Hartwig lächelte. Ein gutes Zeichen.

Doch sie schüttelte den Kopf. »Eine großartige Aussicht, die dennoch zum Scheitern verurteilt ist, wie ich fürchte. Richardis ist wie verzaubert von Äbtissin Hildegard. Sie hat sich dort begraben. Das betrübt mich sehr.«

»Ich muß der Abtei in Bassum innerhalb von zwei Wochen Antwort geben«, sagte Hartwig fest. »Ich lege die Sache in Eure Hände, verehrte Frau Mutter.« Er sah, wie sie abermals mit ihrem Ring zu spielen begann.

Die Markgräfin warf einen argwöhnischen Blick auf die beiden Schreibpulte, die in einer intimen Ecke des Skriptoriums standen.

»Wir haben nun endlich entschieden, welche der Visionen aus Äbtissin Hildegards Buch *Scivias* illuminiert werden sollen«, rief Richardis voll Eifer. Sie freute sich über den Besuch ihrer Mutter.

»Eine weitere Blüte am knospenden Bouquet der Abtei«, bemerkte die Markgräfin und betrachtete einen Bogen Vellum, den ein großes blaues ›S‹ beherrschte, das von zierlichen purpurnen Schleifen, Lilien und Veilchen umgeben war.

»Und hier kommt eines Tages die Bibliothek hinein«, verkündete Richardis, als sie einen kleinen, angrenzenden Raum betraten, der außer einigen an den Wänden gestapelten Büchern leer war.

»Die du bald leiten wirst, vermute ich.«

Richardis zuckte die Achseln. »Die Ernennungen sind gerade herausgekommen, und Schwester Radigunde wurde zur Bibliothekarin bestimmt.«

»Unmöglich!« brauste die Markgräfin auf.

»Ich war auch sehr enttäuscht«, gab Richardis zu. »Aber ich wage nicht, es zu zeigen. Zu viele neiden mir schon meine Ernennung zur Mitarbeiterin der Äbtissin.«

»Welche Aufgabe hat man dir statt dessen übertragen?« fragte die Markgräfin fassungslos.

»Ich werde das neue Haus für die armen Frauen betreuen«, sagte Richardis gleichgültig. »Immerhin wird mir diese Aufgabe ein gewisses Maß an Unabhängigkeit gestatten. Kommt«, sagte sie, um ihre Mutter abzulenken. »Ich zeige Euch das Gebäude.« Sie wußte, daß ihre Stimmen beim Überqueren des Geländes vom Geschrei der Arbeiter, die die Steine auf die Gerüste wuchteten, übertönt würden. Schließlich deutete sie auf eine Staubwolke, hinter der die Arbeiter eine Grube aushoben.

»Das ist der Bauplatz«, sagte sie. »Das Haus wird nahe am Tor sein, damit die Frauen ohne Scheu eintreten können.«
»Und deine täglichen Aufgaben?« Die Stimme der Mutter klang hohl.
Richardis deutete mit dem Kopf auf zwei schwangere Frauen mit hängenden Bäuchen, deren Kinder Brot aus dem Korb der Schwester Almosenpflegerin zupften. »Schaut sie Euch an. Es gibt Wunden zu versorgen, Kinder auf die Welt zu bringen, Zähne zu ziehen und oft auch Tote zu beerdigen.«
»Ich verstehe das nicht«, klagte die Markgräfin verbittert. »Bei deiner Kenntnis der Schriften und der Musik und deiner erlesenen Begabung für Stickerei ...«
»Und meinem Gehorsamsgelübde, verehrte Frau Mutter.« Die Nonne lächelte ironisch. »Man hat uns gelehrt, daß die Regel fordert, mit dem Herzen und nicht nur mit den Lippen zu gehorchen.«
»Und was wird mit deiner Arbeit im Skriptorium? Wer wird die Visionen der Äbtissin aufzeichnen?«
»Sie wird weitermachen.«
»Ohne dich?« Die Stimme der Markgräfin war schrill.
Richardis warf ihr einen ungeduldigen Blick zu. »Fürchtet nichts, Frau Mutter. Durch meine Arbeit mit den Armen wird mir besonderer Segen zuteil werden. Verteilung von Almosen ist eine der Hauptaufgaben unserer Abtei. Und auch ich muß meinen Beitrag dazu leisten.«
»Du klingst aber eher resigniert als pflichtbewußt.«
»Ich habe keine andere Wahl«, zischte ihre Tochter. »Ich habe um eine Aufgabe gebeten, und es wurde mir eine zugeteilt. Was soll ich also noch sagen?«
»Das ist genau die Haltung, von der ich deinem Bruder berichtet habe, als er mir seine Entscheidung kundtat«, seufzte die Markgräfin. »Auch wenn es ihm beliebt, nicht auf mich zu hören.«
Richardis wandte sich um. »Welche Entscheidung?«

»Das heißt, er hat sie dir nicht mitgeteilt?« Die Markgräfin wirkte erfreut. »Vielleicht habe ich ihn doch überzeugt.«
»Wovon?« schnaubte Richardis und trat wütend nach einem Stein, der ihr im Wege lag. »Dem Anschein nach nichts von Bedeutung?«
»Im Gegenteil. Die Stellung einer Äbtissin von Bassum ist in meinen Augen keineswegs unbedeutend. Er findet, sie wäre dir durchaus angemessen.«
»Bassum ist die angesehenste Abtei in Bremen«, stieß Richardis hervor.
»In der Tat. Doch ich habe ihm von deiner Hingabe an die Äbtissin und deinem Versprechen, an ihrer Seite zu bleiben, erzählt.«
Richardis nickte. »Ihr habt wohl gesprochen, verehrte Mutter.«
»Warum solltest du deine begehrte Stellung hier verlassen und dich mit zänkischen Nonnen und gewaltigen Pflichten belasten?« stimmte ihre Mutter zu. »Die Gastfreundschaft in Bassum ist so berühmt, daß alle Könige des gesamten Christentums Gründe finden, mit ihrem gesamten Gefolge so oft, wie es nur geht, dort Station zu machen. Allein der Speisesaal hat die Länge eurer Kirche, und die Stallknechte sind so zahlreich wie ein kleines Heer.«
»Ihr wart also bereits dort zu Gast?«
»Etliche Male, als dein Vater, der Graf, noch lebte.« Sie schwieg in seliger Erinnerung, schüttelte dann jedoch den Kopf. »Nein, du bist besser beraten, wenn du hier bleibst. Du hast eine glänzende Zukunft an der Seite der Äbtissin vor dir, und ihr Ruhm wird dir nach und nach immer mehr Türen öffnen, besonders, wenn sie älter und schwächer wird.«
»Sie ist robuster, als Ihr glaubt«, erwiderte Richardis. Sie bückte sich, um ein Blatt von ihrer Tracht zu streifen und murmelte kaum hörbar: »Wann hat Hartwig Euch von dem Amt in Bassum erzählt?«
»Bassum?« Die Markgräfin kniff die Augen zusammen. »Ich

kann mich nicht recht erinnern, da ich der Angelegenheit wenig Bedeutung beigemessen habe.«
»Dennoch war es sehr gütig von ihm, mich in Betracht zu ziehen«, sagte Richardis nachdenklich.
»Gütig, meine liebe Tochter?« Die Markgräfin lachte. »Du unterschätzt das Vertrauen, das dein Bruder in dich hat. Bassums Geschicke fordern die Hand einer außergewöhnlichen Äbtissin. Der Erzbischof von Bremen würde es kaum wagen, seine Schwester einzusetzen, wenn er die Befürchtung hätte, sie wäre dem Amt nicht gewachsen.«
»An mich sind Eure Schmeicheleien vergeudet, Frau Mutter«, entgegnete Richardis scharf, »ebenso wie das Angebot meines Bruders.«
»Gewiß hat ihn nur der Gedanke gelockt, seine Schwester in den Spuren von Frau Jutta wandeln zu sehen ...«
»Ebenso wie Euch, Frau Mutter.«
»Warum auch nicht? Ich kenne deine Fähigkeiten nur zu gut«, verteidigte sich ihre Mutter. »Aber wir sind einer Meinung, daß es nicht sein kann.«
»Eine bedauerliche Enttäuschung für Euch«, sagte Richardis schnippisch. »Da das Ansehen einer Äbtissin von Bassum Euch mehr bedeutet als mir.«
Die Markgräfin hob die Schultern. »Wenn das deine Ansicht ist, sollten wir die Angelegenheit fallenlassen. Ich bedaure, sie überhaupt erwähnt zu haben.«
»Und mein Bruder?« beharrte Richardis. »Warum sucht er Euer Einverständnis, ehe er mich fragt? Oder gehört das zu Eurer Strategie?«
Die Markgräfin blieb stehen. »Wessen beschuldigst du mich? Daß ich deine Worte der Hingabe an Frau Hildegard wiederholt habe? Oder haben sich deine Gefühle für sie geändert?«
Richardis fühlte die Falle nach ihren Fersen schnappen. »Ganz gewiß nicht. Ich liebe sie über alle Maßen.«
»Dann verstehe ich dich nicht.«

»Ich glaube, das tut Ihr sehr wohl. Ich habe Eure Pläne durchkreuzt, indem ich mich weigerte, Eure Marionette zu sein, und jetzt seid Ihr zornig. Wann werdet Ihr begreifen, daß Euer Ehrgeiz nicht der meine ist?«
Die Markgräfin lächelte traurig. »Mein Ehrgeiz, Fräulein Tochter? Dieser Tage zerrinnt mir mein Ehrgeiz unter den Fingern wie Sand in einem Stundenglas. Ich gebe zu, daß ich, hätte ich in meiner Jugend deine Gaben besessen, ohne zu zögern durch Nacht und Nebel geeilt wäre, um niederzuknien und das Kreuz und den Äbtissinnenstab von Bassum entgegenzunehmen. Doch es war mir nie vergönnt, ebenso wie es mir nicht vergönnt war, gleich deiner Schwester Luitgard, eine königliche Krone zu tragen. Wenn es dir beliebt, meinen Glauben an dich als Ehrgeiz zu deuten, dann soll es so sein. Du wirst tun, was dir beliebt, wie du es stets getan hast. Wir brauchen nicht mehr über die Sache zu sprechen.«
Am nächsten Morgen zur Non erfuhr Richardis, daß die Markgräfin den Rupertsberg im Morgengrauen verlassen hatte.

❦

Die Nachmittagssonne warf die spitzen Schatten des Chorgestühls auf den grauen Steinboden der Kapelle. Zu matt, um zu beten, hatte Richardis es sich in ihrer Nische bequem gemacht. Als die Schatten länger wurden, begrüßte sie, dankbar für die Abwechslung, das Geräusch herannahender Schritte.
Sie beugte sich vor und sah, wie sich die Äbtissin vor dem Tabernakel verneigte. Hildegard hob eine Schriftrolle, die sie bei sich trug, an ihre Lippen und küßte sie. Dann öffnete sie den Tabernakel und legte die Rolle hinein.
Selbst aus der Entfernung erkannte Richardis, daß die Äbtissin weinte. Sie eilte an ihre Seite, und Hildegard umklammerte ihre Hand.
»Meine Tochter, Abt Kuno hat endlich Vater Volmar gestattet,

wieder unser Propst zu sein«, sagte sie unter Tränen der Dankbarkeit. »Ich habe die Zusage des Abtes in den Tabernakel gelegt, um sie zu schützen. Mein Herz kann nun Ruhe finden, da ich weiß, daß er mir wieder im Skriptorium zur Seite stehen wird!« Sie strahlte. »Vater Volmars Ankunft wird mich zu einer Fortführung der Arbeit inspirieren, die er und ich schon vor so langer Zeit begonnen haben.«

»Er und ich?« Bei diesen Worten fuhr Richardis zusammen. Und ich? dachte sie. Habt Ihr die Monate vergessen, die ich damit verbracht habe, Eure Beschreibung der Erschaffung des Universums und Eure Vision vom Verlauf der Geschichte und dem Ende der Zeiten aufzuzeichnen? Erinnert Ihr Euch nicht, welche Ehrfurcht wir empfanden, als Euch gezeigt wurde, wie jedes menschliche Wesen die innere Harmonie des Universums widerspiegelt?

»Und du, meine Tochter, wirst bei uns sein, wenn du Zeit findest«, hörte sie Hildegard hinzufügen. »Du wirst sehen, alles wird werden wie früher!«

Richardis fühlte sich schwach. Wußte die ehrwürdige Mutter überhaupt, was sie sagte? Wie konnte es werden wie früher? War der Propst einmal hier, würde alles anders sein. Die besonderen Augenblicke, die sie geteilt hatten, würde es nicht mehr geben. Vater Volmar würde im Leben der Äbtissin den ersten Platz einnehmen, während sie, Richardis, zu einer Stimme und irgendeinem Paar Hände verblassen würde.

Die Erinnerung an ein Erlebnis im Skriptorium überfiel sie. Schmerzhaft dachte sie an Hildegards Schilderung, wie sexuelle Leidenschaft die Körper von Männern und Frauen auf verschiedene Weise ergriff. Die plastischen Einzelheiten hatten sie erschreckt. Nicht, daß sie die Fähigkeit der Äbtissin, in den menschlichen Organismus zu schauen oder die geistige Ursache einer Krankheit zu erkennen, angezweifelt hatte. Es war etwas anderes gewesen. Jetzt wußte sie den Grund. Die Schilderung war von persönlichen Gefühlen und Phantasien der

Äbtissin inspiriert gewesen. Wie konnte es anders sein? Es war Volmar, dem Hildegard ihr Herz geschenkt hatte, nicht sie. Was für eine Törin sie gewesen war, das nicht zu erkennen. Nach seiner Rückkehr wäre jede Minute, die sie mit der Äbtissin verbrachte, von Unterbrechungen durch Volmars Stimme oder sein Klopfen an der Tür bedroht. Sie würde nicht mehr als erste in die Neuigkeiten und Gerüchte an der Tafel der Äbtissin eingeweiht. Und das schlimmste war, daß sie gezwungen sein würde, sich ihm zu beugen, wenn er das Haus für arme Frauen besuchte, obwohl es ihre Domäne war.

»Bleib und bete mit mir an diesem großen Tag. Laß uns gemeinsam Gott danken«, bat die Äbtissin. »Unsere selige Frau Jutta schickt Vater Volmar nach Hause!«

Richardis' Blick umwölkte sich. Kniend blätterte sie in ihrem Gesangbuch und starrte ungläubig auf die Worte des aufgeschlagenen Psalms:

Verlaß mich nicht
und tu die Hand nicht von mir ab, Gott, mein Heil!
Denn mein Vater und meine Mutter verlassen mich …

❦

Am nächsten Tag erwachte Richardis schweißgebadet, die Hände auf die Ohren gepreßt. Der Schrei war verebbt, doch Furcht verkrampfte noch ihre Gliedmaßen.

Der Schrei suchte sie seit einigen Tagen in ihren Träumen heim. Jedesmal stand sie im Eingang des reinlich und einladend wirkenden Frauenhauses. Bänke und Betten standen in Reih und Glied, und der Tisch war mit Speisen für die Frauen und Kinder gedeckt. Doch das Haus war vom Gestank des Todes erfüllt.

Der Schrei begann als ein Wimmern, wurde dann lauter, raste durch das ganze Haus, riß das Linnen von den Betten und schleuderte das Essen gegen die Wände. Nicht lange, und alles

lag in Trümmern. Was bedeutete dieser Traum? War der Schrei ein Fluch, der sie warnte? Oder ein Segen, der sie vom Gestank des Todes erlöste?
Die Glocken zur Laudes rissen Richardis aus ihren Grübeleien. Rasch zog sie sich an, griff nach ihrem Umhang und hastete an ihren gähnenden Schwestern vorbei. Sie rang schluchzend nach Luft. Es drängte sie, die morgendliche Kühle einzusaugen und zu sich zu kommen. Als sie ins Freie trat, ergriff ein Windstoß sie und drückte sie gegen das Gebäude. Ihre Knie gaben nach, und sie sank zu Boden. Sie vermochte kaum zu atmen.
Als sie in den Morgennebel starrte, schienen sich die fernen Herbstbäume in ihrer überwältigenden Pracht auf sie zu zu bewegen. Sie ragten aus nüchternen grauen Feldern auf; ihre Äste überzogen den Himmel mit farbigen Feuerstürmen, sprühten purpurne Flecken und blut-orange-goldfarbene Streifen über die bläuliche Weite. Nun ergriff ein Windstoß die Bäume, der die Äste wie anmutige, in schleppende lange Ärmel gehüllte Arme in schwingende Bewegungen versetzte und die Blätter löste, um die Erde mit einem Teppich von unbeschreiblicher Schönheit zu bedecken.
Angesichts dieses Schauspiels schwindelte es Richardis. Warum hatte sie sich bisher nie der Macht der Erde hingegeben? Warum hatte sie ihre Pracht nicht erkannt? Sie war immer dagewesen. Warum hatte sie ihre Augen stets nur auf diesen Berg gerichtet? Warum beschränkte sie sich selbst auf diesen Ort?
Der Wind wurde stärker, trieb sie energisch und nachgiebig, kraftvoll und sanft zugleich in seinem Tanz vor sich her. Auch sie konnte sich aus dem Grau erheben; auch in ihr pulsierten die abenteuerlichsten Möglichkeiten. »Lerne von uns!« schienen die Bäume ihr zuzurufen. »Deine Felder liegen brach unter dem Frost deiner Verzweiflung und ersticken unter dem Unkraut deiner Mutlosigkeit! Mache es wie wir! Beeile dich, die Ernte deiner scharlachroten Träume einzubringen. Laß

deine Begeisterung verschwenderisch im Wind flattern, so wie wir in unserer Farbenpracht schwelgen. Tue es jetzt, ehe deine Farben schwinden.«

Während der gesamten Laudes und Prim hatte Richardis das Gefühl, in einem Schmelzofen zu stehen. Die Bäume hatte ihre Seele mit ihrer Glut entzündet. In ihr schwelte die Kühnheit eines neuen Entschlusses – des Entschlusses, zu gehen. Ab jetzt würde sie nicht mehr warten müssen, bis sie an der Reihe war zu sprechen; sie würde nicht mehr die Worte einer anderen aufzeichnen müssen, wo ihre eigenen Gesetz waren. Mit geballten Fäusten schlug sie sich gegen die Brust. Hier gibt es nichts mehr für mich zu tun, entschied sie. In der Geborgenheit ihrer Ärmel zitterten ihre Hände und prickelten heftig. Meine Finger schluchzen, dachte sie, da ich es nicht wage zu weinen. Neben ihr erhob sich freudig jubelnd die Stimme der Äbtissin, drang in ihr Herz und machte sie wankend. Wie kann ich sie verlassen? fragte sie sich.

Da ertönte eine andere Stimme, noch zwingender, hob sie auf und setzte sie auf dem Kamm einer Woge ab: »Hätte ich in meiner Jugend deine Gaben besessen, wäre ich, ohne zu zögern, durch Nacht und Nebel geeilt, um den Äbtissinnenstab von Bassum entgegenzunehmen.«

❦

An Markgräfin Richardis von Stade von Hildegard, Äbtissin vom Rupertsberg.

Seid gegrüßt.

Ich beschwöre und ermahne Euch, bringt meine Seele nicht derart in Aufruhr, daß Ihr mein Herz mit grausamen Wunden verletzet wegen meiner vielgeliebten Tochter Richardis, die ich jetzt leuchten sehe, geschmückt mit einem Perlengeschmeide von Tugenden. Hütet Euch, hohe Frau, ihren Sinn und ihre Seele von dieser erhabenen Schönheit

> durch Euren Willen, Rat und Beistand abzulenken. Denn die Äbtissinnenwürde, die Ihr für sie begehrt, ist sicher nicht von Gott, noch ist sie zum Heil ihrer Seele. Dessen bin ich gewiß.

Hartwig reichte der Markgräfin den Brief zurück.
»Ich habe einen ähnlichen Brief erhalten«, sagte er müde. »Die Äbtissin liegt in ›Tränen und Trübsal‹ zu meinen Füßen und fleht mich an, ihre geliebte Tochter zu ihr zurückzusenden, auf daß die beiden einander ein Trost seien.«
»Eure Antwort?«
»Natürlich eine bestimmte Zurückweisung. Dennoch beunruhigt mich ihr Brief. Sie unterstellt mir, daß unsere Familie, also ich, die Abtei für Richardis gekauft hätte«, erzählte Hartwig in gedämpftem Ton. »Ich kann es mir kaum leisten, daß ein solches Gerücht in meiner Diözese die Runde macht, ganz zu schweigen von der Abtei Bassum selbst. Ich habe mich außerordentlich bemüht, den Nonnen zu vermitteln, daß Richardis ihnen die geistige Ordnung bringen wird, nach der sie sich so verzweifelt sehnen.«
Die Markgräfin war gereizt. »Ich finde es unaufrichtig, daß die Äbtissin behauptet, Einblick in die Seele ihrer hingebungsvollen Gehilfin zu haben, aber vor Richardis' Wünschen die Augen verschließt. Glaubt sie wirklich, daß wir sie gegen ihren Willen hätten zwingen können, Hildegard zu verlassen?«
»Aber, aber, verehrte Frau Mutter, Ihr begreift doch gewiß, daß es für die Äbtissin leichter ist, schlecht von uns zu denken, als Richardis' Wunsch, sie zu verlassen, zu akzeptieren. Die Worte ihrer Visionen hingegen haben eine außergewöhnliche Kraft. Es wäre unklug, sie schlicht als Gefühle, die einem gebrochenen Herzen entströmen, abzutun.«
»Warum hat ihre prophetische Gabe sie dann nicht auf die Trennung von Richardis vorbereitet?«
Der Erzbischof fuhr zusammen. »Hütet Euch, Frau Mutter.

Mit diesen Dingen treibt man keinen Scherz. Als Visionärin schöpft die Äbtissin aus einem Brunnen, der zu tief ist, als daß wir jemals seinen Grund erkennen könnten. Für uns schickt sich äußerste Verschwiegenheit.«
Die Markgräfin lächelte nachsichtig. Mein Sohn ist noch jung, dachte sie. Er hat noch viel zu lernen.
»Sorgt Euch nicht wegen der Äbtissin«, sagte sie lächelnd. »Mit der Zeit wird sie erkennen, daß der Spiegel, den sie mir zu Warnung vors Gesicht hält, auch ihr eigenes Gesicht abbildet.«

❦

Der Erzbischof von Mainz war außer sich.
»Beruhigt Euch, Euer Exzellenz«, ermahnte ihn sein Kanzler streng. »Die Forderung der Äbtissin Hildegard an Euch, die Ernennung von Schwester Richardis zur Äbtissin von Bassum aufzuheben, ist nichts weiter als ein Akt der Verzweiflung.«
»Wie kann sie es wagen, mir zu drohen?« tobte der Erzbischof und stürmte, mit ihrem Brief herumfuchtelnd, im Zimmer auf und ab. »Die Kühnheit dieser Frau ist beispiellos!«
Sigmund zuckte die Achseln und reichte ihm einen Becher Wein, um ihn abzulenken, doch Heinrich war nicht in Stimmung und stieß den Becher beiseite.
Sigmund wurde ungeduldig. »Exzellenz, genießt Euer Dilemma. Sowohl die Äbtissin vom Rupertsberg wie die Abtei Bassum betteln bei Euch um Schwester Richardis. Es bedarf lediglich Eures Siegels, und die Sache ist nach Eurem Belieben erledigt.«
Heinrich zerknüllte den Brief und schleuderte ihn von sich.
»Warum gestattet Ihr ihr, Euch so aus der Fassung zu bringen, Exzellenz?« fragte Sigmund gelassen. »Welchen Einfluß hat sie auf Euch?«
»Ich wünschte, ich wüßte es«, knurrte Heinrich. Er hob den Brief auf, glättete ihn und hielt ihn Sigmund vor die Nase. »Lies ihn mir noch einmal vor.«

An Heinrich, Erzbischof von Mainz, von Hildegard, Äbtissin vom Rupertsberg:
Im Namen des Lebendigen Lichtes, das mich nie verläßt, wiederhole ich: Die Gründe, die für die Ernennung jener Nonne zur Äbtissin von Bassum hervorgebracht werden, haben vor Gott kein Gewicht, denn sie entspringen der ungeziemenden Verwegenheit einsichtsloser Herzen. Möge die feurige Flamme Gottes Eure Seele mit dieser Warnung versengen: O Hirten, klagt und trauert in dieser Zeit, denn Ihr wißt nicht, was Ihr tut, wenn Ihr die in Gott begründeten Ämter um Geldbesitz an die Torheit schlechter Menschen, die Gott nicht fürchten, verschleudert. Gedenket, daß Nebukadnezar fiel und seine Krone verdarb! Gehet in Euch und bereut, Exzellenz, denn Eure Tage sind kurz!

Der Brief glitt zu Boden, als Sigmund sich nach vorne beugte und sein Gesicht in den Händen verbarg. Als er endlich sprach, war seine Stimme belegt, und seine Augen glühten wie Holzkohle. »Sie muß gedemütigt werden, Exzellenz«, sagte er zornig und spitzte seine Feder.
Heinrich sprang hoch.

An Äbtissin Hildegard vom Rupertsberg von Erzbischof Heinrich, Prälat von Mainz:
Kraft der Autorität unseres Vorsteheramtes und unserer Vaterschaft legen wir es Euch befehlend auf, Schwester Richardis von Stade unverzüglich ziehen zu lassen, auf daß sie ihr Amt als Äbtissin von Bassum antreten kann. Solltet Ihr Euch weigern, werden wir unsere amtliche Macht walten lassen, um Euch zu überzeugen. Unsere Entscheidung ist endgültig.

Während der Monate, in denen Abt Kuno überlegt hatte, ob es weise sei, Volmar zum Rupertsberg ziehen zu lassen, hatte dieser sorgfältig seine Zunge gehütet. Er war selbst hin und her gerissen, was seine Versetzung anging. Ungeachtet der Streitigkeiten auf dem Disibodenberg, war ihm bewußt, daß er durch den Umzug die tägliche Gesellschaft seiner Brüder gegen ein andauerndes Leben unter Frauen eintauschen würde. Trotz der vielen Jahre, in denen er als Propst gewirkt hatte, war diese Aussicht niederschmetternd. Wie viele Novizen, so hatte auch Volmar seine Jugend damit verbracht, gegen unreine Gedanken anzukämpfen, indem er alle Frauen mit der heiligen Jungfrau verglich. Allein Frau Jutta war es durch ihr grenzenloses Vertrauen gelungen, diesen schweren Stein von seinem Herzen zu lüften. Nun würde dieses Vertrauen einer endgültigen Prüfung unterworfen.

Abermals flackerte die Furcht in ihm auf. Auf dem Rupertsberg wäre er nicht nur der einzige Mönch in einem Frauenkloster, er wäre auch ständig mit der Äbtissin zusammen. Seit ihrer Abreise hatte er versucht, sein Fleisch durch Fasten und Geißelungen zu besiegen. Doch inzwischen hatte der Schmerz in seinem Herzen jeden einzelnen seiner Knochen durchdrungen.

Sein einziger Trost war die Erinnerung an jene wunderbaren Tage gewesen, die er mit der Äbtissin im Skriptorium verbracht hatte, wo ihnen die Stimme der Weisheit noch lange, nachdem sie ihre Worte aufgezeichnet und ihre Bilder beschrieben hatten, den Atem verschlagen hatte.

Als er es schon nicht mehr erwartete, kündigte Abt Kuno seine Versetzung an.

Kuno hatte zum ersten Mal seit Monaten das Gefühl, frei atmen zu können.

»Ein tausendfaches Willkommen, Herr!« rief der Pförtner, als Volmar durch das Tor der Abtei Rupertsberg ritt.
*»Pax tecum!«* fügte eine kleine Novizin hinzu und errötete, als sie ihm einen Krug Wasser und ein Leinentuch brachte.
*»Et cum spiritu tuo!«* erwiderte er. »Ich bin Vater Volmar, euer neuer Propst.«
Die Augen der Novizin strahlten. »O, wie wird sich Schwester Priorin freuen!«
Als er dem Stallburschen die Zügel reichte, erkannte Volmar Schwester Hiltrude, die mit wallendem Habit und fliegendem Schleier wie eine Amsel auf der Flucht auf ihn zurannte.
»Wie ich um diesen Tag gebetet habe«, rief sie und umarmte sich selbst. »Gott sei für Eure Ankunft gedankt!« Sie kniete nieder, um sich segnen zu lassen, und senkte den Blick. Ihre Hände zitterten. Nach dem Segen erhob sie sich und sah ihm ins Gesicht. »Die ehrwürdige Mutter wird wiedergeboren, nun, da Ihr bei uns seid«, sagte sie mit glänzenden Augen. »Kommt, ich zeige Euch Euer neues Heim.«
Sein Haus lag nur wenige Schritte von der Kapelle entfernt, frisch gepflanzte Bäume flankierten es. Die beiden Räume waren klein. Im Empfangszimmer standen ein großer Tisch, zwei Stühle und eine Bank. Eine Tür führte in einen zweiten Raum mit einem Bett und einem Betpult. Es war ein Palast für ihn. Hiltrude wirkte aufgeregt und nervös. Volmar fiel auf, wie dünn sie geworden war. Ihre einstmals rosige Haut war fahl. Die freudige Röte, die er bei seiner Ankunft bemerkt hatte, war verschwunden. Er sah auch, daß ihr früher straffes Kinn nun in den Hals überging und sie die Augen zusammenkniff. Sie heftete ihren Blick auf ihn, als ob sie fürchtete, er würde sonst wieder verschwinden.
»Jeder Stein hier hat eine Geschichte«, erzählte sie auf ihrem Rundgang durch die Abtei. »Am Anfang waren unsere Essensvorräte so gering, daß wir nur eine Mahlzeit am Tag zu uns nehmen konnten, und die Kälte war so streng, daß wir uns stän-

dig in Decken hüllen mußten. Doch ich habe immer einen Ausweg gefunden.«

»Ihr seid also Priorin geblieben?«

»Auf Wunsch der ehrwürdigen Mutter. Am Anfang war sie so beschäftigt mit den Handwerkern, daß wir sie nur in der Kapelle zu Gesicht bekamen. Das schlimmste war jedoch, daß wir nicht daran gewöhnt waren, niedrige Arbeit zu verrichten. Das machte sie sehr ungeduldig. Die meisten Nonnen haßten den Gedanken, sich die Hände mit Gartenarbeit und Saubermachen zu beschmutzen. Obwohl alle eingewilligt hatten, die neue Abtei zu unterstützen, konnten sich nur wenige den Anforderungen hier wirklich anpassen. Auch noch nach einem Jahr glaubten viele daran, daß bald Platten mit dampfenden Speisen vor ihnen stehen oder Dienstboten ihnen aufwarten würden wie auf dem Disibodenberg. Die letzten drei Frauen, die eintraten, waren binnen drei Wochen wieder verschwunden.«

Sie unterbrach sich und lächelte gezwungen. »Das Schlimmste liegt indessen – Gott sei gepriesen – hinter uns!«

»War es nur Schinderei? Gab es denn keine Erfolge?«

»O doch, für jene, die willens waren zu arbeiten, schon. Für sie war jeder gelegte Stein ein Triumph. Doch nun drohen noch mehr mit ihrem Austritt.«

»Das verstehe ich nicht. Ihr habt doch soviel geleistet. Gewiß ist das Leben nun leichter geworden.«

Hiltrude runzelte die Stirn. »Die ehrwürdige Mutter hat Euch doch geschrieben?«

»Schon länger nicht mehr.« Dann wurde ihm bewußt, daß seine Ankunft schon über eine Stunde zurücklag und er sie noch nicht gesehen hatte. »Wo befindet sich die ehrwürdige Äbtissin jetzt?«

»In ihrem Haus. Sie verläßt es nur, um bei der heiligen Messe zu singen, und manchmal kommt sie zur Kapitelversammlung.« Hiltrude blickte zur Seite.

»*Manchmal?* Ist sie krank?«
Hiltrude wirkte bestürzt. »Auf gewisse Weise.«
Volmars strenger Blick verlangte eine Antwort.
»Schwester Richardis hat uns verlassen, um das Amt der Äbtissin von Bassum anzunehmen. Seither ist die ehrwürdige Mutter untröstlich.«
Volmar erbleichte. »Das wurde mir nicht gesagt.«
»Vater Volmar, verzeiht mir die Kühnheit«, sagte die Priorin atemlos, »auch wenn wir auf dem Disibodenberg niemals offen darüber gesprochen haben …«
Volmar wurde übel, als wäre er an den Rand eines Abgrunds vorgedrungen. »Schwester Hiltrude«, unterbrach er sie, »bitte unterrichtet die Äbtissin von meiner Ankunft und meinem Wunsch, sie unverzüglich zu sehen.«

Als Volmar in der Tür stand, entrang sich Hildegard ein Schrei, der ihn erschauern ließ.
»Ihr kommt zu spät! Warum wart Ihr nicht hier, um für mich einzutreten? Habt Ihr kein Mitleid? Mein Herz ist vor Kummer gebrochen.«
Volmar fuhr bei ihrem Anblick zurück. Die Äbtissin saß in eine Ecke gekauert, die Arme vor der Brust verschränkt, und wiegte sich vor und zurück. Ihre veilchenfarbenen Augen waren wie schwarze Teiche und blitzten in einer Wildheit, die ihm Angst einjagte. Haarsträhnen hingen unter ihrem schweißgetränkten Schleier hervor. Ihre Haut war grau, und die Knochen schienen beinahe die Haut über den eingesunkenen Wangen zu durchbohren.
»Wärt Ihr nur früher gekommen, hättet Ihr sie vielleicht zum Bleiben überredet«, warf sie ihm vor. Dabei fuchtelte sie mit der einen Hand herum, während die andere an ihrem Rosenkranz zerrte.

War das die Heimkehr, von der er geträumt hatte, die er sich im letzten Jahr Tag um Tag vorgestellt hatte? Was war aus der leuchtenden, jungen Nonne geworden, die Frau Jutta ihm anvertraut hatte, aus der geschätzten Äbtissin, deren erster Gedanke es früher gewesen wäre, Gott mit einer heiligen Messe für seine sichere Ankunft zu danken?

»Nehmt Platz, lieber Freund«, sagte sie, während ihre Augen hin und her huschten, als wäre sie nicht in der Lage, sich zu konzentrieren. Dann wimmerte sie mit der klagenden Stimme eines verirrten Kindes: »Meine geliebte Richardis hat mich verlassen.«

»Ehrwürdige Mutter, ich ...«

Doch sie hatte begonnen, sich geistesabwesend die Lippen zu lecken. »Habt Ihr der Markgräfin geschrieben und sie in meinem Namen angefleht?« fragte sie. »Ich habe ihr natürlich schon geschrieben.«

Schwerfällig stand sie auf, trat an einen mit Papieren und Körben übersäten Tisch und begann, hektisch in den Schriftrollen zu wühlen.

»Nein. Jetzt weiß ich es. Der Brief an sie wurde schon abgesandt.«

»Und ihre Antwort?« fragte Volmar teilnahmsvoll.

»Keine Antwort. Sie hält mich für blind und denkt, ich weiß nicht, wie sie meine geliebte Tochter verführt hat.«

»Immerhin ist Richardis auch ihre Tochter, Herrin«, erwiderte Volmar sanft.

»Nicht mehr!« schrie sie mit wildem Blick. »Wir sind jetzt Richardis' Familie. Sie hat Gehorsam und Treue zu dieser Abtei gelobt.«

»Doch nicht zu Eurem Herzen, ehrwürdige Mutter«, entgegnete Volmar fest.

»Sie ist der Arbeit versprochen«, rief sie, rang die Hände und begann erneut, sich vor und zurück zu wiegen.

Unwillkürlich stand Volmar auf und erhob die Hände über ihrem Kopf. »*Ave Maria gratia plenam!* Gegrüßet seist Du Maria, voll der Gnade …« sagte er und segnete sie. Bei diesen Worten sank die Äbtissin auf die Knie und brach in Schluchzen aus. Volmar kniete neben ihr nieder und wiederholte das Gebet an die Jungfrau, bis sie sich beruhigte. Als die Vesperglocke läutete, erhoben sie sich und gingen wie Schlafwandler zusammen in die Kapelle, wie sie es schon tausendmal getan hatten. Er spürte, wie sie wankte, als sie an einem leeren Chorstuhl vorübergingen.

Laßt uns füreinander beten, Schwester Richardis, rief Volmar in seinem Inneren, denn unsere Seelen balancieren auf der Schneide eines Messers.

❦

Noch Tage danach war Volmar wie betäubt. Nichts hatte ihn auf das Chaos vorbereitet, das auf dem Rupertsberg herrschte, während die Äbtissin sich mehr und mehr in ihren Kummer zurückzog. Ohne die Tüchtigkeit Hiltrudes wäre die Abtei gewiß zusammengebrochen. Davon war er überzeugt. Volmar erwachte jeden Tag erschöpft, immer noch entsetzt über den Zustand der Äbtissin. Doch er war entschlossen, eine Stimmung geistiger Festigkeit zu vermitteln und sich durch die abwegigen Forderungen der Äbtissin in seinen Pflichten als Propst nicht behindern zu lassen.

Am ersten Tag bat Volmar die Nonnen, für ihn zu beten, damit er bei seiner Aufgabe von Gott gelenkt werde. Die vielen abweisenden Gesichter hatten ihn bedrückt.

»Viele von ihnen leiden«, erklärte ihm Hiltrude. »Das, was sie durchgemacht haben, hat sie argwöhnisch gemacht.«

Später, als sich die Nonnen in der Beichte auf ihre monatliche heilige Kommunion vorbereiteten, öffneten sich die Schleusen.

»Es war so ungerecht, Richardis durfte alles … alles!«

»Die ehrwürdige Mutter hat uns gelehrt, daß unsere Ordensregel derartige Freundschaften streng verbietet.«

»Keine wagte es, das Skriptorium zu betreten, wenn Richardis dort war.«
»Warum wurde ihr ein Leckerbissen wie das Frauenhaus zugeteilt, wo es ältere, viel tüchtigere Schwestern gibt? Nur weil Richardis es wollte, gab die ehrwürdige Mutter nach.«
»Seit Richardis fort ist, beachtet die ehrwürdige Mutter uns überhaupt nicht mehr.«
»Die Regel besagt: ›Eine Äbtissin darf keine mehr als die anderen lieben‹ und legt weiter fest, daß Verstöße gegen diese Regel streng bestraft werden.«
»Aber wer soll die Äbtissin strafen?« seufzte Volmar.

❦

Die Tage vergingen, und die Äbtissin wurde ruhiger. Volmar überredete sie, jeden Morgen nach der Kapitelversammlung einen Spaziergang mit ihm zu machen. Anfangs gingen sie schweigend nebeneinander her. Mit der Zeit, als der Regen die Erde erweichte und ein grüner Schleier die Hügel bedeckte, schien Hildegard ins Leben zurückzufinden.
»*Viriditas.* Die grüne Kraft Gottes, der Kuß des heiligen Geistes«, seufzte sie und atmete tief das feuchte Leben ein, das der Erde entströmte. »Frau Jutta ist hier.« Sie lächelte und verstummte wieder; es war ein Tag voller Erinnerungen. Sie hatte endlich den Schleier ihres Selbstmitleids gelüftet und dem Licht gestattet, in ihre Augen zurückzukehren.
Als das Wetter milder wurde, führte Volmar sie vorsichtig den Hang hinunter zum Flußufer, wo das Rauschen des Wassers sie erfrischte. Darauf wählte er den steilsten Weg zurück, um sie zu ermüden und ihr so zu besserem Schlaf zu verhelfen.
Nach einigen Wochen pflegte sie innezuhalten, um Löwenzahn und Trauben zu pflücken, deren Saft sie mit einem Extrakt aus Apfelblüten mischte, um »den grauen Star vom Steinmetz zu behandeln«. Dann sammelte sie Fenchel, um eine

Tinktur für Hiltrudes Stirn und Schläfen herzustellen und damit ihre Kopfschmerzen zu lindern. Sie begann, sich mitten im Satz zu unterbrechen, die Augen zu schließen und eine andere Richtung einzuschlagen, um ein benötigtes Kraut zu sammeln. Volmar schlug vor, sie solle ein Kräuterhandbuch zusammenstellen, um ihre Heilmittel auch anderen zugänglich zu machen. »Das wäre sicher nützlich«, willigte sie ein.
»Aber *Scivias* kommt zuerst«, riet er, und zum ersten Mal nickte sie aufgeregt. Dann erlosch der Funke wieder.
Er wußte, Richardis' Schatten war bei der Erwähnung des *Scivias* wieder auf ihr Herz gefallen. Sie hegte jeden Tag die verzweifelte Hoffnung, es sei vielleicht eine Nachricht aus Bassum eingetroffen. Doch ihre Enttäuschung wuchs.
Als Volmar eines Tages ihre Korrespondenz durchsah, fiel ihm das päpstliche Siegel ins Auge. Da die Äbtissin nichts erwähnt hatte, vermutete er, daß der Brief während ihrer Krankheit eingetroffen war.

> Eugen entbietet der in Christus geliebten Tochter Hildegard Gruß und Segen.
> Was Deine an uns gerichtete Bitte betrifft, daß Deine geistige Tochter Richardis von Stade in die Abtei Rupertsberg zurückkehren möge, so haben wir unserem verehrungswürdigen Bruder, dem Erzbischof Heinrich von Mainz, Weisung gegeben. Wenn er entscheidet, daß die Benediktinische Regel in der Abtei Bassum nicht genau befolgt wird, wird er Schwester Richardis gewiß unter die Leitung Deiner Zucht in die Abtei Rupertsberg zurückschicken.
> Bis dahin, meine Tochter, empfehle ich Dir, die Wünsche Deines Herzens und Deiner Seele sorgfältig zu prüfen. Erinnere Dich, daß die Schlange aus dem Paradies versucht, uns zu verführen und die Großen, wie Hiob, zu vernichten. Indessen vertrauen wir auf Deine größte Demut. Darum beten wir.

Volmar war bestürzt. Wenngleich er die Bitten und Forderungen Hildegards nur aus der Antwort, die er in Händen hielt, erschließen konnte, vermochte er die Auswüchse, zu der Hildegards Verzweiflung sie getrieben hatte, kaum glauben.
Dennoch weinte Volmars Seele in ihrem tiefsten Grund um sie. Erst jetzt begriff er voll und ganz, warum die Abtei Rupertsberg ein Haus des Flüsterns geworden war, warum ein Raunen sich erhoben hatte, dessen Inhalt keine Beichte aufnehmen konnte.

❦

Hildegard kämpfte gegen den Wind an, als sie durch den Kreuzgang eilte. Seit Tagen schneite es, und die einzelnen Schichten verhärteten sich in der Nacht zu kristallinen Decken, die die Hügel mit silbrigem Eis bedeckten. Die Abtei lag in tiefem Schweigen. Das Gästehaus war leer, abgesehen von zwei Witwen, die sich in mehrere Lagen von Wollschals und Erinnerungen gehüllt hatten. Die Welt war nie so still erschienen.
Volmar hatte nun täglich vor der Non eine Zeit für geistliche Beratung vorgesehen. Er hatte erkannt, daß die Nonnen es immer noch übelnahmen, daß Richardis Zugang zu den Visionen der Äbtissin gehabt hatte, während ihnen dieses Privileg verwehrt gewesen war. Mit großer Behutsamkeit schlug er der Äbtissin eine mögliche Lösung vor.
»Würdet Ihr mir gestatten, ihnen meine Erinnerungen an Eure Visionen zu erzählen? Und sie damit durch eine andere Tür ins Skriptorium einzulassen? Immerhin könnte eine solche Schilderung auch als Unterweisung dienen«, fügte er hinzu.
Sie schien erleichtert.
Die Nonnen jubelten. Die Nachricht verbreitete sich rasch, und der Raum war stets voll, wenn Volmar über die Visionen sprach. Wochenlang führte er sie durch die Labyrinthe von Hildegards Offenbarungen. Er beschrieb, wie sie Luzifer in ei-

nem Sternenregen in die Finsternis hatte stürzen sehen, oder er schilderte ihnen die Vision, in der die Erde umgeben von Flammen, Wirbelwinden und Schichten aus schwirrendem Äther durch den Raum stob. Er erzählte, wie die Äbtissin vor einer Vision des Teufels in Ketten zurückgewichen war: ein widerliches Ungeheuer, über und über mit Geschwüren bedeckt, dessen menschliche Hände seine blutunterlaufenen, brennenden Augen kratzten.

Doch es gab auch Bilder von leuchtendem Glanz. Das Gesicht des Mönchs strahlte, als er die Vision des Erlösers darlegte, in der er tausend Saphirwelten durchschritt, um sein Schicksal zu erfüllen.

Die Nonnen lauschten gebannt. »Mitunter habe ich ganz vergessen zu atmen«, gestand Gertrud.

Dann, nach Wochen, stellte Volmar ihnen Frau Weisheit vor.

»Sieht Mutter Hildegard ihr Gesicht?« fragte Gisla.

»Natürlich!« rief Volmar. »Sie ist der Äbtissin in vielen Gestalten vor dem Lebendigen Licht erschienen. Doch sie kann auch für uns lebendig werden, wenn wir das Alte Testament lesen, denn dort steht, daß sie auch heute noch die Welt umkreist und sie mit ihren Schwingen der Barmherzigkeit schützt. Denn sie leuchtet heller als die Sonne und alle Gestirne. Aus ihrem Licht gebiert sie Freunde Gottes und Propheten«, sagte Volmar.

»Kann man zu ihr beten wie zur heiligen Jungfrau?« fragte Ilse.

»Gewiß, wenn man Rat und Verständnis braucht. Denn sie sagt: ›Ich liebe die, die mich lieben, und die mich suchen, finden mich.‹ Salomon selbst hat erklärt, er ziehe sie seinem Zepter und seinem Throne vor, denn seine Reichtümer seien wie Sand vor ihr, und auch die kostbarsten Juwelen verblaßten vor ihrem Antlitz.«

Die Nonnen hatten große Freude an ihrem Propst. Wenn er die Äbtissin lobte, ohne zu wissen, daß sie allein vor der Tür saß und zuhörte, stießen sie sich an und kicherten.

Nach einer Weile begann die Äbtissin auf Volmars Drängen

das Vermächtnis der Frau Weisheit auf ihre eigene, besondere Art mit ihnen zu teilen. Sie verwendete Edelsteine als Symbole und schuf mit ihren Worten ein kostbares Geschmeide aus der Botschaft der Weisheit.

Der Edelstein, der der Weisheit am nächsten stand, war Eva, die Gebärerin des ersten menschlichen Antlitzes nach Gottes Ebenbild. Sie war der Ursprung der Menschheit. Neben Eva erhob sich das Juwel der leidenschaftlichen Synagoga, groß wie ein gewaltiger Stadtturm. In ihrem Herzen glühte der Prophet Abraham, in ihrer Brust barg sie Moses, und ihr Schoß war die Heimstatt der übrigen Propheten.

Der nächste Edelstein war die Jungfrau Maria, ein duftender Zweig, der ewig blühte. Mit ihrem *Fiat* hatte die Jungfrau ihren Schoß zur Vermählung von Himmel und Erde geöffnet und den Erlöser geboren.

Zwischen jedem Edelstein ruhte eine Perle, erklärte die Äbtissin, um die Edelsteine mit der majestätischen Ecclesia, der Mutter Kirche, zu verbinden, deren Leib ewig schwanger geht mit dem Samen der Barmherzigkeit, deren Ohren stets offen sind für die fernen Schreie ihrer verirrten Kinder, und deren Herz ein Nest, eine Höhle und eine Ruhestätte ist.

Hildegard schilderte weitere Visionen von Frau Weisheit, einige mit umwölkter Stirn. Sie warnte vor einem unaussprechlichen Schicksal, das auf Ecclesia zukomme. Sie sprach von Wirbelstürmen, die die letzten Tage unter Wirrnis zerreißen würden, und von Erdbeben, die dazu bestimmt waren, einen neuen Himmel und eine neue Erde hervorzubringen. Doch am Ende, prophezeite ihnen die Äbtissin, würde Frau Weisheit herrschen.

Während die Nonnen lauschten, wurden ihre Gesichter weicher. Dann wurde Volmar bisweilen von solcher Freude ergriffen, daß er glaubte, sein Herz müsse zerspringen.

Er fühlte sich endlich wieder zu Hause.

Die Sterne funkelten wie Diamanten am nächtlichen Himmel, als Volmar an die Tür der Äbtissin klopfte. Er wollte sie wie üblich zur Mette begleiten, damit sie in der Dunkelheit nicht stolperte.
Beim dritten Klopfen öffnete sich die Tür von selbst. Im düsteren Schein einer tropfenden Kerze sah er, daß die Äbtissin in ihrem Stuhl zusammengesunken war. Erschrocken eilte er zu ihr und stellte erleichtert fest, daß sie regelmäßig atmete. Sie mußte beim Schreiben eingeschlafen sein, denn ihr Federkiel ruhte noch in ihrer halbgeöffneten Hand. Er warf einen Blick auf das Geschriebene.

> An Richardis, Äbtissin von Bassum, von Hildegard, Äbtissin vom Rupertsberg.
> Höre, Tochter, mich, Deine Mutter im Geiste, die zu Dir spricht: Schmerz steigt in mir auf. Der Schmerz tötet das große Vertrauen und die Tröstung, die ich in einem Menschen besaß.
> Aus Liebe zu Dir bin ich dieser Schwäche anheimgefallen, denn ich glaubte Dich edel. Doch jedesmal, wenn ich auf diese Weise sündigte, hat Gott mir diese Sünde entweder durch irgendwelche Ängste oder Schmerzen offenbar gemacht.
> So geschah es auch um Deinetwillen, wie Du selbst weißt. Nun ermahne ich andere, allein auf den Herrn zu hoffen und nicht auf einen Menschen, der wie die fallenden Blüten einer Blume vergeht.
> Nun frage ich wiederum: Warum hast Du mich wie eine Waise zurückgelassen? Ich habe den Adel Deiner Sitten geliebt, Deine Weisheit, Deine Keuschheit, Deine Seele und Dein ganzes Leben, so daß viele sagten: »Was tust du?«
> Nun sollen alle mit mir klagen, die Schmerz leiden gleich meinem Schmerz; die aus Gottes Liebe in ihrem Herzen und Gemüt Liebe zu einem Menschen trugen, wie ich sie zu

Dir gehabt – einem Menschen, der ihnen in einem Augenblick entrissen wart.
Gottes Engel schreite vor Dir her, es schütze Dich Gottes Sohn, und Seine Mutter behüte Dich. Gedenke Deiner armen Mutter Hildegard, und verlasse mich nicht länger.

Volmar fühlte sich wie ein Dieb, als er zur Kapelle eilte.

❦

*Als die Markgräfin erwachte, waren die Gesichter, die sie umgaben in ein unbeschreibliches Licht getaucht.*
*»Seid Ihr es, mein Gebieter, mein Gatte?«*
*»Ja, ich bin es, meine Gattin«, sagte er und küßte ihre Stirn, während seine Hand die silbernen Strähnen in das wirre kastanienbraune Haar auf dem Kissen zurückstrich.*
*»Und unsere Söhne!« rief sie voll Freude aus.*
*Neben ihrem Vater standen Udo und zweimal Rudolf: das Kind und der Mann. Das rotgoldene Haar der Männer loderte über ihren blitzenden Rüstungen.*
*»Du mußt nun mit uns kommen«, sagte der Markgraf sanft. »Wir müssen uns auf den Weg zu Richardis machen.«*
*»O ja, ja! Nach Bassum!« rief sie. »Wir müssen sie mit ihrem Äbtissinnenstab, ihrem Baculus, auf ihrem Äbtissinnenthron sehen.«*
*»Fürwahr«, sagte der Graf zärtlich. »Und so vieles mehr.«*
*»Können wir gehen, liebe Kusine?« hörte sie Frau Jutta flüstern. Das Antlitz, zu dem sie jahrelang gebetet hatte, schwebte nun über ihr. Die Hand, die sich ihr entgegenstreckte, war lichterfüllt. Sie erhob sich von ihrem Lager und nahm den Arm des Grafen.*
*»Ich werde Euch den Weg zeigen«, sagte die fromme Jutta, als die Markgräfin in die Glückseligkeit eintrat und ihre Seele vor Freude barst.*

❦

Die Abtei zu Bassum hatte unzählige Türen. Nach jener Nacht vollzog Hartwig seine Schritte immer wieder nach. Die erste Tür führte in die Kapelle, in der er nach seiner Ankunft gebetet hatte. Die zweite Tür führte ins Refektorium, wo er einen Becher nach dem anderen trank, ehe ihm bewußt wurde, daß er seit dem vorigen Tag nichts zu sich genommen hatte.
Ein vornehmes eisernes Tor schließlich führte zum Haus der Äbtissin, wo ihn die Priorin begrüßte. Durch Türen und noch mehr Türen geleitete sie ihn bis an die Schwelle der privaten Gemächer seiner Schwester, dann durch die Tür zu ihrer Privatbibliothek und endlich durch die Tür ihres Empfangszimmers.
»*Deo gratias*«, rief die Priorin, nur ungern die Gesellschaft des Erzbischofs von Bremen verlassend.
»*Benedicte.*« Die Antwort klang einladend. Als Hartwig eintrat, stieß Richardis vor Überraschung einen Jauchzer aus und eilte ihm entgegen.
»Seid Ihr es wirklich, mein lieber Bruder Hartwig?« rief sie. »Euer Besuch ist wie die Antwort auf ein Gebet!«
Er umarmte sie kurz, beunruhigt darüber, daß sie sich so eng an ihn drückte. Er befreite sich und begegnete ihrer Erregung mit einem Lächeln. Hastig ordnete er seine Gedanken, denn er wußte, er durfte nichts überstürzen.
Er hätte sich keine Sorgen zu machen brauchen. Richardis' Worte stürzten hervor wie ein Wasserfall: all ihre Zweifel, ihre Schwierigkeiten, Krisen und Ängste, Schrecken und Überraschungen. Jedes Ärgernis und Mißgeschick, das ihr begegnet war, seit sie sich zuletzt gesehen hatten. Alles war zu neu, zuviel, zuwenig, zu schnell. Sie konnte ihre Schwierigkeiten nicht schnell genug kundtun. Ihm schwindelte!
»Ehrwürdige Äbtissin«, murmelte er von Zeit zu Zeit. »Liebe Schwester!«
Ihre vielen Tränen beunruhigten ihn. Oder war es nur der Schreck über seinen Besuch?
Er ließ sie reden, bis sie nicht mehr konnte.

Zerknirscht über ihren sintflutartigen Ausbruch, rutschte sie nervös hin und her. »Wie lange werden wir das Vergnügen Eurer Anwesenheit in Bassum genießen dürfen?« fragte sie mit einem zaghaften Lächeln.
»Zu meinem Kummer muß ich in einer Stunde aufbrechen.« Als sie protestierte, hob er die Hand. »Ihr werdet verstehen, edle Schwester, warum ich unverzüglich wieder abreisen muß, wenn Ihr erfahrt, daß ich der Überbringer der traurigen Nachricht vom Tod unserer Mutter bin«, bekannte er. »Ich muß ihre Bestattung vorbereiten.«
Der Schrei seiner Schwester würde für den Rest seines Lebens in seiner Seele widerhallen, siebenmal täglich, in jeder Glocke, die er in jeder Abteikirche hörte. Und immer hätte er schwören können, das Gesicht seiner Mutter in der Menge zu entdecken, ihre berühmten blaugrünen Augen unter den mit Perlen durchwirkten kupferfarbenen Locken.
Und jedesmal hielt er sich die Ohren zu und betete, daß sein eigener ungläubiger Schrei in dem seiner Schwester unterginge: »Nein, nein! Nicht unsere geliebte Mutter!«

»Zumindest könnte unsere Teilnahme an diesem Ereignis den Tort meiner Weigerung, Schwester Richardis aus Bassum zurückkehren zu lassen, mildern«, sagte Erzbischof Heinrich mürrisch zu seinem Kanzler, als sie sich den letzten Gästen, die auf die Rupertsberger Kapelle zueilten, anschlossen.
Kurz vor ihrem Eintritt verzog Heinrich das Gesicht und verlangsamte seinen Schritt. »Sag's mir noch mal: Was ist das, was wir jetzt sehen?«
Aus Furcht, jemand könnte sie gehört haben, schaute sich Sigmund nervös um. »Die Äbtissin hat ein Sittenstück mit dem Titel *Ordo virtutum*, der Orden der Tugenden, geschrieben. Es handelt vom Kampf einer menschlichen Seele, die zwischen

Himmel und Erde gefangen ist. Gott sieht ihren Zwiespalt und sendet die Tugenden aus, um sie nicht allein durchs Leben reisen zu lassen. Dennoch versucht der Teufel, der Seele habhaft zu werden, indem er sie verführt.«

»Wirklich, mein lieber Kanzler?« Heinrich lächelte mit hochgezogenen Augenbrauen.

»Die Seele unterliegt und fleht dann die Tugenden an, sie zu erretten«, fuhr der Sekretär fort.

»Gewiß doch!« Ungeduldig runzelte Heinrich die Stirn.

»Aber Ihr könnt doch die mißliche Lage der Seele verstehen, Exzellenz?« gab Sigmund zurück.

»Aber natürlich«, grinste Heinrich, stolperte über Sigmunds Fuß, so daß dieser ihn halten mußte. »Aber du rettest mich ja auch immer, mein Freund.«

»Das wiegt Euch in Sicherheit und verleitet Euch dazu, Euch unnötig viel herauszunehmen«, sagte Sigmund gereizt.

»Ich kann es eben nicht lassen, das heißt, du solltest mehr Vergnügen an den Schwierigkeiten finden, die ich dir in den Weg lege.«

Sigmund blieb hinter Heinrich zurück, als sie die Kapelle betraten. Sie war in Kerzenlicht getaucht. Das Stück sollte beginnen.

Heinrich starrte mit pflichtgemäßer Aufmerksamkeit auf die Prozession der Tugenden, die – angeführt von der Demut – in langen fließenden Gewändern auf den Altar zuglitten. Es folgten Geduld, Keuschheit, Weisheit und Barmherzigkeit. Jede trug das Symbol ihres Amtes. Als letztes erschien die Tugend des Sieges mit einem Schleier und einem weißen Blumenkranz. Die Seele stand mit ausgestreckten Armen auf dem Altar. Ihr offenes Haar fiel ihr wie weizenfarbene Seide auf die schmalen Schultern. Sie schaute auf, zerzaust und blutend von ihrem Fall auf die Erde. Sie flehte die Tugenden an, sie zu retten. Die Stimme des Teufels ertönte in brüllendem Gelächter … er prahlte mit seiner Eroberung.

»Verhöhne mich nicht!« donnerte die machtvolle Stimme der Keuschheit, während plötzlich eine Stimme in Heinrich schrie: »Deine ekelhaften Geheimnisse winden sich wie Aale auf der Haut deiner Seele.«

Sigmund spürte, wie Heinrich neben ihm zusammenzuckte und auf seinem Stuhl herumrutschte.

»Verhöhne mich nicht!« rief abermals die Keuschheit.

Die Worte trafen Heinrichs Wangen wie Peitschenhiebe und ließen ihn wimmern. Sigmund erstarrte angesichts der Schweißperlen, die über Heinrichs Gesicht und seinen Hals rannen. Heinrich umklammerte seine Knie, um sich zu stützen. Als Sigmund ihn würgen hörte, nahm er sich schnell den Umhang von den Schultern und hielt sich bereit, falls der Prälat sich übergeben würde.

»Verhöhne mich nicht, verhöhne, verhöhne!« stotterte Heinrich heiser, während seine Gliedmaßen in alle Richtungen zuckten.

Sigmund packte Heinrich im Genick und drückte seinen Kopf nach unten auf seine Knie, so daß jeder, der vorbeikam, annehmen mußte, der Prälat bete. Der Kanzler kannte die Zeichen der Gefahr. Wenn Heinrich zu zucken begann, mußte er ihn dringend entfernen, ehe er die Kontrolle über seine Körperfunktionen verlor. Körper und Geist des Prälaten waren schon jetzt außer Rand und Band. Er mußte ihn ins Gästehaus bringen, bevor es einen Skandal gab. Sigmund warf seinen Umhang über den Erzbischof, packte ihn um die Taille und schob ihn aus der Tür.

Es war zu kühn gewesen, hierherzukommen, dachte Sigmund, als er Heinrich zu Bett gebracht hatte. Sigmund wußte, daß Heinrich trotz seiner Verwegenheit insgeheim von der Warnung der Äbtissin, daß seine Tage gezählt seien, gequält wurde. Sigmund graute es jetzt schon vor den Alpträumen, die den Prälaten in den nächsten Stunden heimsuchen würden: Teufel mit verzerrten Fratzen, die in seine Augen, Ohren und in seinen Mund eindrangen und ihn in den Wahnsinn trieben. Und dann das Schluchzen, die Umarmungen und das Flehen um Trost, mit denen Seine Exzellenz ihn bis zum Morgengrauen überschütten würde.

Bis jetzt ertönten nur die Laute der erzbischöflichen Agonie. »Kann Gott mir vergeben, Sigmund? Du mußt mich noch einmal segnen! Ich muß meine Sünden bereuen. Ich fürchte mich so sehr!«

Es würde eine lange Nacht werden, das wußte Sigmund. Inzwischen hatte er viel Erfahrung mit Heinrichs abgewandtem Blick, seinen Lügen und Ausflüchten. In den vor ihm liegenden Stunden konnte er nur spekulieren, wessen fester Griff Heinrich das letzte Mal gestützt hatte und wessen Arme ihn gehalten hatten, bis er schließlich in ein barmherziges Schnarchen verfallen war.

❦

Herbstblätter raschelten unter Hildegard Füßen, als sie zum Kreuzgang lief. Die Luft war so klar und die Farben so leuchtend, daß sie stehenblieb, um ihr Gesicht gegen die Rinde einer großen Ulme zu legen und sie zu umarmen.

»Sei bedankt, daß du uns deine Pracht zu Füßen legst«, flüsterte sie.

Sie war gerade dabei, Rindenstückchen von ihrem Habit zu schütteln, als sie Volmar auf sich zueilen sah. »Ein Bote ist gerade aus Bremen eingetroffen.« Er reichte ihr eine Vellumrolle, während ihr die Röte ins Gesicht stieg.

> An Hildegard, Äbtissin vom Rupertsberg, von Hartwig, Erzbischof zu Bremen:
> Ich melde Euch, daß unsere Schwester, meine, nein Eure – meine dem Leibe nach, Eure dem Geiste nach –, den Weg allen Fleisches gegangen ist. Es tröstet mich das Wissen, daß sie nun bei unserer edlen Mutter, der Markgräfin, ruht.

Sie hat eine heilige und fromme Beichte abgelegt, ward nach der Beichte mit dem heiligen Öl gesalbt und hat alles empfangen, was die Kirche bereit hält. Auch hat sie sich unter Tränen aus ganzem Herzen nach Eurem Kloster zurückgesehnt. Unter dem dreimaligen Zeichen des Kreuzes tat sie in vollkommenem Glauben, in Hoffnung und Liebe ihren letzten Atemzug.
Seit sie die Nachricht vom Tode unserer Mutter empfangen hatte, hat mein Schwester tief bereut, den Rang einer Äbtissin angenommen zu haben, den ich ihr persönlich angetragen hatte.
Ich bitte Euch nun, so sehr ich es vermag, Ihr wolltet sie im Tode so sehr wie im Leben lieben, so sehr, wie sie Euch geliebt hat. Gedenkt der Tränen, die sie über das Verlassen Eures Klosters vergossen hat; dessen waren viele Zeugen. Und wenn der Tod sie nicht daran gehindert hätte, wäre sie nach der eben erhaltenen Erlaubnis zu Euch zurückgekehrt.

Hildegard spürte, wie ihre Knie versagten. Dann brach sie zu Füßen des Baumes zusammen. Nach Atem ringend, ergriff sie ein rotes Blatt und preßte es leidenschaftlich an die Lippen.
»Meine liebste Richardis! Meine geliebte Tochter! Ich küsse deine Rosenwangen zum letzten Mal!«
Drei Tage lag sie danieder, unfähig zu sprechen. Viele versuchten es, doch keiner gelang es, ihr das purpurne Blatt zu entwinden, nicht einmal im Schlaf.

❦

Erbarmungslos peitschte der eisige Novemberwind die Bäume, bis ihre Äste wie die Gliedmaßen geschüttelter Skelette schlenkerten. Innerhalb der Mauern war es so kalt, daß die Nonnen ihren Atem sehen konnten und die Kälte wie Splitter in ihre

Haut eindrang. Ihr ständiges Frösteln verstärkte nur den Schauer, der seit Richardis' Tod über der Abtei lag.
»Warum habe ich Richardis nur so streng beurteilt?«
Diese Frage plagte alle, und jede bereute ihre Eifersucht ebensosehr, wie sie den Verlust ihrer Schwester betrauerte.
»Wer hätte bei all den Gedenkgottesdiensten für unsere verstorbenen Stifter daran gedacht, daß Richardis die erste der Unseren sein würde, die wir zu Grabe tragen?« sagte Hiltrude.
Beim Geläut der Glocken konnten sie nur erahnen, wie nahe dieser Tod ihrer Äbtissin ging.
Doch am Tage der Totenmesse für Richardis wirkte Hildegard völlig ruhig.
»Ich begreife es nicht«, tuschelte Gisla Gertrud zu. »Als ich sie zuletzt gesehen habe, ruhte ihr Gesicht wie eine wächserne Maske auf ihrem Kissen. Und schau sie jetzt an.«
Ihre Blicke folgten Hildegard, wie sie mit erhobenem Kinn, die Augen wie azurblaue Flammen über den erhitzten Wangen, beinahe triumphierend auf ihren Äbtissinnenstuhl zu schritt.
Ob sie vielleicht sogar eine gewisse Genugtuung empfindet? überlegte Gertrud. Allein die Möglichkeit nahm ihr den Atem.
Volmar hingegen wußte es besser, denn er hatte die Veränderung beobachtet. Er hatte sie gesehen, als er die Hostie zum Krankenlager der Äbtissin brachte und sie voll angekleidet auf ihrem Betstuhl knien sah. Apfelholzscheite knisterten im Kamin und erfüllten den Raum mit duftender Wärme.
War das die Frau, die seit drei Tagen reglos und blind daniederlag? hatte er sich gefragt. Ihr Gesicht glühte und war von einer ungewöhnlichen Gelassenheit.
Nach der heiligen Kommunion hatte sie knapp verkündet, einen Brief an Seine Exzellenz Bischof Hartwig schreiben zu wollen.
Volmar blinzelte. »Herrin, ...« wollte er widersprechen, doch ihre erhobene Hand hieß ihn schweigen, und er griff zur Feder.

An Hartwig, Erzbischof von Bremen, von Hildegard, Äbtissin vom Rupertsberg:
Meine Gebete sollen Euch in Eurer Trauer um Eure Schwester Richardis zum Trost dienen. Mein Herz war voller Liebe zu ihr, die ich meine Tochter und zugleich meine Mutter nenne, weil das Lebendige Licht mich in einer starken Vision lehrte, sie zu lieben. Höret: Gott hatte mit solchem Eifer von ihrer Seele Besitz ergriffen, daß die Lust der Welt sie nicht zu umgarnen vermochte; sie kämpfte vielmehr ständig gegen alle irdischen Wunder.
O teurer Hartwig, auch ich verbanne aus meinem Herzen den Schmerz, den Ihr mir bereitet habt mit dieser meiner Tochter. Ich bitte Euch, in dieser Gewißheit Ruhe zu finden.

Ihr Gesicht leuchtete. Gedankenverloren hatte sie ins Feuer gestarrt, die Hände unter dem Kinn gefaltet. Auch wenn sie mit dem Rücken zu ihm saß, fiel ihm doch die entspannte Haltung ihrer Schultern auf. Irgendwie hatte sie die Kraft gefunden, ihren Verlust in einen Triumph zu verwandeln.
Als sie seinen Blick spürte, hatte die Äbtissin sich umgewandt und ihm zugenickt. Obgleich zwischen ihnen kein Wort fiel, wußte Volmar mit absoluter Sicherheit, daß Richardis der Äbtissin erschienen war.

# *Vierter Teil*

# 1152–1155

*Und meine Seele steigt, wie Gott will, in dieser Vision bis in die Höhe des Firmaments und die verschiedenen Sphären empor und hält sich bei verschiedenen Völkern auf, obgleich sie in fernen Gegenden und Orten weit von mir entfernt sind.* Vita Sanctae Hildegardis

Im Augenblick haben wir vier Gäste mit ihrem Gefolge, vier weitere werden im Laufe der Woche eintreffen«, erklärte Hiltrude vor dem Mittagsmahl den Zwillingen, die sich gerade die Hände wuschen.

Im vergangenen Jahr hatte das Gästehaus niemals leer gestanden. Immer wenn Hiltrude von dem Felsen auf den Zusammenfluß der beiden Flüsse hinunterschaute, legten Gäste mit ihren Booten unten am Ufer an. Auch wenn das Leben hier eine ständige Herausforderung war, so ließ es sich doch nicht leugnen, daß der Rupertsberg die Welt zu ihnen brachte.

Es waren aufregende Tage, da alle Gäste an Hildegards Tisch von dem neuen jungen König Friedrich, dem früheren Herzog von Schwaben, zu berichten hatten. Seine Verbindung zu zwei der mächtigsten, rivalisierenden Familien Deutschlands, den Welfen und den Staufern, nährte die Hoffnung, daß er eine Versöhnung herbeiführen konnte.

»Es gibt so viele neue Hoffnungen«, verkündete der Abt von Eberbach an der Tafel der Äbtissin. »Unser neuer König hat erklärt, daß das Ziel seiner Herrschaft in nichts Geringerem

bestünde als der Wiederherstellung des Heiligen Römischen Reiches. Und da Deutschland dessen Herzstück sei, habe er bereits eine Delegation nach Italien entsandt, die Deutschlands seit langem schlummernde Ansprüche geltend machen soll.«
»Wahrscheinlich fühlt er sich nach seiner so erfolgreichen Wahl unbesiegbar«, ergänzte der Erzbischof von Trier. »Zumindest hat er keine Zeit verloren, zu verkünden, daß er, da er die Krone trägt, Gottes Stellvertreter auf Erden sei und demzufolge nur Gott allein Rechenschaft schulde.«
»Er kann auf jeden Fall mit der Unterstützung des Klerus rechnen«, erklärte nüchtern ein Graf aus Magdeburg, »doch die deutschen Fürsten sind etwas anderes.«
Alle Anwesenden nickten. Die Anwesenden wußten, daß immer noch Unmut wegen des Investiturstreits zur Jahrhundertwende herrschte. Durch den Zusammenstoß zwischen Kirche und Krone war ein politisches Vakuum geschaffen worden, in dem die deutschen Fürsten die Macht an sich gerissen hatten. Mit Unterstützung des Papstes kämpften die Fürsten dagegen, daß die Königswürde erblich wurde, denn sie wußten, daß königliche Erben künftige Pläne der Fürsten, ihren eigenen Machtbereich auszudehnen, vereiteln konnten.
»Unser junger König täte gut daran, sein eigenes Haus hier in Deutschland in Ordnung zu bringen, ehe er Truppen über die Alpen schickt, um Forderungen zu stellen«, meinte der Abt von Eberbach. »Wir werden sehen, ob unser neuer König Friedrich das Abkommen einhält, das er und Papst Eugen beim Frieden von Konstanz getroffen haben: Erstens, dem Papst bei der Niederschlagung der römischen Kommune zu helfen, die der glühende Ketzer Arnold von Brescia anführt, und, zweitens, den normannischen König von Sizilien zu unterstützen. Beide Bedingungen müssen erfüllt sein, bevor der Papst einwilligen wird, Friedrich zum Kaiser zu krönen.«
»Bis dahin«, fügte der Graf hinzu, »muß Friedrich sein Königreich bereisen, um die Streitigkeiten seiner kriegerischen Für-

sten zu schlichten und die Loyalität seiner Bischöfe auf die Probe zu stellen.«

»Eine Angelegenheit, die Euch gewiß Sorge bereitet, ehrwürdige Äbtissin, wenn man bedenkt, daß Euer Erzbischof Heinrich von Mainz die Gegner der Wahl Friedrichs zum König angeführt hat«, bemerkte der Trierer Erzbischof.

Hildegards Stimme klang gelassen. »Ist das sein einziges Vergehen?«

»Das einzige, das sich beweisen läßt«, entgegnete der Erzbischof mit einem Stirnrunzeln.

»Ich für meinen Teil bin fasziniert von der Leidenschaft unseres neuen Königs, die Erinnerung an Karl den Großen aufleben zu lassen«, mischte Volmar sich ein, um das Thema zu wechseln.

»Eine von vielen Leidenschaften, über die uns Eure Gabe gewiß Aufschluß geben könnte, verehrte Äbtissin«, drängte der Erzbischof.

»Oder könntet Ihr uns mehr über Papst Eugens rasche Zustimmung zu Friedrichs Scheidung von Adela wegen Ehebruchs sagen?« wandte sich eine Baronin aus Mainz an Hildegard. »Oder könnt Ihr bestätigen, daß Friedrich bereits am Hof von Konstantinopel um einen Ersatz für sie wirbt?«

*Hildegard sah, wie das Königreich Burgund sich wie ein Teppich zu Friedrichs Füßen erstreckte und er die Hand einer Jungfrau hielt.*

»Er wird eine neue Braut heimführen«, sagte die Äbtissin, »und er wird die Liebe entdecken.«

»Liebe in der Ehe?« Die Baronin lachte laut. »Ein König, der nach der Kaiserkrone strebt? Wie drollig!«

Es war ein schwüler Sommertag; die Sonne brannte unbarmherzig.
Kopfschüttelnd schalt Hildegard die Baumeister. Wieder hatten sie es nicht verstanden, ihren Plänen zur Vergrößerung des Frauenhauses genau Folge zu leisten. Mit zornig blitzenden Augen schritt sie ans Tor, da laute Stimmen am Pförtnerhaus ihre Anweisungen übertönten. Die Reisenden ließen sich nicht abweisen; sie begehrten, unverzüglich die Äbtissin zu sprechen. Sie beschattete ihre Augen und sah, daß sie das königliche Banner trugen.
Als sie sich ihnen näherte, verbeugten sich die Abgesandten tief. Der ältere zog eine Rolle aus seiner Tasche, die das königliche Siegel trug. Nachdem sie die Ankömmlinge gesegnet hatte, befahl sie dem Pförtner, die Pferde zu tränken und dafür zu sorgen, daß die Reiter sich ausruhen und erquicken konnten.
Hildegard ging mit der Rolle in der Hand in die Kapelle und kniete zum Lesen vor der Jungfrau nieder.
Als Hiltrude einige Augenblicke später durch die Sakristei eilte, um Altartücher zu bringen, rief die Äbtissin ihren Namen.
»Braucht Ihr etwas, ehrwürdige Mutter?« erkundigte sich die Priorin beflissen.
»In der Tat«, flüsterte Hildegard verhalten. »Du mußt mich nach Schloß Ingelheim begleiten. Es ergeht der Ruf an mich, den König zu beraten.«
Eine Woche später bestiegen die Äbtissin und ihre Priorin ein Boot an den Ufern des Rheins. Von dem Augenblick an, in dem sie durch das Tor geschritten war und den Berg hinunterstieg, merkte Hildegard, daß sie auf das Geläut zur Prim lauschte und überlegte, ob die Kopistinnen im Skriptorium ihre Zeit vertrödelten oder ob Gertrud Schwierigkeiten in der Kapitelversammlung hatte.
Erst jetzt fiel ihr ein, daß sie sich an keinen Tag in ihrem Leben als Nonne erinnern konnte, der frei von Anforderungen und Pflichten gewesen war. Kein Wunder also, daß sie sich so son-

derbar und unruhig fühlte. Doch als sie sich dem Ufer näherten, wuchs ihre Erregung mit dem Bewußtsein, daß sie nichts weiter zu tun hatte, als die Häuser zu betrachten, die sich am Ufer aneinanderschmiegten, den Rufen der Händler zu lauschen, die ihre Fracht entluden, und die Fische zu beobachten, die in den Körben der Fischer zappelten. Plötzlich war sie so überwältigt, daß ihr Tränen in die Augen schossen. Es gab soviel zu sehen, zu berühren und zu riechen. Und sie hatte nichts weiter zu tun, als sich daran zu erfreuen.
Als der Schiffer vom Ufer ablegte, schloß sie die Augen und spürte das Schaukeln des Bootes unter sich. Sie hatte das Gefühl, gewiegt und von unsichtbaren Armen gehalten zu werden. Wie leicht konnte man stundenlang auf dieser Welt des Wassers dahintreiben und die Zeit vergessen, dachte sie, von einer süßen, nie gekannten Verwirrung erfüllt. Sie fühlte sich beinahe beängstigend leicht und frei, als seien ihr Flügel gewachsen, doch sie wagte nicht, zu fliegen.
»Glaubt Ihr, Ihr werdet mit dem König speisen, ehrwürdige Mutter?« fragte Hiltrude, während sie ihre Hände im Wasser treiben ließ.
Die Äbtissin starrte sie geistesabwesend an. Sowohl die Frage als auch die Antwort schienen sehr weit fort. Sie vermochte sich nur auf die Wunder zu konzentrieren, die sich vor ihr entfalteten und den Sonnenflecken glichen, die auf der Wasseroberfläche aufblitzten. Sie war ebenso gefesselt von der Tiefe des Flusses wie vom Schlagen der Ruder und vom Huschen der Fische dicht unter der Wasseroberfläche. Jäh und schmerzlich wurde ihr wieder bewußt, wie wenig sie von der Außenwelt wußte. Doch zur Mittagszeit überließ sie sich zögernd dem Wiegenlied des plätschernden Wassers und dem Rhythmus der Ruder und döste.
Plötzlich stieß Hiltrude sie an. »Schaut, ehrwürdige Mutter! Da vorn!«
Hildegard blinzelte, und Hiltrude deutete auf den fernen Um-

riß einer Burg, die sich wie eine Krone über den wogenden Hügeln und dichten Wäldern von Ingelheim erhob. Je näher sie kamen, desto höher ragte die Festung empor, jede Zinne ein kühnes Zeugnis ihres einstmaligen Ruhmes als Wohnstatt Karls des Großen. Kein Wunder, daß der neue König sie zu seinem offiziellen Palast erkoren hatte.

Nachdem sie dem Boot entstiegen waren, machten sich die Reisenden mit ihren Burschen zu Pferde auf den Weg. Je näher sie dem Palast kamen, desto kleiner fühlten sie sich vor den massigen Mauern. Der Eingang war von riesigen Säulen gekennzeichnet, die ein turmhohes eisernes Tor flankierten, durch das man den Burghof betrat. Um das Tor herum wimmelte es von Soldaten, Händlern und Kaufleuten, die Einlaß in die Burg begehrten. Glücklich im riesigen Hof angelangt, von dem es hieß, er könne über hundert Ritter mit ihren Pferden fassen, fühlten sich die Reisenden vom Rupertsberg noch verlorener.

Von der einen Seite hörten sie die Rufe und das Gelächter von Soldaten, die vor dem Badehaus mit seinem Säulengang herumstanden, während gegenüber die Türme der königlichen Kirche wie anmutige Pfeile zwischen den Dächern ihrer Kapellen aufragten. Von ihren Knappen geführt, drängten sich die Reisenden zwischen den Leuten im Hof hindurch und wichen zurück, als zwei Ritter mit Hellebarden, deren Äxte mit ihren tödlichen Spitzen und gefährlichen Spießen im Sonnenlicht aufblitzten, an ihnen vorbeizogen. In ihrem Gefolge ging ein Soldat mit einer Heugabel, deren Zacken blutverkrustet waren.

Überall um sie herum wankten Knechte unter der Last ihrer Körbe voller Rüben, Kohlköpfe und gackernder Hühner, während zwei flachshaarige Mägde, die Arme voll langer Leinenhemden hochgereckt, damit sie nicht über das schmutzige Stroh auf dem schlammigen Boden schleiften, auf dem Weg zum Waschhaus waren. Erschrocken über einen Schrei und

rauhes Gelächter, wandten sich die Reisenden um und sahen, wie ein betrunkener Soldat von hinten die Brüste einer drallen Magd packte. Ihr Korb fiel zu Boden, als sie nach hinten in die Lenden des Soldaten austrat und ein Schmerzgeheul auslöste. Entsetzt senkten die Äbtissin und ihre Priorin die Köpfe und eilten weiter, dankbar, als ihr Knappe auf den wenige Schritte entfernten Eingang der königlichen Residenz deutete. Sogleich eilten zwei Wandermönche in zerschlissenen Kutten auf sie zu und boten an, sie zu begleiten, wurden aber sogleich von den königlichen Wachen grob beiseite gestoßen.
Im Inneren führte die Wache die Gäste durch eine Reihe von Toren zum Eingang der zweistöckigen, königlichen Wohnung, die zu beiden Seiten der schweren Eichentür von großen steinernen Wasserspeiern bewacht wurde.
Als sie in das kühle Innere und die plötzliche Stille traten, seufzten beide Frauen vor Erleichterung. Ein gutausehender, junger Edelmann in einer blau-silbernen Tunika begrüßte sie und geleitete sie in ihre Gemächer, damit sie sich ausruhen und erfrischen konnten. Als sie das Gästezimmer betraten, konnten die Frauen ihren Augen kaum trauen. Der Raum hatte die Größe ihres Kreuzgangs! An einer Wand hing ein Bärenfell von ungeheuren Ausmaßen; die riesigen Klauen hätten die Taille eines ausgewachsenen Mannes umfassen können. Neben dem Bärenfell glänzte ein Dolch mit juwelenbesetztem Griff im Zwielicht neben einem Schwert, das – davon war Hildegard überzeugt – nur von einem Riesen geschwungen werden konnte. An einer anderen Wand erregte ein großer Gobelin in strahlenden Farben Hiltrudes Aufmerksamkeit. Seine glänzenden Fäden offenbarten die Gestalten dreier verschleierter, halbnackter Frauen, die neben einem Springbrunnen lagerten, während vier kräftige Männer in Turbanen und Satingewändern sich über sie beugten und einer von ihnen den Bauch der einen Frau streichelte.
Beim Betrachten des Bildes wurden Hiltrude die Knie weich.

War das die Beute, die ihr frommer König aus dem Heiligen Land mitgebracht hatte? Sie war besorgt und überzeugt, das Bild würde die Äbtissin aufregen.
Doch Hildegard hing ganz anderen Gedanken nach, während sie sich ausruhte. Sie erinnerte sich an die Geschichten über Friedrichs Tapferkeit im heiligen Krieg um Jerusalem, als er Kampfgefährte seines Onkels Konrad III. war. Nach ihrer Rückkehr vom Zweiten Kreuzzug hatte Konrad auf dem Sterbebett Friedrich zu seinem Nachfolger ernannt und seinen eigenen Sohn und Erben übergangen. Wie es aussah, hatte sich Konrads Entscheidung als glücklich erwiesen. Mit Friedrich hatte die deutsche Nation schließlich einen entschlossenen und energischen Führer erhalten. Gleichfalls war die Zeit reif, und die Umstände verbanden sich zu Friedrichs Gunsten. Deutsche Städte entwickelten sich beinahe über Nacht zu lebhaften Handelszentren, und im Zuge dieser Veränderungen schränkten sie die feudale Macht der Fürsten ein. Ebenso wuchs die Bevölkerung sprunghaft; Landwirtschaft und Handel blühten.
*Als die Äbtissin vom Rupertsberg über die Zukunft ihres königlichen Gastgebers nachdachte, verstärkte sich das Lebendige Licht. In ihm offenbarten sich ihr eine Reihe zukünftiger Ereignisse und erklärten ihr, warum man sie gerufen hatte.*
Als das Licht verblaßte, fröstelte Hildegard. Sie wandte sich von der Zukunft ab, legte die Hand auf ihr Herz und betete um die Gnade, den jungen König weise zu beraten, solange seine Ohren noch zu hören verstanden und sein Herz noch zugänglich war.
Als die Tür sich öffnete und Hildegard eintrat, verstummte das Geplauder in der Empfangshalle. Während man sie zum Thron am anderen Ende der Halle geleitete, wandten sich die Höflinge neugierig um, um sie anzustarren. Drei Frauen verneigten sich. Eine Gruppe von Klerikern scharrte unruhig mit den Füßen. Ihre Schritte waren gemessen, und die natürliche Anmut ihrer hochgewachsenen, schlanken Gestalt strafte ihre

sechsundfünfzig Jahre Lügen. Die veilchenfarbenen Augen zogen alle in ihren Bann, die ihrem Blick begegneten.
»Sie ist ja schön«, hörte sie einen Ritter seiner Dame zuflüstern.
Der Haushofmeister stellte sie vor. »Eure Hoheit – die Äbtissin vom Rupertsberg, Hildegard von Bermersheim«, verkündete er.
Die königliche Aura, die von Friedrichs Haltung ausging, zog sie an. Sein rotes Haar, der rote Bart und die blauen Augen standen in lebhaftem Gegensatz zu seiner hellen Haut. Der mit achtundzwanzig Jahren gekrönte König strahlte Kraft und Furchtlosigkeit aus. Er trug ein üppiges smaragdgrünes Gewand, das einem goldenen Medaillon mit einem Diamanten im Zentrum auf seiner Brust als Hintergrund zu dienen schien. Die Manschetten und der Saum seiner Gewandes waren glänzende Bänder aus Goldstickerei, und seine Gürtel war mit Perlen besetzt. Wenngleich er nur mittelgroß war, so wurde doch deutlich, daß seine kräftigen Schultern und stämmigen Glieder seine kriegerische Behendigkeit steigerten. Zuversicht entströmte ihm wie Feuer der Sonne.
*Doch auf die schimmernde Präsenz, die hinter ihm aufleuchtete, ihn in das strahlende Licht einer silbernen Flamme tauchte, war Hildegard nicht vorbereitet gewesen. Die Gegenwart einer Majestät war unmißverständlich. Eine juwelenbesetzte Krone ruhte auf dem Haupt Karls des Großen.*
»Wir heißen Euch an unserem Hof willkommen, verehrte Äbtissin Hildegard«, sagte Friedrich lächelnd.
Die Äbtissin war überwältigt von der Tiefe seines Blicks: intelligent, ruhelos, allumfassend, ebenso herausfordernd wie gelehrig.
»Das Wort von der Großartigkeit Eurer Visionen hat uns erreicht. Wir vertrauen auf Euren Willen, Eure Weisheit in Angelegenheiten, die unsere Herrschaft betreffen, mit uns zu teilen.«

»Aus diesem Grund bin ich nach Ingelheim gereist, Hoheit«, erwiderte sie huldvoll. »Doch wisset, daß die Visionen, wiewohl sie durch mich hindurchfließen, für jene bestimmt sind, die den Mut besitzen, sie zu achten und fruchtbar zu machen.«
Die Augen des Königs verengten sich, als sein Kanzler sich zu ihm beugte, um ihm etwas zuzuflüstern.
»Wir gewähren Euch die volle Gastfreundschaft unseres königlichen Hauses für die Dauer Eures Besuches«, verkündete der König. »Wir werden morgen mit Euch allein sprechen.«
Sich erhebend, fügte er hinzu: »Davor laden wir Euch ein, an der Mette in unserer Privatkapelle teilzuhaben.«
*Hinter ihm leuchtete abermals die schimmernde Gestalt auf.*
Bei ihrem Anblick fragte sich Hildegard: Wieso braucht er mich, wenn jener ihn lenkt?
*»Hab Vertrauen«, hörte sie Frau Weisheit flüstern. »Nicht er hat dich gerufen, ich war es.«*

Schwungvoll stellte ein Diener in scharlachroter Tunika die silbernen Weinbecher vor den Monarchen und seinen Gast. Abgesehen von den königlichen Wachen, waren Friedrich und die Äbtissin allein in den persönlichen Gemächern des Königs.
»Wir haben Kunde von den zahlreichen Pilgern, die Eure Meisterin, die selige Jutta von Sponheim, verehren«, begann der König.
»Sie war meine Mutter im Leben, so wie sie es jetzt für ungezählte andere in seligem Andenken ist«, erwiderte Hildegard.
»Und Euer Erzbischof von Mainz, Heinrich Moguntin?« erkundigte sich Friedrich, die Augen hinter dem erhobenen Weinbecher verborgen. »Wie befindet er sich dieser Tage, verehrte Äbtissin?«
»Ich habe seit seinem Besuch in der Abtei zu Michaelis wenig Kunde von ihm, Eure Hoheit.« Hildegard spürte, wie ihre Kehle eng wurde.

»Ich vermute, daß er als Euer Prälat regelmäßig bei Euch zu Gast ist?« forschte der König.
»O ja, um so mehr, da Ihr ihn zu meinem Beschützer ernannt habt.«
»Niemals!« Die Augen des Königs blitzten. »Wir widersprechen einem derartigen Gerücht nicht nur, sondern bedauern zutiefst, daß Ihr auf so grausame Weise getäuscht wurdet, Herrin.«
*Heinrich hatte gelogen.* Die Worte schossen Hildegard durch den Kopf.
»Indessen«, fuhr der König fort, »ist uns zu Ohren gekommen, daß er Eure Abtei auf dem Rupertsberg außerordentlich großzügig mit Land und Zehnten bedacht hat.«
»Wie so viele, Eure Hoheit«, gab sie vorsichtig zu. »Und keiner von ihnen mehr als die Familie Sponheim, die uns unsere liebste Wohltäterin, die kürzlich heimgegangene Markgräfin von Stade, Frau Juttas Kusine, geschenkt hat.«
»Stade.« Er nickte nachdenklich. »Unsere guten Wünsche für alle in der Nordmark, die sich nach Frieden sehnen.« Seine Stimme klang scharf und förmlich. »Wir hoffen, zu erleben, wie Stade in der Zukunft zu einem Mittelpunkt des Handels heranwächst.«
Friedrich wandte den Blick ab und schwieg einige Augenblikke, ehe er schließlich einen tiefen Seufzer ausstieß. Im Kamin glühte ein großes Holzscheit. Scharlachrot zerbarst es in der Feuerstelle. Friedrich starrte auf die vergehende Glut, wandte sich um und überraschte Hildegard mit einer sanften Bitte.
»Zeigt uns, wie Ihr am liebsten betet, ehrwürdige Äbtissin.« Bevor sie antworten konnte, neigte er den Kopf. »Wir möchten daran teilhaben.«
Er bewegte sich nicht, als sie zu singen begann, doch seine Nasenflügel bebten beim ersten flötengleichen Ton ihres Gesangs. Bald sprengte die Freude in ihrer Stimme die Grenzen der steinernen Mauern, die sie umgaben, errichtete eine kri-

stallene Brücke zu anderen Gefilden und erfüllte das Gemach mit Federn aus Licht:

O heilende Kraft, die sich Bahn bricht!
Alles durchdringst du,
die Höhen, die Tiefen …
Du auch
führest meinen Geist,
der deine Lehre trinkt,
ins Weite.
Wehest Weisheit in ihn
und mit der Weisheit die Freude …

Die Augen des Königs glichen blauen Perlen. »Sprecht uns von dieser Weisheit, mit deren Atem Ihr singt.«
»Es ist Frau Weisheit, die als der Liebling Gottes in den Büchern Salomonis beschrieben wird: Sie, die eingesetzt ward von Ewigkeit her, im Anfang, ehe die Erde war, ehe es Höhe und Tiefe gab, vor den Bergen und vor dem Himmelszelt.«
»Doch sie ist auch die Jungfrau?«
»Die beiden gleichen einander. Denn so wie Frau Weisheits Schoß alle lebenden Wesen des Kosmos gebiert, hat ihre Tochter, die Jungfrau Maria, im Schoße ihres menschlichen Leibes Himmel und Erde zusammengeführt.«
»Woher kommt Euer Wissen von ihr?«
»Zuerst hörte ich ihr Flüstern im Leib meiner Mutter. Mein ganzes Leben lang hat mich ihre Stimme durch das Labyrinth meiner Visionen geführt, mich an jeder Biegung geleitet.«
»Diese Frau Weisheit, von der Ihr sprecht«, fragte er fasziniert, »wie erscheint sie Euch?«
Hildegard tat einen tiefen Atemzug, schloß die Augen und legte ihre Hand auf ihr Herz.
*»Auf der Spitze einer Säule sehe ich ein Licht, so hell, daß keine menschliche Zunge es zu beschreiben vermag. In seiner Mitte*

*erscheint eine Taube, die einen goldenen Strahl im Schnabel hält. Eine Stimme vom Himmel ruft: ›Was du siehst, ist von Gott!‹«*
Die Äbtissin holte Luft.
*»Eine Frau aus blendendem Licht schreitet auf mich zu. Sie ist so herrlich, daß meine Augen ihren Glanz kaum ertragen.«*
Innehaltend schien sie abermals zu lauschen und nickte.
*»Diese Frau ist so ehrfurchtgebietend und erschreckend wie der Donner, der auf den Blitz folgt, und doch sanftmütig und gütig wie der Sonnenschein. In ihrer Schrecklichkeit und Güte ist sie den Sterblichen unergründlich wie die Sonne, in die wir Sterblichen nicht lange schauen können. Doch sie ist bei allem und in allem und ergießt ihre Barmherzigkeit über die Menschen.«*
Die Äbtissin lehnte sich zurück, von Ehrfurcht erfüllt über das, was sie gerade geschaut hatte.
»Eure Gesichte sind Geschenk und Bürde zugleich, nicht wahr, edle Herrin?« fragte der König gütig und betrachtete sie. »Hat man Euch den Trost der Erkenntnis gewährt, warum Ihr erwählt seid?«
Die Äbtissin hob die Schultern. »Wie könnte ein solches Wissen mir dienen? Ich verkünde meine Mysterien gleich einer Posaune, die einen Ton hervorbringt, ohne diesen indessen verursacht zu haben. Die Visionen strömen durch mich zu jenen, die mit der Wacht über die Erde und ihre Schätze betraut sind.«
Nun wurden ihre Augen von einer Stelle über seinem Kopf angezogen, und ihr Mund öffnete sich, wenngleich kein Laut aus ihm drang.
Der König verkrampfte sich. »Was seht Ihr, verehrte Äbtissin?«
Völlig gebannt, schien sie ihn nicht zu beachten. Sie hielt den Kopf zur Seite geneigt und zitterte. Sodann wandte sie sich zum Thron. Ihre Stimme tönte voll.
*»Höre meine Worte, König!*
*Abermals erscheint die herrliche Frau, sie schwingt ein Schwert und ruft: ›O mächtiger Gott, wer kann sich Dir widersetzen? Hilf mir, und kein Drache wird über mich herrschen, sei er stark oder*

*schwach, Fürst oder Verfemter, edel oder niedrig, reich oder arm. Durch Dich bin ich eine Zuflucht für Menschen ohne Macht, schütze ihre Schwäche mit einem scharfen Schwert. Gnädiger Gott, steh mir bei, daß ich sie behüte!«*

Erblassend starrte die Äbtissin den König an.

»Was ist es, Herrin?« drängte er sie. »Was seht Ihr?«

*»Habe acht auf diese Worte, König! In den Tagen, die da kommen, werden sich Drachen auf dich stürzen, Schwerter werden dich ins Wanken bringen, und die Schwachen werden Gott um deine Gerechtigkeit und Gnade anrufen.«*

Ihr Blick ließ ihn erbleichen. Sie konnte nicht sprechen.

»Berichtet uns, was Ihr seht, hohe Frau!« Seine Bitte war ein Befehl. Langsam hob sie ihr Gesicht und starrte ihn an.

*»Lausche genau, ich beschwöre dich!*

*In dieser Vision erblicke ich einen König, der auf einem hohen Berg steht und alles beobachtet, was in den Tälern zu seinen Füßen geschieht. Es ist sein Wille, gerecht zu herrschen, auf daß alles Vertrocknete wieder grünen möge, alles Schlafende erwache und die Schwachen erweckt werden.*

*Doch wenn der König es nicht versteht, die Augen zu öffnen, wird ein dunkler Nebel sich über das Tal senken, und Raben werden alles im Tal in Fetzen reißen. Hüte dich, o König, denn Räuber und Vagabunden verbergen sich im düsteren Nebel und suchen, das Licht der Gerechtigkeit zu löschen. Suche die rauhen und schlechten Sitten der Männer zu zügeln, denen du barmherzig zu handeln vertrautest, denn das träge Gewissen der Fürsten deines Königreiches ist fürwahr niedrig und häufig von Schmutz und Nachlässigkeit getränkt.*

*O König, rüste dich gegen die Versuchung! Wirf von dir alle Gier, und wähle die Mäßigkeit, damit du, wenn du vor dem höchsten Richter stehst, nicht vor Scham erröten mußt.«*

Plötzlich weiteten sich die Augen der Äbtissin vor Erstaunen. Sie hatte sich die Lippen blutig gebissen. Der König sprang auf.

»Was seht Ihr, edle Äbtissin? Sagt es mir!«

Sie wandte sich ab. »Ihr werdet nach Rom reisen und die kaiserliche Krone aus den Händen eines Papstes empfangen ...«
Er jubelte fast. »Das ist die Hoffnung unserer Seele! Erst dann werden wir die Macht haben, die Glorie des Römischen Reiches von Deutschland, Burgund und Italien wiederzuerwekken! Erst dann werden wir wahrhaftig das Vermächtnis Karls des Großen heiligen, zu dem wir jeden Tag beten.«
*»Du wirst die Alpen nicht allein überqueren«, flüsterte sie, als der Schimmer hinter ihm in einer riesigen Silberflamme aufflakkerte.*
»Wir werden diesen Tag im Gedächtnis behalten, ehrwürdige Äbtissin«, rief der König inbrünstig.
Angesichts seiner Beherztheit und Furchtlosigkeit, hätte Hildegard gerne seine Wange berührt, um ihn zur Vorsicht zu ermahnen. Doch sein Schicksal erwartete ihn.
»Betet für uns in den Tagen, die vor uns liegen, ehrwürdige Mutter.«
»Die Kraft sei allzeit mit Euch, Eure Hoheit«, flüsterte sie.
*Und sie beschwor die schimmernde Gestalt, die abermals hinter ihm aufflammte: »Verlaß ihn nicht!«*

❦

Drei Tage lang hatte Eisregen den Rupertsberg gepeitscht und die Pfade mit gefährlicher Eisglätte überzogen. Mehr und mehr verzweifelt Zuflucht suchende Pilger fanden ihren Weg ins Hospiz. Aneinandergeschmiegt bettelten sie um einen Löffel Brei und einen Schluck Bier.
Gisla war so erschöpft, daß alle ihre Knochen schmerzten. »Dank sei Gott, daß Ihr gekommen seid«, sagte sie, als die Äbtissin an das Sterbebett einer Frau trat. »Wir brauchen Eure heilenden Hände sehr dringend.«
Der Raum war mit zitternden Leibern vollgestopft. Von allen Seiten hustete und keuchte es. Als Hildegard sich über die Frau

beugte, die Gisla pflegte, riß jemand an ihrer Tracht. Sie fuhr zusammen, und als sie nach unten schaute, fiel ihr Blick auf einen frechen Burschen, der sich auf einer schmutzigen Decke vor Schmerzen wand. Sein Mund war von einer geschwollenen Lippe entstellt.
Als sie näher hinschaute, sah sie, daß seine Lippe entzündet war und Eiter sein Kinn verkrustete. Bei ihrer Berührung warf er seine Gliedmaßen wie Hölzer in die Höhe. Die Hitze seines Fiebers drang durch seine zerschlissene Tunika. Seine blutunterlaufenen Augen sahen sie bittend an. Als sie sich über ihn beugte, um seinen Mund zu untersuchen, wurde ihr vom Gestank seines Atems fast übel. Sie bedeutete einer Novizin, eine Tinktur aus Wein und Olivenöl zu bringen, um die Entzündung zu hemmen, und die Lippe mit einer Gräte aufzustechen. Nachdem sie den Jungen gesegnet und sich zum Gehen gewandt hatte, riß er wieder an ihrem Gewand. Als sie sich umdrehte, hob der Junge eine zitternde Hand, um ihr zu danken. Die Geste berührte sie tief. Diese Arbeit war das Herz der Abtei.
Sie versenkte sich in die Anforderungen im Hospiz und versuchte, nicht daran zu denken, daß der König Erzbischof Heinrich abgesetzt hatte. Zwei abgesandte Kardinäle aus Rom, Gregor von San Clemente und Bernhard von Santi Angeli, hatten Heinrich die Nachricht in seine bischöfliche Residenz gebracht. Die offizielle Anklage lautete auf grobe Veruntreuung von Kirchengütern. Niemand heuchelte Überraschung.
Die Anklage war um so ernster, da Heinrich als Erzbischof von Mainz auch den Titel eines kaiserlichen Kanzlers trug, ein Amt, in dem sich Korruption und moralische Nachlässigkeit beinahe anboten. Verlockungen, die den Ruf seines bischöflichen Ranges bedrohten, waren Heinrich an jeder Ecke begegnet. Als das Getuschel sich zum Geschrei erhob, handelte der König rasch.
Heinrichs Schmach verfolgte sie. Nacht für Nacht lag Hilde-

gard wach und überlegte, wieviel von Heinrichs verschwenderischen Geschenken an sie vom Makel der Korruption befleckt waren. Eine abgründige Ironie lag darin, daß er durch seine Schwäche und seine Gier gerade den Mündern jener verzweifelten Seelen, die die Abtei zu füttern versuchte, das Brot weggeschnappt hatte. Doch die tiefste Quelle ihrer Pein lag in ihrem Selbstbetrug. Sie hatte vor seinen offensichtlichen Fehlern die Augen verschlossen, war die Beute seiner Schmeicheleien gewesen und hatte sich von seinem Charme betören lassen.
Auch als sie ihn mit den Gerüchten über seine Vergehen konfrontiert hatte, hatte Heinrich sie geschickt abgelenkt, indem er seinen Ärger gegen diejenigen äußerte, die ihr solch unnötigen Kummer bereiteten.
Jetzt quälte sie der Gedanke daran, daß sie in einem Brief an Papst Eugen gebeten hatte, »Heinrich mit der Güte einer Mutter zu behandeln, um Gottes Vergebung besser abzubilden, da Gott die Barmherzigkeit dem Opfer vorzieht«.
»Törin, Törin!« schalt sie sich immer wieder. »Du hast seine Lügen als Leuchtkäfer gesehen, wenngleich du wußtest, daß sie Wespen waren!«
Während sie sich in diesen Widersprüchen wand, sah sie sich einer noch tieferen Wahrheit gegenüber, die sie seit langem ignoriert hatte. Heinrichs Gier war keine Ausnahme, seine Niedertracht nur ein verkleinertes Abbild der scheußlichen Gier, die am Herzen der Kirche fraß. Diese Wahrheit erregte Übelkeit in ihr. Galle stieg bitter in ihr hoch und ließ sie schwindeln.
*Vor ihr flammte das Lebendige Licht nun zu unheimlicher Glut auf. Im Herzen dieses Feuers sah sie Heinrichs Antlitz über jedem Krankenlager: das Symbol des wilden Wolfes im Schafsstall, des Diebes, der seine Ohren vor der Vergewaltigung der Erde verschließt, während die Gier den smaragdgrünen Schimmer von ihren Brüsten und Hüften reißt. Ihre schnellströmenden Flüsse sind mit stinkenden, fauligen Fischen verstopft, die die*

*Luft verpesten und die reifen Früchte an den Ästen durch ihr süßes Gift verdorren lassen.*

Als die Schreckensvision sich entfaltete, entrang sich Hildegards Seele ein Schluchzen und schoß aus ihr wie ein Geysir. Die Vision hatte ihn demaskiert, ihn als den König der Diebe, den Boten der Gier, entlarvt. Doch auch jetzt noch wandte sich Heinrich ihr, der Zurückweichenden, ein letztes Mal zu. Seine Augen verschlangen sie und versuchten sie auf eine Weise, die sie mit Abscheu vor sich selbst erfüllte.

Tiefbetrübt floh Hildegard aus dem Hospiz, rannte blindlings davon, bis sie über die Wurzeln der großen Ulme stolperte. Auf dem gefrorenen Boden kauernd, warf sie die Arme um den Stamm des Baumes und flehte zu Gott, er möge alle Bäume und alle Lebewesen aus dem Rachen der Gier erretten. Die Erde war zu wertvoll, um zu verdursten, zu ersticken und ins Verderben zu gleiten. Das durfte niemals geschehen!

Warum fiel diese Vision sie mit solcher Macht an? Sie schluchzte. Warum war es ihr bestimmt, sie zu schauen?

❦

Die Nähstube war überfüllt. Ilse und die Zwillinge hatten sich in ihrer Stammecke niedergelassen, wo sie sich ungestört unterhalten konnten.

»Seit wie vielen Tagen hat die ehrwürdige Mutter jetzt weder Speise noch Trank zu sich genommen?« jammerte Gertrud, während sie das weiße Leintuch glättete, das sie mit rosa und silbernen Muscheln bestickte.

»Bestimmt ißt sie ein bißchen etwas«, behauptete Gisla.

»Höchstens ein paar Krümel, sagt Hiltrude«, erwiderte Ilse. »Als sie jüngst von ihrem Besuch auf dem Disibodenberg zurückkam, hatte sie schon hohes Fieber. Sie war so schwach, daß die Knappen sie vom Pferd heben und sie in Hiltrudes Arme legen mußten. Sie hat kaum Vater Volmar erkannt.«

»Ihre Krankheiten sind immer so plötzlich und geheimnisvoll«, sagte Gisla mit gerunzelter Stirn. »Dann erholt sie sich ebenso überraschend und tut unsere Sorge als Unsinn ab.«
»Bis zum nächsten Mal«, schmollte Ilse. »Es ist aufreibend.«
»Sie versucht, zu vieles auf einmal zu tun«, erklärte Gertrud und kniff beim Einfädeln die Augen zusammen. »Offen gesagt bin ich nicht davon überzeugt, daß ihre Entscheidungen immer in unserem Interesse sind.«
Aus Furcht, die Novizinnen, die in der Nähe saßen, könnten die Klagen mithören, stieß Gisla sie an.
»Ich für meinen Teil glaube, daß der nicht abreißende Besucherstrom die ehrwürdige Mutter am meisten erschöpft«, murmelte Ilse.
»Wie unser neuer Erzbischof Arnold von Seelenhofen«, fügte Gisla hinzu. »Sie konnte sich nach Erzbischof Heinrichs Absetzung auch kaum weigern, ihn zu empfangen.«
»Sie selbst scheint die Gäste nicht als Last zu empfinden«, sagte Ilse achselzuckend. »Ich glaube, sie genießt jeden Augenblick, auch wenn sie es nicht zugibt.«
»Du bist wohl eifersüchtig auf den Ruhm und die Visionen der ehrwürdigen Mutter?« fragte Gertrud lächelnd.
»Wohl kaum«, entgegnete Ilse spitz. »Wie würden wir sonst von den neuen Heilmitteln und Medikamenten aus Salerno erfahren oder von den Streitigkeiten der Gelehrten in Paris oder den Auseinandersetzungen um die Ordensregel in Bologna? Mutter teilt uns diese Neuigkeiten doch mit, nicht wahr?«
»Nur teilt sie uns nicht mit, warum der Besuch auf dem Disibodenberg sie krank gemacht hat«, murrte Gertrud und stach sich in den Finger.
Doch niemand hörte ihr zu.
»Kommt schnell! Alle!« rief die Priorin von der Tür her. »Die ehrwürdige Mutter stirbt!«
*Hildegard hörte die Klagen ihrer Töchter, als ihr Geist ihrem Leib entglitt und über dem Krankenlager schwebte.*

*Hildegard schaute hinunter und sah ihre Töchter voller Angst betend um ihr Sterbebett versammelt. Sie dachte an ihr Getuschel in der Nähstube und wußte, daß sie einen Weg finden mußte, um ihre Kümmernisse beizulegen und die Gefühle zu erforschen, denen sie, wie sie selbst auch, anheimgefallen waren.*
*Als ihr Leben an ihr vorüberzog, nahmen eine Reihe von Tugenden und Lastern ihrer Natur entsprechende, symbolische Gestalt an.*
*Als erstes verkörperte sich der Zorn: Das hervorquellende Weiß seiner Augen starrte aus dem Antlitz eines Menschen. Nur sein Mund glich einem Skorpion. Brust, Bauch wie auch der Rücken glichen einem Krebs. Der Zorn hatte die Schenkel einer Heuschrecke und der Vipern Füße. »Ich zertrete alles, was mir in die Quere kommt«, schrie er. »Mit dem Schwert schlage ich um mich. Hütet euch vor den Wunden meines Schwertes, die jeden in meinem Wege treffen!«*
*Doch aus dem Nebel erwiderte die Tugend der Geduld: »Mein Loblied erschallt in den Höhen. Heilenden Balsam schwitzt mein Wesen aus dem Erdreich. Auch wenn du voller Trug einen Turm des Zorns errichtest, zerstöre ich ihn mit einem gütigen Wort, und alle seine Zurüstung zerstreue ich. Denn ich bin aller Grüne ein milder Hauch. Ich lasse die Blüten und Früchte der Tugenden hervorsprießen und verpflanze sie ins Herz der Menschen. Was immer ich beginne, ich vollende es: Ich warte und vertraue und vernichte niemanden. Alles halte ich fest in Frieden. Während der Zorn in Vergessenheit versinkt, bleibe ich in Ewigkeit.«*
*Aus den wirbelnden Wolken traten ihr weitere Erscheinungen entgegen: Groteske wie die Feigheit, deren Leib zappelte wie ein Wurm ohne Knochen mit einem Menschenhaupt, das von einem einzigen haarigen Hasenohr bedeckt war.*
*Die Schwermut hatte die Gestalt eines Aussätzigen mit rabenschwarzem Haar. Sie verbarg sich unter breitem Blätterwerk und zerfleischte sich mit den Händen die Brust, da der Tod ihr Glück war. Dann erschien die Lüge, deren Gestalt von dichter*

*Finsternis umhüllt war. Obgleich sie auf einem trockenen Schaum stand, der hart und schwarz war, stieß sie von Zeit zu Zeit eine schleimige Masse aus.*
*Hildegard schaute und lauschte fasziniert dem Dialog der Tugenden und Laster ihres Lebens. Immer wenn ein Laster rief, antwortete eine Tugend wie in einem Tanz aus Licht und Finsternis: die himmlische Liebe und die irdische Liebe, Gehorsam und Ungehorsam, Würde und Schande.*
*Erst jetzt begriff Hildegard, daß jede dieser Stimmen in ihr um die Herrschaft gekämpft hatte. Sie fiel und stieg in Phasen der Verzweiflung und Verzückung. Bisweilen wurde sie hart an die Schwelle zwischen Leben und Tod gedrängt.*
*Als sie nun nach unten blickte, gewahrte Hildegard erneut den Umriß ihres eigenen Körpers. Das Blut gerann in ihren Adern, und das Mark ihrer Knochen und ihre Körpersäfte waren so ausgetrocknet, daß ihre Seele nur noch spärlich in ihrem Körper flackerte. War sie noch am Leben? Fackeln brannten an den vier Ecken der Bahre, auf die man sie gebettet hatte. Kniend und weinend umringten sie ihre Töchter, überzeugt, schon in der nächsten Stunde Zeuginnen ihres Todes zu werden.*
*Sodann schoß wie ein Blitz eine Stimme durch ihre Seele: »O Adler, warum schläfst du? Du wirst das Wissen empfangen, das du brauchst, um deine Töchter zu lenken. Dieses Wissen wird aus dir leuchten wie aus einem herrlichen Edelstein. Du wirst dein Schicksal erfüllen. Erhebe dich nun von deinem Lager, denn deine Zeit ist noch nicht gekommen.«*
*In diesem Augenblick empfand sie ein Rauschen, und Leib und Seele verschmolzen wieder. Als sie die Augen aufschlug, sah sie die Gnade Gottes in den Augen ihrer Töchter, spürte ihre Erleichterung und ihre Barmherzigkeit, als sie sie von der Bahre hoben und in ihr Bett trugen.*

❦

Der Winter 1153 ging schon seinem Ende entgegen, als die Nachricht von König Friedrichs Italienfeldzug eintraf. Vor seinem Aufbruch hatte sich der König durch Geschenke der Ergebenheit eines großen Teils des deutschen Adels versichert und auch die Loyalität der Kirche gewonnen, indem er Bischöfe ernannt hatte, die ihn politisch und militärisch unterstützten. Nun konnte er seine Kräfte auf die Wiederherstellung des Reiches richten.

Doch die Bedingungen, auf die er in den italienischen Staaten traf, entmutigten ihn schnell. Da seine königlichen Vorgänger selten ihren Fuß in die norditalienischen Städte gesetzt hatten, hatten die Bürger längst ihr politisches Gedächtnis für die kaiserlichen Machtbefugnisse verloren. Lehensfürsten waren von Bürgern verdrängt worden, die das Land einschließlich seiner Zölle, Marktgewinne und des Rechts, Münzen zu prägen, für sich beanspruchten. Die Stadtregierungen blühten auf, und die Kaufleute gründeten mächtige, von Konsulen geleitete Zusammenschlüsse. Die berüchtigste war die römische Kommune, die unter der Führung des feurigen Ketzers Arnold von Brescia grimmig um die Enteignung aller Kirchengüter kämpfte.

Hildegard war von Anfang an beunruhigt über die Nachricht von Friedrichs plötzlichem Aufbruch nach Italien gewesen, insbesondere, da eine Anzahl von Fürstbischöfen sein Heer anführte, was wiederum zahllose Priester dazu angeregt hatte, das Kreuz gegen das Schwert einzutauschen. Wie konnten so viele Priester ihre Gemeinden verlassen? Seufzend streckte sie sich. Ihre Schultern hatten wieder zu schmerzen begonnen, als die Nachricht von Papst Eugens Tod sie erreichte.

Bis zur Terz hatten die vormittäglichen Aufgaben sie bereits erschöpft, insbesondere ihre Antwort auf einen Brief von Eugens Nachfolger, Papst Anastasius, ein schwacher und eitler Prälat.

Volmar war beunruhigt, als er den Brief der Äbtissin niederschrieb:

O Hirte, die Königstochter Gerechtigkeit, die himmlische Braut, die Dir anvertraut ward, vernachlässigst Du. Denn Du duldest, daß diese Königstochter zu Boden geworfen wird. Ihr Diadem und der Schmuck ihres Gewandes werden zerrissen durch die Sittenroheit der Menschen. Heuchler sind sie, die mehr nach Gold als nach Rechtschaffenheit lechzen. Statt diese Gottlosen zu bekehren, begrüßt Du das Böse mit einem Kuß!

Die Welt ist voller Ausschweifung und Trug! Später wird sie in Traurigkeit sein, dann so sehr in Schrecken, daß die Menschen den Tod nicht mehr scheuen. Deshalb bitte ich Dich, bereue, solange noch Zeit ist!

Volmar wußte, daß der Skandal um Erzbischof Heinrich der Äbtissin die Augen geöffnet hatte. Sie hatte erkannt, wie Gier und Verderbtheit wie ein tödlicher Schimmelpilz in die Ritzen des kirchlichen Fundaments gedrungen waren und es stetig geschwächt hatten.

»Herrin, laßt uns darauf vertrauen, daß Eure Worte an Seine Heiligkeit nicht ungehört bleiben«, sagte Volmar, als sie den Brief unterzeichnete.

Hildegard zuckte die Achseln. »Es wird kalt«, sagte sie und überließ ihren Propst wieder einmal seiner Verwunderung darüber, was sie sah und wußte, doch ungesagt lassen mußte.

❦

Im Jahre des Herrn 1155. Friedrich, durch Gottes Gnade römischer Kaiser und ständiger Mehrer des Reiches, entbietet Frau Hildegard von Bingen seine Gunst und alles Gute: Wir machen Euch bekannt: Das, was Ihr uns vorausgesagt habt, als wir Euch bei unserem Aufenthalt in Ingelheim gebeten hatten, vor uns zu erscheinen, halten wir bereits in Händen.

In Dankbarkeit beten wir, daß wir stets Gnade finden werden vor den Augen Gottes des Allerhöchsten. Daher ermahnen wir Euch aufs inständigste, Ihr wolltet mit Euren Euch anvertrauten Schwestern für uns zum allmächtigen Gott beten. Ihr dürft die sichere Überzeugung haben, daß wir bei jedwedem Anliegen, das Ihr uns vortragt, weder auf die Freundschaft noch auf den Haß irgendeiner Person Rücksicht nehmen werden.

# *Fünfter Teil*

# 1155–1170

*Ich aber bin ständig von zitternder Furcht erfüllt ... Doch strecke ich meine Hände zu Gott empor, daß ich von ihm gehalten werde wie eine Feder, die ohne jedes Gewicht von Kräften sich vom Wind dahinwehen läßt.*

Vita Sanctae Hildegardis

Die sommerliche Luft war ungewöhnlich schwül. Hildegard sah voraus, daß sich an diesem Tag mehr Nonnen als sonst ein Schläfchen im Dormitorium gönnen und die meisten sich erst zur Non-Glocke wieder rühren würden. Selbst Hiltrude würde ruhen. Die rückwärtige Pforte hinter sich schließend, bahnte Hildegard sich einen Weg durch die Büsche und schlüpfte durch den engen Spalt in der Mauer, der hinaus auf die bewaldeten Hänge führte.

Die Kühle des Waldes beruhigte sie. Sie rollte die Ärmel auf, band sich ihren Schleier hinter dem Kopf zusammen und begann, langsam den Hügel hinaufzusteigen. Der prickelnde Geruch durchdrang all ihre Sinne. Der Herr ist ein Verschwender, dachte sie. Jeder Schritt erfüllte sie mit neuer Energie. Allmählich stieg sie immer höher, hielt inne und schaute sich um. Die Abtei war nicht mehr zu sehen. Sie war beinahe angekommen. Von weitem sah sie die Lichtung mit dem vom Blitzschlag geborstenen Baumstumpf in der Mitte. Zu beiden Seiten des geschwärzten Stammes waren entschlossene Schößlinge hervorgesprossen und streckten ihre grün beblätterten Äste wie muskulöse Arme im Triumph empor – ein Anblick, der sie stets aufs neue entzückte.

Im Laufe der Monate war ihr der Baumstumpf zu einem Symbol schlummernder Kräfte geworden, die sich aus der Schwäche erhoben. Obgleich das Feuer den Stamm des Baumes zerstört hatte, gab er sich nicht geschlagen und öffnete sein Herz der Grünkraft des Geistes, *viriditas*, der Quelle des neuen Lebens. Nun war die Zeit gekommen, auf die Grünkraft in sich selbst zu vertrauen und dem Aufruf ihrer ersten Vision zu folgen.

*»O gebrechlicher Mensch, der du bist wie Staub, künde laut von der Verderbnis, die sich allenthalben erhebt! Verkünde sie laut jenen, die in ihrer Achtlosigkeit weder sprechen noch diese Verderbnis verkünden. Erhebe dich und tue mit lauter Stimme kund, was dir hier gezeigt wird!«*

Auf die Knie sinkend, betete sie um Unerschrockenheit. Chaos herrschte überall. Angeekelt von der Verderbtheit der Kirche, schlossen sich immer mehr Adlige Häretikern an, die eine Rückbesinnung auf apostolische Armut predigten. Rom war in Aufruhr. Schon acht Monate, nachdem er den Papstthron bestiegen hatte, war Anastasius verstorben. Ihm folgte ein Engländer, Papst Hadrian IV., dessen erste Amtshandlung es war, die Macht der römischen Kommune zu brechen, indem er Arnold von Brescia gefangennahm. Während der Karwoche brach Gewalt in Rom aus. Hadrian handelte rasch und verhängte ein Interdikt über die Stadt, das erst aufgehoben werden sollte, wenn Arnold verbannt wäre und die Römer sich dem päpstlichen Willen beugten.

Friedrich erkannte seinen Vorteil und marschierte auf Rom, wo Arnold getötet wurde. Damit hatte er das letzte Hindernis auf dem Weg zur Kaiserkrone beseitigt, die ihm Papst Hadrian nun heimlich und gezwungenermaßen überreichte. Als die Römer erfuhren, daß Arnold tot und Friedrich ohne ihre Einwilligung gekrönt worden war, kam es zum Aufstand. Damit zwangen sie den frischgekrönten Kaiser und den Papst, wie

Verbrecher aus der Stadt zu fliehen und Rom dem Chaos zu überlassen.
Donnergrollen kündigte ein Sommergewitter an. Hildegard wußte, daß sie ihre Rückkehr zur Abtei jetzt nicht mehr aufschieben konnte, und ebensosicher wußte sie, daß die Zeit gekommen war, dem Befehl ihrer Vision zu gehorchen. Von einem Gefühl der Erleichterung und des Friedens erfüllt, begann sie ihren Abstieg.
Hildegard sprach mit niemandem über ihren Entschluß, nicht einmal mit Volmar. Seit ihrer Rückkehr aus Ingelheim hatte sie bemerkt, daß der Mönch sie ängstlich auf Anzeichen von Ermüdung oder Unwohlsein beobachtete. Doch ihr Schweigen, aus der *viriditas* Gottes entsprungen, zerstreute ihre Ängste und bereitete sie auf die vor ihr liegende Aufgabe vor.

❦

»Ich bitte Euch, das noch einmal zu überdenken«, warnte Volmar, während die Äbtissin schon nach ihrer Reisetasche griff.
»Ich kann nicht«, rief sie. »Ich wage nicht, auch nur einen Augenblick zu zögern, auch wenn, Gott weiß es, ich es hasse, auch nur für einen Tag zum Disibodenberg zurückzukehren.«
»Herrin, ich bitte Euch zu warten!«
»Wie lange noch? Eure Brüder haben die Übertragung unserer Rechte auf diese Abtei nun fünf Jahre lang hinausgezögert. Ich werde nie ganz sicher sein, solange die Urkunde nicht in meinen Händen liegt.« Sich schwerfällig auf die Armlehne ihres Stuhls stützend, stand sie auf und versuchte, die Schultern zu straffen. Zum ersten Mal bemerkte sie die geschwollenen Gelenke ihrer einst so anmutigen Finger.
»Es gibt doch gewiß einen anderen Weg – jemand anders ...«
»Wer denn, Vater Volmar?« Ihre Stimme klang schrill. »Ihr vergeßt, daß ich ohne Heinrich keinen Beschützer mehr habe. Ich stehe jetzt allein da. Völlig allein.«

Er wirbelte herum. »Das kann nicht Euer Ernst sein! Denkt an Eure Stifter, an Eure Töchter, und was ist mit mir?«
»Da niemand es gewagt hat, sich dem Abt entgegenzustellen, muß ich es tun. Solange das Schenkungsbuch nicht in meiner Hand ist, steht der Fuß des Abtes in meinem Nacken, und wir in dieser Abtei sind seine Gefangenen!« rief sie.
»Dann sollen meine Brüder verdammt und abermals verdammt sein«, erwiderte er laut. »Ist es das, was Ihr von mir wollt? Ich habe Euch bei Eurer letzten Reise angeboten, Euch zu begleiten, aber Ihr habt abgelehnt. Soll ich dem Abt vielleicht persönlich drohen?«
Die Äbtissin erbleichte. »Natürlich nicht. Ich erbitte nur Euer Verständnis. Seht Ihr nicht, daß die Abtei, wenn ich jetzt nicht handle, mir jederzeit entgleiten kann? Dann hätte ich alles verloren.« Vor Angst schlugen ihre Zähne aufeinander.
Da verstand er. Ihre Furcht ist der Zwillingsbruder ihrer Trauer, dachte er. Sie hat Frau Jutta verloren, dann die Markgräfin, dann Richardis, und jetzt ihren einstmals vertrauten Verbündeten, den entlassenen Erzbischof von Mainz.
»Ehrwürdige Äbtissin«, sagte er weich, »ich bitte Euch nochmals: Erlaubt mir, Euch auf den Disibodenberg zu begleiten.«
Als sie sich umwandte und ihn anschaute, verschleierte Kummer ihren Blick. »Ich wage es nicht, mein Freund. Eure Loyalität zu Euren Brüder könnte mein Verderben sein. Ich kann es nicht riskieren, Euch zu verlieren.«
Die Worte schnitten ihm ins Herz. Er wagte nicht, sie anzuschauen.
Seine Hände flohen in seine Ärmel, und sie war froh, daß es klopfte. »Die Burschen sind fertig«, rief Hiltrude. »Die Pferde sind gesattelt und stehen bereit.«
»Betet für mich, mein Freund.«
Er mißtraute seiner Stimme und antwortete nicht.

❦

Die Mönche standen mit verschränkten Armen und gesenkten Häuptern vor ihren Plätzen am Tisch. Prior Albert bat Hildegard herein und erging sich in der gleichen übertriebenen Höflichkeit, mit der er sie am Tor begrüßt hatte.
Die Luft im Refektorium war stickig vor Ablehnung. Eindeutig wurde diese Begegnung als Strafe gesehen, die erduldet werden mußte. Als Hildegard an den Reihen der Mönche vorbeiging, begrüßte sie nur das Scharren ihrer Sandalen. Es klingt wie der Zorn, der Steine zu Sand zermahlt, dachte Hildegard.
Der Anblick Kunos überraschte sie. Seine breiten Schultern waren gebeugt und sein Körper ausgemergelt. Kaum zu glauben, wie die Jahre ihm zugesetzt hatten. Seine Haut war wie Pergament und schuppig, seine einstmals blauen Augen wässerig. Er zog es vor, an ihr vorbeizuschauen. Seine Schwerhörigkeit offenbarte sich in der Lautstärke seiner Stimme.
»Verehrte Äbtissin«, schrie er, »wie Ihr wißt, besagt die Regel, daß alle endgültigen Entscheidungen, die Abtei betreffend, allein vom Abt gefällt werden. Doch aus Hochachtung für die selige Frau Jutta umgehe ich die Regel und gewähre Euch, ihrer gehorsamen Tochter, die Erlaubnis, in Gegenwart der Brüder zu sprechen.« Er setzte sich, verschränkte die Arme und schloß die Augen.
Hildegard stand da und wartete. Nacheinander schauten alle Mönche sie an, mehr aus Neugier, denn aus Interesse, das wußte sie. Erst dann hob sie die Arme, um sie zu segnen, doch sie wichen zurück wie ein Mann.
»Meine Söhne, mit meiner Bitte um Gerechtigkeit stehe ich demütig vor Gott und dem heiligen Benedikt«, begann sie. »Ich bin weder gekommen, um zu feilschen, noch um die Abtei zu bestehlen, sondern nur um die Übergabe unseres Schenkungsbuches, das unser rechtmäßiger Besitz ist, zu fordern. Es wurde uns bei der Gründung der Abtei Rupertsberg vermacht, deren Grund und Boden rechtmäßig und mit bischöflicher Genehmigung käuflich erworben wurde. Das Buch enthält die

Liste unserer Mitgift, Erbschaften und Grabrechte, die uns diese Abtei – ungeachtet unserer wiederholten Anfragen – vorenthält. Ich bin hergekommen, um das Buch entgegenzunehmen. Es muß unverzüglich in meine Hände gelegt werden!«
Kunos Mund zuckte heftig, als er Prior Albert, der sofort aufsprang, ein Zeichen gab.
»Ehrwürdige Äbtissin«, erklärte der Prior, »Eure Interessen sind weiterhin von größter Wichtigkeit für uns, wie sie es schon jahrzehntelang waren, als diese Abtei Euch noch mit Hingabe als persönliche Beschützerin diente ...«
»Eine Aufgabe, die sie im Austausch für unsere Mitgift übernommen hatte«, unterbrach sie ihn.
»Nur zum Teil«, sagte er barsch. »Wie könnt Ihr die Jahre geistigen Erhalts, die diese Abtei Euch gewährt hat, ermessen ...?«
»Ermessen, Herr Prior? ›Würdigen‹ wäre gewiß das passendere Wort. Das Wort ›messen‹ hingegen ließe sich leicht auf die Gewinne aus der Pacht, den Weinbergen, Brückenzöllen und Mühlensteuern anwenden, die unsere Mitgift Euch weiter verfügbar gemacht hat«, führte sie aus. »Ist es nicht so, Vater Prior?«
Der Prior entrang sich ein Lächeln. »Dann teilt uns freundlicherweise mit, Herrin, wie wir die Stiftungen jener Familien aufteilen sollen, deren Söhne dieser Abtei die Treue halten, während ihre Töchter ihre familiären Wurzeln herausrissen, um mit Euch auf den Rupertsberg zu ziehen?« Zustimmendes Gemurmel ging durch die Reihen.
»Wir erwarten nur die Anteile, die ausdrücklich dem Rupertsberg zugeschrieben sind«, entgegnete sie ungeduldig.
»Indessen müßt Ihr zugeben, Herrin, daß wir Mönche schon lange vor Eurer Geburt in diesen Weinbergen gearbeitet haben«, sagte der Prior händereibend. »Gewiß würdet Ihr zustimmen, daß im Sinne der Gerechtigkeit und der Barmherzigkeit jedes Stück, das wir behalten, wohlverdient ist.«

»Nein, dem stimme ich nicht zu!« rief sie. »Unsere Urkunden müssen unverzüglich ausgehändigt werden! Ihr habt nicht das Recht, sie zurückzuhalten!«

Der Prior lächelte mitleidig. »Herrin, Ihr fordert ein salomonisches Urteil: den Körper eines Kindes zu zerteilen, um die Ansprüche zweier Frauen zu befriedigen, die behaupten, seine Mutter zu sein.«

»Hütet Euch, Herr Prior! Verhöhnt die Gerechtigkeit nicht, indem Ihr die Heilige Schrift mit Scheinargumenten verzerrt. Im Sinne der Gerechtigkeit könnt Ihr uns nicht aus reiner Gier unsere Rechte vorenthalten. Auch wir haben große Ausgaben.«

»Ihr habt Ausgaben, Frau Äbtissin? Für was, bitte sehr?« fauchte der Prior. »Für den Kauf eines weiteren Berges, auf dem Ihr noch eine Abtei errichten wollt? Oder für die ausgeklügelten Aquädukte Eurer Abtei? Oder um Euer Oratorium mit noch mehr Chorgestühl auszustatten oder die Schreibpulte im Skriptorium zu verdoppeln? Fürwahr große Ausgaben!« Seine Stimme klang erstickt vor Wut. »Auf der Höhe Eures Erfolges vergeßt Ihr wohl, daß wir Euch, obwohl Ihr uns durch Euren Aufbruch bereits verraten hattet, einen unserer geliebten Brüder als Propst überlassen haben. Und dennoch wollt Ihr mehr und bezichtigt uns der Gier. Doch wir haben Bedürfnisse, die in der Tat weit größer sind als die, die Euer neuer Ruhm Euch zu fordern verleitet.«

»Genug!« Zorn ergriff sie, sie sprang auf und schlug mit der Faust auf den Tisch. Dem Abt und seinem Prior stockte der Atem.

Als Hildegard sprach, grollte ihre Stimme wie verhaltener Donner.

*»Meine Söhne, hört auf meine Worte! In einer Schau bin ich auf Gottes Geheiß zum Disibodenberg gesandt worden, den ich mit Eurer Erlaubnis verlassen hatte. In dieser Vision wurde mein Blick auf Vater Abt gerichtet.«*

Alle rissen die Augen auf.

*»Das Lebendige Licht erklärte ihm: ›Die Almosen der Frauen gehören weder dir, noch deinen Brüdern! Und wenn einer von euch Unwürdigen versucht, das Eigentum meiner Töchter an sich zu bringen, sage* ICH, DER ICH BIN: *Du bist der schlimmste aller Diebe. Und wenn ihr versucht, ihnen ihren geistigen Hirten, Propst Volmar, zu nehmen, sage ich, ihr seid die Söhne Belials. Schaut nicht aus nach Gottes Gerechtigkeit, denn diese Gerechtigkeit wird euch vernichten.‹«*

Die Mönche waren sprachlos. Das einzig vernehmbare Geräusch war Kunos Keuchen.

»Ich erwarte Eure Entscheidung, Vater Abt«, schloß Hildegard an Kuno gewandt. Seine Hände zitterten heftig.

*Hinter ihm erkannte Hildegard im Lebendigen Licht die brennenden Fackeln an den vier Ecken seines schlichten Kiefernsarges.*

»Bereut, ehe es zu spät ist, Vater Abt«, flüsterte sie. »Zögert nicht. Eure Tage sind gezählt.«

Als er ihre Worte vernahm, leuchtete in seinen Augen eine gespenstische Dankbarkeit auf. »Endlich«, murmelte er, »wird diese Last von mir genommen.«

Zur Überraschung des Priors stieß er hervor: »Übergib der Äbtissin vom Rupertsberg das Schenkungsbuch.«

❦

Hildegard fühlte sich beschämt und erhoben zugleich von dem Vertrauen, das die Menschen ihr entgegenbrachten. Wenngleich es unmöglich für sie war, die Körbe mit Briefen, die die Wände säumten, zu lesen, lagen die dringendsten durch Gottes Gnade immer oben und fanden den Weg zu ihr. Der Brief der Nonne, die nun auf sie zueilte, war einer von ihnen gewesen.

Elisabeth von Schönau neigte sich wie eine Weide, als sie, die Hände wie zerknitterte Blätter an sich gepreßt, im Kreuzgang auf Hildegard zukam. Ihre Nase war schmal, die Lippen eine

dünne bläuliche Linie. Wenngleich sie kaum über zwanzig war, wirkte sie viel älter.
Hildegard erinnerte sich an ihren Brief:

An die ehrwürdige Hildegard, Superiorin der Bräute Christi in Bingen, von Elisabeth, einer einfachen Nonne:
Wie Ihr vielleicht vernommen habt, hat sich die Gnade des Herrn durch mich Unwürdige gezeigt durch himmlische Geheimnisse, die mir offenbart werden. Von seinem Engel wurde ich angewiesen, sein Volk vor dem zu warnen, was ihm zustoßen würde, falls es nicht ablasse von seinen Sünden.
Aus Furcht, der Hoffart bezichtigt zu werden, behielt ich diese Dinge für mich. Dann fiel ich an einem gewissen Sonntag in einen Zustand der Verzückung, in dem mich der Engel des Herrn aufsuchte und zu mir sprach: »Warum verbirgst du Gold im Schmutz? Das Wort Gottes wurde durch deinen Mund zur Erde gesandt, so daß es dem Ruhme Gottes und seinem Volke diene.«
Dann hob der Engel eine Geißel über mich und schlug mich mit großem Zorn fünfmal, so daß meine Schwestern mich drei Tage lang Tag und Nacht pflegen mußten, da mein Leib völlig zerschlagen war. Ich schwieg bis zur neunten Stunde, dann vertraute ich mich dem Vater Abt an, der mich besuchte. Ich erzählte ihm von den Worten des Engels und der Rache des Herrn, die bald auf diese Welt herniedergehen würde.
Während der Nachtwache zum Fest der heiligen Barbara fiel ich wiederum in Verzückung, und der Engel erschien. Abermals befahl er mir, die Welt zur Buße aufzurufen.
Immer wieder falle ich in Verzückung, wenn Vater Abt meine Worte von gelehrten Männern prüfen läßt.
Ehrwürdige Äbtissin Hildegard, ich bitte Euch, mich zu empfangen, damit mir Euer Rat zuteil werde.

Das Echo des Briefes war noch in Hildegards Kopf, als sie Elisabeth gegenübersaß.
»Du fastet viel und schläfst wenig, nicht wahr, Schwester Elisabeth?« erkundigte sich Hildegard. Sie erkannte die Spuren der Geißel unter der Ordenstracht der Nonne, einige der Male waren so frisch, daß man noch das Blut sah.
»Ich kann nicht ruhen, ehrwürdige Äbtissin, da ich erwarte, daß meine Worte jeden Moment verspottet werden.«
»Ist es das, was du am meisten fürchtest, meine Tochter?«
»Ich fürchte auch, daß meine Worte als Teufelswerk abgetan werden. Was soll ich tun? Der Engel des Herrn drängt mich.«
»Beruhigt dich dieser Engel auch?«
»Ja, und er erinnert mich daran, daß, als die Väter Israels der Schwäche und Trägheit anheimfielen, die großen Frauen Israels sich erhoben und prophezeiten und das Volk Gottes so gewissenhaft lenkten, daß es über die Feinde Israels triumphierte.«
»Du sprichst von Debora, Hulda und Judita?«
»Ja, Herrin, doch eine andere, noch wunderbarere Vision, die ich mit Euch teilen möchte, bestätigt mich.«
*Hildegard sah, wie das Licht die Seele der jungen Nonne erfüllte wie ein Sonnenaufgang.*
*»Das Gesicht, das ich vor mir sehe«, erzählte Elisabeth unter Tränen, »ist das der Mutter Maria. Sie ist wie ein Priester in ein Meßgewand gekleidet und trägt eine goldene Krone. So steht sie in vollkommener Ruhe neben dem Altar.«*
*Die Lichtkaskaden, die Elisabeths Seele entströmten, hüllten sie so vollständig ein, daß nur noch die Umrisse ihres Körpers sichtbar waren.*
*»Und nun erblicke ich die in die Sonne gekleidete Frau, die feurige Blitze aussendet.«*
*»Beschreibe sie mir«, flüsterte Hildegard.*
*»Ihr Gesicht trägt das Abbild des Leibes Jesu und vergießt Tränen über die Verderbtheit der Welt.«*
*»Und die Seelen von Mutter und Sohn sind weder die eines Man-*

*nes noch die einer Frau, sondern beides in einem?« fragte Hildegard.*
*Elisabeths Schrei erfüllte den Raum. Ihre braunen Augen flehten. »Mein Herr Jesus, wenn du Mensch und Gott bist, wie kann deine Seele dann nicht Mann und Frau sein? Und wenn wir nach deinem Ebenbild geschaffen sind, wie können dann unsere Seelen nicht männlich und weiblich zugleich sein?«*

❦

Als er den Brief zu Ende gelesen hatte, lehnte sich Volmar zurück. Sein Lächeln war voller Stolz und Bewunderung. »Wieder ein Dankesbrief, verehrte Äbtissin«, sagte er. »Euer Rat hat das Leben so vieler Menschen berührt.«
»Ich bin gesegnet«, nickte die Äbtissin beinahe wie zu sich selbst. »Die Ländereien werden gut verwaltet; die Speicher sind gefüllt; meine Töchter sind zufrieden …« Ihre Stimme brach ab, und eine Falte erschien auf ihrer Stirn.
Volmar fragte sich, was ihr wohl jetzt noch Sorgen bereitete. Die Abtei blühte und gedieh. Es waren nun vierzig Nonnen, also dreimal soviel wie Mönche auf dem Disibodenberg. Zwar gab es immer irgendeinen Aufruhr, doch er erkannte an Hiltrudes häufigem Gelächter, daß das Leben dieser Tage leichter geworden war.
»Und da nun alles in Ordnung ist«, verkündete Hildegard laut, verschränkte die Arme und hob ihr Kinn, »bin ich frei zu gehen.«
»Frei zu gehen? Wohin, bitte, und zu welchem Zweck?« forschte der Mönch und wischte seinen Federkiel ab.
»Ich begebe mich auf eine Reise, um zu predigen«, erklärte sie herausfordernd.
»Um zu predigen? Ihr?« fragte Volmar verdutzt. »Ihr scherzt!«
»Schwerlich.« Sie atmete tief ein. »Das Lebendige Licht hat es mir in einer Vision befohlen.«

»Herrin, ich verstehe nicht ...«
»Dann wird sich vielleicht Eure Hand daran erinnern, den Befehl, gegen die Ungerechtigkeit und Verderbtheit zu sprechen, den ich erhalten habe, aufgezeichnet zu haben. Häretiker überschwemmen das Land, verführen die Menschen mit Arglist, behaupten, das Fleisch sei böse und wir seien Sprößlinge des Teufels. Da sich keines Mannes Stimme gegen sie erhoben hat, muß ich es tun.«
Dem verwirrten Volmar glitt das Tintenfaß aus der Hand.
Als er sich niederbeugte, um es aufzuheben, rief Hildegard: »Schaut mich an! Können wir es wagen, zu zögern, das Volk vor der Verwüstung zu warnen, die vor unserer Tür steht?«
»Aber Ihr warnt es doch in Euren Schriften, Herrin ...« begann er.
»Das genügt nicht! Ich muß direkt zu den Leuten sprechen«, entgegnete sie mit blitzenden Augen. »Ich muß zu den Abteien reisen und auf den Marktplätzen zu den Menschen sprechen.«
»Ich bitte Euch, beruhigt Euch«, beschwor der Mönch sie geduldig. »Ich habe es wahrhaftig nicht böse gemeint, aber findet Ihr nicht auch, daß es einen Skandal verursachen würde, wenn eine Äbtissin ihr Kloster verließe und sich den Gefahren der Landstraße aussetzte, um wie eine Wanderpredigerin umherzuziehen?«
»Wirklich, Vater Volmar!?« zischte sie mit bebenden Nüstern. »In diesem Fall schlage ich vor, Ihr macht Euch mit meinen berühmten Vorgängerinnen vertraut. Der große Kaiser Otto bestand darauf, daß die berühmte Stiftsdame Hrotsvit von Gandersheim umherreiste, um Bischofssynoden zu leiten. Er schätzte sie so hoch, daß er ihr das Vorrecht einer eigenen Hofhaltung mit einem ritterlichen Gefolge gewährte und sie Münzen mit ihrem Porträt prägen durfte und ...«
»Hohe Herrin, bitte, ich wollte nicht ...«
»Außerdem ist Euch gewiß bekannt, wie häufig die Äbtissinnen der Doppelabtei von Fontevrault reisten. Jene Äbtissinnen

beaufsichtigten, wie Ihr Euch erinnern werdet, Dutzende von Pfarreien, Kapellen und Kirchen. Überdies ernannten sie ihren Klerus selbst.«

Volmar knirschte mit den Zähnen, schwieg aber.

»Meine Vorläuferinnen waren furchtlose Frauen«, beteuerte Hildegard. »Ihr Ansehen ist schwerlich eine Folge ihrer Stickerei in der Nähstube.«

Volmar gab sich geschlagen.

Sie begann auf und ab zugehen. Ihr Gesicht wirkte abgezehrt, und sie hatte dunkle Ringe unter den Augen. Sie sah aus, als hätte ihr Herz an tausend Stellen Risse. Schrecken erfüllte sie! Zum ersten Mal erlebte sie die Qualen eines Propheten, der vor dem, was vor ihm lag, erschauerte, aber nicht umkehren konnte.

❦

Die Reisenden waren dankbar, daß Würzburg nur noch eine Stunde entfernt lag. Der starke Wind machte die Pferde scheu, und sie liefen Gefahr fehlzutreten. Hildegard riet Gertrud und Gisla, sich tief hinunterzubeugen und ihre Ellbogen gegen die Hälse ihrer Pferde zu pressen, um sich festzuhalten. Während die Böen die Bäume am Fluß peitschten, mußten sie sich anstrengen, sich überhaupt verständigen zu können. Bis zu diesem Tag war das Wetter den Reisenden günstig gesonnen gewesen. Hildegard fühlte sich geborgen in der sanften Brise. Der Pfirsichglanz der Sonne sprenkelte ihr Gesicht bald mit Sommersprossen. Sie überließ ihren Körper dem trägen Schaukeln des Pferdes. Nach einer Weile entspannte sich ihr Geist. Stundenlang hatte sie das Gefühl zu schweben.

Doch nun, als sie ihren Rücken gegen den zunehmenden Wind stemmte, spürte sie, wie ihr Körper zurückglitt in die vertraute Anspannung von Aufgaben, Glockengeläut und Vorschriften, die ihr Leben im Kloster seit über fünfzig Jahren bestimmten. Ihr fiel auf, wie die Jahrzehnte harter Arbeit und unnachgiebiger Disziplin dem Schmerz Wege bereitet hatten, auf denen er nun durch ihren Körper reiste. Sie schaute auf ihre geschwollenen Finger und bewegte sie. Als sie sich aufrichtete, spürte sie eine feurige Kugel zwischen ihren Schultern, und erinnerte sich, daß ihr Kopf so fürchterlich schmerzte, als wäre er mit zerbrochenem Glas gefüllt.

Hinter sich hörte sie Gertruds Stimme laut rufen: »Ermüdet Ihr, Herrin? Sollen wir anhalten und Rast einlegen?«

Die Begleitung der Zwillinge auf dieser Reise war von unschätzbarem Wert gewesen. Stets aufmerksam hatten sie jede Anstrengung unternommen, sie vor den überwältigenden Anforderungen zu schützen, denen sie sich bei ihren Besuchen in Eberbach, Kitzingen und Bamberg gegenübergesehen hatte. Obgleich man sie allerorts herzlich aufgenommen hatte, war sie doch auf die Wogen von Ärger und Sorge derer, denen sie predigte, nicht vorbereitet gewesen. Bald schon war ihre Kraft aufgebraucht, und sie bedurfte immer häufiger des Gebets und der Ruhe.

Wenn sie wieder auf der Straße waren, kehrten Hildegards Gedanken ständig zu dem sich zuspitzenden Machtkampf zwischen Papst und Kaiser zurück. Zweifel an Kaiser Friedrich begannen an allen Türen ihres Verstandes zu klopfen.

Zwei Ereignisse waren Friedrich in jüngster Zeit zustatten gekommen. Zum einen war ihm die Scheidung von Adela gewährt worden, und er hatte seine kindliche Braut Beatrice von Burgund heimgeführt. Zu ihrer Mitgift gehörte das obere Burgund nebst fünftausend Vasallen, die die Reihen von Friedrichs Heer vergrößerten.

Das andere bedeutsame Ereignis war die Ernennung von Rainald von Dassel zu seinem neuen Erzkanzler. Rainalds messerscharfer Verstand unterstrich seine diplomatischen Fähigkeiten, und er war der kaiserlichen Sache uneingeschränkt ergeben. Wenn auch nicht von hoher Geburt, besaß er doch einen grimmigen Ehrgeiz, der ihn auch in das kaiserliche Umfeld katapultiert hatte. Damit ließ er die düsteren Erinnerungen an sein früheres Leben als Dompropst in Hildesheim zurück.

»Rainald gedeiht im Auge des Sturms«, hatte Hildegard Volmar anvertraut. »Doch seine Wagnisse werden Friedrichs Vermächtnis für immer ändern.«

Kaum hielt er die Zügel in der Hand, führte Rainald auch schon einen Propagandafeldzug gegen Papst Hadrian als Vergeltung für dessen Abkommen mit Wilhelm I., dem Normannenkönig von Sizilien. Das Abkommen nahm Süditalien von Friedrichs Bestrebungen, über ganz Italien zu herrschen, aus und brach damit einen früheren Vertrag zwischen Friedrich und Papst Eugen. Nun war Friedrich weder im normannischen Königreich Sizilien noch bei den italienischen Kommunen, noch beim Papst willkommen.

Die Spannungen zwischen Friedrich und dem Papst erreichten ihren Höhepunkt auf dem Reichstag zu Besançon, auf dem Friedrich die Vereinigung von Burgund und Deutschland proklamierte. Zwei päpstliche Gesandte nutzten die Gelegenheit, Friedrich ein Schreiben des Papstes zu überreichen, in dem dieser dem Kaiser Vorhaltungen machte, da er ein Verbrechen gegen den schwedischen Bischof von Lund – er und sein Gefolge waren überfallen, ausgeraubt und mit dem Tode bedroht worden – ungeahndet gelassen habe. Als Friedrich beschlossen hatte, den Überfall zu ignorieren, protestierte Papst Hadrian hastig und unmißverständlich: ein Verbrechen gegen einen Kirchenfürsten sei untragbar. Sein Brief lautete folgendermaßen:

> Gedenke, ruhmreicher Sohn, wie huldvoll Deine Mutter, die Heilige Römische Kirche, Dich im vergangenen Jahr behandelt hat, indem sie Dir die kaiserliche Krone übertrug, höchstes Zeichen der Ehre und Würde, und wie sie Dich stets gefördert hat. Weit entfernt, dies zu bereuen, würden wir uns glücklich schätzen, Dich mit noch größeren Wohltaten zu bedenken, wäre dies möglich.

Friedrich war erbost über Hadrians Andeutung, die Kaiserkrone sei eine Pfründe, ein Geschenk des Papsttums, und er beeilte sich zu antworten:

> Wir haben dieses König- und Kaiserreich durch die Gnade Gottes, der die Welt durch die Leiden seines Sohnes unter die Herrschaft zweier Schwerter gestellt hat, und durch die Wahl der Fürsten erhalten. Erinnert Euch an die Mahnung des Apostels Paul: »Fürchte Gott, ehre den König.« Dergestalt widerspricht jeder, der behauptet, wir hätten die Kaiserkrone als Lehen vom Papst erhalten, den Lehren des Apostels und ist ein Lügner.

Damit war die Linie zwischen dem Papst und Kaiser mit Blut gezeichnet.

❦

»Meine Träume sind vom Lied des Windes in den Bäumen unserer Abtei erfüllt«, seufzte Hildegard, »und vom Rauschen unserer beiden Flüsse, wenn sie sich am Fuße des Rupertsberges vereinigen.«

Die Zwillinge tauschten einen Blick: Die Reise forderte ihren Tribut. Ungeachtet all ihrer Bemühungen hatte der Besuch in Bamberg die Äbtissin erschöpft. Gewiß würde es ihnen nun gelingen, sie zu überreden, in Würzburg zu rasten.

Bald erschien das Wahrzeichen der Stadt, der Turm der Marienkirche, die sie wie eine Krone zierte, am Horizont. Legenden, daß die heidnischen Feuer noch in seinem Inneren glühten, umgaben den Berg, obwohl die Saat des Christentums schon vor langer Zeit an seinen Hängen Wurzeln geschlagen und Blüten getrieben hatte. Alsbald kamen auch die Umrisse der alten Würzburger Festung in Sicht.

Der Lärm auf dem Domplatz, den die Reisenden nach kurzem Ritt erreichten, war ohrenbetäubend. Die Arbeiten am Dom verwandelten ihn in einen summenden Bienenkorb. Kreischende Kräne durchdrangen die Luft, während Schmiede und Steinmetze ihre Anweisungen zu den Handwerkern auf dem Gerüst hinaufbrüllten. Im Staub darunter beugten sich die Architekten über Zeichnungen von der neuen Domfassade.

Ein lebhafter Markt war im Gange. Die Stadtbewohner drängten sich über den Platz und schlängelten sich zu den Ständen. Ein dunkelhäutiger Steinschneider mit Werkzeugen am Gürtel und einem grauen, staubigen Bart schob sich an den Reisenden vorbei. Ein schwangeres Mädchen lächelte entzückt, als sie sich einen scharlachroten Schal mit Fransen um die Schultern legte, während hinter ihr zwei Knaben eine Handvoll Pflaumen stibitzten und an einem Händler vorbeirannten, der von seinem Karren aus wollene Mäntel mit weiten Ärmeln verkaufte. Ein beißender Geruch von frisch gegerbtem Leder hing in der Luft. Lauch hing in Bündeln über gepökeltem Schweinefleisch und Fässern mit Lake. Ein Reisender kitzelte im Vorübergehen ein daumenlutschendes Kind am Kinn, während hinter ihm der klagende Ruf eines blinden Bettlers das Gakkern der Hühner und Japsen der Hunde übertönte.

Hildegard ließ ihren Blick über den Marktplatz schweifen und packte Gislas Arm. »Endlich«, sagte sie. »Da seht! Katharer!«

»Die Ketzer?« fragte Gertrud erschrocken. »Wo?« flüsterte sie und reckte den Hals. Doch die Äbtissin drängte sich bereits auf eine Menschenmenge am Rande des Marktplatzes zu. Aller Augen waren auf einen alten Mann gerichtet, der gestikulierend und mit wehendem Bart auf der Brüstung eines Brunnens stand. Er sah aus wie ein Patriarch: Sein Gesicht war wettergegerbt, und seine Augen waren wild wie die eines Eremiten in der Wüste. An seiner Seite stand strahlend wie eine vollerblühte Rose eine junge Frau mit blonden Zöpfen, die ihr bis zur Taille reichten.

Beide waren in einfache gewebte Stoffe gekleidet, die Säume ihrer langen Hemden vom Schmutz der Straßen bespritzt. Die

Frau wie auch der Mann waren dünn und ihre Füße voller Hornhaut. Die wilde Leidenschaft des Mannes stand in lebhaftem Kontrast zur strahlenden Heiterkeit der Frau. »Fürchtet euch nicht!« donnerte der Mann. »Wir sind nur gekommen, um die Botschaft der Apostel zu verkünden, euch aufzufordern, eure Sünden zu bereuen und eure Seelen zu retten! Wie wir, so sollt auch ihr euch abwenden von den goldenen Kirchen und den falschen Propheten, die behaupten, der Himmel sei mit Silberstücken käuflich zu erwerben. Diese Lügner predigen, daß der Gott des Lichts diese Welt regiert, wo wir doch wissen, daß sie von Satan, dem Herrn der Finsternis, allein geschaffen wurde. Als Satans Besitz erkennen wir, daß unser Fleisch schlecht und verderbt ist, und weigern uns, Kinder in diese schändliche Welt zu bringen und das Fleisch der Tiere zu essen. Das Fleisch Christi und der Jungfrau sind Illusion. Unsere Seelen sind aus dem Paradies gestürzte Geister, die nun auf Erden in verwesenden Leibern gefangen gehalten werden.«

Als Gertrud nach Hildegards Hand tastete, hatte diese sie zur Faust geballt.

Die Menge war jedoch wie gebannt, blieb stehen, zögerte, sich zu zerstreuen.

Plötzlich ertönte ein Schrei, der einem das Blut in den Adern gefrieren lassen konnte, dann nur noch ein verzweifeltes, ersticktes Röcheln. Hildegard sah, wie sich ein Mann mit zurückgeworfenem Kopf und vor Schmerz zuckendem Körper am Boden wand. Eilig drängte sie sich zu ihm durch, da schon Schaum auf seine Lippen trat.

Hildegard beugte sich über ihn und segnete ihn mit dem Zeichen des Kreuzes. »Im Namen Gottes, des Allmächtigen, bete ich, daß der Leib dieses Mann von seinem Schmerz befreit werde.«

Ein kurzer Ruck ging durch den zuckenden Körper des Mannes, er wurde zuerst starr und dann schlaff. Schaum und Blut, die aus seinem Mund getreten waren, flossen nur noch spärlich.

Daraufhin gab er ein erbarmungswürdiges Wimmern von sich, das dem eines verirrten Kindes glich. Doch er schaute die Äbtissin mit ruhigen hellen Augen an.

Hildegard spürte, wie die Leute sich um sie drängten und den Mann anstarrten, dessen Anfälle sie schon lange beunruhigt und ihre Kinder geängstigt hatten. Dann wanderten ihre Augen zu Hildegard. Als sie zurückschaute, wichen sie voll Ehrfurcht zurück. Die besorgte Stimme des Dekans von Würzburg teilte die Menge, als er mit hochgezogenen schwarzen Augenbrauen herbeigeeilt kam.

»Sie hat ihn vom Wahnsinn geheilt«, riefen ihm ein Dutzend Stimmen aufgeregt zu. »Wir haben es mit unseren eigenen Augen gesehen!«

Auf die Knie sinkend, warf der Dekan einen raschen Blick auf die Äbtissin und schaute dann den Mann auf dem Boden an.

»Matthias! Matthias!« rief er und nahm den Mann in die Arme. »Gott hat sich deiner erbarmt! Würzburg wird dieses Tages stets gedenken!«

»Ehrwürdige Äbtissin«, erklärte der Dekan hastig, »obgleich all unsere Bemühungen gescheitert sind, blieb Matthias fest in seinem Glauben. Er muß Euch erwartet haben.«

Hildegard ergriff Matthias' Hand und küßte sie, während die Bewohner der Stadt ihm aufhalfen. Sie segnete ihn, dann folgten ihm ihre Blicke, bis er in der Menge verschwunden war.

»Ich bitte Euch, Herrin, die Gastfreundschaft dieses Doms anzunehmen.« Hermann, der Dekan, verbeugte sich aufgeregt.

»Ich nehme sie an«, erwiderte Hildegard gelassen. »Ich möchte meine Arbeit gleich hier und jetzt auf den Stufen des Domes beginnen. Ich bin angewiesen, Euren Bürgern eine Botschaft zu überbringen.«

»Angewiesen?« stotterte er. »Wie immer Ihr beliebt, edle Frau.«

Alle Köpfe wandten sich Hildegard zu, als sie die oberste Stufe zum Dom erstieg.

Wie vornehm sie ist, dachte der Dekan. Als er die Äbtissin in ihrem würdevollen schwarzen Ornat die Treppe hinaufschreiten sah, fühlte er sich wieder wie damals als staunender Page im Schloß seines Onkels. Als sie sich mit erhobenem Kinn umwandte, schloß sie für einen Moment die Augen, um zu beten.
»Wie strahlend sie ist«, seufzte er. »Wie kühn!«
Alle Männer nahmen die Hüte ab. Die Frauen geboten den greinenden Kinder, die an ihren Röcken hingen, zu schweigen. Hildegard hielt inne und betrachtete die Gesichter.
*»Bürger von Würzburg«, begann sie. »Wisset – auch wenn ihr die Worte aus meinem Munde vernehmt, so ist doch die Botschaft nicht die meine, sondern wurde mir in Visionen offenbart. Es erging der Befehl an mich, euch diese Botschaft zu überbringen.*
*In einer wahrhaftigen Geistesschau«, rief Hildegard, »wurde mir gezeigt, daß ihr, Bürger von Würzburg, und alle anderen Menschen zum Ruhme Gottes und nicht zu seiner Schande geschaffen seid!*
*Denn es wurde mir offenbart, daß am Anfang der Segen des Feuers, der Luft, des Wassers und der Erde, die Gott schuf, sich in jeden von uns ergoß. Das Feuer gibt unserem Leib die Wärme; die Luft gibt uns den Atem; aus dem Wasser kommt unser Blut; und aus dem Lehm der Erde ist unser Leib geformt. Und ich sah in einer Schau, wie Gott, als alles vollendet war, den Menschen schuf und Mann und Frau in die Weltmitte stellte.*
*Als die Zeit gekommen war, wurden Mann und Weib auf eine Weise vereint, daß sie nicht ohne einander bestehen konnten.*
*Gott blickte auf seine Schöpfung und sah, daß sie gut war, und gab jedem von seiner Herrlichkeit, denn obgleich wir klein von Statur sind, haben unsere Seelen die Macht durch Himmel und Erde zu weit entfernten Orten zu reisen. Denn jede unserer Seelen, eure wie die meine, ist ein Spiegel des ewigen Gottes.*
*Bürger von Würzburg, gedenket dieser Wahrheiten, und lehrt sie eure Kinder!«*

Die Menschen starrten, denn sie wagten kaum, zu glauben, was sie gerade gehört hatten. Spiegel Gottes? Wie konnte das sein, mit nur einem Fleckchen Land, auf dem sie zeit ihres Lebens ihre Nahrung zusammenkratzten? Doch hatten sie nicht gesehen, wie die Äbtissin Matthias geheilt hatte? Wie konnten sie also daran zweifeln, daß ihre Worte wahr und von Gott waren?

Sie standen und starrten. Schließlich hielten einige der Frauen ihre Säuglinge hoch, um sie von der Rupertsberger Äbtissin segnen zu lassen, während andere ihre Hände auf die schwangeren Bäuche legten und weinten, als sie die Bewegungen ihrer ungeborenen Kinder spürten.

❦

Es war eine kühne Tat, doch Hiltrude war verzweifelt. Beim Mittagessen verkündete sie: »Die heutige Lesung ist aus Mutter Hildegards neuem Werk *Das Buch der Lebensverdienste.*

*»Eine fünfte Erscheinung sah ich, welche die Gestalt einer Frau hatte, die Weltschmerz genannt wird.*

*Hinter ihrem Rücken ragte ein Baum hervor, der aber vertrocknet war und keine Blätter mehr trug. Von seinen dürren Ästen war diese Gestalt völlig überwuchert.*

*So vermochte sie die Arme nicht mehr auszustrecken, hielt diese vielmehr an sich verschränkt. Dabei hingen die Hände über das Geäst herab, und sie hatten Nägel wie Rabenkrallen. Von der rechten wie auch von der linken Seite der Gestalt gingen Zweige aus, die Bauch und Schenkel überkreuzend umgaben und ineinander verschlungen waren. Die Füße dieser Gestalt waren aus Holz. Besondere Kleider hatte sie nicht. Sie war lediglich auf diese Weise vom Geäst eingehüllt.*

*In einer finsteren Nebelwolke und mit gräßlichem Gestank nahten böse Geister und bedrängten diese Gestalt, während sie sich aufstöhnend zurückbeugte und klagte.*

*Doch eine Stimme ermahnte sie, nicht zu verzweifeln, sich von der Last der Sorge zu befreien und sich an dem Wissen um Gottes Heil zu ergötzen.«*

Hiltrude holte tief Luft und sah Hildegard an, doch die Äbtissin hielt den Kopf gebeugt.

»Die ehrwürdige Mutter vergleicht nun dürres Holz mit jenen Menschen, die die belebende Kraft ihrer Tugenden aufgegeben haben«, fuhr Hiltrude fort, »und denen der Saft des Lebens und die Grünkraft ihrer guten Taten fehlen. So lehrt uns die ehrwürdige Mutter, daß, wenn wir die Kraft unserer Seelen vertrocknen lassen und uns den leblosen Klauen des Weltschmerzes überlassen, wir diesen Schmerz um uns verbreiten und dadurch auch andere jener Feuchtigkeit verlustig gehen, die unsere Mutter den Tau des Heiligen Geistes nennt. Laßt uns jeden Tag beten, daß unsere Abtei von jedem Anflug dieser Schwermut verschont bleiben möge.«

Hildegards Augen waren geschlossen, doch jede Pore ihres Körpers vergoß bittere Tränen, denn ihre eigenen Worte wandten sich nun gegen sie und klagten sie an. Obwohl sie sich des Getuschels und der Blicke ihrer Töchter bewußt war, hatte sie weder die Kraft noch den Willen, sich darum zu kümmern. Seit ihrer Rückkehr ermüdete sie schon die leiseste Anstrengung. Sie trieb in einem Meer der Verzweiflung und zeigte kaum Interesse an der Abtei.

Später an diesem Tag zwang sie sich, das Skriptorium aufzusuchen. Volmar ging gerade die Post durch und war hocherfreut, sie zu sehen.

»Gute Nachrichten vom Abt aus Magdeburg, Frau Hildegard«, berichtete er gutgelaunt. »Er schreibt, daß alles, was Ihr prophezeit habt, eingetreten ist, und er bittet Euch zu offenbaren, welche Gefahren die Zukunft birgt.«

»Diese Frage sollte er an den Papst und den Kaiser richten, da sie es sind, die die Gefahren für uns bestimmen«, entgegnete Hildegard matt. »Ich übersetze nur die Dinge, die ich sehe.«

»Dennoch, ehrwürdige Mutter, bezeugen diese Schreiben eindeutig Eure große ...«
»Es reicht, Vater Volmar, ich bitte Euch.«
Derartige Zurückweisungen waren in letzter Zeit nicht selten. Die Äbtissin war zutiefst niedergeschlagen von ihrer Reise zurückgekehrt. Sie hatte wenig zu berichten von der Welt, der sie außerhalb der Mauern von Rupertsberg begegnet war. Aus den Neuigkeiten der Gäste zu schließen, schien es, daß in jüngster Zeit viele neue Städte aus dem Boden geschossen waren, deren Kirchtürme nun überall in den Himmel hinaufragten. Überdies waren seit dem Heiligen Krieg in Jerusalem neue blühende Handelsstraßen entstanden.
Doch wenn Volmar die Äbtissin drängte zu erzählen, was ihr auf der Reise am besten gefallen habe, sprach sie von sanften Brisen, die die Halme auf sonnengefleckten Feldern schaukelten, beschrieb den anmutigen Schwung, mit dem ihr Pferd den Kopf zum Trinken neigte, und die Schmetterlingsschwärme, die sich aus den Wiesen erhoben und sie mit dem Rausch ihrer Schönheit ergriffen hatten.
Wochen sollten vergehen, bis Hildegard die Kraft aufbringen würde, die emotionalen Anfechtungen zu schildern, die sie auf der Reise erlebt hatte.
»Ich habe von Verstößen gehört, die ich kaum glauben konnte«, vertraute sie Volmar an. »Diese Erinnerungen nagen noch an meiner Seele.« Sie sprach von der tief verwurzelten Verzweiflung der Mönche in der Sankt Michaelsabtei in Bamberg, von ihrem Entsetzen angesichts der aufsässigen Nonnen von Kitzingen und von dem Grauen, das sie empfunden hatte, als das Volk in Würzburg den Ketzern Beifall zollte. Es wurde Volmar erst jetzt bewußt, daß die Äbtissin all dies sowie Regen und Kälte erduldet hatte.
Je mehr sie ihre Erinnerungen entwirrte, um so trauriger wurde sie. »Jahrelang haben wir Gäste an unserer Tafel gehabt, die uns Nachrichten von der Welt brachten. Mit jeder Geschichte

öffneten sich die Tore meiner Phantasie. Doch nun habe ich das Leid und das Chaos mit eigenen Augen gesehen und kann die Knochen meiner Visionen mit Fleisch umgeben und zum Leben erwecken.« Ihr Gesicht wurde grau.

»Erst jetzt vermag ich die Dringlichkeit der Warnungen, die ich erhalten habe, zu begreifen. Wenn Ihr das Schicksal sehen könntet, das die Kirche und die Krone erwartet, mein Freund, würdet Ihr niemals mehr aufhören zu beten.

Doch als er sie bat, ihm mehr darüber zu erzählen, weigerte sie sich. »Ich wage es nicht«, sagte sie.

Volmar hegte indessen keinen Zweifel, daß Friedrichs zweiter Zug nach Norditalien sie in Unruhe versetzt hatte. Als Kaiser war Friedrich überzeugt, daß er allein Norditalien den Frieden aufzwingen konnte, und ernannte eilends kaiserliche Statthalter, die in seinem Namen herrschten. Die Zölle, die von den italienischen Städten für die Benutzung von Flüssen, Straßen und Marktplätzen erhoben wurden, sollten an den Kaiser zurückfallen, und alle Privatkriege wären gegen das Gesetz.

»Ist Friedrich wahnsinnig?« schrie Hildegard. »Glaubt er, er kann die Macht der italienischen Kommunen mit einem Handstreich zerschmettern?«

»Er ist schon dabei, Herrin«, berichtete Volmar. »Es heißt, er brauche einen Befehl nur auszusprechen, und Rainald von Dassel, den er zum Erzbischof von Köln gemacht hat, führt ihn aus. Rainald setzt sich vorbehaltlos für Friedrichs kaiserliche Pläne ein.«

Volmar schwieg nun. Die Äbtissin war ohnehin schon verzagt wegen der Nachricht, daß Arnold, der neue Erzbischof von Mainz, der Stadt eine Steuer auferlegt hatte, die zur Finanzierung von Friedrichs zweitem Feldzug nach Italien beitragen sollte. Prompt revoltierten die Bürger, woraufhin Arnold Mainz mit dem Bann belegte.

Völlig verzweifelt hatte Hildegard eine ominöse Warnung an Erzbischof Arnold gesandt:

Eine Zeit des Krieges ist gekommen, denn die Menschen haben ihre Gottesfurcht vergessen. Laßt nun alle Gefühle des Zorns und der Sorge hinter Euch, mein Sohn, und bereitet Euch auf die Begegnung mit Gott vor, denn Euer Ende ist nahe.

❦

Das ganze nächste Jahr war Volmar mit der Korrespondenz der Äbtissin beschäftigt. Briefe aus Frankreich, England und Byzanz, sowie beinahe aus jedem Weiler in Deutschland trafen ein. Wenige Briefe hatten Hildegard so beeindruckt wie der des Abtes Gedolphus von Brauweiler, der die unheimliche Geschichte von Sigewize erzählte, einer Frau, die vom Teufel besessen war.
Hildegards Antwort war kurz. Sie erklärte:

In einer wahren Vision schaute ich, daß ein Dämon seinem Wesen nach unfähig ist, in einen Mensch einzudringen, da sich in diesem Fall die Gliedmaßen der Person auflösen würden und wie Spreu im Wind wären. Vielmehr umnebelt der Dämon sein Opfer, zerrt es in den Wahnsinn und ruft aus ihm heraus, als sei es ein Fenster. Die Seele des Opfers ist währenddessen von Schlaf betäubt und weiß nichts vom Tun des Leibes.

»Mein Gebet hat also nicht geholfen?« fragte Hildegard den Abt Gedolphus, als er ihr gegenübersaß.
»Zeitweise schon, ehrwürdige Äbtissin. Ausreichend lange, daß die Menge Gott mit Klatschen und Stampfen pries. Doch plötzlich wurde die Besessene von einem heftigen Zischen ergriffen und begann, mit einem lauten Schrei wilder zu toben als zuvor. Das Volk war zornig vor Enttäuschung. Wir lasen abermals Euer Gebet, doch nun schrie der Dämon, er würde nicht weichen, bis er Eurer Gegenwart ansichtig würde.«

»Demnach habt Ihr die Frau hergebracht?«
»Ja«, erwiderte der Abt betreten. »Doch nur auf die Bitten all jener Leute, die Zeugen ihrer langen Leiden waren. Sie beten auch jetzt noch für sie in der Gewißheit, daß nur Ihr ihr zu helfen vermögt.«
Volmar war in heller Aufregung. »Herrin, was sollen wir mit ihr machen? Wo sollen wir sie unterbringen? Im Hospiz und im Krankensaal wird sie höchstens einen Tumult verursachen. Das Haus für die armen Frauen ist schon von Schwangeren und verlassenen Frauen voll belegt. Wie könnt Ihr nur eine solche Bürde auf Euch nehmen?«
»Wie könnte ich nicht?« erwiderte sie barsch und schüttelte den Kopf. »Ihr macht mich traurig, Vater Volmar.«
»So sei es denn!« gab er heftig zurück.
Die Nonnen waren entsetzt. »Wie können wir beten und arbeiten mit einer Wahnsinnigen in unserer Mitte?« wehrten sie sich in der Kapitelversammlung am nächsten Tag.
»Meine Töchter, ich bitte euch in eurer Angst auf Frau Weisheit zu vertrauen«, sagte Hildegard. »Solange Sigewize in unserer Obhut ist, dürfen wir sie nicht verurteilen. Sie ist uns als Aufgabe gesandt, als Spiegel, der uns auffordert, den Dämonen entgegenzutreten, die in jeder von uns schlummern.«
Die Wochen vergingen wie eine Reihe von Alpträumen.
Jeden Tag stand Sigewize an der Tür zur Kapelle und schleuderte den Nonnen Unflat entgegen. Sie nannte Ilse eine diebische Hure, beschimpfte Gertrud wegen ihrer winselnden Schwäche und beschuldigte Gisla unkeuscher Gedanken. Doch obgleich der Gestank ihres ungewaschenen Körpers Übelkeit in ihnen erregte, wandten sie sich nicht ab.
In der Kapitelversammlung schilderte Hildegard ihnen ausführlich das Los der Besessenen. »Ich erkenne, daß der Dämon in ihr drei Qualen erleidet«, erklärte sie. »Die erste besteht darin, von einem heiligen Ort zum anderen geschleift zu werden – unendliches Entsetzen; die zweite Qual bedeutet es, den

Blicken und dem Mitleid der einfachen Leute ausgesetzt zu sein; die dritte, Tag und Nacht von der Macht der Gebete gepeinigt zu werden, die verlangen, daß der Dämon sein Versteck verlasse. Sind dies nicht Qualen, denen auch wir unterworfen waren, meine Töchter? Haben wir uns nicht auch mitunter von den Worten und Urteilen anderer gefangen gefühlt oder sind Ziel ihres Mitleids gewesen? Sind nicht auch wir gezwungen worden, unsere geheimen Gedanken und Gefühle preiszugeben? Wie könnten wir also dieser gepeinigten Seele unser Mitgefühl verweigern?«

Als die schweren Schleier der Fastenzeit sich über die Abtei legten, waren die Mahlzeiten kärglich. Doch während die Gesichter der Nonnen immer abgezehrter wurden, wuchs ihre Geduld mit Sigewize. Tag um Tag hörten sie zu, wie Hildegard die Lügen des Dämons widerlegte und angriff. Ungeachtet der vielen Bußübungen verging die Fastenzeit wie im Fluge.

Am Karsamstag stand Vater Volmar am Taufbecken und blies über das Wasser, um des Augenblicks zu gedenken, als der Heilige Geist über den Wassern der ersten Schöpfung wehte. In diesem Moment wankte Sigewize aus dem Schatten und begann, von Krämpfen geschüttelt, ihre Nägel in das Chorgestühl zu schlagen. Ein grauenhafter Schrei entrang sich ihr, sie wurde mit einem Stoß zu Boden geschleudert, während Schaum aus ihrem Mund troff.

Entsetzt flohen die Nonnen aus ihren Nischen und scharten sich um die Äbtissin, während Sigewize sich in Qualen auf dem kalten Steinboden windend hin und her rollte. Als Volmar das Kreuz über sie erhob, zerriß ihr Kreischen die Luft.

Mit erhobenen Armen flehte Hildegard zum Heiligen Geist, ihr bei der Befreiung Sigewizes beizustehen. »Weiche, Satan!« rief sie. »Weiche für immer aus dem Tabernakel dieses Leibes, damit der Heilige Geist seinen rechtmäßigen Platz darin wieder einnehmen und diese Frau endlich der Freuden des Geistes teilhaftig werden kann.«

In diesem Augenblick wurde Sigewize nach vorn auf den Boden geworfen, und der Dämon entfuhr in einem Schwall blutigen Urins. Endlich befreit fiel Sigewizes lebloser Körper der Äbtissin zu Füßen. Kniend nahm Hildegard sie in die Arme und hielt sie zärtlich fest, bis sie die Besinnung wiedererlangte.
»Sagt Dank für ihre Errettung«, rief Hildegard. »Denn obgleich Gott es zuließ, daß Hiobs Leib vom fauligen Gestank offener Wunden und von Ungeziefer heimgesucht wurde, weigerte er sich, Hiob dem Satan anheimzugeben, so wie Hiob niemals seinen Glauben an Gott aufgab. So danke ich Gott, meine Töchter, daß er Sigewize nicht verlassen hat.«
Diese Worte trafen Volmar schwer. Durch meine Zweifel habe ich meine Herrin im Stich gelassen, dachte er bekümmert.

❦

»Warum seid Ihr so überrascht?« fragte Hildegard Volmar. »Ein Schisma war unvermeidlich. Hadrian hat sich nicht nur geweigert, Friedrich zu empfangen, sondern er hat sogar gedroht, ihn zu exkommunizieren. Unser Kaiser ist kein Narr. Um über Italien zu herrschen, muß er zuerst Rom beherrschen.«
Erschüttert sank Volmar in seinem Stuhl zusammen, als er mit seinem Bericht fortfuhr. »Es heißt, Hadrians Leichnam sei noch nicht kalt gewesen, als Friedrich mit Hilfe Rainald von Dassels dem rechtmäßigen Nachfolger Alexander III. seinen Gegenpapst Victor VI. entgegenstellte. Doch das war nur der Anfang. Er berief beide Kandidaten zu einer Versammlung nach Pavia, wobei er seinem Gegenpapst als Zeichen der Referenzerweisung den Steigbügel hielt. Dann kniete Friedrich am Altar nieder und küßte Victors Füße, und alle anderen folgten seinem Beispiel.«
»Unglaublich«, stöhnte die Äbtissin. »Und Alexander? Wurde seine rechtmäßige Wahl vollkommen mißachtet?«

»Völlig, Herrin«, sagte Volmar. »Inmitten des Ereignisses wurde eine große Anzahl von Kerzen in der Kathedrale entzündet. Mit dem Aufflammen jeder Kerze wurde ein Bann gegen Alexander ausgesprochen. Er und seine Bischöfe wurden exkommuniziert. In diesem Moment wurden alle Kerzen gelöscht, und die Kathedrale versank in Dunkelheit. Das Anathema trat in Kraft.«

Hildegard schauderte. »Friedrich hat die deutsche Seele gespalten wie einen reifen Kürbis«, sagte sie. »Sieht er nicht, daß er die Saat zerquetscht, deren Ernte er einzubringen hofft, indem er die Gläubigen zwingt, vor einem Gegenpapst zu knien?«

»Verzeiht, ehrwürdige Mutter«, unterbrach Hiltrude, als sie ins Zimmer stürzte. »Wir haben gerade die Nachricht erhalten, daß Erzbischof Arnold brutal von den Mainzer Bürgern ermordet wurde.«

»Ihr habt recht gehabt, Herrin«, seufzte Volmar.

Doch die Äbtissin schritt bereits auf und ab, die Arme um den Leib verschränkt, das Gesicht von gespenstischer Blässe überzogen.

❦

Hiltrude war als letzte an der Reihe, die monatliche Beichte abzulegen. Als sie vor Vater Volmar niederkniete, war ihre Stimme nur ein Flüstern.

»Vor Gott bekenne ich meinen Zorn über die bevorstehende Abreise der ehrwürdigen Mutter.«

»Deinen Zorn, meine Tochter?« Volmar erbleichte.

»Ja, und das Gefühl, im Stich gelassen zu werden«, antwortete sie nun lauter. »Ich fürchte mich davor, all die Pflichten und Lasten der Äbtissin zu übernehmen, wenn sie wieder auf Reisen geht«, stieß Hiltrude hervor. »Ich weiß aus Erfahrung, daß ich bis zum Tag ihrer Rückkehr keine Ruhe finden werde.«

»Sie aber doch auch nicht, Schwester Hiltrude«, seufzte Volmar. »Andererseits würde sie es wohl kaum wagen, abzureisen, wenn du nicht wärest. Alles, was wir tun können, ist, um ihre Sicherheit zu beten …«

»Und um meine Geduld«, erwiderte sie schnippisch.

»Fürwahr.« Volmar seufzte abermals. »Anstelle einer Buße habe ich eine Bitte. Komm bitte nach der Non ins Arbeitszimmer der Äbtissin.« Damit gab er ihr seinen Segen.

Die Nachmittagssonne schien durch die offene Tür, als Hiltrude eintraf.

»Schwester Priorin«, begann Volmar förmlich, »ich nehme mir die Freiheit, dir von einigen Briefen Mitteilung zu machen, in die nur wenige eingeweiht sind. Wie die Äbtissin immer betont hat, gehören ihre Visionen den Menschen. Ich möchte, daß du einige von ihnen kennenlernst.«

Er nahm ein Päckchen Briefe. »Dieser stammt von einem Priester. Er schreibt von einem Jungen, der so beeindruckt von der Äbtissin war, als er sie in Bamberg gehört hatte, daß er eines Nachts, als er von zu Hause fort war, um ihren Schutz betete, ehe er schlafen ging. In derselben Nacht, schreibt der Priester, erschien die Äbtissin dem Jungen im Traum und ermahnte ihn, abzureisen, andernfalls würde er sein Leben verlieren. Ungeachtet des Spottes seiner Kameraden, brach er sogleich auf. Im Morgengrauen wurden diese von Feinden überfallen, genau wie die ehrwürdige Mutter es ihm vorhergesagt hatte. Das Leben des Jungen war gerettet.«

Der Mönch nahm den nächsten Brief und las:

> Ehrwürdige Äbtissin, von jenseits der Alpen sende ich Euch meinen Dank für das Wunder meiner Heilung hier in Lausanne. Wie ich Euch schrieb, lag ich mit einem Blutsturz danieder und konnte mein Bett nicht verlassen. Ein Priester las mir Eure Worte vor: »Beim Blute Christi, befehle ich dir, Blut, deinem Strom Einhalt zu gebieten.« Als das letzte Wort gesprochen war, erfüllte mich neue Kraft, und ich er-

hob mich sogleich von meinem Lager. Seither habe ich nicht gewankt. Alle, die meine Schwäche kannten, sind immer noch äußerst erstaunt.

»So geht es weiter.« Volmar hielt mehrere Briefe hoch. »Die nächsten beiden Briefe bezeugen die Heilkraft einer einfachen Haarsträhne der Äbtissin, die ein Priester auf den Leib einer Frau legte, die im Kindbett den Tod vor Augen hatte. Dieselbe Strähne wurde zwei verrückten Frauen in Sudersheim auf die Stirn gedrückt. Alle drei haben Zeugen für ihre Heilung.«
Er blätterte um. »In diesem Brief schreibt eine Mutter, daß das Zittern ihres Säuglings sofort von einem Schluck Wasser geheilt wurde, das Äbtissin Hildegard geweiht hatte. Und wieder ein anderer ist von einem Mann, der schwört, des Schluckens nicht mehr mächtig gewesen zu sein, bis sein Sohn den Finger in von der Äbtissin geweihtes Wasser gehalten und die Lippen seines Vaters damit benetzt habe. Zum ersten Mal habe sich die Kehle des Vaters geöffnet.«
Hiltrudes Gesicht war aschfahl geworden.
»Für die Menschen, indessen, die weder schreiben noch lesen können, muß die ehrwürdige Mutter diese Mauern nochmals verlassen. Auch jene müssen ihrer Berührung und ihres Rates teilhaftig werden. Doch, meine Tochter, das Vertrauen der Äbtissin zu dir ist der Schlüssel, der das Tor öffnet. Von Zeit zu Zeit erinnert sie mich daran, daß du der Engel bist, den Frau Weisheit ihr an die Seite gegeben hat.«
»Meine Welt ist so klein«, hauchte die Priorin.
»Doch deine Arme sind offen, und du hast Augen in deinem Herzen. Gott ist mit dir, meine Tochter. Er wird dich während der Abwesenheit Hildegards nicht vergessen.«

Die Reisenden vom Rupertsberg verließen Trier im Morgengrauen und ritten, ohne Rast einzulegen. Zum dritten Mal in dieser Stunde mußte Hildegard sich strecken. Durch die Bewegung auf ihrem Pferd stieg ihr ein Schimmelgeruch aus ihrer Ordenstracht entgegen. Sie betete darum, vor ihrer Rückkehr auf den Rupertsberg nicht krank zu werden.
Als Gefährtin der Äbtissin hatte Ilse rasch die Vorliebe ihrer Herrin für das Schweigen erkannt. Bei ihrem Seufzer zügelte Ilse ihr Pferd so lange, bis Hildegard an ihr vorbeigezogen war. Ilse begrüßte die Unterbrechung, denn Hans, der hübsche Knappe der Abtei, würde nun neben ihr reiten. Dieses Spiel war zu einem täglichen Ritual geworden, ein Tanz, den sie nach ihrem Belieben begann oder beendete.
Hans war ein Jahr zuvor in die Abtei gekommen, und innerhalb eines Monats hatte er alle mit seiner Tüchtigkeit beeindruckt. Seine stets gute Laune und sein rascher Verstand in schwierigen Situationen hatten ihn bald bei den Arbeitern beliebt gemacht.
Zu Ilses Entzücken hatte man sie zur Reisegefährtin der Äbtissin erwählt. Gleichermaßen entzückt hatte sie die Nachricht, daß Hans einer der Stallburschen sein würde, die sie begleiten sollten. Mehr als einmal hatte sie sich an seinem langbeinigen Gang ergötzt und den Glanz des Sonnenlichts auf seinem weizenblonden Haar bewundert.
»Nimm dich in acht«, hatten ihre Schwestern sie ermahnt, als sie ihnen davon erzählte, doch Ilse winkte ab, entschlossen, sich nicht die Freude verderben zu lassen.
Am Anfang der Reise hatte Hans sich gescheut, mit den Nonnen zu sprechen. Schließlich sprachen Arbeiter wie er auf dem Rupertsberg nur selten mit den Nonnen, und wenn, dann nur über geschäftliche Dinge, die die Abtei betrafen. Nach einigen Tagen hatte sich Hans jedoch in Ilses Gegenwart immer entspannter gefühlt, und sie begrüßte und ermutigte seine Aufmerksamkeit.

Als sie jetzt neben ihm ritt, sprach Ilse die einzige Sorge aus, die seine Augen auf sie ziehen würde: »Es bereitet mir Sorge, daß die ehrwürdige Äbtissin sich noch nicht von dem Empfang in Trier erholt hat«, murmelte sie.
Stirnrunzelnd wandte sich Hans ihr zu. »Wahrscheinlich hätten wir sofort abreisen sollen«, sagte er. »Nach ihrer Predigt haben sich die Leute fast totgetrampelt, um ihren Segen zu erhalten oder von ihr berührt zu werden.«
»Und die zornigen Chorherren, die sie zurückdrängten«, flüsterte sie, in seine Richtung gelehnt.
»Die Äbtissin war von ihrer Weissagung entflammt, nicht wahr?« Seine Augen blitzten bei der Erinnerung. »Kühn war sie.« Seine rauhen Hände hielten die Zügel fester. »Und ihre Worte waren gefährlich, wenn ich das sagen darf, Herrin«, stellte er fest. »Ich hätte nie gedacht, daß ich einmal Zeuge sein würde, wie eine Frau die Bischöfe in ihren eigenen Domen angreift!«
»Die Äbtissin sagt, sie als Frau habe den Befehl erhalten, diese Männer zu züchtigen, weil sie so schwach geworden seien«, erklärte ihm Ilse. »Warum sonst würde sie es wagen, solche unheilverkündenden Prophezeiungen zu machen?«
»Die Wahrheit ihrer Worte ist nicht zu leugnen«, erwiderte der Stallbursche nüchtern. »Und alle, die atmen, wissen es. Ich fand, sie sah aus, als wäre sie dazu geboren, in diesem Dom zu herrschen.«
»Wie der heilige Paul sagt die Äbtissin, daß sich Gott häufig der Schwachen bedient, um die Starken in ihre Schranken zu weisen.«
»Die Äbtissin und schwach?« Er lachte. »Das glaube ich nicht. Ihre Kraft ist in jedem Stein und jedem Balken der Abtei zu spüren.«
»Doch sie ist auch äußerst verletzlich«, vertraute ihm Ilse an. »Sie ist plötzlichen Visionen von schrecklichen, zukünftigen Ereignissen unterworfen, doch ihre Weisheit gebietet ihr, sie

zurückzuhalten. Zweifellos ist diese Last bisweilen so unerträglich, daß eine Krankheit ihre einzige Zuflucht ist.«

Hans pfiff leise. »Ihr vertieft meine Dankbarkeit, in ihren Diensten stehen zu dürfen. Ich kann nur sagen, daß ich sehe, wie Mitgefühl ihren Augen entströmt, wenn sie um Gerechtigkeit bittet ...« Er schluckte. »Niemand, der sein Land verloren und die Seinen des Hungers sterben gesehen hat, würde ihre Worte leugnen.« Er straffte abrupt seine Schultern und starrte geradeaus.

»Und wenn sie die Kirchenmänner mit ihrem Aufruf zur Veränderung angreift, würdest du dann dein Schwert für sie schwingen?« forschte Ilse, denn solche romantischen Phantasien begeisterten sie.

»Natürlich«, erwiderte er. »Es ist meine Pflicht, auf dieser Reise alle zu schützen.«

»Und würdest du sie auch vor dem Zorn der Fürstbischöfe schützen?« beharrte sie atemlos.

»Ich würde mein Leben für sie geben«, sagte Hans unerschütterlich, denn er merkte, daß sie ihn prüfte. »Doch nur, wenn sie vom Tode bedroht wäre«, fügte er hastig hinzu. »Ansonsten würde ich es kaum wagen, mein Schwert gegen einen Grundherrn zu erheben. Ich verfüge nicht über Eure Privilegien, Herrin. Ich bin kein Kleriker, noch besitze ich einen Titel oder Grund und Boden. Ich kenne meine Stellung.«

»Ich weiß«, sagte sie sanft, doch ihre Augen blitzten.

»Warum treibt Ihr mich dann dazu, Herausforderungen, die über meinen Rang hinausgehen, anzunehmen?«

»Weil die Äbtissin behauptet, daß sich in all ihren Visionen von der Mutter Kirche die Laien als am stärksten erwiesen haben.«

»Verhöhnt mich nicht, Herrin.« Sein Ton war grimmig.

»Aber das tue ich nicht«, beteuerte Ilse. »Die Äbtissin preist ebenso den großen Nutzen der Ehe, in der Männer und Frauen einander erfüllen und damit auch die Kirche mit *viriditas*, der Blüte des neuen Lebens, ausstatten.«

Hans wandte sich ihr mit leuchtenden Augen zu. »Ich kenne diese Kraft gut«, sagte er. »Ich habe sie in den Armen gehalten und kann sie immer noch spüren.«
»Ich nicht.« Ihre Zunge war schwer, ihre Stimme ein Flüstern. »Und ich werde sie auch nie kennenlernen.« Sie schrie innerlich auf, ins Herz getroffen von dieser zwiefachen Offenbarung.
»Schau, da vorn«, rief Hildegard Ilse zu, »die Zinnen von Krauftal am Horizont.«
»Ich muß jetzt zur Äbtissin«, sagte Ilse ruhig, verlangsamte den Schritt ihres Pferdes und ließ die Entfernung zwischen ihnen größer werden. Langsam versank sie in der Wahrheit, daß sie Tag um Tag lernen mußte, ohne ihn zu leben.

❦

Hildegard hielt ihr Gesicht der Mittagssonne entgegen, als die Reisenden anhielten, um Rast zu machen.
»Immer wenn ich auf der Erde liege, durchströmt mich ihre Kraft«, sagte sie zu Hans, der ihr beim Absteigen half. Doch als sie sich ausgestreckt hatte, wanderten ihre Gedanken ständig zu Hazzecha, der Äbtissin von Krauftal, ihres nächsten Ziels.
Hazzechas panische Briefe hatten das Bild eines gefangenen Vogels beschworen, dessen Käfig voller Federn lag, die er bei seinen Versuchen, zu entfliehen, gelassen hatte. In ihren Briefen hatte Hazzecha Hildegard abwechselnd gebeten, beschwatzt und schließlich angefleht, sie zu besuchen. Sie müsse unbedingt in einer Einsiedelei Zuflucht suchen, sonst sei ihre Seele verloren, hatte sie geschrieben.
Als die Reisenden sich näherten, hallten die Glocken zur Prim durch den Wald und hießen sie willkommen. Die Abteigebäude schienen weit verstreut und solide. Die hohen, dicken Mauern wirkten zwar bedrohlich, bedurften aber dringend einer Ausbesserung.

Ein mürrischer, rotgesichtiger Pförtner mit Knollennase spähte durch die Pforte und öffnete sie dann widerwillig grunzend. Drinnen wandte er sich den Pferdeburschen zu und wies ruckartig mit dem Kopf in Richtung der Ställe. Hildegard immer noch argwöhnisch beäugend, winkte er ihr, ihm zu folgen, und führte sie dann schweigend zum Tor eines großen Gebäudes, das von einem noch größeren Garten umgeben war.

»Sie ist da drin«, brummte er und ging zurück zum Pförtnerhaus.

Doch Hildegard hielt inne. Noch beunruhigender als die Grobheit des Pförtners war der zittrige Gesang, der aus der Kapelle kam. Waren die Stimmen einfach nur dünn, oder waren es so wenige? Als sie gerade dabei war zu lauschen, flog die Tür des Gebäudes auf.

»Seid Ihr es wirklich, ehrwürdige Mutter Hildegard?« rief eine schrille Stimme aufgeregt. »Ich habe gebetet und gebetet, daß Ihr mich nicht enttäuschen möget.«

Eine schmächtige, mittelgroße Nonne kam auf sie zugerannt und fuchtelte wild mit den Armen in dem Bemühen, ihren Schleier zu richten und die kastanienbraunen Locken darunterzustecken.

Sie lächelte mit vorstehenden Zähnen. Die tiefliegenden braunen Augen schienen zu groß für ihr winziges Gesicht. Kragen und Manschetten der Äbtissin waren aus Spitze. Statt eines Gürtels trug sie eine seidene Schnur mit prächtigen Quasten um die Taille.

Abgesehen von ihrem Erstaunen über Hazzechas Aufmachung, war Hildegard noch überraschter, daß die Äbtissin nicht mit ihren Töchtern die Heilige Messe sang. Hazzecha schien eher begeistert als respektvoll und klatschte in die Hände, als sie niederkniete, um Hildegards Segen zu empfangen. Sie sprang auf und hakte sich bei ihrer vornehmen Besucherin unter. »Ihr müßt hungrig sein. Ich habe das Essen in mein Gemach bestellt, so daß wir allein speisen können.« Ilse stand mit

offenem Mund dabei, während Hazzecha ihre Äbtissin in einem Wirbel von Gesten entführte.
Hazzechas Empfangszimmer verschlug Hildegard den Atem. Es war düster und staubig. Überall standen Kerzen in jeder Größe, und große Mengen von Wildblumen lagen verstreut im ganzen Raum. Die meisten waren vertrocknet. Bei jedem Schritt staubte es.
Hazzecha drängte sie nun, sich zu setzen, obwohl der Stuhl arg durchgesessen sei, und kauerte sich zu ihren Füßen nieder. Auch wenn sie ein hektisches Lächeln beibehielt, sprachen ihre Augen von tiefster Verzweiflung.
»Seid Ihr wirklich hier, verehrte Äbtissin?« fragte sie immer wieder. Doch als Hildegard versuchte, ein Gespräch mit ihr zu führen, erhob sie die Hand. »Zuerst müssen wir speisen«, erklärte sie ihrem Gast. Essensduft wehte ihnen entgegen.
Hildegard konnte nur staunend auf das Festmahl starren, das die Dienerinnen ihnen servierten. Eine Terrine mit Fischsuppe voller Zwiebeln und Lauch, eine Platte knoblauchgewürztes Lamm und zwei mit Trauben und Zimt gefüllte Wachteln.
»Meine Töchter werden sich fragen, warum sie heute fasten müssen.« Hazzecha zwinkerte ihrem erstaunten Gast zu. Doch im nächsten Augenblick brach sie in Tränen aus. Schluchzend beeilte sie sich zu erklären, daß es ihr eine Freude gewesen sei, dieses Festmahl zu Ehren ihres berühmten Gastes zu arrangieren, und daß sie beabsichtigte, nach der Abreise der Äbtissin zwei Monate zu fasten. Hildegard beobachtete sie und fühlte sich wie von einem Wirbelwind erfaßt.

❦

In den nächsten Tagen fiel es Hildegard immer wieder auf, wenn die Glocken sie in die Kapelle riefen, daß das Gestühl im Oratorium halb leer war. Die kläglichen Gesänge der Nonnen, die sich zur Komplet aufrafften, gingen bald in Gähnen über.

Einige der älteren Nonnen schmiegten sich einfach in ihre Nischen und schnarchten.
Tag für Tag überschüttete die junge Äbtissin sie mit ihren Ängsten, so daß Hildegard aufpassen mußte, daß sie sich nicht selbst in Hazzechas Netz der Nöte verstrickte.
»Was macht Euch glauben, die Flucht in eine Einsiedelei, könnte Eure Seele retten?« fragte Hildegard streng. »Glaubt mir, eine Klause ist nicht das, was Ihr denkt.«
»Sie kann auch nicht schlimmer sein als der Kerker, in dem ich hier gefangen bin«, brauste Hazzecha auf. »Als Äbtissin bin ich nur ständigen Anklagen ausgeliefert.«
»Welcher Art?«
»Man wirft mir vor, ich mache meine Töchter krank, wenn ich ihnen zusätzliche Aderlässe im Infirmarium verbiete. Dabei suchen sie nur eine Gelegenheit, sich eine Woche lang vor ihren Pflichten zu drücken und trotzdem Fleisch zu essen. Doch wenn ich sie deshalb ermahne, streiten sie so lange mit mir, bis ich nachgebe.«
»Aber Ihr erinnert sie doch gewiß sogleich an ihr Gehorsamsgelübde? Und an Eure heilige Pflicht, auf ihr Wohlergehen zu achten?«
»Das tue ich ja!« rief sie, an ihren Nägeln kauend.
»Wann haben Eure Nonnen zum letzten Mal das Große Schweigen nach der Komplet eingehalten?« fragte Hildegard. »Oder die Fastenzeit? Oder Kranke gepflegt? Oder Almosen verteilt?«
Hazzecha erstarrte. »Ich habe es auf anderem Wege versucht, liebe Äbtissin. Nachts geißele ich mich, bis mir das Blut den Rücken hinunterrinnt. Wenn sich nichts ändert, mache ich weiter und geißle auch meine Hüften und Schenkel. Das tue ich in der Hoffnung, daß meine Töchter durch meine Buße ihre Irrtümer erkennen und der Regel gehorchen.«
»Doch als ihre Äbtissin habt Ihr geschworen, sie mit Eurem guten Beispiel anzuführen«, beharrte Hildegard.

»Ihr versteht das nicht, Herrin«, stieß Hazzecha hervor. »Ich wurde nicht gewählt, um ein gutes Beispiel zu geben. Meine Töchter haben mir den Ring und den Stab wegen meiner Schwäche, nicht wegen meiner Stärke aufgedrängt. Sie haben mich gewählt, weil sie wußten, daß man mich zu jedem Entgegenkommen überreden kann. Damit haben sie sich die Freiheit gegeben, zu tun, was ihnen beliebt. Und die Zeit hat bewiesen, daß ich daran nichts ändern kann.«
Hazzecha wiegte sich vor und zurück. »Gewiß wird es Euch überraschen, zu hören, wie viele nur widerstrebend in dieses Kloster eingetreten sind. Wie ich wurde Schwester Hilda als Oblatin hierhergebracht, als ihr Vater nach Jerusalem in den Heiligen Krieg zog. Bei seiner Rückkehr hatte er vergessen, daß er überhaupt eine Tochter hatte. Schwester Monika ist eine von sieben, die hier schmachten, weil ihre Gatten eine Ausrede brauchten, um sich scheiden zu lassen. Unsere zwanzig Witwen werden jeden Tag dünner und bald nach ihrem Tode vergessen sein, so wie man sie im Leben vergessen hat.«
Inzwischen war Hildegards Kehle so zugeschnürt, daß sie kaum atmen konnte. »Habt Ihr denn keine gläubigen Töchter?« fragte sie.
»O doch, natürlich! Ein paar Erbarmungswürdige, die sich freiwillig für dieses Leben entschieden haben und sich immer noch bemühen, ihre Gelübde einzuhalten. Zwei von ihnen waren bis vor kurzem noch meine Stütze. Doch nun haben auch sie sich abgewandt und trösten mich nicht mehr oder helfen mir … wenn ich weine.« Ihre Worte gingen in Schluchzen über. »Ihr Leben ist ein Geheimnis, an dem ich nicht mehr teilhaben darf.« Sie begann wieder, sich zu wiegen und geistesabwesend zu summen. »Natürlich gibt es einige Beständige. Sie halten die Regel ein und beten für ihre Schwestern«, fuhr sie fort. »Aber sie sind noch jung, und die Zeit wird sie brechen. Gewiß habt Ihr sie vor dem Altar liegen sehen. Sie schlafen oft dort, weil sie glauben, es sei der einzige sichere

Platz, an dem sie ihren Glauben in dieser Abtei am Leben erhalten können.«

Plötzlich riß sich Hazzecha den Schleier vom Kopf, und ein Gewirr von Locken fiel auf ihre Schultern. Sie bedeckte ihr Gesicht mit den Haaren wie mit einem Vorhang der Scham. Hildegard vernahm ersticktes Schluchzen. Als sie Hazzechas Hand ergriff, fiel die aufgeregte Äbtissin auf die Knie und begann, Hildegards Füße zu küssen. »Mehr Sünden habe ich vor Gott nicht zu bekennen. Gebt mir Hoffnung, ehrwürdige Mutter.«

Hildegard sank ebenfalls auf die Knie und nahm die verzweifelte Frau in die Arme. »Meine Tochter, ich bitte Euch, standhaft zu sein.«

Hazzecha fuhr zurück und packte Hildegards Arm. »Ihr versteht mich nicht, nicht wahr? Ich muß diese Abtei verlassen, oder ich werde wahnsinnig.«

»Wir werden gemeinsam einen Weg finden ...«

»Natürlich könnte ich eine Wallfahrt nach Rom unternehmen«, fiel Hazzecha ein, und ihre Augen leuchteten auf. »Aber keine will mich begleiten. Könntet Ihr mich begleiten, Herrin?« Sie bettelte wie ein Kind.

»Das ist unmöglich, meine Tochter«, erwiderte Hildegard in dem Bewußtsein, daß sie äußerst behutsam vorgehen mußte. *Eine Äbtissin muß nicht im Übermaß korrigieren. Achte darauf, daß der geknickte Halm nicht abbricht.*

»Was soll ich tun, Mutter?« bettelte Hazzecha wieder.

»Bleib, meine Tochter, ich bitte dich, und habe Vertrauen. Bete jeden Tag um einen kleinen Sieg und baue darauf auf, bis deine Kraft zurückkehrt. Suche die Nähe der gläubigen Töchter, die sich voll Hoffnung zu Füßen des Altars versammeln. Bei ihnen liegt deine Rettung.«

»Bleiben?« wiederholte Hazzecha tonlos.

»Meine Tochter, schau mir in die Augen. Du bist nicht allein. Glaubst du, andere haben den Würgegriff der Verzweiflung und Hoffnungslosigkeit nicht gespürt? Glaubst du, andere haben sich nicht danach gesehnt, zu entkommen? Welche von uns hat niemals unter dem Kreuz gewankt, das man auf ihre Schultern gelegt hat und das nur selten und durch die Gnade des Herrn leichter wird?«

Hazzecha sank in sich zusammen. »Aber Ihr …« begann sie. »Könnt Ihr Euch denn mit mir vergleichen …?« Ihre Augen verschleierten sich.

»Das kann ich, denn auch ich bin von meiner Schwäche gedemütigt und von denen verraten worden, die mir ihre Liebe geschworen hatten. Auch ich bin von Narren verhöhnt worden. Selbst jetzt noch gibt es Tage, an denen ich in Selbstzweifeln ertrinke und gegen Gott wüte. Ich fühle mich oft niedergedrückt von der Bürde und weiß nicht, wo ich die Kraft hernehmen soll, weiterzumachen. An solchen Tagen, liebe Hazzecha, müssen wir auf die Gnade vertrauen, die uns zuteil wurde, als wir unser Äbtissinnengelübde ablegten. Auf diese Gnade haben wir stets Anspruch. Ruhe dich jetzt aus, und morgen werden wir gemeinsam um einen Neuanfang beten.«

Hazzecha sank in Hildegards Arme und legte ihren Kopf an ihre Schulter. Sie beteten zusammen bis zur Komplet. Als Hildegard Hazzecha verließ, hatte diese sich beruhigt.

Am nächsten Morgen vor der Prim machte sich Hildegard wie geplant auf den Weg zu Hazzechas Haus, um sie zur Kapelle zu begleiten. An der Tür des Gebäudes vernahm sie ein Klappern und dann ein gräßliches Stöhnen. Hildegard warf sich gegen die Tür, bis diese aufsprang und Sonnenstrahlen den Raum durchfluteten. Hazzechas Körper hing schaukelnd an den Balken der Decke. Sie hatte ihren Gürtel als Schlinge benutzt. Hildegard rannte zu ihr und stieg auf den Schemel. Als sie Hazzechas Hals von der Schlinge befreite, stieß die Verzweifelte einen trostlosen Schrei aus.

»Warum habt Ihr mich zurückgehalten?« keuchte sie gebrochen und stieß Hildegard von sich. »Warum habt Ihr mich nicht sterben lassen?« Hildegard steuerte taumelnd, die Widerstrebende im Arm, auf das Bett zu. Nachdem sie Hazzecha niedergelegt hatte, drückte sie deren Schultern für einige Augenblicke nach unten, um sie ruhig zu halten. Schließlich brach Hazzecha in Schluchzen aus. Erst jetzt sah Hildegard, daß das Zimmer völlig verwüstet war. Hazzecha hatte Tongeschirr gegen die Wände geschmettert und ihre Bettlaken in Fetzen gerissen. Hildegard war entsetzt; in ihren Ohren rauschte es, und ihre Kehle war wie zugeschnürt.

Als die anderen kamen, bemühte sich Hildegard immer noch, Hazzecha auf das Bett zu drücken.

»Ich werde die Abtei nicht verlassen, bis ihr Wahnsinn vorüber ist«, versprach sie ihnen.

❦

Es war das erste Mal, daß Hildegard nach ihrer Reise wieder das Skriptorium betrat.

»Gibt es Nachrichten von unserem Kaiser?« fragte sie müde. Obschon sie eine Woche geruht hatte, wirkte sie immer noch ausgezehrt.

»Die Italiener nennen ihn jetzt Barbarossa – Rotbart –«, erzählte Volmar kopfschüttelnd, während er den Arbeitstisch im Skriptorium aufräumte.

»Ein harmloser Scherz«, seufzte Hildegard, »im Vergleich zu den Namen, die man ihm zu Hause gibt, wo inzwischen jeder Fürst mit seinem Bruder oder Vetter im Zwist liegt.«

»Sehr wahr, aber Friedrich Barbarossa wagt nicht, Italien jetzt zu verlassen«, sagte Volmar. Friedrich hatte kein Erbarmen gezeigt, als die italienischen Kommunen sich weigerten, dem Befehl der kaiserlichen Statthalter zu gehorchen. In Crema hatten kaiserliche Truppen Pfeile auf die flüchtigen Bürger geschossen, die in Körben die Stadtmauer heruntergelassen wurden, und hatten dann die Stadt in Brand gesetzt. In Mailand verhungerten die Menschen in den Straßen, und der mailändische Adel mußte barfuß durch den Schlamm waten, um niederzuknien und die Füße des Kaisers zu küssen. Obgleich sie um Gnade flehten, wurde Asche auf ihre Häupter gehäuft und ihre Stadt vor ihren Augen bis auf die Grundmauern niedergebrannt.

Barbarossa, fürwahr, dachte Hildegard. Sein Bart hatte die Farbe von Blut. Ihr eigenes Stöhnen überraschte sie.

Volmar blickte auf und runzelte die Stirn. »Ihr seufzt über die schlechten Nachrichten aus Italien, Herrin?«

»Nicht mehr als über die Nachrichten aus Schönau«, erwiderte sie und hielt einen Bogen Vellum in die Höhe. »Äbtissin Elisabeth schreibt von einer Vision, in der ein Engel sie abermals vor der wachsenden Kraft der Cathari gewarnt hat.«

Nachdem Volmar den Brief mit Äbtissin Elisabeths Vision gelesen hatte, war sein Gesicht grau.

»Seht Ihr nicht, daß alles, was ich erstrebe, ein Ort ist, an dem mein Geist ruhen kann?« klagte Hildegard.

*Wieder sah sie das härene Hemd unter Elisabeths Ordenstracht vor sich und die Striemen von der Kette, die sie Tag und Nacht um ihren Rücken und ihre Hüften trug.*

Gleich darauf griff sie zur Feder und schrieb:

> An Elisabeth, Äbtissin von Schönau, von Hildegard, Äbtissin vom Rupertsberg!
>
> Meine Tochter, diese Worte kommen nicht von mir, sondern aus dem klaren Lichte. Ich bitte Dich, lerne Maßhaltung! Sie ist für Himmlisches und Irdisches die Mutter aller Tugenden. Denke daran, daß in ungepflügter Erde nicht Weizen, sondern unnütze Kräuter aufsprießen. So wird auch der Mensch, der sich mehr Mühsal auferlegt, als sein Körper aushalten kann, dadurch seiner Seele keinen Nutzen bringen.
>
> Höre weiter! Die danach verlangen, Gottes Werke zu vollbringen, müssen stets beachten, daß sie, weil Menschen Ge-

fäße von Ton sind, den Leib, den Gott ihnen in seiner Gnade geschenkt hat, nicht mißbrauchen.
O Tochter, Gott mache Dich zu einem Spiegel des Lebens! Doch da auch ich in meiner Kleinmut stets vor Furcht zittere, bete für mich, damit mir Gott helfe, in seinem Dienste auszuharren.

❦

»Diese Ketzer nagen am Herzen der Mutter Kirche«, sagte Volmar, als Hildegard ihren Brief vollendet hatte. »Ihre Überzeugungskraft muß ganz außerordentlich sein. Warum würden ihnen sonst so viele Edelfrauen zuströmen und ihre Titel und Schlösser aufgeben?«
»Das hat seinen guten Grund. Sie hungern nach Führern, die dem Pfad der Apostel folgen, das bedeutet, wie die Leibeigenen in Armut zu leben. Welcher von unseren Fürstbischöfen predigt schon Selbstverleugnung, hält drei Fastenzeiten im Jahr ein oder fastet drei Tage in der Woche bei Wasser und Brot?«
»Das stimmt«, gab Volmar zu, »aber die Häretiker sind auch auf anderen Ebenen erfolgreich. Sie haben unsere Domgelehrten widerlegt; sie haben Schulen in Rom eröffnet und Erzbistümer in Nordfrankreich gegründet. Ihre Theorien und Argumente erweisen sich als sehr anziehend für unseren Klerus, der in großer Zahl zu ihnen überläuft.«
Volmar fuhr zusammen, als die Äbtissin mit der Faust auf ihr Pult schlug. »Es gibt Wege, die über den Horizont von Gelehrten hinausgehen!« grollte sie. »Der Glaube triumphiert immer über die Vernunft.«
»Die Vernunft hat sich in Köln niedergelassen, Herrin«, seufzte Volmar. »Es heißt, die Ketzer seien überall und verführten die Menschen an jeder Ecke.«
Hildegard preßte die Fingerspitzen gegen ihre Stirn; das Pochen in ihren Schläfen setzte wieder ein. Übelkeit stieg in ihr auf.

An wen konnte sie sich wenden? Nicht an die Männer der Kirche, das wußte sie. Soweit sie von ihren Gästen erfahren hatte, blieben die meisten Prälaten gelassen, denn sie hielten die Häretiker zwar für ein Ärgernis, weigerten sich aber zu erkennen, daß sie die Kirche bedrohten. Den Kaiser kümmerte die Heimat nicht mehr, er verdammte die Menschen zu einem Leben am Abgrund des Schismas.

»Ich muß selbst mit den Menschen in Köln sprechen«, rief Hildegard plötzlich. »Ich muß ihnen mit jedem meiner Atemzüge verkünden, daß Gott sie nicht verlassen hat.«

Volmar erbleichte. »Es könnte schon zu spät für Köln sein, Herrin.«

»Niemals«, rief Hildegard. »Wir müssen unverzüglich reisen und sie warnen. Die Zeit drängt!«

Die Äbtissin war nicht umzustimmen. Zu Volmars Leidwesen brachen sie just an dem Tag auf, an dem Hildegard dreiundsechzig Jahre alt wurde.

Schweigend ritten sie in nordwestlicher Richtung den Rhein entlang, vorbei an Feldern, die längst von der Sommersonne gebleicht waren. Die kühlen Herbstnächte hatten die Blätter der Bäume schon mit Rot, Gelb und Zimt gefärbt. Manchmal fanden sich sogar alle drei Farben auf einem einzigen Blatt.

»Wir haben bei weitem den schönsten Herbst, den Gott je geschaffen hat«, begeisterte sich Hildegard.

»Das sagt Ihr jedes Jahr, meine Herrin«, neckte Volmar sie. Ihm fiel auf, daß sich ihre Wangen seit dem Aufbruch vom Rupertsberg gerötet hatten. Eine seltene Gelassenheit ging von ihr aus, als hätte die Schönheit der Felder ihre Seele ergriffen. Volmar verspürte Erleichterung, als er sie beobachtete. Der Zeitpunkt ihrer Abreise war wegen des Aufruhrs in Mainz eher günstig. Um den Mord an Erzbischof Arnold zu sühnen, hatte der Kaiser eine Belagerung über Mainz verhängt. Die schützenden Mauern der Stadt waren zerstört und ihre Privilegien aufgehoben worden. Die Bürger mußten schwindelerregende

Geldbußen entrichten. Schrecken herrschte in der Stadt. Rainald von Dassel war in Mainz stationiert worden, um die bedingungslose Übergabe der Stadt zu überwachen. Volmar war dankbar, daß die Äbtissin den Nöten der Stadt auf diese Weise entkam. Als die Umrisse von Kölns Stadtmauer am Horizont auftauchten, konnte Volmar nur mutmaßen, was sie hier erwarten würde. Köln, am Westufer des Rheins gelegen, hatte eine beeindruckende Geschichte, über die Hildegard nachzudenken begann, während sie sich der Stadt näherten. Als erste hatten sich Kelten hier niedergelassen. Später hatten die Römer hier ein Lager aufgeschlagen, das sie vierzig Jahre vor Christi Geburt mit einem steinernen Wall umgaben und es so in einen Außenposten verwandelten, den sie über vierhundert Jahre zu halten vermochten. Seit dem zweiten Jahrhundert waren Christen hier ansässig. Ungeachtet vieler Wechselfälle, hatte die Stadt sich ihre Stärke und Überlegenheit bewahrt.

Als sie durch das Stadttor ritten, fiel Hildegard die Warnung ein, die ihr erst kürzlich ein Abt, der sie besuchte, ins Ohr geflüstert hatte: »In Köln entgeht nichts der Wachsamkeit des Erzbischofs Rainald von Dassel, seien es die Fieberkrämpfe in der Politik oder die Zölle und Steuern der Stadt.« Der Abt hatte sich nervös umgeschaut. »Viele behaupten, daß Rainald sogar in seiner Abwesenheit jeden Herzschlag in der Stadt zählt.«

Nicht ganz, dachte Hildegard, als sie in die Stadt einritten. Sie selbst war von Philipp, dem Domdekan von Köln, eingeladen worden, um Rainalds eigenen Klerus zu ermahnen.

Der Dom war von riesigem Ausmaß. Seine Säulen hatten den Umfang von sechs Männern, und der Hauptaltar glich einer steinernen Festung. Obgleich die feuchte Kühle sie frösteln machte, wurde Hildegard vom Klang singender Stimmen beflügelt, die sich tapfer aus einem unsichtbaren Alkoven emporschwangen.

Als sie sich dem Altar näherte, fragte sie sich, ob sie vielleicht am falschen Ort war. Die Prälaten, die sich um den Altar scharten, wirkten eher wie ein Rat der Fürsten am Hofe des Kaisers. Ihr Glanz blendete sie. Ein scharlachroter, hermelingesäumter Umhang umhüllte die Schultern eines Bischofs, und auf seinem dazu passenden Satingewand blitzte ein mit Rubinen besetztes Kreuz. Dem Bischof zur Seite saß ein Chorherr. Sein üppig wallender, silberner Umhang war mit einer purpur- und magentaroten Stickerei verziert, die sich auf dem an seinem Gürtel befestigten Geldbeutel wiederholte.

Hildegard fiel die beliebte Geschichte ein, derzufolge Rainald flugs ein Dekret außer Kraft gesetzt hatte, das dem Klerus das Tragen leuchtend bunter Pelze verbot, denn Prunk sei ein wichtiges Symbol für den Rang und die Vorrechte eines Prälaten. Jetzt hätte er seine Freude an dem wallenden Damast und dem schimmernden Satin gehabt.

Hildegard ließ ihren Blick über die Gesichter der Männer gleiten und fragte sich, ob die pfauengleichen Prälaten sich aus Neugier oder Interesse eingefunden hatten. Sie betete darum, daß wenigstens einige aus dem Bedürfnis nach Belehrung gekommen waren und auf Umkehr oder eine hilfreiche Offenbarung hofften. Beim Anblick der Doppelkinne und aufgeschwemmten Bäuche fragte sie sich allerdings, ob auch nur einer von ihnen jemals in der Mittagshitze gestanden und gegen die Häretiker in der Stadt gepredigt hatte.

*Einen Augenblick lang spürte sie den Wind, der den langen weißen Bart des Ketzers in Würzburg und das Haar des strahlenden Mädchens an seiner Seite bewegt hatte. Ihre Glut war spürbar.*

Konnten diese Priester und Prälaten damit Schritt halten?

»Legt mir die Worte in den Mund, Frau Weisheit«, betete sie.

Dann begann sie zu den Männern zu sprechen:

*»In einer Vision sah ich eure Gesichter, während eine Stimme rief: ›Hirten von Köln! Weidet meine Herde! Füttert meine Schafe! Als meine Priester habe ich euch wie die Sonne und die übrigen Lichter eingesetzt, damit ihr den Menschen leuchtet. Indessen bleiben eure Zungen stumm, und ich schaue vergeblich nach*

*dem Licht eurer Predigten aus. Doch ihr seid Nacht, die Finsternis aushaucht. Ihr wehrt euch und ruft laut: ›Du verlangst zuviel von uns! Wir können nicht alles schaffen!‹ Dennoch giert ihr nach Ehre ohne Anstrengung und begehrt ewigen Lohn ohne Entsagung. Der Teufel verhöhnt euch und sagt sich: ›Meine Augen, meine Ohren, mein Bauch und meine Adern sind von ihrem Geifer erfüllt, und meine Brust ist voll von ihren Lastern …‹ Ich aber, der Ich bin, sage euch: Zu der Zeit, da dies geschieht, wird ein irrendes Volk, das noch schlimmer sein wird als das irrende, das jetzt unter euch ist, über euch herfallen, um euch zu stürzen, die ihr die Pflicht verletzt und das Gesetz übertretet. Es wird euch überall verfolgen und eure Werke nicht verbergen. Nein, es wird sie aufdecken und von euch sagen: ›Skorpione sind sie in ihren Sitten und Schlangen in ihren Werken …‹ Warum duldet ihr jene unter euch? Lehrt die Schriften, die im Feuer des Heiligen Geistes geschmiedet sind, solange noch Zeit ist!«*

Sie stieg von der Kanzel. Die Gesichter verschwammen, als sie an ihr vorbeitrieben. Hinter dem Lächeln verbarg sich Verachtung. Am liebsten hätten die Prälaten sie erwürgt, und jeder von ihnen dachte: *Wie kann sie es wagen?*

Nun rauschten sie an ihr vorbei. Sie verteidigte ihren Platz, auch als aus dem Getuschel Flüche wurden, während die Herren wie betäubt vor Wut ihren wartenden Weinbechern zustrebten.

Wankend unter der Wucht ihres Zorns, lauschte Hildegard auf Volmars Schritte und spürte erleichtert, wie er ihre Hand unter seinen Arm schob und sie langsam hinausführte.

Die Äbtissin zitterte heftig. Eingedenk des Versprechens, das er Hiltrude gegeben hatte, befahl Volmar den Burschen, unverzüglich für die Rückkehr zum Rupertsberg zu rüsten.

# *Sechster Teil*

# 1171–1173

*Von meiner Kindheit an, als meine Gebeine, Nerven und Adern noch nicht erstarrt waren, erfreue ich mich der Gabe dieser Schau in meiner Seele bis zur gegenwärtigen Stunde, da ich schon mehr als siebzig Jahre alt bin …*

Vita Sanctae Hildegardis

Hildegard erschrak, als der Psalter ihr am Morgen während der Mette aus den Händen glitt und zu Boden fiel. Das war noch nie geschehen. Was war los? Sie spürte, wie eine seltsame Leichtigkeit ihren Körper ergriff. Als sie sicher ihr Gemach erreicht hatte, fiel sie voll angekleidet auf ihr Bett.

*Später konnte sie sich nur noch an ein Gefühl des Schwebens erinnern. Die Luft, die sie einatmete, war rein, die Farben um sie herum äußerst lebhaft, und eine sanfte, nie gekannte Wärme durchdrang sie. Ein weiches Summen umgab sie.*

*Ihre Ohren waren zu empfindsamen Trommeln geworden. Die Worte des Menschensohnes fielen wie kristallklarer Regen auf ihre Seele und fanden in jeder Ader, in jedem Tropfen Blut ihren Widerhall.*

*Am Anfang war das Wort,*
*und das Wort war bei Gott,*
*und Gott war das Wort.*
*Dasselbe war im Anfang bei Gott.*
*Alle Dinge sind durch dasselbe gemacht,*

*und ohne dasselbe ist nichts gemacht,*
*was gemacht ist [...]*
*Und das Wort ward Fleisch und wohnte unter uns.*

Die ersten Worte des Evangeliums nach Johannes.
*Doch nun erhob sich hinter dem Menschensohn glänzend und voller Pracht die Gestalt der Frau Weisheit und schwebte auf Wellen silbernen Lichts und blendete Hildegard mit dem Feuer von Diamanten, als Frau Weisheit rief:*

*»Vor dem Anbeginn der Zeiten hat der Schöpfer mich gemacht, um ewig unter euch zu sein.*
*Dann befahl der Schöpfer mir:*
*›In Jakob nehme deine Wohnstatt in Israel,*
*in Israel finde dein Vermächtnis.‹«*

Es war die Stimme, die Hildegard im Schoße ihrer Mutter schon vernommen hatte: die der Weisheit.
*Nun trat der Menschensohn vor und verband sich mit der Gestalt der Weisheit.*

*»Ich bin das Licht der Welt,*
*so daß die, die an mich glauben,*
*nicht länger im Finstern wandeln.«*

*Hinter seiner Stimme hallte das Echo der Weisheit:*

*»Die Weisheit singt ihr eigenes Lob*
*und verherrlicht sich vor ihrem Volk:*
*›Ich entstamme dem Mund des Allerhöchsten*
*und bedecke die Erde wie Dunst,*
*und die höchsten Höhen des Himmels sind mir Wohnstatt,*
*und ich herrsche über Völker und Nationen.‹«*

*Wieder erhob sich die Stimme des Menschensohnes:*

*»Denn der Vater liebt den Sohn*
*und teilt mit ihm all die Dinge,*
*die er getan,*
*und die noch größeren Dinge, die da kommen*
*und euch mit Staunen erfüllen werden.«*

*Die Stimme der Weisheit antwortete abermals:*

*»Weisheit weilt bei dir, denn sie kennt deine Werke*
*und war an deiner Seite, als du die Welt erschufst.*
*Sie weiß um deine Freuden*
*und um den Einklang mit deinem Plan.*
*Von dir verkündet sie:*
*›Er, der da kommt vom Himmel,*
*bezeugt alles, was er gesehen und gehört,*
*und auch wenn einige sein Zeugnis verweigern,*
*sind die, die es annehmen, Zeugen der Wahrheit*
*Gottes.*
*Denn der Eine, den Gott gesandt hat,*
*spricht Gottes eignes Wort.‹«*

*Und die Stimme des Menschensohnes rief:*

*»Ja, du kennst mich und weißt, woher ich kam,*
*dennoch entsprang ich nicht mir selbst,*
*vielmehr entstamme ich dem Einen,*
*der mich gesandt.«*

*Inmitten des Tanzes von Weisheit und Menschensohn strömten Freudentränen aus allen Poren von Hildegards Seele. Sie schwebte eingehüllt in einen transparenten Schimmer ohne Substanz oder Form, Anfang oder Ende.*

Hildegard erwachte mit einem heftigen Schauder. Sie umklammerte ihre Knie und zitterte. Ihre Glieder waren schweißbedeckt. In was für eine Welt hatte sie sich verirrt? Wie hatten die Gestalten, die sie gesehen hatte, zu einer einzigen vollkommenen werden können? Warum spiegelte jede ihrer Botschaften aus der Heiligen Schrift soviel von der Bedeutung der anderen wider? Wie konnte das sein? Und was bedeutete es?

Als Hildegard ihre Vision schließlich Volmar anvertraute, mußte er zunächst Stillschweigen schwören. Wenngleich sie sich danach sehnte, ihre Vision als Traum abzutun, hielt sie irgend etwas davon ab. Ihr Leib hatte bei diesem Anblick gezittert. Die Erinnerung daran erschöpfte sie.

In den folgenden Wochen bemerkten die Nonnen, daß ihre Äbtissin ungewöhnlich abwesend wirkte.

»Die ehrwürdige Mutter schaut mich mit den Augen eines verängstigten Kindes an«, wunderte sich Hiltrude.

Volmar nickte, sagte aber nichts. Ihm war klar, daß sich seit der Vision etwas im Innern der Äbtissin verschoben hatte. Der Mönch zweifelte nicht, daß das Erlebnis sie in ein anderes Reich geführt hatte. Wie betäubt und als spräche sie immer noch zu Frau Weisheit, wiederholte Hildegard ständig: *»O Herrin, ich bin dieser Aufgabe nicht würdig! Wie könnt Ihr das von mir verlangen?«*

Die Worte verfolgten Volmar. Welchen Befehl hatte sie erhalten, der sie so ängstigte? Volmar sollte es nie erfahren, denn sie erwähnte dieses Ereignis nie wieder.

❦

Zwei Monate vergingen, ehe sie die Arbeit wieder aufnahm.

»Die neuen Visionen müssen nun aufgezeichnet werden«, verkündete sie einfach.

Mit ihrem Griffel schrieb sie den Titel auf ihre Wachstafel: *Das Buch vom Wirken Gottes.*

*Und ich schaute im Geheimnisse Gottes ein wunderschönes Bild. Es hatte die Gestalt eines Menschen. Sein Antlitz war von solcher Schönheit und Klarheit, daß ich leichter in die Sonne hätte blikken können als in dieses Gesicht.*
*Und die Gestalt rief also:*
*»Ich bin die Liebe, die höchste feurigste Kraft, habe jedweden Funken von Leben entzündet, und nichts Tödliches sprühe ich aus, und doch gestattete ich ihm das Sein.*
*Mit meinen Flügeln umfliege ich den Erdkreis: Mit Weisheit habe ich das All recht geordnet. Ich, das feurige Leben göttlicher Wesenheit, zünde hin über die Schönheiten der Fluren, ich leuchte in den Gewässern und brenne in Sonne, Mond und Sternen.*
*Mit jedem Lufthauch erwecke ich alles wie mit unsichtbarem Puls zum Leben.*
*Die Wasser fließen, als ob sie lebten, denn Wasser durchdringt die Erde wie die Seele den Leib.*
*So geschieht es, daß die Werke der Menschen als Zeichen ihrer Göttlichkeit strahlen. Denn Gott liebt die Menschen so sehr, daß er sie zu Erben der Engel erkor und all der Herrlichkeit, die durch die Engel war.*
*Nun ist der Mensch aufgerufen, Gottes Ruhm zu vollenden.*
*Denn die Liebe ist in der Kraft der unvergänglichen Gottheit und schmiedet mit der Hitze eines Feuers die Menschen an alle Geschöpfe in einem Gelöbnis der Treue, wie den Mann an die Frau und die Seele an den Leib.*
*Jeder Mensch, der Gott liebt und fürchtet, öffne daher voller Hingabe diesen Worten sein Herz und wisse, daß sie nicht aus Menschenmund verkündet sind, sondern durch Mich, der Ich bin.«*

Als Volmar seufzte, wandte Hildegard sich um.
»Herrin, ist das Geschöpf, von dem Ihr sprecht, Gott oder Mensch, Mann oder Weib, Liebe oder Vernunft?«
»In ihm ist alles«, antwortete sie langsam, »auch Weisheit.«

»Herrin, habt Ihr vielleicht das Antlitz Gottes geschaut?« hörte Volmar sich fragen.
Doch Hildegard erschauerte und wandte sich ab.

❦

Es war Helengers erster Besuch auf dem Rupertsberg, seit er Abt vom Disibodenberg geworden war. Als sie ihn vom Eingang aus beobachtete, sah Hildegard, wie er seine Blicke schweifen ließ, während er mit Vater Volmar plauderte.
Die Äbtissin begrüßte ihn kühl, aber höflich. Auch wenn die Abtei das Stiftungsbuch der Nonnen herausgegeben hatte, so fehlten doch noch einige Papiere, die die rechtliche Unabhängigkeit des Rupertsberges ungeklärt ließen.
»Ich bin gekommen, um Euch mitzuteilen, daß Papst Victor in Lucca gestorben ist«, verkündete er schroff.
»Wird ihm ein zweiter Gegenpapst folgen?« fragte sie.
»Gewiß, Kardinal Guido von Crema, der sich den Namen Paschalis III. erwählt hat.«
»Und welche Nachrichten bringt Ihr von Alexander, unserem rechtmäßigen Papst?«
»Angesichts dieser Ungewißheiten ist er nach Frankreich geflohen.«
Hildegard stöhnte. »Also wird die Spaltung breiter und tiefer. Überdies läuft Friedrich bei einem zweiten Gegenpapst Gefahr, exkommuniziert zu werden.«
Der Abt verschränkte die Arme. »Ihr braucht nichts zu fürchten, Herrin. Kein Schisma könnte den kaiserlichen Schutzbrief anfechten, den der Kaiser, wie ich gehört habe, vor kurzem für Rupertsberg ausgestellt hat.«
»Ganz recht, Herr Abt«, entgegnete Hildegard. Dann verfiel sie in Schweigen, als wartete sie darauf, daß er ihr den wahren Grund seines Besuches mitteile.
»Als Eure frühere Beschützerin, ehrwürdige Äbtissin, hat die

Abtei eine einfache Bitte an Euch. Wir bitten Euch um eine Beschreibung des Lebens des heiligen Disibod für unser Archiv. Nicht für uns selbst natürlich, sondern um das Andenken unserer heiligen Frau Jutta zu ehren.«

Hildegard lächelte gelassen. »Es wir mir eine Freude sein, dies zu tun, nachdem ich die Papiere erhalten habe, die unsere rechtliche Trennung von der Abtei Disibodenberg endgültig vollziehen.«

❦

An Hildegard, Äbtissin vom Rupertsberg, von Elisabeth, Äbtissin von Schönau:

Die Gnade und der Trost des Allerhöchsten mögen Euch erfüllen, weil Ihr mit meiner Verwirrung gütig Mitleid habt, wie ich aus den Worten meines Herrn erkannt habe, den Ihr eifrig angegangen habt, mich zu trösten. Doch haben viele Ereignisse in jüngster Zeit meine Zweifel genährt. Aber wie Ihr mir geraten habt, strebe ich nach der Tugend der Enthaltsamkeit und widerstehe der Versuchung, mein Fleisch unangemessen zu martern. Ich habe mein härenes Hemd abgelegt, da seine nagenden Zähne mein Fleisch eitern ließen und mich vom Gebet ablenkten.

Wieder habe ich in einer Vision die heilige Jungfrau geschaut, wie sie im Priestergewand am Altar stand, die Hände zur heiligen Wandlung erhoben. Meine Töchter erzählten mir später, sie hätten gefürchtet, mein Herz stünde still – so weit hatte die Vision meine Seele entrückt.

Nach dieser Vision hat mich tagelang der Gedanke an Euch erfüllt. Die Jungfrau behüte und beschütze Euch. Ich erbitte Eure Gebete, auf daß ich im Glauben nicht fehlgehe.

Obgleich Hildegard sich beeilte, sie zu beruhigen, vergingen mehrere Wochen, bevor sie eine Antwort erhielt. Sie stammte von Egbert, Elisabeths Bruder, Kanoniker in Bonn:

Ehrwürdige Äbtissin, ich schreibe, um Euch die traurige Nachricht zu verkünden, daß Elisabeths vom Fasten geschwächtes Herz aufgehört hat zu schlagen. Sie starb am Vorabend von Mariae Himmelfahrt. Ihr letzter Laut war ein Freudenschrei.

Bei dieser Nachricht entrang sich Hildegard ein gequältes Schluchzen. Sie rannte aus dem Skriptorium und warf sich unter einer Ulme nieder, deren Schatten auf die Steine der Umfriedungsmauer fiel.

»Herrin«, flüsterte Volmar, als er sie fand, »bestimmt wißt Ihr um den Trost und die Kraft, die Eure Worte für Elisabeth bedeuteten. Sie hat Frieden gefunden. Ihre Mühsal ist beendet.«

»Wäre ich nur nicht so blind und taub«, schluchzte sie. »Sie brauchte mich, und ich habe sie im Stich gelassen.«

Verwirrt kniete Volmar an ihrer Seite nieder. Sie hatte Elisabeth weder sehr gut noch sehr lange gekannt. Warum war ihre Trauer so tief? Er beugte sich über sie, um zu helfen, doch ihre Worte erschreckten ihn: »Richardis, meine liebste, süße Richardis! Warum hast du mich verlassen? Warum hast du mich im Stich gelassen?«

❦

Wochenlang blieb Hildegards Korrespondenz unbeantwortet.

»Herrin, der Brief mit dem Siegel des Königs Heinrich Plantagenet von England erfordert Eure Aufmerksamkeit«, erinnerte Volmar sie. »Alles weist darauf hin, daß England sich auf ein neues Bündnis mit Deutschland zubewegt, und es ist klar, daß König Heinrich II. Euren Rat wünscht.«

»Ich werde mich rechtzeitig darum kümmern«, beruhigte sie ihn. »Doch es gibt einen viel dringenderen Brief, der zuerst nach England gehen muß«, sagte Hildegard, woraufhin Volmar überrascht von seinem Pult aufschaute.

An Ihre Königliche Hoheit Eleonore von Aquitanien, Königin von England, von Hildegard, Äbtissin vom Rupertsberg: Seid gegrüßt.

Gnädige Königin, Euer Geist gleicht einer Mauer, an der wechselnde Wolken vorüberziehen. Überlaßt Euer Herz nicht der Verwirrung jener, die um Euch sind.

Steht in Beständigkeit! In all Euren Trübsalen wird Gott Euch beistehen. Bei all Euren Werken schenke Gott Euch seinen Segen und seine Hilfe. Sucht den Frieden Gottes in den kommenden Tagen, und Euer Herz wird Ruhe finden.

*Als Hildegard ihr Abteisiegel auf den Brief drückte, sah sie die königliche Gestalt in ihrem Gefängnisturm auf und ab gehen, die grazilen Hände immer noch geschickt im Sticken, obgleich die Flügel auf grausame Weise gestutzt waren.*

*»Liebe Herrin, ich verstehe Euer Los, denn auf meine eigene Art schreite ich neben Euch«, seufzte Hildegard. »Dennoch unterscheiden sich unsere Schritte.«*

Volmar legte seinen Federkiel nieder, als Hildegard sich mit verschränkten Armen zurücklehnte.

»Wir sind noch nicht fertig«, sagte die Äbtissin barsch. »Mein Gewissen verlangt, daß ich nicht länger zögere, diesen nächsten Brief an einen anderen Gefangenen zu schicken«, fuhr sie ärgerlich fort. »An einen, der von seinem Ehrgeiz gefangengehalten wird.«

An Seine Kaiserliche Hoheit Friedrich von Hildegard, Äbtissin vom Rupertsberg:

Ich bitte Euch: als Diener Gottes seid wachsam! Gebet acht, daß der Rachen des Todes Euch nicht verschlingt. Stolz hat Euch blind gemacht bei Eurer Entscheidung für einen zweiten Gegenpapst. Warum habt Ihr Euch in den Schlingen der bösen Geister verfangen? Warum verratet Ihr Euer Volk?

Tut Buße, ich flehe zu Euch! Die Liebe Gottes verdammt niemals, sondern umarmt die wahrhaft Reuigen. Abermals sage ich: Wisset in Eurem Herzen, daß alle wahre Macht allein von Gott kommt. Aber denkt auch daran, daß alle, die die Gerechtigkeit mißachten, bestraft werden!

❦

Im Februar ächzten die Dächer des Klosters Rupertsberg unter dem Gewicht des Schnees. Kaum war ein Weg freigeschaufelt, bedeckte ihn der Neuschnee auch schon wieder. Im Kalfaktorium konnte man sich kaum noch rühren, da die Nonnen miteinander um den nächsten Platz an der Wärme des Feuers wetteiferten.

Nicht weit davon im Skriptorium versuchten zwei einsame Kohlebecken neben den beiden Pulten, an denen Hildegard und Volmar am *Buch vom Wirken Gottes* arbeiteten, tapfer der stechenden Kälte zu trotzen. Volmar rieb seine steifen Finger und hielt sie an das Kohlebecken. Er versuchte, seinen Körper zu wärmen und seine Gedanken über das Geschehene zu ordnen.

Die Visionen der Äbtissin veränderten sich dramatisch, wurden intensiver, holten weiter aus und waren doch klarer als die früheren. In dem Abschnitt, den sie gerade vollendet hatten, hatte die Äbtissin eine Vision des sich entfaltenden Universums geschildert. Wie gebannt hatte Volmar ihren Worten gelauscht.

*Ihr Körper schwankte. Sie schien auf der Bahn der Winde zu stehen, die das Universum in Bewegung hielten, während sie die Beziehung der Planeten zum Lauf der Sonne und des Mondes beschrieb.*

*Nun erschien eine menschliche Gestalt im innersten Kreis der wirbelnden Winde und kreisenden Planeten. Die Gestalt sprach: »Im Mittelpunkt der Liebe ist das Rad der Seele und des Körpers. Denn gleich dem Wort Gottes, das alle Schöpfung durchdringt,*

*durchdringt die Seele den ganzen Leib, wie der Wind durch ein Haus weht, ein Sämann Samen auf den fruchtbaren Boden streut oder wie eine Mutter ihren weinenden Säugling tröstet. Denn all diese Wunder sind von den Armen der Liebe umgeben und in zartem Gleichgewicht in dem Universum verbunden, das zum Wohle der Menschen geschaffen ist, so daß Männer und Frauen darin wirken können.«*

Volmar war beunruhigt. Irgendwie hatte er das Gefühl, die Äbtissin lüfte den Schleier des Universums, um dessen innerste Seele zu erforschen. Er fürchtete sich. Die alte Angst stieg in ihm hoch: Was, wenn sie sich in diesem uferlosen Gebiet verirrte und entschied, nicht zurückzukehren? Stirnrunzelnd wandte er sich ihr zu und begegnete ihrem Lächeln. Erst dann bemerkte er, daß sie ihn beobachtet hatte. Er errötete, als er die Feder in das Tintenfaß tauchte.

»Fürchtet nichts, mein Freund«, beruhigte sie ihn. »Wir sind beschützt und niemals allein. Wir müssen nur um Hilfe rufen, und unsere Schutzengel werden antworten.« Das Lächeln erhellte ihr Gesicht. »Hört meine Worte«, sagte sie und beschrieb ihm ihre Vision genau:

*»Wenn wir zuschauen, wie alle Geschöpfe aus Gottes Plan entstehen, erkennen wir, wie die göttliche Ordnung ihre Schwingen ausbreitet, um den wahren Kern der Schöpfungsordnung zu offenbaren: Engel und Menschen.*

*Einige dieser Engel erscheinen in ihrem feurigen Wesen, anderen leuchten hell, und eine dritte Art funkelt gleich den Sternen. Die feurigen stehen fest und mit großer Kraft im Angesicht Gottes. Im Gegensatz zu ihnen werden die hell leuchtenden Engel von den Taten der Menschen, die ja auch Gottes Werk sind, gerührt. Denn diese Engel halten unausgesetzt Ausschau nach unseren guten Taten und tragen ihren Duft in Gottes Gegenwart.*

*Die Engel, die wie Sterne funkeln, haben Mitgefühl mit der menschlichen Natur und schlagen sie vor Gott auf, als wäre sie ein Buch. Diese Engel dienen uns! Mit Vernunft sprechen sie zu uns, wie Gott es geplant hat. Im Angesicht Gottes preisen sie unsere guten Werke, doch wenden sie sich ab von den Werken oder Menschen, die böse sind.*

*Und weil Gott den Engeln verschiedene Aufgaben erteilt hat, hat er es ebenso eingerichtet, daß sie die notwendige Verbindung zu den Menschen haben und sich uns nach dem Willen Gottes in bestimmter Gestalt zeigen. Auch wenn ihre Aufgaben ganz verschieden sind, ehren alle Engel Gott voll Hingabe und Weisheit. Zwar hat Gott dem Menschen zu seinem Schutz Engel an die Seite gestellt, aber dennoch hat Er unsere Wünsche und Taten mit Flügeln versehen, damit wir zu fliegen vermögen.*

Beantwortet das Eure Frage, mein Freund?« erkundigte sich die Äbtissin sanft. »Es gibt keinen Grund zur Furcht.«

❦

*Im Traum lag Hildegard allein in der kalten leeren Halle. Sonderbare Klopfgeräusche umgaben sie, so als fielen Gegenstände auf einen Steinboden.*

*Die Geräusche wurden lauter, das Fallen schneller. Im Hintergrund vernahm sie erstickte Schreie, ein Kratzen wie von Ratten, die über den Boden huschten, dann das Klappern rumpelnder Wagenräder, das Trampeln rennender Füße. Die Wände schienen auf sie stürzen zu wollen.*

Keuchend richtete Hildegard sich auf. Sie hatte sich gewaltsam dem Traum entrissen, um nicht unter dem Getöse begraben zu werden.

Wenige Tage später kam die Botschaft, daß Papst Alexander aus dem französischen Exil zurückgekehrt sei und wieder in Rom residierte.

»Er sitzt rittlings über einem Nest von Skorpionen«, warnte Hildegard. »Auf der einen Seite sind die wankelmütigen Römer, und auf der anderen spürt er Friedrichs Atem in seinem Nacken. Er muß größte Vorsicht walten lassen.«

»Habt Ihr so wenig Hoffnung für einen Frieden in Rom, Herrin?« fragte Volmar.
»Man kann hoffen und doch mit einem Auge wachen«, entgegnete sie.
Innerhalb eines Jahres war Alexanders Position bei der römischen Bürgerschaft geschwächt. Friedrich ergriff die Gelegenheit, überquerte die Alpen und ritt zum dritten Mal gen Süden auf Rom. Er schickte Rainald von Dassel voraus, um die römische Landwirtschaft zu zerstören, in der Hoffnung, die verzweifelten Römer zu zwingen, ihm Papst Alexander auszuliefern. Doch Alexander war bereits geflohen und ließ Friedrich auf diese Weise keine andere Möglichkeit, als in die ewige Stadt einzumarschieren und sie mit Flamme und Schwert heimzusuchen.
Während der Plünderung mußten die Bürger entsetzt zusehen, wie ihre kostbaren Kunstschätze von den Wänden geschlagen und von den Hufen der kaiserlichen Pferde zertrampelt wurden. Ein Abt, der Rom zu jener Zeit besuchte, schwor Hildegard, daß er gesehen hatte, wie Soldaten die goldenen Mosaiksteine aus den berühmtesten Altären schlugen. Voller Entsetzen sei er Zeuge gewesen, wie sie auf dem Marmorboden zersplitterten.
*Die Geräusche aus ihrem Traum hallten in Hildegards Ohren wider, als sie Mosaikstücke fallen und golden aufleuchtend verschwinden sah, für immer zermalmt unter den rumpelnden Rädern der Karren und den hastenden Füßen.*
»Hat er die Petersbasilika auch zerstört?« fragte Hildegard den Abt.
»Er hat es nicht gewagt, da er seinen Gegenpapst Paschalis am nächsten Tag dort inthronisieren und die Gelegenheit benutzen wollte, dem römischen Senat einen Treueeid abzuzwingen, der alle zukünftigen Ansprüche Alexanders auf den Papstthron vereiteln soll.«
»Ein hohler Sieg«, seufzte Hildegard.

»Nicht ganz, Herrin«, lächelte der Abt. »Friedrich hat gleichzeitig die Gelegenheit benutzt, um seine Gattin Beatrice offiziell zur Kaiserin des Reiches zu machen. Ich muß zugeben, sie sah prächtig aus in ihrem wallenden Gewand aus gewirktem Gold und mit ihrer, mit blitzenden Diamanten und zahllosen Topasen und Perlen besetzten Krone. Friedrich konnte seinen Blick gar nicht von ihr reißen, auch wenn die anderen die Augen aufrissen angesichts der ungewöhnlichen Länge seines hermelingesäumten silbernen Umhangs, den er über einem Gewand aus weißem Satin mit einem Gürtel aus Diamanten trug. Seine Krone war mit Hunderten von Rubinen besetzt.«
Hildegard war wie vor den Kopf geschlagen. Wie konnte ein Kaiser so leicht ins Heidentum abgleiten? fragte sie sich.
»Jubel umgab das Paar, als sie im Triumphzug in all ihrer Pracht durch die Straßen von Rom paradierten«, fuhr der Abt fort. »Friedrich verströmte Furchtlosigkeit und Selbstsicherheit in dem Wissen, daß sein Papst es sich auf Petrus' Thron bequem gemacht hatte.«
»Doch um welchen Preis?« rief Hildegard. »Rom ist verwüstet!«
»Bei dem Jubel, der in den Hallen von Sankt Peter erscholl, war davon nichts zu merken«, sagte der Abt kopfschüttelnd. »Die Gäste schworen, daß der Kaiser und die Kaiserin ihre Kronen für die nächsten zwei Tage nicht ablegten.«
»Und am Tag danach?«
Der Abt sog die Luft ein. »Es war, als habe die göttliche Rache das Firmament gesprengt! Der Himmel brach unter einem solchen Donnern und Blitzen auf, daß sich Rom innerhalb weniger Stunden in einen Sumpf verwandelte und erstickende Luft die Menschen würgte. Danach suchte die Pest wie eine erbarmungslose Sichel die Stadt heim. Es heißt, innerhalb einer Woche habe sie fünfundzwanzigtausend von Friedrichs Soldaten dahingerafft.«
»Also hat die Natur den Kaiser weder mit Flamme noch mit Schwert besiegt«, flüsterte die Äbtissin.

*Im erglühenden Licht wurde Hildegard Zeugin der Panik, in der geschwächte, atemlose Leiber versuchten, dem schwarzen Schatten der Pest zu entrinnen: Adlige und Gesinde, Priester und Bauern, alt und jung – sie alle bedeckten die Felder, lagen aufgehäuft in den Straßen und erfüllten sie mit dem Gestank verwesender Leichen. Niemand entkam dem Engel des Todes.*
»Was geschah mit Rainald von Dassel?«
»Auch er wurde hinweggerafft.«
Hildegard nickte. Rainald hatte sein Leben für den kaiserlichen Traum geopfert. Die geistige Spaltung und die politischen Häresien dieser unruhigen Zeit hatten letztendlich ihre Gründe: der Wohlstand der Kirche, der Hunger nach Macht, der Mangel an Glauben, das Fehlen von Gnade. Dennoch flüsterte Hildegard ein Gebet für Rainald von Dassels Seele.
»Und das glorreiche Kaiserpaar?«
»Sie entkamen unter militärischem Geleit in die Hügel der Toskana«, erzählte der Abt. »Durch Rainalds Tod und Alexanders Rückkehr mußte Friedrich als armer Bauer verkleidet über den Appenin fliehen.«

Hildegard verkündete die Gründung des ersten Rupertsberger Tochterhauses bereits eine Stunde nachdem sie den Kaufvertrag für das Grundstück in Eibingen unterzeichnet hatte.
Doch als sie aufgeregt und voller Freude die Neuigkeit im Kapitelsaal kundtat, hüllten sich ihre Töchter in Schweigen. Ihre Reaktion war niederschmetternd.
»Ich habe es ihnen doch diesmal gleich gesagt«, rief sie, als sie später mit Volmar sprach. »Mehr kann ich doch nicht tun, oder?«
»Es ist verständlich, Herrin«, erwiderte Volmar, während sie durch den Garten schlenderten. »Jahrelang haben die älteren Nonnen sie mit Einzelheiten über die Widrigkeiten traktiert,

die sie in den Anfängen von Rupertsberg zu erdulden hatten. Jetzt fürchtet jede, sie müßte ähnliche Prüfungen über sich ergehen lassen.«
»Und was ist mit ihrem Gehorsamsgelübde?« fragte sie streng. Volmar zuckte die Achseln und verschränkte die Hände hinter dem Rücken. »Ich schlage vor, daß Ihr die Ernennungen für Eibingen möglichst bald ankündigt. Wie viele werdet Ihr entsenden?«
»Höchstens dreißig, einschließlich der Novizinnen«, sagte sie. »Das Gesinde, die Arbeiter und ihre Aufseher natürlich nicht eingerechnet.«
»Also habt Ihr Eure Wahl schon getroffen?«
»Zumindest, was die wichtigeren Aufgaben angeht. Zunächst müssen einige ältere Nonnen anwesend sein, um Beständigkeit zu sichern. Bestimmt werden Ilse und Gisla ...«
»Und wer wird Priorin?«
»Gertrud, natürlich. Es ist entscheidend, daß die Regel von Anfang an Wurzeln schlägt. Gertrud hat eine Begabung zur Herrschaft und hat als Subpriorin große Umsicht gezeigt. Es war keine geringe Aufgabe, Hiltrude bei der Leitung unserer fünfzig Nonnen zu unterstützen.«
»Außerdem«, bemerkte Volmar lächelnd, »würde Gisla ohne sie verwelken.«
»Ihr werdet sehen, Gertruds gesunder Menschenverstand wird sich als unschätzbar erweisen«, sagte Hildegard nickend. »Überdies bin ich sicher, daß sie unter Eurer Obhut gedeihen wird.«
Volmar fuhr auf. »*Unter meiner Obhut*, Herrin?«
Hildegard wirkte überrascht. »Aber natürlich. Wer käme denn sonst als Propst in Betracht?«
»Dann wünscht Ihr also, daß ich auch gehe, Herrin?« stotterte er.
»Sagen wir lieber, ich brauche Euch zur Zeit dort nötiger als hier.« Sie hielt inne. »Gewiß begreift Ihr, warum ich Eure An-

wesenheit dort als ausschlaggebend für den Erfolg der neuen Gründung betrachte. Wem könnte ich mehr vertrauen als Euch, mein Freund?«

»Und unsere Arbeit, das Schreiben, die Korrespondenz?« fragte Volmar.

Hildegard lächelte mißbilligend. »Damit werden wir natürlich fortfahren. Ich werde zweimal in der Woche nach Eibingen übersetzen, um mich um die dortigen Angelegenheiten zu kümmern. Und wenn sich einmal eine Routine eingestellt hat, können wir gewiß einen Plan machen.« Sie runzelte die Stirn, und ihre Augen bettelten um sein Verständnis.

Benommen nickte er. Dabei verspürte er ein scharfes Reißen in der Seite.

Als er ins Skriptorium zurückkehrte, war er so geistesabwesend, daß er beinahe über einen Boten gestolpert wäre, der gerade einen Korb mit Post an der Tür abstellte. Der Mann blieb nervös im Eingang stehen und drehte seinen Hut.

»Bitte, Vater, ich habe dem Dorf versprochen, mich nach der Gesundheit der ehrwürdigen Mutter zu erkundigen. Befindet sie sich wohl?«

Für einen Augenblick starrte Volmar ihn verwirrt an. »Aber natürlich«, sagte er. Dann warf er sich auf seinen Stuhl und fügte hinzu: »So wohl, daß wir oft vergessen, daß sie auf ihr siebzigstes Jahr zugeht.«

»Die Hebammen werden sich freuen, das zu hören. Sie versäumen es nie, bei ihrer Arbeit Mutter Hildegards Namen anzurufen.«

Der Mann verabschiedete sich dankbar und ging.

Endlich allein, vergrub Volmar das Gesicht in den Händen. Er fühlte sich schwindlig, als hinge er in der Luft. Die Entscheidung der Äbtissin, ihn nach Eibingen zu versetzen, war ihm immer noch unbegreiflich. Er konnte es kaum glauben! Er dachte daran, wie er wochenlang darauf geachtet hatte, die Äbtissin von dem Ärger abzuschirmen, der aus den Gerüchten um einen möglichen Umzug entstanden war. Jetzt war er mitten drin. Die Abtei summte vor Gerüchten. Die Nonnen ergriffen jede Gelegenheit, sich in den Obstgarten zu schleichen, um ihrem Entsetzen und ihrem Unmut Luft zu machen. Manche trödelten so lange wie möglich im Waschraum herum und wuschen ihre Hände mit solchem Geplätscher, daß ihre Worte darin untergingen.

Als die Spannungen sich verschärften, hißten die Nonnen die Fahnen der Rebellion noch höher. Ein Kritikpunkt war Hildegards Billigung der Verurteilung von sieben Cathari durch die Kirche zum Tod auf dem Scheiterhaufen.

Am Anfang forderten die Nonnen die Äbtissin noch vorsichtig heraus. Dann griffen sie sie kühner an und warfen ihr vor, ihre Überzeugung und Lehre vom Wert des menschlichen Lebens zu verraten.

»Die Entscheidung wurde von einer Versammlung von Kirchenmännern in Vézelay getroffen«, wehrte sich Hildegard eines Tages im überfüllten Kalfaktorium und zog ihren Schal enger um die Schultern. »Die Cathari wurden bei den Konzilen von Tours und Lombez als Ketzer bezeichnet, dennoch wächst ihre Zahl, und ihre Lehre breitet sich aus.«

»Dann findet Ihr auch, daß sie verbrannt werden sollten, ehrwürdige Mutter?« beharrte Ilse.

»Sie sind Ketzer!« sagte sie nun fester, als sie verstohlene Blicke durch den Raum huschen sah und die Novizinnen zurückwichen. »Es ist wahr, ich habe euch gelehrt, daß Mord ein Verbrechen gegen die Gerechtigkeit ist, meine Töchter, aber es ist auch wahr, daß es die Pflicht der Mutter Kirche ist, ihre Kinder vor Irrglauben zu schützen.«

»Auch mit Hilfe von Mord, Herrin?« widersprach Gertrud. »Ihr habt uns gelehrt, daß nicht einmal ein Soldat eine Kirche betreten darf, wenn er in der Hitze der Schlacht das Blut eines anderen vergossen hat.«

»Aber das ist etwas völlig anderes.«

»Wirklich, ehrwürdige Mutter? Ich vermag nicht einzusehen, wie man diese Lehre mit der vereinbaren kann, die den Tod jener Cathari wünscht, die nicht einmal ein Schwert gezogen haben und nur den Frieden mit ihren Brüdern und Schwestern suchen.«

Die Augen der Äbtissin funkelten. »Wie der ehrwürdige Bernhard von Clairvaux bin ich der Ansicht, daß Glaube nicht in Frage stellt, sondern glaubt«, zischte sie, »und ich möchte euch daran erinnern, daß wir, da die Mutter Kirche die Hüterin unseres Glaubens ist, Vertrauen in ihre Entscheidungen setzen müssen. Sie hat gesprochen, und damit ist der Fall abgeschlossen.«

Volmar litt, als Hildegard ihm den Zwischenfall später schilderte. Er wußte um den Tribut, den diese zunehmenden Zeichen des Aufbegehrens von der Äbtissin forderten. Alte Zweifel erhoben sich, trieben sie in das Labyrinth der Selbstbefragung, ließen sie jede Beschwerde ans Licht halten, damit ihr ja nicht die winzigste Facette eines Arguments entging. Das war ihre größte Herausforderung als Äbtissin.

Wer würde sie trösten, wer würde ihren Schmerz verstehen, wenn er nicht hier war?

Volmars Kopf hämmerte sowohl in Gedanken an die Trennung von der Äbtissin als auch angesichts der Aufgaben, die in Eibingen auf ihn warteten. Wie zuvor mußte er einen Weg finden, um die Äbtissin vor den Klagen der Nonnen zu schützen, bis sie sich an die primitiven Gegebenheiten auf der anderen Seite des Rheins gewöhnt hatten. Wenngleich Hildegard beabsichtigte, zweimal in der Woche nach Eibingen zu kommen, wußte Volmar, daß ihre Zeit von Besprechungen mit den Baumeistern und Arbeitern und ihren Töchtern ausgefüllt sein würde. Seine Gespräche mit ihr würden kurz und knapp ausfallen und sich mit den endlosen Einzelheiten der Neugründung beschäftigen. Mit Hilfe der heiligen Jungfrau würde er, mußte er einen Weg finden, damit fertigzuwerden.

Das Hämmern in seinem Kopf wurde unerträglich. »Hilf mir, sie nicht so sehr, so verzweifelt zu vermissen«, betete er zur Jungfrau, »so daß ich auch in Eibingen ruhig schlafen kann.«

❦

Hiltrude war untröstlich. Ein Monat war vergangen, seit Volmar und die Nonnen aufgebrochen waren und eine Leere in ihr hinterlassen hatten, die durch nichts zu füllen war.
»Aber du findest doch auch, daß hier alles wieder fast beim alten ist«, bemerkte Hildegard.
»Was immer das bedeutet«, gab Hiltrude zurück.
Die Äbtissin selbst beschäftigte die Nachricht, daß Friedrich nach Paschalis' Tod das Schisma aufrechterhielt, indem er einen dritten Gegenpapst, Calixtus III., ernannte. Sie fragte sich, ob Volmar diese Neuigkeit schon erfahren hatte, und sehnte sich danach, mit ihm darüber zu sprechen. Da er ihre Visionen so gut kannte, konnte er allein die Tiefe und das Ausmaß ihrer Sorge verstehen. Sie vermochte kaum zu glauben, wie sehr sie es vermißte, auch die unbedeutendsten Ereignisse des Alltags mit ihm zu teilen. Was war nur über sie gekommen, ihn nach Eibingen zu schicken? Gertrud war leicht allen möglichen Schwierigkeiten gewachsen und hätte sich auch an jeden anderen Propst gewöhnt. Warum hatte sie Volmar entsandt?
Bekümmert wandte sie ihre Gedanken wieder Friedrich zu und spürte sogleich, wie ihr Ärger wuchs. Obgleich sie wußte, daß sie seinen kaiserlichen Schutzbrief aufs Spiel setzte, verspürte sie den Zwang, seine jüngste Tat im Namen der Gerechtigkeit zu verurteilen.

An Friedrich, König von Deutschland und Kaiser des Heiligen Römischen Reiches Deutscher Nation, von Hildegard, Äbtissin der Klöster Rupertsberg und Eibingen:
Der da ist, spricht: Die Widerspenstigkeit zerstöre Ich, und

den Widerstand derer, die Mir trotzen, zermalme Ich durch Mich selbst. Wehe, wehe diesem bösen Tun der Frevler, die Mich verachten! Das höre, König, wenn du leben willst! Sonst wird mein Schwert dich durchbohren!

Friedrich antwortete nicht. Doch bald darauf erwachten die Nonnen eines Morgens unter einem rauchverhangenen Himmel. Die Luft war beinahe zu dick zum Atmen. Sie erschraken zu Tode.

Bald erreichte sie die Nachricht, daß Friedrich als Rache für den ungebrochenen Aufstand in Mainz dem Fürsten Ludwig von Thüringen befohlen hatte, das ganze Land um Johannesburg, Mainz und Bingen in Brand zu setzen. Nur dank des kaiserlichen Schutzbriefes blieben Rupertsberg und Eibingen verschont.

❦

»Endlich«, stöhnte Volmar erleichtert, als er Hildegards Einladung, sie auf ihre vierte Predigtreise zu begleiten, in der Hand hielt. Volmar war überglücklich. Nach all den Monaten kontroverser Entscheidungen und Schwierigkeiten bei der Einrichtung des Tochterhauses in Eibingen war ihm eine Abwechslung willkommen. Der Widerstand der Nonnen begann an ihm zu zehren. Sie ächzten unter Gertruds strenger Führung und machten kein Geheimnis aus ihrer Unzufriedenheit über den Mangel an Annehmlichkeiten in ihrem neuen Heim. Doch Volmars schwierigste Aufgabe war es von Anfang an gewesen, sich an die Trennung von der Äbtissin zu gewöhnen. Die Aussicht, sie während der Reise Tag für Tag zu sehen, begeisterte ihn. Erneut vereint, erlangten sie rasch wieder einen Zustand der Vertrautheit, in dem der eine den Gedanken der anderen die Stimme verlieh.

Hildegard nickte bei sich, als sie sah, wie vor ihr die Burschen miteinander um einen Platz an Volmars Seite wetteiferten. Sie verehrten ihn. Es war stets das gleiche, wohin sie auch kamen. Die Menschen spürten seine Güte und kamen auf ihn zu, denn er lächelte einen Leibeigenen, der um einen Segen bat, ebenso aufrichtig an wie einen Kleriker, der bei ihm zu beichten wünschte. Sie hatte vergessen, welchen Trost ihr seine Mischung aus Kraft und Geduld bedeutete, sein Schweigen, das so beredt war wie seine Worte. Doch als sie sich der fünften Station auf ihrer Reise näherten, konnte nicht einmal Volmar sie noch von ihrem steifen Nacken, ihren schmerzenden Schultern und eingeschlafenen Händen und Füßen ablenken. Sie war so müde, daß ihr Blick sich verschleierte. Volmars Sorge überwog nun seine Freude über ihre Gesellschaft.

»Herrin, ich bitte Euch, Eure Pläne zu überdenken. Laßt uns zum Rupertsberg zurückkehren«, bat er, als sie in Kirchheim aufbrachen.

Hildegard geriet in Versuchung.

*Doch schon als Volmar die Worte sprach, sah Hildegard einen riesigen Felsbrocken vor sich. Sie wußte, daß sie diesen vor ihrer Rückkehr überwinden mußte.*

»Wir müssen noch nach Zweifalten«, sagte sie unnachgiebig. »Vielleicht danach ...«

Seufzend schnalzte Volmar die Zügel. War sie denn nie zufrieden? Sie konnte fast blind vor Erschöpfung sein, aber wenn sie einem Bettler auf der Straße begegnete oder jemand sie um Rat bat, konnte sie nicht widerstehen. Ihr Drang, zu lehren und zu mahnen, zehrte an ihr. Wie viele Ermahnungen mußte sie am Tag aussprechen, um nach ihrer Meinung genug getan zu haben? Auf ihrer vierten Reise hatte sie in einundzwanzig Orten gepredigt: zu Leibeigenen auf Marktplätzen, zu Bischöfen und Priestern in Kathedralen, zu Mönchen und Nonnen im ganzen Land. Überdies fühlte sie sich gezwungen, jeden Fremden, der ihren Weg kreuzte, vor den Ketzern zu warnen.

»Vergeßt nicht, daß es Eure Hand war, die den Befehl der Weisheit, ›gegen Ungerechtigkeit und Verderbnis die Stimme

zu erheben‹ aufgezeichnet hat«, erinnerte sie ihn. Seit Jahrzehnten beflügelte dieser Befehl ihre Worte und entzündete ihre Prophezeiungen. Auch jetzt, als sie sich gegen den Wind stemmte, erkannte Volmar, wie diese Bürde ihre Schultern gebeugt hatte und ihre geschwollenen Finger kaum die Zügel halten konnten. Ungeachtet seiner Verdrossenheit, stellte er sein Versprechen, sein Leben dieser Frau zu weihen, die ein brennender Busch war, nicht in Frage.
Am frühen Nachmittag hörten die Reisenden das erste entfernte Donnern von Wasserfällen. An der Doppelabtei Zwiefalten flossen zwei Flüsse ineinander, deren Wasserfälle als Barriere zwischen dem Männer- und dem Frauenkloster dienten. Als sie sich den Wasserfällen näherten, betäubte das Krachen des Wassers ihre Ohren, und Dunst behinderte die Sicht.
Nach diesem eindrucksvollen Hindernis erreichten sie das Tor der Abtei. Hildegard hielt plötzlich inne: Ihr Herz raste.
»Ab jetzt muß jeder unserer Atemzüge ein Gebet sein«, verkündete sie. »Geheimnisse umwuchern diese Abtei wie Efeu.«
Die Reisenden näherten sich der Pforte. Ein schlaksiger Mönch mit strohblondem Haar und einem spitzen Kinn kam ihnen entgegen.
»Ich bin Abt Berthold«, verkündete er nervös. »Ich heiße Euch willkommen.« Obgleich er die Arme ausbreitete, wich er zurück. Seine wässrigen Augen schienen zu tränen. »Ich bedaure, daß unsere Äbtissin unpäßlich ist und Euch nicht begrüßen kann.«
»Und die Schwester Priorin?« fragte Hildegard.
»Auch sie ist verhindert und läßt ihr Bedauern ausrichten, verehrte Äbtissin«, wich der Abt aus. Dabei hielt er sich die Nase zu, um ein Niesen zu unterdrücken. Hildegard bemerkte, daß seine Fingernägel abgebissen waren.
»Der Besuch Eurer ehrwürdigen Äbtissin ist wie Regen für die Wüste meiner Seele«, flüsterte der Abt Volmar zu, während sie zum Gästehaus gingen. »Ich habe zur Jungfrau gebetet, daß sie

sicher hierhergelangen möge. Nur ihre Worte können ... uns noch helfen.«
»Nicht meine Worte«, sagte Hildegard fest, »sondern die Worte dessen, der durch mich spricht.«
Doch ihre weißen Knöchel verrieten Volmar, daß sie sich fürchtete. Während sie das Gelände besichtigten, vertiefte sich Volmars Stirnrunzeln. Keiner der Brüder, denen sie begegnet waren, hatte den Blick gehoben oder gegrüßt.
»Sie müssen uns gesehen haben«, murmelte er.
»Natürlich«, entgegnete Hildegard grimmig.
Als später die Glocke zur Vesper läutete, zog Hildegard sich in den Schatten hinter dem Oratorium der Nonnen zurück. Die gebeugten Rücken zeigten ihr, daß nur die älteren Nonnen in ihren Nischen saßen. Bei der Lesung des Ersten Psalms kamen noch ein paar Nonnen herein, eher jedoch, um zu tuscheln, als um zu beten. Der Gesang war erbarmungswürdig dünn, ebenso zaghaft wie falsch. Wenige Nonnen bemühten sich, wenigstens so zu tun, als folgten sie der Lesung. Eine sang viel zu laut, wahrscheinlich, um das Getuschel ihrer Nachbarinnen zu übertönen.
Binnen kurzem merkte Hildegard, daß sie die einzige war, die noch sang. Alle anderen hatten sich vorgebeugt und starrten sie an. Doch in dem Augenblick, in dem sie aus der Kapelle ins Sonnenlicht trat, flog ein Dutzend Nonnen auf sie zu wie Bienen zu einem Bienenkorb.
»O Herrin, Eure Stimme ist herrlich, so vollkommen rein, so wahrhaft schön!«
»Wie lange werdet Ihr bleiben?«
»Werdet Ihr uns Eure Lieder lehren?«
»Und uns berichten, wie Eure Töchter auf dem Rupertsberg die Tage und Nächte verbringen?«
Während Fragen über Fragen auf sie herniederprasselten, schoben die Nonnen sie sanft einen Pfad entlang in die Abteihalle, wo man sie fürsorglich, aber bestimmt auf einen Sitz

drückte. Einige Nonnen eilten herbei, um ihre Füße auf aufgetürmte Kissen zu legen, während zwei andere mit Silberbechern voll Würzwein und Tabletts mit Äpfeln und mandelgespickten Honigkuchen erschienen. Sie ließen sie kaum zu Atem kommen. Der Strom der Fragen floß ununterbrochen, und jede ihrer Antworten wurde mit Beifall aufgenommen. Sie hob die Hand und bat um eine Pause. Dann ließ sie ihren Blick über die Versammlung schweifen. Er blieb an drei Nonnen am Rande der Halle hängen. Als eine der Nonnen sich in ihrem Stuhl bewegte, rutschte ihr Schal herunter. Hastig hob ihn die Nonne neben ihr auf.

Hildegard erkannte sofort, daß zwei der drei Nonnen schwanger waren; die mittlere war die Äbtissin von Zweifalten und die zu ihrer Rechten die Priorin.

Hildegard fühlte sich schwach. Kein Wunder, daß die anderen versuchten, sie abzulenken! Und kein Wunder, daß die Vesper eine solche Farce gewesen war!

Am nächsten Morgen erwachte Hildegard nach einer beinahe schlaflosen Nacht. Immer noch fassungslos über das, was sie hier vorgefunden hatte, eilte sie nach der Terz zu einem Gespräch mit Abt Berthold in seine Gemächer. Doch ehe sie den Mund öffnen konnte, überschüttete der Abt sie mit einer Litanei seiner Nöte und Kümmernisse und beteuerte seine Machtlosigkeit, die Regel durchzusetzen. Seine Autorität wurde mißachtet, sein Amt galt nichts.

»Und worin liegt die Ursache hierfür, Vater Abt?« fragte Hildegard.

Von seinen Gefühlen überwältigt, krümmte er sich und sank auf die Knie, so daß Hildegard fürchtete, er würde sich übergeben. Mit zitternden Händen flehte er sie an, seine Beichte zu hören. Sein Atem roch säuerlich; seine fahle Haut war von Narben übersät.

»Als Abt von Zweifalten bekenne ich, daß ich in Wahrheit einem Bordell vorstehe«, stieß er hervor. »Die Mönche und Nonnen betasten einander freizügig, ihre Blicke und Gesten glühen vor Lust. Nachts treffen sie sich zum schamlosen Stelldichein. Selbst die Novizen wetteifern um die besten Plätze, um die stöhnenden Paare zu beobachten, die sich im hohen Gras hinter dem Obstgarten wälzen.« Beim Sprechen kratzte er an einem halb verheilten Grind über seiner Lippe. Seine Augen waren glasig und blicklos.

Hildegard umklammerte die Armlehnen ihres Stuhls, um an sich zu halten. »Und Euer Prior? Ist auch er machtlos? Oder gibt es noch irgendeinen Fetzen Ordnung in diesem Chaos?«

»Ahhh«, stöhnte der Abt schaurig. »Ordnung? Ein fadenscheiniges Wort hier, selten gehört und kaum gedacht.« Sein Körper schien vor ihren Augen zusammenzuschrumpfen, als er die Arme vor der Brust verschränkte und die Schultern nach vorn krümmte.

»Ich frage Euch nochmals: Wo ist Euer Prior?« verlangte Hildegard zu wissen.

»Der Erzverräter?« winselte Berthold. »Ich sehe ihn selten, da er meine Gegenwart kaum duldet. Aber die Brüder und Schwestern sehen ihn oft, denn sie sind in seinem Netz gefangen, die Ärmsten. Er braucht nur die Witterung ihres Hungers aufzunehmen, um sie mit unaussprechlichen Verlockungen zu ködern und ihre Gelüste zu ermutigen. Ich schaudere, wenn ich daran denke, womit er wohl gerade beschäftigt ist.« Schwankend krächzt er: »Eine in jedem Arm, drei in einem Bett …«

»Genug!« rief Hildegard finster.

Der Abt wand sich und begann wieder an seinem Grind zu kratzen. »Ich vergesse, daß nicht alle in der Hölle leben so wie ich, Herrin.« Ein Licht flackerte in seinen Augen auf, ehe es im härenen Gewand seines Selbsthaßes verlosch.

»Mein Scheitern nagt an mir wie Lepra«, schluchzte er und fiel ihr zu Füßen. »Helft mir, ehrwürdige Mutter! Helft mir, mich zu Gott zu schleppen.«

Hildegard schlenderte im Dunkeln durch den Garten der Abtei, um ihre Gedanken zu ordnen. Das Geständnis des Abtes hatte sie abgestoßen. Gab es Mönche oder Nonnen hier, die noch die Kraft besaßen, sich gegen das Zucken in ihren Lenden oder die Begierde, die ihre Brüste schwellen ließ, standhaft zu zeigen? Dennoch hatte der Abt in diesem Morast der Verderbnis die Gnade erhalten, um Hilfe rufen zu können. Das Böse brauchte hier keine Maske mehr: Es gab keine Heuchelei, keine Lügen und kein Leugnen, keine Versuche, den Skandal zu übertünchen. Nur die winzige Hoffnung, die Regel wieder aufzunehmen. Hildegard überlegte, welche Buße die Regel dieser Abtei auferlegen könnte, um die Verstöße, die den Abt verzehrten und alle in seiner Obhut erniedrigten, wiedergutzumachen.

Beim Gehen bewegte Hildegard betend die Lippen. Sie urteilte nicht. Aus irgendeinem Grunde war sie an diesen Ort berufen worden. Sie kniete auf dem Pfad nieder und drückte die Stirn auf die Erde.

»Frau Weisheit, an diesem Ort unsäglicher Qualen vertraue ich auf Eure Wunder: die fruchtbare Erde, den reinigenden Regen, das Geschenk der Tränen, den Psalm, mit dem du zur Komplet meine Wange wie mit einer Feder streifst: Gottes Gnade reicht von Ewigkeit zu Ewigkeit …«

Sie war nur ein Werkzeug. Morgen würde sie alles empfangen, was sie brauchte. Das Morgen gehörte Gott.

❦

Am nächsten Morgen zur Prim erhob sich eine blutrote Sonne aus dem grauen Dunst wie eine brennende, weinende Wunde am Himmel. Hildegard stand in der Tür der Abteikirche und sah zu, wie die Sonne langsam ihre karmesinroten Tränen in den grauen Morgennebel vergoß.

Als sie das Mittelschiff entlangging, erhob sich ein unheimliches Brummen, als schwärmten auf beiden Seiten Hornissen.

Doch ihr Schritt war selbstsicher und ihr Blick fest. Vor dem Altar hob sie den Saum ihrer Ordenstracht, kniete nieder und legte sich dann demutsvoll mit ausgebreiteten Armen auf den Boden.

Sie blieb liegen, bis das Brummen nachließ und Stille in der Kirche herrschte. Dann stieg sie die Stufen zum Altar hinauf, drehte sich um und schaute dem Abt und den Mönchen des Klosters Zweifalten in die Gesichter. Sie waren gemeinsam vorgetreten und standen nun mit verschränkten Armen zu Füßen des Altars.

Sie schaute über die verächtliche Blicke hinweg auf die rote blutende Sonne, die nun über ihnen schwebte.

»Die berühmte Äbtissin, was? Immer noch königlich für so eine Alte.« Der Prior stieß den Mönch neben sich an.

»Sei auf der Hut«, warnte ihn sein Bruder. »Sie schaut in die Zukunft, und ihre Ohren vernehmen die Worte, ehe sie ausgesprochen sind.«

»Nimm's leicht, Bruder«, grinste der Prior. »Was kann sie uns schon anhaben?«

Einen Augenblick später begegnete er dem Blick der Äbtissin. Er spürte sein Rückgrat schmelzen.

»Meine Söhne, hört mich an«, rief sie laut. »Denn die Vision, die mich zu euch brachte, befiehlt mir, meine eigenen Worte zu vergessen und so der hellstrahlenden Klarheit zu gestatten, durch mich zu sprechen. In euren Gelübden wurdet ihr einst als ›Berg des Herrn‹, als Gottes mächtige Krieger gepriesen. Doch nun spuckt ihr jeden Tag und jede Nacht auf diese Worte!« rief sie zornig. »Euer Geist gleicht einer sturmschwangeren Wolke: Bald überläßt er sich träge dem Zorn, bald in Ausgelassenheit viehischem Schmutz.

Warum habt ihr eure Würde aufgegeben und euch gestattet, eure männliche Kraft zu verlieren?« griff sie sie an. »Nur Feiglinge jammern, sie könnten die Lenden ihres Leibes nicht gürten, weil sie aus Adam geboren seien. Wenn das eure Worte

sind, verlaßt dieses Kloster, ehe ihr es noch mehr schändet. Ihr habt euer Recht, am Altar zu stehen, verwirkt.
Meine Söhne, Gott sieht euch, wie ihr in den Eselsstall rennt, um euch mit den Bräuten Christi zu paaren und eure Schwestern in Dirnen zu verwandeln und ihre Bäuche mit Bastarden zu füllen, die sie aussetzen oder ersticken müssen. Kaum habt ihr eure Lust gestillt, legt ihr eilends eure priesterlichen Gewänder an, um die Kirche mit weiterer Verderbnis zu beschmutzen. Betrügt euch nicht! Bar der Gnade Gottes, sind eure priesterlichen Gelübde nichts als Hohn und Spott!«
Ein Zischen erhob sich und ging wie eine Welle durch die Versammlung.
»Verschont uns mit Eurem frommen Tadel!« rief der Prior. »Und unterhaltet uns lieber mit einer Eurer Visionen.«
»Wenn Ihr es wagt!« höhnte ein Mönch und drohte mit dem Finger.
»Oder habt Ihr sie vergessen, alte Frau?« rief ein anderer.
Bei diesen Schmähungen begann Hildegard vom Altar herabzusteigen. Verdutzt stolperten die Mönche durcheinander, um ihr den Weg frei zu machen.
*»Hört mir zu!« rief sie, als sie in ihrer Mitte stand. »Denn diese Prophezeiung erfüllt sich schon in diesem Augenblick in euren Seelen und Leibern.«*
Einige wichen zurück, obwohl alle Augen ihr standhielten.
*»In einer Vision, die meine Seele entzündete, wurden meine Augen mit dem Bild einer Frau von so unbeschreiblicher Schönheit und strahlender Anmut gesegnet, daß ihre Anwesenheit meinen menschlichen Verstand verwirrte.*
*Ihr Leib verband Himmel und Erde wie eine Brücke, und ihr Gesicht erstrahlte vom Licht der Sonne und des Mondes, und ihre Augen durchbohrten das Firmament. Aus der Ferne erkannte ich, daß sie ein Gewand aus elfenbeinfarbener Seide trug und ihr Umhang vor Saphiren und Smaragden blitzte, während ihre Schuhe aus kostbarstem Onyx gefertigt waren.*

*Doch als ich näher kam, sah ich, daß ihr Gesicht mit Schmutz bespritzt war. Ihr Gewand war von ihrer Schulter gerissen und der Umhang mit Dreck beschmiert. Die Schuhe waren schlammverkrustet.*

*Sodann hörte ich ihre Stimme rufen: ›Hör mich an, Himmel, und trauere um mich, Erde, denn ich bin meiner Pracht beraubt! Wenngleich auch die Füchse ihren Bau und die Vögel ihre Nester haben, habe ich doch keinen Tröster und keinen Stab, an dem ich mich aufrechthalte. Denn meine Priester haben mich verraten. Statt meine Schönheit und Reinheit zu ehren, haben sie mich verzweifelt zurückgelassen und mein Antlitz mit ihrer Unreinheit bespritzt. In gieriger Lust gefangen, sinken sie zu unaussprechlichen Taten der Unkeuschheit und des Ehebruchs herab und ersticken die Mahnungen jener Priester, die vor Gott um die Kraft der Standhaftigkeit beten.‹*

*Als ich noch näher kam, erkannte ich, daß diese Frau hier an eurem Altar stand und heftig zitterte, denn ihre Haut war aufgerissen und wund. Ihr Leib war scharlachrot von der Notzucht an den Stellen, an denen man sie geschlagen hatte und von denen das Blut an ihren Beinen hinunter auf ihre Füße rann. Von der Taille bis zu ihrem Geschlechtsteil hatte man ihr die Kleider weggerissen. An dieser Stelle war die Haut grün und blau, und ihr verwüstetes Fleisch lag roh.*

*Nun sah ich zu meinem Schrecken, daß mir an der Stelle ihres Geschlechtsteils ein monströser schwarzer Kopf mit feurigen Augen, Eselsohren und den knirschenden Zähnen eines Löwen entgegenstarrte. Das Haupt des Antichristen!*

*Sodann begann das gräßliche Haupt die Stelle zwischen ihren Beinen zu verlassen, und das mit solcher Gewalt, daß die Gliedmaßen der Frau schlotterten, als wollten sie von ihrem Körper abfallen.*

*Mit Schaudern sah ich einen großen Haufen Exkremente auf dem Kopf des Antichristen, der nun versuchte, auf einen Berggipfel in der Nähe des Himmels zu gelangen.*

*Doch dann traf ein Donnerkeil den Kopf des Ungeheuers mit solcher Wucht, daß er zerbarst und den Berg mit einer stinkenden Wolke umgab. Aus der Wolke regnete solcher Unrat hernieder, daß die Menschen zu Tode erschraken.*
*Wirbelnd umkreiste die Wolke wieder und wieder den Berg, und die Menschen riefen: ›O wir Elenden, wir wurden betrogen! Die Pflegeväter unserer Mutter Kirche haben ihr Gewalt angetan, und nun hat sie den Antichristen empfangen!‹«*
Niemand rührte sich.
Dann zerriß Hildegards Stimme die Stille wie ein Peitschenschlag:
*»Hütet euch! In dieser Abtei würgt ihr eure Mutter mit eurer Gier, und mit eurer Lust tut ihr ihr Gewalt an. Tut Buße, denn meine Vision warnt. Es bleibt nicht mehr viel Zeit, ehe Wolken die Sonne verdunkeln werden und eure Tage zu ewiger Nacht werden!«*
Obwohl sie den Weg freigaben, stieß nun sie die Mönche ärgerlich zur Seite.
»Wir müssen sofort aufbrechen, Herrin«, stieß Volmar hervor, als sie über die Schwelle trat. »Euer Leben könnte in Gefahr sein, fürchte ich!«
Hildegard widersprach nicht. Noch in derselben Stunde ritten die Reisenden an den beiden Wasserfällen vorbei. Volmar betete unablässig für den gequälten Abt, während Hildegard für die Äbtissin und die Priorin von Zwiefalten und ihre ungeborenen Kinder betete.

❦

Noch Tage nach ihrer Rückkehr gab Hildegard sich den vertrauten Geräuschen des Klosters hin, als seien es Liebkosungen. »Die ehrwürdige Mutter sucht immer Trost in der Natur, wenn sie von einer Predigtreise zurückkehrt«, flüsterte Hiltrude den Novizinnen im Obstgarten zu, wenn sie Hildegard mit geschlossenen Augen und gesenktem Kopf an den Stamm eines Apfelbaums gelehnt sahen. Ihre Schritte schreckten sie auf.

Angesichts ihrer verwunderten Blicke erklärte Hildegard ihnen, daß sie die sich kräuselnden Melodien bewunderte, die sie aus dem Aquädukt des Kloster und im rhythmischen Streichen der Sicheln auf den Feldern vernahm.

»Alles Wunder!« erklärte sie ihnen. »Doch keine größeren als das Licht in euren Augen und das Geschenk eures Lachens.«

Wie jung sie sind, dachte Hildegard, und so voller Eifer.

Als sie einen Augenblick im Licht der lächelnden Gesichter badete, spürte Hildegard die Mischung aus Mitgefühl und Ehrfurcht, die sie ihrer runzligen, fast achtzigjährigen Äbtissin entgegenbrachten.

»Erzählt uns eine Geschichte von eurer Predigtreise, ehrwürdige Mutter«, bat eine sommersprossige Novizin lebhaft.

Hildegard überlegte.

*Für einen Augenblick sah sie nur Hazzechas Körper durch die offene Tür, im Sonnenlicht hin und her schwingend, dann die schwangere Äbtissin und ihr ungeborenes Kind.*

Aber sie fing sich. »Als ich in Trier die Kanzel bestieg, streckte ein kleiner Junge, der auf den Schultern seines Vaters saß, die Hände nach mir aus. Als ich ihm in die Augen blickte, sah ich glitzernde Sternenfelder und schwebende Adler und Hügel aus silbernem Sand. Seine Wange war wie Satin und sein Kuß wie ein Tautropfen am Morgen. Dieser Augenblick umfaßte jeden Schritt, den ich auf der Reise unternahm, und der Kuß des Kindes wird niemals meine Wange verlassen.«

Die jungen Frauen gingen weiter. Hildegard dankte Gott, daß die Novizinnen heute auf sie getroffen waren. Am Tag zuvor hatte sie hier gesessen und sich an die Augenblicke der Reise erinnert, in denen ihr Herz bei jeder neuen Schmach fast zersprungen war. Sie hatte so viele Gedanken, über die sie mit Volmar sprechen mußte. Sie zählte bereits die Tage.

Eine Woche darauf drückte sie ihre Wange an das Tor von Eibingen und sprach ein Gebet. »Wie gut Gott es mit uns gemeint hat!« rief sie aus, als sie sah, daß die Bibliothek und das

Skriptorium fast fertig waren und der Gemüsegarten kurz vor der Ernte stand.
Gottfried, ihr neuer Sekretär und Begleiter, stimmte ihr zu, während er die Kiste mit Büchern absetzte, die er vom Boot heraufgetragen hatte. Ein freundlicher Mann, der leicht und häufig lächelte, doch heute wirkte er abwesend und besorgt.
Durch das Tor hielt Hildegard nach ihrem Propst Ausschau. Sie konnte es kaum erwarten, ihn mit ihren Plänen für seine Rückkehr zum Rupertsberg zu überraschen.
Hildegard suchte zunächst Gertrud auf und überprüfte die Bücher. Sie fragte nach Volmar. »Vater Gottfried ist bei ihm«, berichtete Gertrud, während sie und Hildegard die Bücher durchgingen. Gleich nachdem sie fertig waren, ging Hildegard zu Volmars Haus. Als sie klopfte, sprang die Tür auf. Im Halbdunkel sah sie Gottfried an Volmars Bett knien. Beim Anblick der Äbtissin erhob sich Gottfried rasch.
»Vergebt mir, Herrin«, sagte er kryptisch.
Hildegard kam näher und sah einen Berg blutgetränkter Tücher auf dem Boden neben dem Bett.
»In Gottes Namen, was geht hier vor?« würgte sie frierend vor Angst hervor.
»Zuerst glaubte Priorin Gertrud, Vater Volmar wäre nur erschöpft von der Reise.« Gottfried schluckte. »Er hütete eine Woche sein Lager und schien sich dann zu erholen. Doch dann …«
»Wie lange geht das schon so?« verlangte Hildegard zu wissen.
»Er weigert sich, es zu sagen. Er hat beteuert, er könne arbeiten. Doch heute war ich beunruhigt, da er mehr Blut hustete als gewöhnlich.«
Sie kauerte neben Volmar nieder und sah in sein ausgezehrtes Gesicht. Seine Augenlider waren halbgeschlossen, die Lippen aufgesprungen, und sein Puls ging nur schwach. Dann hörte sie ein gräßliches Rasseln.
»Mein lieber Freund, warum habt Ihr das vor mir verborgen?«
Er keuchte und stöhnte in dem Versuch, ihr zu antworten. Blut

rann ihm aus dem Mund, und Tränen strömten aus seinen Augen. Die Tränen verschleierten jedoch nicht den Blick, der sie erbleichen ließ. Volmar betrachtete ihr Gesicht mit der Zärtlichkeit, die er in all den Jahren, die sie ihn kannte, nie preisgegeben hatte. Seine Augen wärmten sie wie die Strahlen der Sonne, umfingen sie, beschämten sie, gaben alles, verlangten nichts, erfüllten sie mit einer unerträglichen Süße. Ganz langsam hob Volmar nun die Hand, endlich frei, die rosige Wange der scheuen jungen Nonne, die so voller Unsicherheit war, zu streicheln. Endlich durfte er die goldenen Strähnen zurückstreichen, die ihr Schleier so oft nicht hatte bändigen können.
Nun hob er mit zitternder Hand das stolze Kinn der berühmten Äbtissin, die weder Papst noch Kaiser fürchtete und Dämonen aus gequälten Leibern austrieb. Und schließlich brachte er die Fingerspitzen an seine Lippen, die die Feder gehalten hatten, durch die Worte und Lieder aus anderen Welten auf Vellum geflossen waren. Er küßte ihre Handfläche und spürte die Wärme, die zu spät kam, um ihn zu heilen. Der Augenblick, von dem er fast vierzig Jahre geträumt hatte, der Augenblick, in dem er ihr sein Herz öffnen konnte, war endlich gekommen: ein zärtlicher Triumph, die Ernte von Äonen verzweifelter Gebete, geborstener Träume und erstickter Sehnsüchte aus der Wüste seines unfruchtbaren Bettes.
»Ihr … *Ihr* seid meine Frau Weisheit«, flüsterte er.
Dann fiel er zurück, und Blut trat auf seine Lippen.
Hildegard nahm ihn in ihre Arme, legte seinen Kopf an ihre Schulter und ließ das warme Blut durch ihr Kleid sickern. Der Fleck verbreitete sich dunkel, groß und tief, bis an ihr Herz, und sie küßte ihn.
Als sie aufschaute, sah sie Frau Jutta neben dem Bett stehen.
*»Wie aufrecht und treu Ihr Euer Versprechen an mich gehalten habt«, sagte die Klausnerin leise. »Jetzt ist es Zeit für Euren Ruhm! Kommt«, sagte sie und streckte ihm die Hand entgegen. »Sie wird nie mehr fern von Euch sein.«*

In diesem Augenblick sah Hildegard zum letzten Mal zwei Flammen im Dunkel von Volmars Augen aufflackern. Doch erst in der Dämmerung gaben ihre Arme ihn frei, und auch dann nur, weil sie erkannte, daß ihr fröstelnder Körper ihn nicht mehr wärmen konnte.

❦

Als sie vor das Gästehaus trat, glitten Hiltrudes Augen über den Baldachin aus Sternen, der über Eibingen gebreitet war. Vater Volmars Seele erhellt heute nacht den Himmel, dachte sie und konnte es immer noch nicht fassen. Gott sei Dank, hatte sie die Äbtissin endlich beruhigen können; nun würde ihre Herrin wenigstens für einige Stunden dem Kummer über ihren Verlust entrinnen.

Als der Bote atemlos mit der Nachricht an der Pforte von Rupertsberg eingetroffen war, hatte Hiltrude sich geweigert, es zu glauben. Erst als sie in Eibingen ankam und die Mönche vom Disibodenberg an Vater Volmars Bahre Wache halten sah, konnte sie es nicht mehr leugnen.

Die Erinnerung daran machte sie schwindlig. Alles schien unwirklich außer dem scharfen Harzgeruch des frischgeschlagenen Holzes für Vater Volmars Sarg. Zum hundersten Mal weinte sie um die Qual, die diese Wochen geheimer Schmerzen ihn gekostet haben mußten.

Ihre Gedanken kehrten zu einem Gespräch mit Vater Gottfried zurück.

»Wart Ihr auch so entsetzt?« hatte Hiltrude ihn gefragt.

Doch er hatte sie nur stumpf angestarrt. »Ich muß sofort mit der Äbtissin sprechen«, hatte er plötzlich gesagt und sich verabschiedet. In noch größerer Verwirrung als zuvor war sie zurückgeblieben.

❦

Der Begräbniszug erreichte das Tor der Abtei Disibodenberg kurz vor Mittag. Der Himmel war grau und verhangen, als sie den Rhein überquerten, doch nach einer Weile hatte ein Nieselregen eingesetzt und die Luft erfrischt.

Abt Helenger stand am Tor, während die Mönche, flankiert vom Gesinde und den Handwerkern, langsam auf den Sarg zustrebten.

Hildegard stand am Rand und sah zu, wie die Mönche nacheinander niederknieten, um den einfachen Kiefernsarg zu berühren, der die sterblichen Überreste ihres geliebten Bruders enthielt. Dann ging sie langsam auf die Kapelle zu.

»Ihr und Frau Jutta seid nun zusammen«, sagte sie zu Volmar. »Nach all den Jahren, lieber Freund, ist es Euch bestimmt, der Wirklichkeit meiner Visionen vor mir ansichtig zu werden, und auch die leisen Worte von Frau Weisheit werdet Ihr als erster hören.« Sie betete darum, ihren Körper verlassen zu dürfen, doch die einzige Antwort bestand in einem krampfartigen Schmerz in ihren Knien. »Nehmt mich in Eure Arme, Frau Jutta. Abermals kauere ich voll Schrecken in meiner Ecke in der Einsiedelei. Singt mir die Lieder, die einst mein Schluchzen gestillt haben. Tröstet mich noch einmal, denn ich bin wieder verwaist.«

Im Schatten der Kapelle beobachtete Gottfried die Äbtissin und betete um Mut.

Kann ich es wagen, sie jetzt anzusprechen? grübelte er. Ist es der richtige Zeitpunkt?

»Wer ist da?« rief sie laut. Gottfried stolperte nach vorn.

»Was bedrückt deine Seele, mein Sohn?« fragte sie sanft. »Deine Traurigkeit verfolgt mich, seit wir Eibingen verlassen haben.«

»Herrin, ich muß gestehen, daß ich seit der Versetzung meines Bruders nach Eibingen von seiner Krankheit wußte. Aber er bat mich, bei Frau Juttas Seele zu schwören, niemandem etwas davon zu sagen, bis seine Zeit gekommen wäre.«

»Dann war er bereits erkrankt, als er mich auf meiner Reise begleitete? Wie konnte er das vor mir verbergen?«
»Er sagte, er habe zu Frau Weisheit gebetet, ihn auf der Reise zu verschonen, und versprochen, sein Schicksal nach Eurer Rückkehr anzunehmen.«
Hildegard griff nach Gottfrieds Arm, um sich zu stützen. »Wie bald danach mußte er sich zu Bett legen?«
»Beinahe sofort. Doch erst letzte Woche habe ich sein Würgen gehört und bin über die blutverschmierten Tücher gestolpert, die er in seiner Truhe verbarg.«
»Also wußte er, daß er im Sterben lag?«
»Am Ende haben wir oft darüber gesprochen.«
»Dennoch hat er schweigend gelitten«, klagte sie. »Fürchtete er sich?«
»Nicht vor dem Tod. Nur vor einem Leben, zu dem er nicht mehr die Kraft hatte.«
»Aber sein Glaube. Gewiß wußte er, daß Gott ...«
»Ihn verstehen würde? Dessen war er sich natürlich gewiß. Es war sein Vertrauen in die Barmherzigkeit Gottes, das ihn zum bevorzugten Beichtvater der Brüdern machte.«
»Dennoch hat er sich entschieden, nicht um ihre Gebete zu bitten?«
»Er bat mich um meine, auch wenn ich nicht würdig war. Er gestand mir, daß er keine Kraft mehr zum Leben hatte. Ich erfuhr, daß jene, die sich Eure Gunst sichern oder einen materiellen Gewinn aus Euren Prophezeiungen ziehen wollten, ihm jahrelang Bestechungsgelder angeboten hatten. Doch am meisten bedrückten ihn die Vorfälle, die sich ihm auf Eurer jüngsten Predigtreise offenbart hatten, und die Nächte, die er schlaflos verbracht hatte, um die Beichte zu hören. Er gestand, daß seine Schmerzen gegen Ende der Reise beinahe unerträglich geworden waren.«
»Das hat er mir nie gesagt«, stöhnte sie.
»Ich weiß, ehrwürdige Mutter. Doch nichts sollte diese Wo-

chen stören, in denen er mit Euch reiste. Am Ende war sein Fleisch verbraucht und seine Seele verschlissen, aber sein Herz floß über vor Liebe zu Euch, Herrin.«
Für einen Augenblick erschien ihr Volmars Gesicht und verschwand wieder.

❦

> An Helenger, Abt vom Disibodenberg, von Hildegard, Äbtissin von Rupertsberg und Eibingen:
> Am 22. Tag des Mai im Jahre des Herrn 1172 wurde ein Vertrag von unseren beiden Klöstern unterzeichnet. Offizieller Zeuge war Arnold, der selige Erzbischof von Mainz. Er legte fest, daß die Abtei Disibodenberg dem Kloster Rupertsberg Pröpste nach unserer Wahl abstellen würde.
> Entsprechend dieses Abkommens fordere ich Euch abermals auf, den Mönch Gottfried, meinen Sekretär, offiziell ins Kloster Rupertsberg zu übersenden.
> Noch einmal bitte ich Euch dringend, seine offizielle Versetzung auf den Rupertsberg zu bestätigen.

Die Antwort traf zwei Wochen später ein. Gottfried hielt den Atem an, als er sie Hildegard übergab.

> An Hildegard, Äbtissin vom Rupertsberg, von Helenger, Abt vom Disibodenberg:
> Wir haben Eure Bitte um die Versetzung von Vater Gottfried, unseres Sohnes und geschätzten Bruders, erhalten.
> Wir werden uns der Sache annehmen, sobald es unsere Zeit erlaubt.

Hildegard schleuderte den Brief zu Boden. »Wir werden ihm seinen Hochmut schon austreiben!« verkündete sie. »Schreibt, Vater Gottfried.«

An Seine Heiligkeit Papst Alexander von Hildegard, Äbtissin vom Rupertsberg:
Wir bitten Euch, gütigster Vater, um Eure Fürsprache bei Abt Helenger vom Disibodenberg, der im letzten Jahr gegen unser amtliches Abkommen verstoßen hat, einen Propst für unsere Abtei und einen geistlichen Vater und Beichtvater für meine Töchter abzustellen.
Wenn ich es auch sehr bedaure, daß meine Bitten ungehört bleiben, zittere ich ebenso um Abt Helenger in dem Wissen, daß er eines Tages, wie wir alle, vor Gott und den heiligen Benedikt treten und sich wegen der mangelnden Fürsorge für die unter seine Obhut Gestellten verantworten muß.
Nochmals bitte ich Euch, Grundfeste aller Menschen des geistlichen Standes, steht uns bei.

Hildegard sah, wie Gottfried schluckte, als er seine Feder niederlegte. »Nun«, sagte sie bestimmt, »müssen wir uns der Arbeit zuwenden.«
Ruhte ihr Geist denn niemals? wunderte sich der Mönch. Seit Volmars Tod hatte sie sich angetrieben, die Schriften, die sie mit ihm begonnen hatte, zu vollenden, besonders das *Buch vom Wirken Gottes.*
Seufzend beobachtete Gottfried, wie sie mit dem Finger Volmars säuberliche Schrift und seine sorgfältigen Anmerkungen nachzeichnete, als ob sie ihn durch diese Berührung zurückholen könnte.
Ertappt errötete Hildegard und begann zu blättern.
»Wird jemals eine Stunde vergehen, in der ich ihn nicht vermisse?« fragte sie Gottfried. »Es ist, als fehle mir eine Hand oder ein Fuß.«
Am Abend zuvor hatte sie sich danach gesehnt, die Nachricht mit ihm zu besprechen, daß Friedrichs Truppen in Italien zum Feind überliefen und er gezwungen war, Söldner anzuheuern.
Doch nie mehr würde sie etwas mit Volmar besprechen.

Gottfried hustete laut und riß sie aus ihren Gedanken.
»Dieser Brief wird Euch interessieren, Herrin«, verkündete Gottfried gutgelaunt. »Er trägt das Siegel einer belgischen Abtei.«
Hildegard schien belustigt, als sie ihn las.
Der Schreiber bezeichnete sich selbst als »Euer demütiger und ergebenster Diener Wibert aus der Abtei von Gembloux«. Er behauptete, »vor lauter Fragen über Eure Visionen, die Euch wie einem reinen Gefäß eingegossen sind, zu brennen«.
Hildegard legte den Brief zur Seite. »Er stellt meine Behauptung, ungelehrt zu sein, in Frage, da meine Kenntnis der Schriften eindrucksvoll sei, und erkundigt sich, ob mein Wissen eingeflößt ist und ob ich meine Visionen auf deutsch oder auf lateinisch weitergebe. Er fragt, ob mein Gedächtnis die Visionen, nachdem ich sie diktiert habe, wieder zurückrufen könne.«
Der Sturzbach der Fragen bereitete ihr Kopfschmerzen. Sie hatte weder den Wunsch noch die Kraft, sich mit ihnen zu beschäftigen. Wie leicht hätte Volmar eine passende Antwort verschickt und ihr jede weitere Anstrengung erspart!
Als sie eine Woche später das Skriptorium betrat, lächelte Gottfried amüsiert.
»Die weißen Mönche von Gembloux lassen sich nicht abweisen«, sagte er und hielt einen Bogen Vellum in die Höhe.
»Noch mehr Fragen von unserem unvermeidlichen Bruder Wibert?« vermutete Hildegard, während sie ihren Umhang ablegte.
»Eher eine flehentliche Bitte, denn eine lästige Forderung. Wie viele Briefe bekommen wir schon, deren Worte einem Gesang gleichen?«
Hildegard wandte plötzlich den Kopf ab, als lausche sie. Ihr Gesicht wurde weich. Ohne zu überlegen, griff sie nach ihrer Wachstafel und ihrem Stift.

An Wibert, Mönch in der Abtei von Gembloux, von Hildegard, Äbtissin vom Rupertsberg:

O getreuer Diener! Die Worte, die ich spreche, habe ich nicht von mir, sondern von Gott, der wirkt, wo er will, zur Ehre seines Namens und nicht zur Ehre des erdhaften Menschen.

Als Frau kenne ich meinen Platz und bin ständig von zitternder Furcht erfüllt, denn keine Sicherheit irgendeines Könnens erkenne ich in mir. Doch strecke ich meine Hände zu Gott empor, daß ich von ihm gehalten werde, wie eine Feder, die ohne jedes Gewicht von Kräften sich vom Wind dahinwehen läßt. Das, was ich schaue, kann ich nicht vollkommen verstehen, solange ich in der Dienstbarkeit des Leibes bin.

Von meiner Kindheit an bis zur gegenwärtigen Stunde, wo ich doch schon beinahe achtzig bin, erfreue ich mich der Gabe dieser Visionen.

In ihnen steigt meine Seele empor bis in die Höhen des Firmaments und breitet sich aus unter verschiedenen Menschen an weit entfernten Orten.

Und da ich diese Dinge einzig in meiner Seele sehe, sehe ich sie durch veränderliche Wolken und andere Geschöpfe.

Das Licht, das ich schaue, ist nicht an den Raum gebunden. Weder Höhe noch Länge noch Breite vermag ich an ihm zu erkennen. Es wird mir als »der Schatten des Lebendigen Lichts« bezeichnet. Und wie Sonne, Mond und Sterne in Wassern sich spiegeln, so leuchten mir Schriften, Predigten, und gewisse Werke der Menschen in diesem Lichte auf.

Alles, was ich in der Schau sehe und lerne, behalte ich lange Zeit in meinem Gedächtnis, weil es, sobald ich es sehe oder höre, in mein Gedächtnis eingeht.

Was ich aber nicht sehe, das weiß ich nicht, denn ich bin ungelehrt und wurde nicht unterwiesen, wie die Philosophen zu schreiben. Die Worte aus dieser Schau klingen

nicht wie aus Menschenmund, sondern sind wie eine blitzende Flamme oder wie eine im reinen Äther sich bewegende Wolke.
Die Gestalt dieses Lichts vermag ich aber nicht zu erkennen, wie ich ja auch die Sonnenscheibe nicht ungehindert anschauen kann. In diesem Licht sehe ich jedoch zuweilen ein anderes Licht, das mir das »Lebendige Licht« genannt wird. Wann und wie ich es schaue, kann ich nicht sagen.
Doch solange ich es schaue, wird alle Traurigkeit und alle Angst von mir genommen, daß ich mich fühle wie ein einfaches junges Mädchen und nicht wie eine alte Frau.
In diesem Zustand ist es, als wäre ich in einer glänzenden Wolke, aus der ich Fragen über das Lebendige Licht beantworten kann. Eben dort schaute ich auch, daß mein erstes Buch *Scivias – Wisse die Wege Gottes* genannt sein sollte.
In beidem, in Leib und Seele, überlasse ich alles dem lebendigen Gott, der weder Anfang noch Ende hat, damit er mich vor allem Bösen bewahre.

Als Gottfried den Brief in die Hände des Boten gab, zitterte er, denn er wußte, daß er einem Fremden eine Handvoll Sterne anvertraute.

# *Siebter Teil*

# 1173–1179

*Engel stehen uns bei!*
*Sie sprechen zu uns,*
*wie Gott es bestimmt hat.*
*Engel, die im Umgang mit dem Menschen stehen,*
*zeigen sich ihm unter gewissen Erscheinungen,*
*so wie Gott es will.*

Das Buch: De operatione dei, 6. Schau, 2–5

Ganz gleich, wie oft Hildegard das Boot am Ufer des Rheins bestieg, um nach Eibingen überzusetzen, ihre Freude an der kurzen Überfahrt ließ nie nach.
Schon bevor ihr Pferd in den Weg einbog, der zur Fähre führte, begann ihr Herz, aufgeregt zu klopfen. Von dem Moment an, in dem die Ruder eintauchten, vergaß sie alles um sich herum: Die rauhen Zurufe des Ruderers und der anderen Fährleute, das Rattern der Händlerkarren am Ufer, sogar das Schwatzen der Reisenden und die zappelnden Kinder neben ihr.
Mit geschlossenen Augen überließ sie sich den Bewegungen des Bootes, das wie eine Wiege auf dem Wasser schaukelte. Diese Augenblicke beruhigten sie wie ein Gebet. Es war eine Zeit der inneren Einkehr, in der sie Gott für seine Wohltaten dankte. Sie warf einen Blick auf Gottfried, der ihr gegenübersaß, und wußte, daß er eine dieser Wohltaten war.
Nach Volmars ruhiger Besonnenheit hatte Gottfrieds knappe, aber wirkungsvolle Arbeitsweise Hiltrude und Hildegard erschreckt, doch bald verließen sie sich darauf. Die jungen Non-

nen merkten rasch, daß Hiltrude trotz ihrer steifen Knie, geschwollenen Füße und ihrer Schwerhörigkeit in Gottfrieds Anwesenheit öfter lachte und viel entspannter war, was alle mit Dank erfüllte. Jetzt, als sie den Rhein überquerten und sie Gottfried anschaute, war auch Hildegard dankbar.

Sie sollte nie mehr in das Boot steigen, ohne sich daran zu erinnern, daß Gottfried wenige Tage nach dieser Überfahrt von einem wütenden Fieber ergriffen wurde. Obwohl er noch schwach war, zog er es vor, während seiner Genesung in seinem Haus neben der Kapelle zu bleiben. Hiltrude bestand darauf, ihm jeden Tag Brühe und Brot zu bringen, und blieb auch immer ein Weilchen, um mit ihm zu plaudern. Als die Tage vergingen, merkte sie, daß sie jeden Tag ungeduldig die Mittagszeit herbeisehnte, wenn sie ihn sehen konnte. Der Besuch war zum Höhepunkt ihres Tages geworden. Nachdem sie ihn mehrere Wochen gepflegt hatte, fand sie ihn eines Tages auf dem Boden zusammengebrochen, die Hand nach seinem Gebetbuch ausgestreckt. Sein Körper war noch warm.

Hiltrude setzte sich auf den Boden und zog ihn in ihre Arme. Tränenüberströmt küßte sie seine Wangen und seine Stirn. Nur sein Tod gestattete ihr dies.

Einige Zeit darauf schaute sie auf und sah Hildegard in der Tür stehen. Die Priorin wiegte immer noch den Toten in ihren Armen, hielt seinen Kopf in der Beuge zwischen ihrem Hals und ihrer Schulter.

Hildegard beugte sich nieder und segnete ihn. »Du wirst uns sehr fehlen, lieber Freund«, flüsterte sie Gottfried zu.

Dann löste sie Hiltrudes Arme sanft von seinem Leichnam, tröstete sie und wehrte ihre Erklärungen ab.

»Es gibt nichts zu betrauern, außer den Verlust unseres Freundes, liebe Hiltrude«, beruhigte sie sie.

Der Vorfall wurde nie mehr erwähnt.

Kurz vor der Vesper erschien Abt Helenger mit vier Brüdern vom Disibodenberg.
»Ich bin gekommen, um unseren Bruder Gottfried zu seinem Begräbnis heimzuholen«, sagte er ernst. »Er wird im Grab neben Volmar liegen.«
Hildegard begegnete Helenger zum ersten Mal, seit der Abt Papst Alexanders Anweisung erhalten hatte, Gottfried auf den Rupertsberg zu entlassen. Als er auf sie zukam, sah sie, wie gebeugt seine Schultern waren.
»Gestern nacht haben wir die Nachricht erhalten, daß das kaiserliche Heer bei Legnano geschlagen wurde«, erzählte er. Hildegard fuhr zusammen. »Kaiser Friedrich hat eingewilligt, mit Papst Alexander Frieden zu schließen. Das Schisma scheint beendet.«
Hildegard starrte ihn an, erstaunt darüber, daß sie diese entscheidende Nachricht vom Abt des Disibodenbergs erhielt. »Wie ist es dazu gekommen?« fragte sie.
»Bei der Niederlage der kaiserlichen Kavallerie durch die Mailänder Infanterie wurde Friedrich verwundet und vom Pferd geworfen. In der Gewißheit, daß ihr Anführer tot war, flohen die noch übrigen Truppen, und der Kaiser war gezwungen, sich zu verstecken.« Helengers Stimme brach. »Diese Schande!«
In Hildegards Kopf begann es plötzlich zu hämmern, und alles verschwamm vor ihren Augen. Es gelang ihr, die Kapelle zu erreichen. Sie fiel auf die Knie.
*Vor ihren Augen wankten ganze Heere von Soldaten an ihr vorbei.*
Betäubt fragte sie laut: »Wie feiert man das Ende eines Blutbads? Mit Dankbarkeit, daß Neugeborenen das Schicksal ihrer Geschwister erspart bleibt, deren Schädel zerschmettert wurden? Mit Erleichterung für die Witwen, deren Männer aufgespießt wurden? Mit der Gelassenheit jener Frauen, die die Leichentücher für die Leiber bereiten, deren Rippen zerquetscht und deren Gliedmaßen zerschmettert sind?«

*Nun erstand das abgezehrte Gesicht des Kaisers vor ihr. Dahinter sah sie das Feuer in den blauen Augen des jungen Königs, der in seiner Privatkapelle an ihrer Seite gebetet hatte. Wie voll jugendlicher atemloser Zuversicht war er doch gewesen! Und nun erkannte sie wie damals den plötzlichen Glanz hinter ihm: die aufragende Gestalt, das gekrönte Haupt Karls des Großen. Seine Hand ruhte auf Friedrichs Schulter. Nur er konnte seinen leidenschaftlichen Nachfolger trösten, mit ihm trauern, während der zerbrochene Traum wie Sand durch ihre Finger rann.*
Das Schisma war beendet, doch wer konnte das blutende Herz des kaiserlichen Traumes heilen?

❦

Von dem neu eingetroffenen Mönch ging eine jungenhafte Begeisterung aus, die seine Jahre Lügen zu strafen schien. Als er durch den Obstgarten auf Hildegard zu schlenderte, tanzten seine Augen.
»Ehrwürdige Äbtissin, ich muß gestehen, daß Euer Brief, der Eure Visionen beschreibt, kaum erfüllte, was ich erwartete«, sagte er. »Er war viel mehr, als ich mir erhofft hatte!« Ein sonniges Lächeln zog sein rundes Gesicht in Falten.
Das war also der beharrliche Mönch Wibert aus der belgischen Abtei Gembloux, der geschrieben hatte: »Ich kann Euch nicht besuchen, denn ich bin Mönch im Kloster.«
»Wer hat das Tor für Euch geöffnet, damit Ihr hinausschlüpfen konntet?« fragte Hildegard.
Sein Lachen entzückte sie. »Ich muß gestehen, daß ich Vater Abt mit dem Versprechen gezwungen habe, Euch über die Zukunft unserer Abtei zu befragen.« Seine Augen blitzten triumphierend.
»Aha, also deshalb seid Ihr gekommen«, sagte sie scherzhaft. »Um Weissagungen zu hören statt Antworten.«
»Beides, ehrwürdige Mutter«, versetzte er schlagfertig.

»Und welche Fragen habt Ihr?«
»Sie sind nach dem Geschmack meiner Brüder in Villers.« Er verzog das Gesicht. »Sie begehren zu wissen, was Ihr über Moses, den brennenden Dornbusch und das Wesen des Pfingstfeuers denkt.«
»Sind das auch Eure Fragen?«
»Schwerlich, verehrte Herrin.« Seine Augen bekamen einen tieferen Glanz. »Ich bete darum, den besten Weg zu finden, Eure Visionen anderen mitzuteilen. Nach Eurem Brief vermochte ich nächtelang nicht zu schlafen, weil ich über das Bild der Frau Weisheit in Euren Visionen nachdachte.« Plötzlich wurde er verlegen. »Findet Ihr, daß Gott voller endloser Überraschungen ist?«
»Überraschung ist eine anderes Wort für Offenbarung, mein Sohn.«
Sein Blick war unsicher. Dann griff er in seine Pilgertasche. »Ich meine Überraschungen wie diese«, verkündete er. »Ich bin beim Reiten darüber gestolpert, und er hat mich verblüfft.« In seiner Hand lag ein kleiner, mit smaragdgrünem Moos überwachsener Stein.
Hildegard glaubte, ihr Herz müsse aufhören zu schlagen. Warum hat Gott mir diesen Mönch gesandt? fragte sie sich.

❦

Wiberts Besuch dehnte sich aus. Der Mönch ergriff jede Gelegenheit, um in Hildegards Nähe zu sein. Manchmal waren es nur die wenigen Augenblicke, wenn sie gemeinsam zur Kapelle gingen. Doch als die Tage vergingen, wurde klar, daß die Äbtissin von Wiberts Mischung aus Aufrichtigkeit und Intelligenz eingenommen war, und sie nahm sich nach dem Mittagsmahl Zeit für Gespräche mit ihm. Seine Herausforderungen faszinierten sie.
»Herrin, wenn Frau Weisheit die ist, die Ihr beschreibt, warum

hat sie dann nicht schon früher zu uns gesprochen?« fragte Wibert.
»Die Zeit war nicht reif«, entgegnete Hildegard. »Sie ist wie die Frau in der Heiligen Schrift, die ihre Lampe entzündete und in allen Winkeln ihres Hauses nach der verlorenen Münze suchte.«
»Und sie fand«, erzählte er die Geschichte weiter, »woraufhin ihre Nachbarn sich mit ihr freuten, daß sie das Verlorene wiedergefunden hatte.«
Hildegard nickte. »Frau Weisheits Stimme ist wie diese Münze: Wenngleich verloren, ist sie nicht vergessen. Es gab immer einige, die sich erinnerten ...«
»Und sie wieder auf ihren rechtmäßigen Platz an der Seite des Schöpfers hoben, wo sie von Anbeginn gestanden hatte«, strahlte Wibert. »Voll Freude im Wissen, daß aus ihrem Schoß Synagoga und dann Ecclesia hervorgegangen sind.«
»Sie kehren zurück, um uns daran zu gemahnen, unsere Seele als ewig fruchtbaren Schoß zu ehren, aus dem unsere Schöpferkraft geboren wird. Durch sie bauen wir Burgen oder gebären Kinder und ziehen sie auf ... oder dienen als Hebamme für die Visionen, die durch mich fließen.«
»Ehrfurcht erfüllt mich bei dem Gedanken, daß Frau Weisheit zu Euch spricht, Herrin«, beteuerte Wibert. »Ihr hört ihre Stimme.«
»Wie andere vor mir und auch nach mir zahllose andere sie hören werden. Denn ihr Zeugnis wird stets überall sein. Denke einen Augenblick nach, mein Sohn: Wenn Frau Weisheit in der hebräischen Bibel als die Gefährtin Gottes beschrieben wird, und als die Schekina, die weibliche Verkörperung Gottes, die Israel auf seiner wundersamen Reise begleitete, wie konnte eine solche Manifestation einfach verschwinden? Konnte sie nicht auch im Neuen Testament Gestalt annehmen?«
Wibert hob die Hände. »Mir dreht sich der Kopf bei all diesen neuen Dingen, Herrin!«

»Doch ich prophezeie, daß die Menschen, wenn die Zeit reif ist, mit all ihrem Bemühen Frau Weisheits Stimme lauschen werden. Denn sie ist zugleich gütig und fordernd, schrecklich und barmherzig.«
»Frau Weisheit setzt großes Vertrauen in Euch.«
»Sie setzt großes Vertrauen in jeden von uns. Doch aus unbekannten Gründen hat sie mich, eine ungelehrte Frau, dazu erkoren, ihre Befehle durch meine Visionen zu schauen, und das, ich gestehe es, erschöpft mich.«
»Propheten stehen immer auf, wenn die Not groß ist, Herrin.«
Doch Hildegard wandte sich von seinem Lob ab.

❦

Die Neuigkeit verbreitete sich in Windeseile, und noch Monate wurden Geschichten über die Versöhnung zwischen Papst Alexander und Kaiser Friedrich, Kreuz und Krone, erzählt, wenn die Gäste an Hildegards Tafel ihre Teppiche der Erinnerung ausbreiteten. Der Kampf hatte zwei Jahrzehnte gedauert.
Der Umzug begann am Sonntag, als Friedrich am Markusplatz von Bord der Prunkgaleere des Dogen ging. Er wurde dort von mehreren Kardinälen Alexanders empfangen, die Zeugen von Friedrichs Eid, Alexander als den wahren und rechtmäßigen Papst anzuerkennen, gewesen waren. Dann wurde Friedrich zu den Stufen des päpstlichen Thrones geleitet, wo er in einer Geste der Demut seinen Purpurmantel von sich warf und niederkniete, um Papst Alexanders Füße zu küssen.
Von Tränen überwältigt, hob Alexander Friedrich auf und gab ihm den Friedenskuß, woraufhin ein Schrei durch die Menge ging und alle Glocken Venedigs zu läuten begannen.
Während der Messe in der Basilika sprach Friedrich das Credo, das Glaubensbekenntnis, und warf sich dann nochmals dem Papst zu Füßen, um seine Loyalität zu bekunden.

Und um jeden letzten Zweifel auszuräumen, vollbrachte der Kaiser die letzte Geste der Unterwerfung, indem er den Steigbügel des Papstes hielt, als Alexander sein Pferd bestieg, und schickte sich sogar an, sein Pferd zu führen. Doch Alexander wehrte höflich ab.

Allein diese Gesten überzeugten das Volk vom Ende des Schismas.

Während Hildegard diesen Berichten lauschte, wunderte sie sich, wie leicht doch der einschneidende Bruch zwischen Kreuz und Krone gekittet und der Riß verschwunden war.

Doch mit Ecclesias Herz ging das nicht so einfach, das wußte sie. Es würde ewig für ihre Söhne bluten, deren Knochen nun in der Sonne Italiens bleichten, ihr Fleisch längst von geflügelten Aasfressern verzehrt.

❦

Mit der Zeit sah Hildegard ihren täglichen Begegnungen mit Wibert immer eifriger entgegen.

Es war, als säßen sie vor einem Webstuhl mit verknoteten Fäden aus Gedanken und Ideen, die sie mit großer Freude entwirrten. Ihre Gespräche erfüllten sie mit ungewöhnlicher Heiterkeit. Wie hatte dieser Fremde ihr Herz mit einem moosüberwachsenen Stein öffnen können?

Angesichts ihrer guten Laune begannen die Nonnen zu tuscheln, wenn sie an ihr vorbeigingen. Sie hatte wieder angefangen, laut zu singen, während sie durch den Kreuzgang schlenderte, und lächelte sie singend an.

»Verrät das Licht in ihrem Lächeln die stolze Mutter, die sich der Hingabe ihres Sohnes erfreut?« fragte sich Hiltrude. Wenn sie die beiden fröhlich zusammen plaudern sah, stieg in Hiltrude die alte, dumpfe Eifersucht auf.

Dennoch vermochte auch Hiltrude nicht zu leugnen, daß ein zweiter Frühling die Abtei zum Erblühen brachte. Doch inmitten dieser Blüte spürte sie ihre Schritte schwerer werden, und ihr Schlaf war so tief, daß die Novizinnen sie zur Mette wecken mußten. Bei ihren Pflichten sehnte sie sich nach stillen Stunden in der Kapelle, ein Wunsch, den sie rasch als die Versuchung der Faulheit abtat. Sie wußte, als Priorin war die Arbeit ihr Gebet.

An Vater Bovo zu Gembloux von Vater Wibert:
Sei gegrüßt, lieber Bruder.
Zu meiner größten Freude weile ich hier im Angesicht der heiligen Äbtissin, Frau Hildegard. Jeder Tag ist eine leuchtende Seite im Buch meines Lebens.
Ein wunderbarer Wettstreit der Tugenden wird hier sichtbar. Ich kann kaum unterscheiden, ob in diesem Eifer die Mutter die Töchter oder die Töchter die Mutter übertreffen. Überall herrscht Einvernehmen, und alle gehorchen der Regel so bewunderungswürdig, daß mit der Hilfe Christi wahrlich ein großer Sieg gelungen ist.
An Festtagen sitzen die Nonnen unter Stillschweigen im Klaustrum und widmen sich mit Eifer der Lesung und dem Gesang, während sie die Werktage damit verbringen, Bücher abzuschreiben und liturgische Gewänder und andere Handarbeiten anzufertigen.
Wie zu erwarten, ist die von einer solchen Äbtissin geleitete Abtei ebenso reich an religiösem Eifer wie wohlhabend im Einkommen. Alle Räume sind groß und schön und wahrhaft klösterlich in ihrer Einfachheit. Sämtliche Arbeitsräume haben eine Wasserleitung und sind in allem wohlbestellt. Nicht nur für die vielen Gäste und die verschiedenen Angestellten, sondern auch für die fünfzig Schwestern sind alle Ausgaben zur Genüge gedeckt.
Vor allem spürbar ist jedoch die Güte und Weisheit der ehrwürdigen Äbtissin Hildegard. Wenn Du hier sein könntest, würdest Du sehen, daß jedes Wort, das sie schreibt, und jeder Ton, den sie singt, ihren gütigen Taten und weisen

Ratschlägen entspringt. Da sie stets in Anspruch genommen ist, schätze ich die Augenblicke, die ich mit ihr verbringen darf.

Natürlich hat sie einen scharfen Verstand, und obwohl sie darauf besteht, »eine arme kleine und ungelehrte Frau« zu sein, mußt Du mir glauben, daß sie mit Horaz, Ovid und den Kirchenvätern vertraut ist, und ich bin gewiß, daß sie in ihren Visionen mit den hebräischen Propheten spricht.

Gelegentlich gehe ich ihr als Schreiber zur Hand. Ich danke Gott zu jeder Stunde des Tages für die Gnade, ihr dienen zu dürfen.

❦

Die Kirchenmänner schnalzten mit den Zügeln und blickten den Pförtner angriffslustig an, als er das Klostertor öffnete.

Ein kleiner, plattnasiger Reiter sprang mit fliegendem schwarzen Samtumhang vom Pferd. »Teile deinem Propst mit, daß Herr Egbert, der Chorbischof von Mainz, eingetroffen ist«, schnauzte er den Torhüter an, »und ihn sofort zu sehen wünscht.« Der während Erzbischof Christians Aufenthalt in Rom stellvertretende Bischof stattete dem Kloster einen Besuch ab.

Als Wibert sich näherte, würdigte Egbert ihn kaum eines Blickes.

»Ich habe eine dringende Angelegenheit mit der Äbtissin Hildegard zu regeln«, teilte er ihm mürrisch mit.

Hildegard begrüßte ihn freundlich in der Empfangshalle, doch bereits die ersten Worte des Bischofs klangen barsch.

»Bedauerlicherweise zwingt mich Eure Bestattung des Ritters Siegfried von Mainz zu diesem Besuch.«

»Bedauerlicherweise?«, fragte Hildegard erstaunt. »Warum? Herrn Siegfrieds Familie war eine der ersten, die bei unserer Gründung ein Grab erworben hat.«

Egberts Augen funkelten. »Ihr habt ihn begraben, wohl wis-

send, daß dieser Ritter wegen schwerer Unzucht exkommuniziert war.«
»Natürlich. Aber diese Anklage wurde auf seinem Sterbebett aufgehoben.«
»Davon sind wir nicht überzeugt, Herrin«, zischte Egbert. »Wir verlangen zusätzliche Beweise.«
»Zusätzlich zu denen in seiner Bestattungsurkunde?« fragte Hildegard gelassen. »Beweise, die eindeutig belegen, daß Herr Siegfried seine Sünden in aufrichtiger Reue bekannt und die heilige Kommunion vor seiner letzten Ölung empfangen hat?« fragte Hildegard mit erhobenem Kinn. »Ohne dies, Euer Exzellenz, hätte ich seinen Leichnam kaum in unserer geweihten Erde begraben lassen.«
»Eine Entscheidung, die Ihr vielleicht noch bereuen werdet, Frau Äbtissin«, gab der Bischof zurück.
Hildegard fuhr herum. »Ihr unterschätzt mich, Exzellenz«, entgegnete sie scharf. »Die Reue wird auf Eurer Seite sein.«
Egbert riß eine Pergamentrolle aus seiner Tasche und hielt sie ihr entgegen.
»Als Chorbischof von Mainz bin ich gezwungen, wegen der Schande, die das Kloster Rupertsberg durch die Bestattung Siegfrieds über die Kirche bringt, das Interdikt über Euch zu verhängen!«

❦

Das Interdikt fiel wie ein Hammer auf Hildegards Seele.
Woher war es gekommen? Was bedeutete es?
Betäubt verfiel sie in Schweigen, hörte nicht Wiberts wütenden Ausbruch und die Bitten der Priorin. Während ihre Gedanken gegen die Mauern ihres Verstandes brandeten, hatte sie das Gefühl, in tiefen Wassern zu treiben, die sie nicht ermessen konnte. Ihr war, als müsse sie ertrinken.
Sie machte die Ankündigung zur Vesper. Ihr Stimme war fest, aber ihr Gesicht aschfahl.

»Meine Töchter, bewahrt das Echo der Gesänge in euren Herzen, vielleicht waren es unsere letzten. Ab jetzt dürfen wir Gott nur noch flüsternd preisen.«
Ihre Hände zitterten, als sie das Pergament aufrollte.

> Hiermit wird bekanntgegeben, daß die Abtei Rupertsberg unter den Bann gestellt ist. Die Abtei muß mit sofortiger Wirkung das Läuten der Glocken und das Singen der Messe einstellen. Fürderhin bleibt ihr die Teilnahme am Herrenleib verwehrt.
> Dieser Bann wird aufrechterhalten, bis Frau Äbtissin Hildegard den Leichnam des Ritters Siegfried ausgräbt, dessen unmoralische Werke große Schande über die Kirche des Bistums Mainz gebracht haben.

In diesem Augenblick zerriß ein klagender, erbarmungswürdiger Schrei die Kapelle und ließ die Nonnen erschauern. Alle Köpfe fuhren herum. Woher war er gekommen?
*Für einen Moment sah Hildegard Frau Juttas Gesicht im Lebendigen Licht.*
Als die Nachricht des Interdikts das Tochterhaus in Eibingen erreichte, eilten Ilse und die Zwillinge sofort zum Rupertsberg, um Hildegard zu trösten. Entsetzen herrschte unter den Nonnen. Wenn sie bei ihr saßen, nahm sie ständig ihre Hände und berührte ihre Gesichter. Auch während ihrer schlimmsten Krankheiten hatten sie sie nie so verzweifelt gesehen.
»Was hat Bischof Egbert davon, daß er sie durch diese Ungerechtigkeit demütigt?« fragte Gertrud Hiltrude später in der Nähstube.
»Vielleicht nutzt er die Gelegenheit, seine Macht während Erzbischof Christians Abwesenheit zu demonstrieren«, vermutete Ilse. »Die berühmte Äbtissin vom Rupertsberg zum Schweigen zu verurteilen ist eine Ungeheuerlichkeit, die gewiß Aufmerksamkeit erregen wird.«

»Möglich«, überlegte Gertrud, »aber was hat sie, das er nicht hat?«
»Geistige Macht natürlich.« Hiltrude zuckte die Achseln. »Wenn ich auch den Verdacht habe, daß er sie mehr als Waffe begehrt, denn als ein Geschenk, mit dem man anderen Gutes tun kann.«
»Meinst du damit, daß dieser Bischof sich nur mächtig fühlen kann, wenn er der ehrwürdigen Mutter ihre Macht nimmt?« fragte Gisla.
»Das ist Vater Wiberts Ansicht«, flüsterte Hiltrude.
»Wie furchtbar!« stöhnte Ilse. »Wenn Männer nur stark sein können, wenn Frauen schwach sind, ist es mit ihrer Stärke ja nicht weit her! Erkennen sie nicht, daß sie Geiseln ihrer Furcht sind?«
»Wir haben es ja schon auf dem Disibodenberg erfahren«, seufzte Gertrud. »Aber genug davon. Wie können wir der ehrwürdigen Mutter beistehen, Hiltrude?«
»Indem wir tun, was wir immer tun: den Himmel stürmen!«

❦

»Warum habe ich mich nur darauf eingelassen?« schalt Wibert sich selbst, als seine Ferse im Schlamm vor der Tür der Äbtissin einsank. Aber er fing sich rasch wieder, denn im Grund war er so voller Dankbarkeit, daß die Äbtissin nach Tagen des Schweigens endlich wieder sprach, daß er ihr jede Bitte erfüllt hätte. In Umhang und Kapuze, ihren Äbtissinnenstab in der Hand, öffnete Hildegard die Tür. Sie deutete damit auf den Himmel. »Schaut, wir haben Glück, mein Sohn. Der Mond wird uns als himmlische Laterne leuchten!« Dann huschte sie an Wibert vorbei den Pfad zum Klosterfriedhof hinunter. Nur das Bellen von Hunden ließ sie innehalten. Nachdem sie einen Augenblick über die Landschaft geschaut hatte, schlüpfte sie durch die Friedhofspforte. Die Grabsteine standen schräg wie müde

Wächter im Mondlicht. Wibert fröstelte, als er an ihnen vorbeiging, weniger wegen der nächtlichen Kühle, als wegen der Geheimhaltung, mit der die Äbtissin diesen Auftrag umgeben hatte.

Scharrende Geräusche im Gras alarmierten sie. »Nur Ratten«, beruhigte sie Wibert und drängte vorwärts. An einer großen Buche machte sie halt, wandte sich nach links, ging sechs Schritte nach vorn, wandte sich nach rechts und ging weitere acht Schritte.

Inzwischen war Wiberts Kehle so zugeschnürt, daß er kaum noch schlucken konnte. »Herrin, Ihr müßt mir jetzt sagen ...«

»Gleich, gleich«, murmelte sie und raffte ihr Kleid, um niederzuknien.

Bei den Wunden Christi, was hat sie vor? schrie es in Wibert.

»Wir haben nicht viel Zeit, mein Sohn«, mahnte sie. »Ihr müßt niederknien und mir helfen.«

Der Mönch gehorchte, aber als er die kalten Erdklumpen unter seinen Knien spürte, protestierte er. »Herrin, Ihr müßt es mir jetzt sagen!«

Doch die Äbtissin beugte sich schon nach vorn und strich mit ausgestreckten Armen die feuchte obere Erdschicht glatt.

»Wir müssen uns beeilen.« Ihre Stimme klang barsch. »Man darf diesen Friedhof nicht wiedererkennen.«

Endlich wußte er Bescheid. Sie waren hier, um das Grab des Ritters Siegfried zu verbergen. So weit war sie also bereit zu gehen, um dem Interdikt zu trotzen!

Sie arbeiteten, bis Hildegard sich endlich zurücksetzte, um das Ergebnis ihrer Anstrengungen zu betrachten.

»Und nun, mein Sohn«, sagte sie gelassen, »müßt Ihr unsere Arbeit vollenden, indem Ihr Euch über den Boden rollt. Euer Körper wird die Erde glätten und den Umriß des Grabes vollständig auslöschen.«

Der Mönch starrte sie mit offenem Mund an. »Das kann nicht Euer Ernst sein, Herrin.«

»Tut, was ich sage, und zwar sofort!« sagte sie scharf. »Nur die Stimme eines Priesters kann dem armen Mann hier versichern, daß er in Geborgenheit ruht. Sagt ihm, daß die Stimme in meiner Vision seine Unschuld bestätigt und mich angewiesen hat, darüber zu wachen, daß seine Gebeine nicht gestört werden.«

Wibert konnte es nicht fassen.

Mit knirschenden Zähnen rollte er nach Anweisung der Äbtissin vor und zurück und hin und her.

Bis sie endlich zufrieden war, hatten Steine seine Kutte zerrissen und Zweige seine Hände und sein Gesicht zerkratzt. Er kochte vor Wut.

»Ihr könnt jetzt aufhören«, verkündete sie.

Als Hildegard ihm die Hand entgegenstreckte, um ihm aufzuhelfen, stieß der Mönch sie beiseite. Mit ärgerlichem Knurren spie er die Erde aus, die zwischen seinen Zähnen knirschte, und schüttelte Schlamm und faulige Blätter von seiner Kutte. Er zitterte am ganzen Leib.

»Ich verstehe Euren Unmut, mein Sohn, aber es gab keinen anderen Weg«, erklärte Hildegard. »Wenn sie das Grab nicht finden, können sie ihn auch nicht stören. Ich gehorche nur dem, was mir befohlen wurde.«

Wibert spie nochmals aus, sagte aber nichts.

»Jetzt muß nur noch eine Sache getan werden«, fuhr sie fort. Mit ihrem Stab in der Hand schritt sie zum Kopfende des Grabes, atmete tief ein, hob ihren Stab und blickte in den Mond. »Ich, Hildegard, Äbtissin von Rupertsberg und Eibingen, segne feierlich dieses geheime Grab, dem Befehl des Lebendigen Lichtes gehorchend.«

Sie erhob ihren Stab und machte das Zeichen des Kreuzes über dem Grab: *In nomine patris et filii et spiritu sancti.* Darauf stieß sie den Stab in die Erde, kniete auf dem Grab nieder und legte ihre Wange auf den Boden.

»Ruhe in Frieden, mein Sohn«, flüsterte sie. »Ich werde dich

schützen, so daß kein Sterblicher deine ewige Ruhe zu stören vermag.«
Im Mondlicht leuchteten ihre Augen wie Saphire in ihrem runzligen Gesicht. Beschämt von ihrer Zärtlichkeit, fiel Wibert auf die Knie und legte die Hand auf sein Herz. Diesmal wagte die Äbtissin in ihrer Leidenschaft alles für die Gerechtigkeit. Als Wibert dort kniete, pochte seine Seele in dem Wissen, daß er sich allein schon durch diese Tat mit einem unlösbaren Knoten an die Äbtissin gebunden hatte.

❦

Das Interdikt zog sich in die Länge.
Obgleich die Glocken schwiegen, war Rastlosigkeit in der Kapelle spürbar, da jede Nonne intuitiv wußte, wann die Stunde des Gottesdienstes gekommen war. Blicke wurden getauscht, und alle bewegten sich irgendwie. Nach den Jahrzehnten, in denen sie ihre Stimmen zum Lobe Gottes erhoben hatten, erschien die Stille unerträglich.
*Vertrauen!*
Dieses Wort war zu einem ganzen Gebet geworden, eine letzte Bitte an jede Perle ihrer Rosenkränze, ein wortloses Zeichen, wenn sich ihre Augen begegneten.
*Vertrauen!*
Die Tage wurden zu endlosen Korridoren, die sich zu Wochen ausdehnten, dann zu Monaten. Alle schworen, daß sie die Glocken weiter im Inneren hörten, auch wenn diese jetzt die Klage einer Abtei von Ausgestoßenen in einer Welt des Flüsterns verkündeten.
Doch trotz der Stille war die Kapelle so voll wie nie zuvor, da jede Nonne schweigend Zeugnis über ihr Vertrauen in die Äbtissin ablegte. Tag und Nacht hielten Schritte vor dem Altar inne, und Knie beugten sich zu einem eilig gesprochenen Gebet.

Oft beteten Nonnen die ganze Nacht in der dunklen Kapelle, und ihre Seufzer breiteten sich wie seidene Tücher über das Gestühl.
*Vertrauen!*

An die Mainzer Prälaten in Rom, von Hildegard, Äbtissin vom Rupertsberg:
In der Vision, die meiner Seele schon vor der Geburt vom Schöpfergott eingeprägt wurde, sehe ich mich gezwungen, hinsichtlich des uns von unseren geistlichen Oberen auferlegten Banns folgendes zu schreiben.
Um nicht als Ungehorsame zu erscheinen, haben wir ungeachtet dieser Ungerechtigkeit bis jetzt gemäß dem Interdikt den Gesang des Gotteslobes eingestellt und uns der heiligen Kommunion enthalten. Doch Ihr müßt wissen, daß ich selbst und alle Schwestern darob von großer Traurigkeit und Bitternis befallen sind, die unsere Seele bei Tag und Nacht in ihrem würgenden Griff halten.
Doch jüngst wurde ich in einer Vision für die Annahme einer Entscheidung gegeißelt, um deren Unrechtmäßigkeit ich wußte, da das fragliche Begräbnis von allen Einwohnern Bingens bezeugt wurde und niemand einen Widerspruch äußerte.
Überdies schaute ich in dieser Vision, daß ich mich durch meinen Gehorsam gegen Euch der Unterdrückung der Stimme Davids schuldig gemacht habe, der das Gotteslob unser Schicksal nennt und spricht: »Lobet Ihn mit Posaunen, lobet Ihn mit Psalter und Harfen. Lobet Ihn mit Pauken und Reigen, lobet Ihn mit Saiten und Pfeifen! Lobet Ihn mit hellen Zimbeln, lobet Ihn mit klingenden Zimbeln! Alles, was Odem hat, lobe den Herrn!«
Unser Lobgesang dient als Gleichklang des Lobes, das wir einst mit den Engeln im Paradiese teilten, und wir wissen, daß die Stimmen der Engel noch in uns schlummern.

> Bedenket also: Als Prälat, die Ihr die Schlüssel des Himmels besitzt, sollt Ihr Euch entschieden hüten, zu öffnen, was zu schließen, und zu schließen, was zu öffnen ist. Durch das Schweigen, das Ihr uns in bezug auf das Gotteslob auferlegt, begeht Ihr dieses Unrecht!

»Glaubt mir, ich habe die ehrwürdige Mutter angefleht, von diesem Vorhaben abzulassen«, hatte Hiltrude Wibert ärgerlich beteuert, »aber sie ließ sich nicht umstimmen.«
»Meine Schwester, es ist dies die Tat einer Verzweifelten«, hatte Wibert entgegnet. »Sie ist überzeugt, daß das Interdikt nie aufgehoben wird, wenn sie nicht für sich selbst spricht.«
Hildegard hatte das Gespräch belauscht, und die Worte klangen ihr nun in den Ohren, als sie und Wibert sich dem Bischofspalast in Mainz näherten.
Die Chorherren säumten die Treppe zum Palast, um sie zu begrüßen. Sie hörte ihre Gedanken, als Wibert ihr vom Pferd half.
*»Die Sibylle vom Rhein ist weit über siebzig. Sie ist jetzt eine harmlose alte Frau!«*
*»Schaut, wie sie sich auf ihren Propst stützt; sie kann kaum noch allein gehen.«*
*»Ihr Ruhm ist nur noch ein Rauchwölkchen, das bald verschwunden sein wird. Wir werden sie schonen.«*
Doch als sie die Stufen hinaufstieg, senkten sich die Blicke.
Hildegard betrachtete den prunkvollen Empfangssaal, die Gobelins an den Wänden und die samtbezogenen Bänke, die einer königlichen Residenz angemessen waren. Obgleich es Tag war, brannten die zierlichen Leuchter. Silberne Becher glänzten auf einer riesigen, mit elfenbeinfarbener Seide drapierten Tafel. Das also waren die Schätze, die Erzbischof Heinrichs Pfad ins Verderben geebnet hatten, dachte Hildegard. In jenen hitzigen Nächten, in denen sie ihn in Gedanken hier schlafen sah, hätte sie sich niemals vorstellen können, daß sie eines Tages in einem

Saal unter seinem Schlafgemach sitzen und bei seinen Nachfolgern für ihre Abtei bitten würde.
Als Egbert mit zwei seiner Chorherren den Saal betrat, lastete sein Blick wie eine schwere Hand auf ihr.
Beide Chorherren waren nervös, als Egbert sie begrüßte. Hildegard ging sogleich daran, ihren Standpunkt nochmals darzustellen und ihre Beweise für Siegfrieds Unschuld zu wiederholen. Kloster Rupertsberg, beteuerte sie, litt unter keiner Schande.
Egbert schnaubte höhnisch. In diesem Augenblick erkannte Hildegard, daß das Interdikt wenig mit ihr selbst zu tun hatte. Sie war nur ein Werkzeug, das Egbert benutzte, um seinen Namen in aller Munde zu bringen. Es sei momentan undenkbar, verkündete er, den Bann aufzuheben.
Schweren Herzens gab Hildegard Wibert das Zeichen zum Aufbruch, doch Egbert hob seine Hand.
»Einen Augenblick, ehrwürdige Äbtissin!« Er lächelte salbungsvoll. »Wir würden es bedauern, würden wir der berühmten Äbtissin vom Rupertsberg gestatten, unsere Gesellschaft zu verlassen, ohne eine ihrer Prophezeiungen mit uns zu teilen«, schnurrte er mit einem Seitenblick auf die Chorherren.
»Bezüglich des Ausgangs dieser Angelegenheit, Euer Exzellenz?« fragte Hildegard, während sich ihr Blut in Eis verwandelte.
»Nein, nein, Herrin« antwortete er gewandt. »Eine so belanglose Sache würde Euren Gaben schwerlich gerecht. Wir würden etwas Provozierenderes vorziehen, zum Beispiel einen Blick in die Zukunft des Reiches.«
»Ich fürchte, das würdet Ihr bereuen.«
»Bei allem schuldigen Respekt, ehrwürdige Mutter, Ihr irrt. Kommt«, bat er sie, »tut uns den Gefallen.«
Als sie zu Wibert hinüberschaute, sah sie, daß die Adern an seinem Hals hervortraten. »Mein Sekretär wird also mein Zeuge sein«, begann die Äbtissin. Die Augen der Chorherren leuchteten auf, während Egbert sich nervös die Lippen leckte.

Hildegard saß schweigend da und sah zu, wie ihre Gastgeber mit jeder Minute unsicherer wurden.
*»Könnt Ihr sie nun hören?« flüsterte sie mit gesenktem Kopf. »Die Stimmen?«*
Die Chorherren beugten sich vor; ihre Blicke huschten durch den Raum.
*»Hört Ihr, wie sie nach Euch, den Fürsten des Landes, rufen? Hört Ihr, wie sie Eure Namen rufen? Ah …« Sie hielt inne und legte lauschend ihre Hand ans Ohr. »Die Stimmen sind nur noch ein Flüstern, sie wispern einander zu: ›Wie lange müssen wir die Kirchenmänner noch erdulden, diese reißenden Wölfe, die vortäuschen, Ärzte zu sein, diese Priester, die ohne Unterlaß zechen und Ehebruch begehen, während jede ihrer Taten Schande über die Kirche bringt?*
*Doch ungeachtet ihrer Sünden, verdammen diese Männer der Kirche uns erbarmungslos. Wie gierige Diebe in ihrem eigenen Haus rauben sie die Besitztümer der Kirche und verschlingen alles, was ihnen in den Weg kommt. Während sie ihr hohes Vertrauensamt verraten, unterwerfen sie die Fürsten dieses Landes der Erniedrigung und bringen uns nur Verzweiflung.*
*Doch wir werden über sie kommen und rufen: Wir können die Herrschaft solcher Menschen, die ihre Ländereien und ihre Macht wie Waffen gegen uns schwingen, nicht länger dulden. Kirchenmänner sollten nicht mehr als ihren rechtmäßigen Anteil erhalten, ebenso wie die Laien. Nie hat Gott befohlen, daß der eine Sohn einen Umhang und einen Rock erhalten solle, derweil der andere nackt bleibt.‹«*
Flammende Röte überzog Egberts Gesicht. »Ihr sprecht gewiß von Euren Stiftern, Herrin«, unterbrach er Hildegard. »Jene Fürsten des Landes, das Ihr dem Disibodenberg gestohlen habt und das nun die Truhen Eurer Abtei und Eures Tochterhauses füllt.«
Wibert beugte sich vor, um zu widersprechen, doch die Äbtissin hielt ihn zurück.

*»Widersprecht nur, wenn Ihr wollt, Herr Egbert, doch nichts vermag die Prophezeiung aufzuhalten, die ich auf Euch zukommen sehe. Denn die Zeit des Verderbens wird kommen, wenn der Besitz der Kirche ergriffen und zerstört wird, ebenso wie die Geier hinschlachten, was in ihre Krallen und Schnäbel gerät.*

*Bedenket diese Worte: In den Tagen, die da kommen, wird der Glanz des Kaisers vergehen und ebenso die Macht, mit der er und sein Gefolge einst das Reich regierten. Und bar ihrer Glorie wird das Reich zu Staub zerfallen. Unglück und Verachtung werden sie von allen Seiten treffen, und die kaiserlichen Anführer werden zur Schande verdammt sein. Ihre Träume von Größe werden zerschmettert, während Stämme und Nationen neuen Herrschern gehorchen.*

*Einmal vernichtet, wird das Kaisertum nie wieder erstehen, und das Amt des Bischofs bleibt für immer gespalten.*

*Sodann werden die Fürsten und die Anführer des Landes wenig Frommes in diesem apostolischen Amt sehen, es geringschätzen und sich statt dessen zu Lehrern und Bischöfen mit anderen Namen und von anderen Orten hinwenden.*

*Das Bischofsamt wird für immer zerrissen sein, und die Macht des Papstes wird vergehen.«*

Außer sich sprang Egbert auf. »Haltet ein! Haltet ein! Ihr seid zu weit gegangen!« schrie er und rannte voller Entsetzen aus dem Saal. Seinen verschreckten Chorherren blieb es überlassen, die feurige Prophetin zur Tür zu geleiten.

❦

O blutige Tat –!
Ein Schrei bis zu des Himmels Höhen.
Die Elemente
erzitterten bei seinem Klang.
O Lebensblut des Schöpfers,
scharlachroter Klang, salbe unsere Wunden.

Wibert erschauerte über den Schrei, der sich aus dem jüngsten Lied der Äbtissin erhob. Wie vollkommen es die geistige Not ausdrückte, die die Äbtissin seit dem Interdikt durchlitt. Wibert fügte es dem Liederzyklus der Äbtissin bei, der inzwischen über siebzig Kompositionen umfaßte. Für Wibert war jede einzelne von ihnen wie ein Sprung in den Himmel.

Während der letzten drei Monate hatten sich die Wogen des Interdikts immer höher aufgetürmt und drohten mitunter, die Abtei zu verschlingen. Nach Hildegards Vorbild nahmen die Nonnen ihre Zuflucht in der Arbeit und verdoppelten ihre Anstrengungen bei der Versorgung der Pilger im Hospiz.

Doch der Zoll war hoch. Auch die Klagen der Nonnen über Bauchschmerzen, entzündete Gelenke und stechende Kopfschmerzen hatten sich verdoppelt, und die Hälfte von ihnen hatte in den letzten beiden Monaten nicht menstruiert.

Wibert hatte sich gerade zur Durchsicht der Briefe niedergelassen, die ihnen Unterstützung zusicherten, als er auch schon wieder aufsprang und gleich mit dem ersten zur Äbtissin rannte. Der Brief war von Erzbischof Philipp von Köln und lautete:

> Ganz zufällig bin ich einem Ritter begegnet, der ein Gefährte des Siegfried von Mainz gewesen ist. Er schwört, daß er und Siegfried zur selben Gelegenheit und beim selben Priester ihre Sünden gebeichtet und Absolution erhalten haben. Auf meinen Wunsch haben sowohl der Ritter als auch der Priester eingewilligt, als Zeugen zu dienen und den Mainzer Prälaten einen Eid zu schwören, der die Beweise stützt, die Ihr schon vorgebracht habt.
>
> Im Lichte ihres Zeugnisses und in dem Wissen, daß Erzbischof Christian noch wegen der Vermittlung zwischen dem Kaiser und Papst Alexander auf unabsehbare Zeit in Rom aufgehalten werden wird, habe ich kraft meiner Autorität das Interdikt aufgehoben. Die Angelegenheit ist bereinigt, verehrte Äbtissin. Ihr braucht Euch nicht länger zu grämen …

Hildegard seufzte. »Ein Faden, an den ich meine Hoffnung knüpfen kann«, sagte sie.
Wibert war schwindlig vor Erleichterung. Jetzt konnten sie zum Alltag zurückkehren.
»Dennoch müssen wir dem Bann gehorchen, bis wir die Urkunde in Händen halten«, bestimmte die Äbtissin, während sie sich zurücklehnte.
Hildegard verbrachte nun immer mehr Zeit im Frauenhaus. Sie liebte die Kinder. Ihr Staunen und ihre Unschuld waren Balsam für ihre Seele, während das blanke Vertrauen in ihren Augen sie beschämte. »Ich kann so viel von ihnen lernen«, vertraute sie Hiltrude an.
Sie saß mit einem Kind auf dem Schoß draußen in der Sonne, als Wibert mit einem Brief aus Mainz auf sie zu eilte.
»Der Brief ist, wie wir gehofft haben, von Erzbischof Christian aus Rom«, berichtete Wibert.
»Weiter!« drängte sie ihn atemlos.
»Er teilt uns seinen Unmut über Erzbischof Philipps Versuch mit, in seine Rechtsprechung einzugreifen. ›Eure Abtei‹, schreibt er, ›muß weiterhin die Bedingungen des Interdikts erfüllen, bis ich, Christian, der rechtmäßige Erzbischof von Mainz, Euch etwas anderes mitteile.‹«

An Christian, Erzbischof von Mainz, von Hildegard, Äbtissin vom Rupertsberg.
Wir danken Euch, daß Ihr unseren Brief angenommen habt. Im Namen der Gerechtigkeit werfen wir uns Euch zu Füßen und bitten um Anhörung! Wir haben unsagbare Trübsal und Niedergeschlagenheit durch die andauernde Schmach des Interdikts erduldet, und Ihr werdet unsere Not angesichts Eures jüngsten Briefes verstehen, der uns in noch tieferen Schmerz und Kummer gestürzt hat.
Da Ihr niemals Zweifel an meinen Visionen hattet, flehe ich zu Euch bei der Liebe des Heiligen Geistes, verachtet

nicht die Tränen Eurer weinenden Töchter, denn auch Ihr werdet Euch eines Tages nach Gnade sehnen, wenn Euer irdisches Leben sich dem Ende zuneigt.

❦

Gründonnerstag, im Jahre des Herrn 1179.
Priorin Hiltrude trat für einen Augenblick aus der Abteikapelle und atmete die Frische der staubedeckten Erde ein. Der Boden unter ihren Füßen war weich und nachgiebig, und die Bäume im Obstgarten trugen rötliche Knospen. Die Erde barst vor neuem Leben: sie wußte, es war eine ausgelassene, aber gefährliche Zeit. Sie riß ihren Blick von der Schönheit los und ermahnte sich, den langen Tag, der vor ihr lag, nicht zu vergessen.
»Das war die längste und härteste Fastenzeit, an die ich mich erinnern kann«, sagte sie zu einer Novizin mit runden Augen, die einen Kelch in der Sakristei polierte. »Es kommt mir vor, als habe die Fastenzeit gleich nach Weihnachten begonnen.«
Ihr Blick fiel auf ein goldenes Weihrauchgefäß in Form einer fliegenden Taube. Es war ihr immer das liebste gewesen. Es hatte den Osteraltar geschmückt, seit sie denken konnte, aber dieses Jahr würde es ruhen. Einen Osterbrauch hingegen würde die Äbtissin nicht preisgeben: die Fußwaschung der Apostel, die Jesu Liebe zu den Armen symbolisierte. Die Äbtissin hatte dieses Ritual immer ausgeführt und winkte ab, als Hiltrude sie an ihre achtzig Jahre erinnerte.
»Ich werde wie jedes Jahr die Füße meiner Töchter waschen«, beharrte Hildegard. Dann fügte sie sanft hinzu: »Und gerade in diesem Jahr *muß* ich es tun, meine Tochter.«
Als Hiltrude gerade die Sakristei verlassen wollte, fiel ihr Blick auf ein Gewand mit silberner Stickerei, das die Markgräfin an dem Tag gestiftet hatte, an dem Richardis den Schleier nahm. Wie lange schien das her zu sein! Plötzlich rauschten Jahrzehnte von Fastenzeiten, Osterfesten und Karwochen wie ein rei-

ßender Bach an ihr vorüber, für immer Vergangenheit. Ein Blick auf die scheue Novizin erfüllte sie mit Traurigkeit. »War ich jemals jung?« fragte sich Hiltrude.

❦

Karfreitag.

Jedes Jahr erschraken die Nonnen aufs neue, wenn sie die Kapelle betraten und sie leer fanden. Es war, als habe sich über Nacht ein Pesthauch über sie gesenkt und sie jeder Statue beraubt, die Altäre des schneeweißen Linnens und der duftenden Blütenzweige entkleidet. Und wie stets stockte ihnen der Atem, wenn sie den Tabernakel, das Allerheiligste, geöffnet und leer sahen.

Das große hölzerne Kruzifix war über die Stufen zum Altar gelegt worden. Es würde Stunde um Stunde dort liegen, wenn die Nonnen vom Rupertsberg sich den vielen Menschen anschlossen, die über die Jahrhunderte mit der Mutter Gottes, Maria Magdalena und den Frauen Wache hielten, die nicht geflohen waren, als das Blut zu fließen begann. Denn für Frauen birgt das Blut keinen Schrecken, nur Macht und Verheißung.

Zur Laudes fanden sie die Äbtissin mit geschlossenen Augen auf den Stufen knien. Die Wange lag auf den von Nägeln durchbohrten Füßen des Gekreuzigten, und ihr Atem ging so ruhig wie der eines friedlich schlafenden Kindes. Sie war seit der Mette hier und versenkte sich in die Kreuzigung Christi. Sie hörte die Filzpantoffeln ihrer Töchter neben sich innehalten. Viele weinten bei ihrem Anblick, denn sie wußten, daß die letzten Wochen das Gethsemane der Äbtissin gewesen waren. Doch in der vergangenen Stunde hatten die Wolken begonnen, sich zu verziehen, und das Lebendige Licht wurde heller. Schließlich ertönte die Stimme, nach der sie sich so sehr gesehnt hatte: das Flüstern von Frau Weisheit, die die Qualen ihres Herzens verstand.

*»Sei getröstet, denn ich erkenne die Schatten der Selbstzweifel, die dich umhüllen.*
*›O Mutter Zion‹, rufst du. ›Wenn ich daran denke, daß du es warst, in der ich meine Wohnstatt nehmen sollte, spüre ich die bittere Sklaverei, der ich unterworfen bin. Und wenn ich die herrlichen Schwingen der Musik vernehme, die in dir klingen, spüre ich meine Wunden. Und sehe ich deines Ruhmes Glanz und Jubel, bin ich mit Entsetzen der Schande gewahr, die deinen scharlachroten Klang beschmutzen.*
*O Mutter, wenn ich dir meine Tränen vergieße, werden sie von den bösen Wassern Babylons verschlungen, die mir entgegenbrüllen und meine Stimme ertränken. So suche ich mit großer Vorsicht den schmalen Pfad und die enge Höhle, in der ich mich verbergen und um den Verlust meiner Mutter weinen kann.*
*Doch dann verspürt meine Seele einen süßen Duft, und ich erkenne den sanften Atem meiner Mutter. Ungezählte Tränen strömen aus mir im Angesicht des Trostes, der mir durch dich zuteil wird. Und ich weine: O Mutter, o Mutter Zion, wie lange noch bleibt mir deine mütterliche Süße verwehrt, aus der du mich geschaffen hast?*
*Doch vor meinen Schreien sagen meine Feinde: ›Wo ist sie, die wir nach unserer Laune gefangenhalten, damit sie unserem Willen gehorcht? Wenn sie den Himmel anruft, müssen wir acht haben, oder sie entschlüpft unserem Griff.‹*
*Doch ich entrinne, und ich erklimme eine große Höhe, obgleich meine Peiniger nach mir greifen und meinen Pfad mit Dornen und Disteln bedecken. Doch deine Süße, o Mutter, gibt mir Kraft und erfüllt mich mit Macht. Doch kaum steige ich aus der Höhe herab, fallen mich zischende Schlangen und Skorpione an. Aufschreiend rufe ich abermals: O Mutter, wo bist du? Wo ist deine Hilfe?*
*Dann höre ich die Stimme meiner Mutter, die meiner Seele antwortet: ›O Tochter, flüchte! Denn der allmächtige Spender, dem niemand widerstehen kann, hat dir Flügel gegeben, auf daß du*

*dich über all diese Hindernisse erhebest!« Und getröstet schwinge ich mich empor und fliege geschwind über all diese tödlichen und giftigen Dinge hinweg.*
*Und ich gelange zu einem Tabernakel, dessen Inneres aus stärkstem Eisen ist. Darin vollbringe ich Werke von strahlender Helligkeit, wende mich ab von Werken der Finsternis, denn meine Augen können wieder sehen, und ich bin nicht länger blind.«*
Hildegard hörte, wie die Schritte sie umkreisten und Flüstern sie umgab. »Schaut, das Herz der ehrwürdigen Mutter muß gebrochen sein!«
Doch sie konnten das universale Rad ihrer Gebete nicht hören, das sich stumm um die drei Worte »Dein Wille geschehe« drehte. Unermüdlich drehte sich das Rad im Gebet: »Dein Wille geschehe! Wenn es dein Wille ist, hebe den Stein der Ungerechtigkeit von meiner Seele, denn er zermalmt mich. Doch nicht mein, sondern dein Wille geschehe.«
Sie lag dort bis zum Nachmittag, mit aufgesprungenen Lippen, ihre Kehle wie zugeschnürt. Die Hand auf ihr Herz gepreßt, flüsterte sie: »Vater, vergib ihnen, denn sie wissen nicht, was sie tun.«
Ihre Kräfte waren nun verbraucht, und die Äbtissin hauchte ihr *Fiat:* »In deine Hände, ersehnte Mutter, lege ich die Seele dieser Abtei.«

❦

Zwei Wochen vergingen. »Ein Brief aus Rom von Erzbischof Christian«, verkündete Wibert. Er entrollte das Pergament und machte sich auf eine weitere Enttäuschung gefaßt.

> An Hildegard, Äbtissin von Rupertsberg und Eibingen in der Diözese Mainz.
> Ich habe an die Kirche von Mainz geschrieben und ihr die Erlaubnis erteilt, den Bann aufzuheben, wenn durch eine der Wahrheit entsprechende Aussage die Absolution des

Verstorbenen nachgewiesen ist, damit kein weiteres Ungemach aus dieser Angelegenheit entstehe.
Zugleich bitten wir Eure Heiligkeit inständig: Wenn wir Euch in dieser Angelegenheit durch unsere Unwissenheit zur Last gefallen sind, so entzieht Euer Erbarmen nicht dem, der um Verzeihung bittet.

Wiberts Hände zitterten.
»Trägt der Brief Christians Unterschrift?«
»Ja, und er hat das Wort ›Karfreitag‹ in seiner eigenen Handschrift hinzugefügt.«

An meine Brüder in der Abtei zu Villers von Wibert:
Ich beeile mich, Euch die Nachricht zukommen zu lassen, daß der Bann allein durch Gottes Gnade gelüftet wurde, und die Stimmen der Nonnen erheben sich wieder zum Lobe des Herrn. Auch danke ich Gott, daß ich wieder die Messe lesen und die heilige Kommunion spenden kann.
Doch der Preis des Interdikts war ungeheuer. Die geistige Belagerung, die hier stattgefunden hat, hat die Äbtissin stark mitgenommen. Wenngleich sie ihre Oberen bei jeder Gelegenheit drangsalierten, hat sie treu zum Glauben gestanden und nie davon abgelassen, ihren Töchtern Mut im Heiligen Geiste zuzusprechen.
Ich kann mit Worten nicht ausdrücken, wie beschämend es war, die Leiden der Äbtissin ansehen zu müssen.
Wie Ihr wißt, gestattet der Apostel es nicht, daß eine Frau in der Kirche predige. Doch in Wahrheit gilt diese Bedingung nicht für diese Frau. Gebenedeit durch den Heiligen Geist, gehorcht sie in allem dem Geheiß ihrer Visionen, die Dinge öffentlich kundzutun, die sie im geheimen schaut. Überdies wird ihr Herz von Frau Weisheit geleitet, und sie lebt nach dieser Erfahrung.
Und obgleich der Apostel den Frauen befiehlt, um des An-

stands willen, ihre Häupter zu verhüllen und Gehorsam zu zeigen, hat dies Gesetz für sie keine Gültigkeit. Denn sie hat den weiblichen Gehorsam in luftiger Höhe überschritten und ist in ihrer Erhabenheit nicht allein allen Männern, sondern auch den höchsten von ihnen ebenbürtig.
Doch da sie sterblich ist, wird ihr Leib schwächer. Jüngst schmerzt es sie oft, aufrecht zu stehen, und sie muß getragen werden. Doch selbst das zerbrochene Instrument läßt noch Melodien erklingen.
Meine Brüder, betet für mich, auf daß ich mich vor Gott würdig erweisen möge, ihr zu dienen.

❦

Die Feierlichkeiten zum Tag des heiligen Benedikt waren für den elften Juli angesetzt. Die Nonnen von Eibingen waren am vorangegangenen Tag unter großem Jubel eingetroffen. Außer Atem rannte Hiltrude ihnen entgegen. »Willkommen, endlich willkommen zu Hause!«
Durch die offene Tür konnte Hildegard das fröhliche Durcheinander und die Schritte hören, die den Gang zu ihrem Zimmer entlangeilten. Gertrud ging zuerst hinein und kniete zu Füßen der Äbtissin nieder, derweil Gisla ihren Kopf in Hildegards Schoß legte.
»Liebste Mutter, wir haben Euch so vermißt«, schluchzten sie, und ihre Schleier waren bald von den vielen Umarmungen völlig verrutscht. Seit wann war Gertruds Haar weiß, fragte sich Hildegard, und seit wann war Gisla so mollig? Alle lachten, als Ilse, die Arme voller Wildblumen, durch die Tür stolperte. Sie ließ sich auf den Boden plumpsen und blinzelte, während sie ihre Ordenstracht glattstrich.
»Nichts hat sich verändert, seit wir nach Eibingen aufgebrochen sind, aber irgendwie wirkt es anders«, sagte Gertrud mit einem Blick auf die Ringe unter den veilchenfarbenen Augen

der Äbtissin und das Netz feiner Falten, das ihr Gesicht überzog. Ilse sah die Äbtissin an, berührte ihr eigenes Gesicht und unterdrückte einen kleinen Schrei. Nacheinander statteten alle Nonnen Hildegard ihren Besuch ab. Ungern gingen sie wieder, selbst wenn die anderen, die draußen warteten, sie schalten. Doch als Hiltrude kam, um sie zur Vesper zu begleiten, lehnte Hildegard zum ersten Mal ab.

»Tochter, mein Herz ist so voller Freude, daß ich wahrscheinlich beim Gehen umfallen würde! Das würde Unruhe verursachen und das Gebet stören. Ich werde lieber hier beten«, nickte sie.

»Wie Ihr wünscht, ehrwürdige Mutter«, sagte Hiltrude und strich die Haarsträhnen aus Hildegards Stirn, erleichtert, daß diese ihre Kräfte für das Fest des heiligen Benedikt sparen würde.

Am nächsten Tag trugen sie sie zur Sext in die Kapelle. Hildegard hatte sie gebeten, ihre Lieblingsstelle aus der Geschichte des heiligen Benedikt vorzulesen: »Der Herr liebte ihn und schmückte ihn. Er kleidete ihn in ein Gewand aus Ruhm ...«

Die Lesungen und Gesänge erschienen Hildegard so neu und schön wie nie zuvor. Musik muß einfach die Sprache des Paradieses sein, dachte sie, denn was sonst vermöchte Leib und Seele zu einer solch idealen Einheit zu verschmelzen? Die Lesung lautete weiter: »Er behütete sein Land und errettete es vor der Zerstörung.«

*In diesem Augenblick sah sie das Licht heller werden und spürte Frau Juttas Hand auf ihrer Schulter. Doch als sie sich umwandte, war ihre geliebte Meisterin verschwunden.*

Als die Gesänge beendet waren, streckte die Äbtissin ihren Töchtern die Arme entgegen und ließ ihren Blick über das Gestühl gleiten. »Mein Herz schwillt vor Liebe, wenn ich euch anschaue«, sagte sie. »Jede von euch ist ein unersetzliches Geschenk für mich: ein kostbares Juwel! Doch nun, meine Töchter, merket auf, denn diese Worte kann ich euch nur jetzt mitteilen, denn unsere Zeit ist kurz. Wie ihr wißt, hat mir Frau Weisheit vor langer Zeit zugeflüstert: ›Ich bin das Lebendige Licht, das alle Finsternis erhellt.‹«

Schweigen legte sich über das Chorgestühl, während sich achtzig Augenpaare auf sie richteten.

*»Meine Töchter, wir lesen, daß Gott bei unserer Geburt gewisse Geheimnisse in uns eingeschlossen hat, denn in unseren Gedanken und Werken sind wir nach Gottes Ebenbild geschaffen.*

*Aus diesem Grunde hat Gott Frau Weisheit aus dem Heiligen Geist erweckt. Frau Weisheit wurde in einem Schatten gesandt, bis Gott sein göttliches Werk vollendet hatte. Doch vor seiner Vollendung tat Gott sein Kommen durch Vorzeichen kund.*

*In meinen Visionen, Schwestern, wurden mir einige dieser Zeichen offenbart. Mir wurde gezeigt, wie das Lebendige Licht von Frau Weisheit an ihre erste Tochter Eva weitergegeben wurde; dann an die große Synagoga, die die Propheten in ihren Armen hielt, und dann an Maria, die jungfräuliche Mutter, den blühenden Zweig, aus deren Schoß die Frucht des fleischgewordenen Wortes hervorging.*

*Seit Anbeginn der Zeit haben viele die Stimme der Weisheit vernommen. In unserer Zeit bin ich nur eine von ihnen.*

*Nun vermache ich Frau Weisheit euch und all euren Söhnen und Töchtern im Geiste, wie das Lebendige Licht es mir befohlen hat. Denn es kommt die Zeit, in der die Geheimnisse der Propheten und die Schriften der Weisen euch gedeutet werden. Dann werden eure Töchter und Söhne weissagen, wie es geschrieben steht. Die Zeit wird kommen, in der die Welt zu jenem Gleichklang finden wird, den Frau Weisheit verbreitet, indem sie das Universum umkreist: die Harmonie zwischen Körper und Seele, Mann und Frau, der Erde und ihren Geschöpfen.*

*Ich lege euch nun in die Hände der Frau Weisheit, so daß ihr mit ihr und dem Menschensohn und ihren Töchtern Eva, Synagoga und Maria wandeln möget. Alle sind eins, denn alles in der Schöpfung ist ein Spiegel Gottes.«*

Sie konnten ihre Augen nicht von ihr losreißen, wenn auch wenige sie überhaupt noch durch das Glitzern erkennen konnten. Dies war das Vermächtnis, zu dem sie sie heimgerufen hatte, das wußten sie. Nur auf diesem Wege konnte sie ihre Töchter verlassen.

❦

Die letzten warmen Tage des Sommers wichen der morgendlichen Herbstkühle. Auf Hiltrudes Bitte hin holte Wibert die Äbtissin, damit sie sich im Frauenhaus nicht überanstrengte. Sie suchte es nun jeden Tag auf. Mit größter Freude schaute sie den Kindern zu, wie sie Kreisel spielten oder ihre hölzernen Puppen wiegten. Nachdem die Frauen ihre Kinder gestillt hatten, nahm Hildegard jedes in die Arme und sang ihm ein Wiegenlied. Das Gedeihen der Kinder nährte ihre Seele, wohingegen ihr Körper immer magerer und kleiner wurde, sich selbst mit jedem Tag, wie ein Geheimnis, mehr in sich zurückzog.

Sie erhob sich und nahm Wiberts Arm. Dabei ergriff sie ihren Rosenkranz und wickelte ihn um ihre Finger wie Efeu. So versicherte sie sich, daß die Jungfrau in ihrer Nähe war.

Wie rasch seit der Aufhebung des Interdikts der Sommer gekommen und wieder vergangen war, dachte Wibert. Sie schlenderten langsam dahin, bis Hildegard an dem Ahornbaum innehielt, den sie bei ihrer Ankunft auf dem Rupertsberg vor ihrer Tür gepflanzt hatte. Sie legte ihre Wange gegen die rauhe Rinde und umschloß den Stamm mit den Armen. »Um ihm für seine Pracht zu danken!« erklärte sie und lächelte Wibert schüchtern zu.

Wie könnte ich ihre Freude nicht teilen? dachte der Mönch. Die Palette der Farben war in diesem Jahr besonders reich: Magentatöne gingen in Bernstein über, und Pfirsichfarbe mischte sich auf einem einzigen Blatt mit Bronze. In der Dämmerung setzten die letzten Strahlen der Sonne die Bäume in Flammen, ehe sich die Dunkelheit herabsenkte.

Wibert saß nun jeden Abend bei der Äbtissin, bis Hiltrude kam, um sie zu Bett zu bringen. Wenn Hiltrude niederkniete, um der Äbtissin zu helfen, ihre Schuhe auszuziehen, lächelte sie tapfer und versuchte, fröhlich zu sein. Hildegard weinte in ihrem Inneren, denn sie wußte, wie oft Hiltrude dieser Tage plötzlich verschwand, um ihre Tränen zu verbergen.
»Liebste Hiltrude, du bist so gut zu mir«, flüsterte Hildegard. »Du hast mich von Anfang an mit deinem Glauben und deiner Hingabe beschenkt. Wie hätte ich ohne deine Liebe leben können?« Jetzt war es Hiltrude, die sich erstaunt mit vor Freude und Rührung verzogenem Gesicht abwandte. Die Äbtissin hatte Hiltrude als einziger Schwester den Tag und die Stunde ihres Todes anvertraut.

> Gott, Du bist mein Gott, den ich suche.
> Es dürstet meine Seele nach Dir, mein ganzer Mensch verlangt nach Dir
> aus trockenem dürrem Land, wo kein Wasser ist.

Jede Nacht, ehe Hildegard einschlief, rezitierten die Äbtissin und ihre Priorin gemeinsam diesen Psalm.
Die Äbtissin stand nun jeden Tag auf, um in ihrem Stuhl an der offenen Türe zu sitzen. »Ich muß einen Baum sehen«, sagte sie, »mich an allen Wundern ergötzen, solange sie sich mir noch zeigen.« Dabei überwältigte sie die Erinnerung an den Setzling, den sie im Hof der Einsiedelei gepflanzt hatten, und die Dankbarkeit über sein Gedeihen.
»Die ehrwürdige Mutter kennt den Baum vor ihrer Tür so gut, daß sie um jedes Blatt weiß, das in der Nacht zu Boden gefallen ist«, erzählte Hiltrude Wibert.
Die Abende, an denen Wibert und Hiltrude sie besuchten, waren von Erinnerungen erfüllt.
*»Erinnerst du dich, wie wir nachts im Dormitorium auf dem Disibodenberg immer gekichert haben?« fragte Hildegard die Prio-*

*rin. »Und weißt du noch, wie Ilse an ihrem ersten Tag die Truhe öffnete und beim Anblick ihrer Ordenstracht geschworen hat, sie niemals zu tragen?«*

*»Meine Tochter Richardis wird bald kommen, Wibert. Sie hat den Herbst auch so sehr geliebt.«*

*»Richardis, Herrin? Bin ich ihr begegnet?«*

*»Noch nicht, aber Ihr werdet sie liebgewinnen. Sie ist mein Liebling, die Blüte meines Herzens.«*

*»Die unteren Äste sind beinahe kahl, Hiltrude. Schau, wie die letzten Blätter sich wie topasfarbene Vögel gegen den blauen Himmel abheben.«*

*»Hat Frau Jutta Euch schon mit ihren Geschichten von ihrer Pilgerfahrt nach Compostela unterhalten?« fragte sie Wibert. »Sie kennt jeden Stein auf dem Weg!«*

Als Hiltrude mit einem Berg Leintücher im Arm auf dem Weg zum Haus der Äbtissin war, scharten sich die Nonnen um sie.

»Wie geht es ihr heute«, fragten sie besorgt.

»Sie empfindet große Zärtlichkeit und küßt dauernd meine Hand«, berichtete Hiltrude, und Tränen stiegen ihr in die Augen. Die Wangen der Priorin waren ausgezehrt, und sie hatte dunkle Ringe um die Augen.

»Schau, Hiltrude«, sagte die Äbtissin mit einem Blick auf den Baum. »Die Äste sind doch jetzt fast kahl?«

»Ein paar Blätter halten noch daran fest, ehrwürdige Mutter.«

»Hiltrude, Liebe, ich brauche jetzt das braune Holzkästchen aus meiner Truhe. Würdest du es mir bringen?«

Das Kästchen war unter dem alten Wollschal der Äbtissin verborgen. Hiltrude nahm den Schal und drückte ihn an sich, als sie daran dachte, daß die Äbtissin ihn auf ihrer langen gemeinsamen Reise nach Ingelheim getragen hatte.

*»Hiltrude«, rief die Äbtissin, »wie lange wird Volmar brauchen, um vom Disibodenberg hierherzukommen? Ich halte jeden Tag vergeblich am Tor nach ihm Ausschau. Gewiß wird er morgen eintreffen.«*

*»Wenn nicht morgen, dann bestimmt übermorgen«, rief Hiltrude wie beiläufig zurück, wagte aber nicht, ihr dabei ins Gesicht zu schauen.*
*»Weißt du noch, wie wunderbar er den Schwestern von Frau Weisheit erzählt hat? Hat er je erfahren, daß ich vor der Türe saß und beim Zuhören vor Freude geweint habe?«*
Hiltrudes Hände zitterten, als sie ihr das Kästchen reichte und zusah, wie die Äbtissin es öffnete.
»Hiltrude, du Liebe, nach meinen Töchtern sind mir dies die liebsten Dinge auf der Welt.« Hildegards Blick war von unbeschreiblicher Zärtlichkeit.
Stirnrunzelnd betrachtete Hiltrude die drei kleinen, flachen, mit Staub bedeckten Steine. »Ich wußte, sie waren Geschenke von Gott«, fuhr Hildegard fort, »denn sie erschienen stets in meinem Leben, um mich an mein Vertrauen zu ihm zu erinnern. Den ersten Stein gab mir mein Vater. Er hat mich gelehrt, daß alles in Gottes Schöpfung ein Wunder ist, so wie weiches, smaragdgrünes Moos auf einem kalten, harten Stein wachsen kann.
Eine alte Kräuterfrau schenkte mir den zweiten Stein, um mir den Mut zu verleihen, eine Bürde zu tragen, vor der ich mich fürchtete. Und Vater Wibert brachte mir den dritten zum Zeichen, daß er geschickt war, mir bei der Vollendung meiner Arbeit zu helfen.
Deshalb segne ich nun jeden der Steine abermals, bevor ich sie in deine Obhut gebe«, sagte sie und küßte Hiltrude auf die Wangen. »Jetzt sind sie deine Treppensteine, damit du, wenn die Zeit gekommen ist, den Weg zu mir nach Hause findest, und damit du weißt, daß du mich gehen lassen kannst.«
Sie sank in ihre Kissen zurück und flüsterte: »Ich muß mich nun ausruhen.« Ihr war bewußt, daß Hiltrude die vielen Menschen, die sich jetzt bereits im Raum drängten, nicht zu sehen vermochte.
Hände streckten sich nach ihr aus, zahllose Gesichter, Wogen

von fast unerträglicher Wonne trugen sie hinauf in den scharlachroten Klang.

Draußen erhob sich der Wind und zauste den kahlen Baum ein letztes Mal, als Hildegard in die Arme des Lebendigen Lichtes jenseits des Schweigens glitt.

# Epilog

Die volkstümliche Hildegard-Verehrung setzte unmittelbar nach ihrem Tod ein. Pilger strömten in Scharen zu ihrem Grab. Von Wunderheilungen wurde berichtet, und viele wußten zu erzählen, daß Hildegards Prophezeiungen sich erfüllt hatten.

Papst Gregor IX. leitete 1233 die Formalitäten zu Hildegards offizieller Heiligsprechung ein, doch seine Bemühungen scheiterten an einigen verlorengegangenen Dokumenten. Obgleich Papst Innozens IV. 1243 einen erneuten Anlauf nahm und man sich 1317 nochmals um ihre Kanonisierung bemühte, verkündete Papst Johannes XII. erst 1324 ihre »ernsthafte und öffentliche Anbetung«, indem er denen, die zu ihr beteten, einen vierzigtägigen Ablaß gewährte.

Von drei Päpsten sanktioniert, wurde das Fest der heiligen Hildegard in die Märtyrologien aufgenommen. Besonders erwähnenswert ist hier das bekannte, von Baronius angelegte, römische Märtyrologium.

Heute, neun Jahrhunderte später, wird Hildegard von modernen Feministinnen als Ahnherrin beansprucht und von Papst Paul II. als Heilige verehrt. Ihre prophetischen Schriften schließen die Ankündigung der Reformation ein; die Anbetung und Wiedereinsetzung des weiblichen Antlitzes Gottes in der hebräischen Bibel und im Neuen Testament; die Förderung einer holistischen Heilkunde und Warnungen vor den ökologischen Gefahren, die unseren Planeten heute bedrohen.

Obgleich das Kloster Rupertsberg im Dreißigjährigen Krieg

niederbrannte, stehen die Ruinen der Abtei Disibodenberg noch, und das Kloster St. Hildegard zu Eibingen ist auch heute eine florierende Benediktinerinnen-Abtei.

Mit Genehmigung der heiligen Kongregation wird der 17. September, der Todestag der heiligen Hildegard, in allen katholischen Bistümern in Deutschland gefeiert.

# *Bibliographie*


### *Einige Neuerscheinungen zum Hildegardjahr 1998*

Mechthild Heieck (Hg.), *Hildegard von Bingen. Das Buch vom Wirken Gottes,* Augsburg 1998 (Neuübersetzung von *Mensch und Welt*).

Michael Klaper, *Hildegard von Bingen, Lieder: Faksimile Riesencodex der Hessischen Landesbibliothek Wiesbaden* 1998.

Lieselotte Saurma-Jeltsch, *Die Miniaturen im »Liber Scivias« der Hildegard von Bingen,* Wiesbaden 1998.

Walburga Storch (Hg.), *Gebete der Hildegard von Bingen,* Mainz 1998.

### *Zur deutschen Übersetzung hinzugezogene Werke*

Maura Böckler (Hg.), Hildegard von Bingen, *Wisse die Wege. Scivias,* Salzburg 1954.

Adelgundis Führkötter OSB (Hg.), Hildegard von Bingen, *Briefwechsel.* Nach den ältesten Handschriften übersetzt und nach den Quellen erläutert, Otto Müller Verlag, Salzburg 1965, S. 27.

dies., *Das Leben der heiligen Hildegard* (verfaßt von den Mönchen Gottfried und Theoderich), Düsseldorf 1968, S. 45–120, oder Salzburg 1980.

Helene M. Kastinger Riley, *Hildegard von Bingen,* Hamburg 1997.

Régine Pernoud, *Hildegard von Bingen. Ihre Welt. Ihr Wirken. Ihre Vision,* Freiburg u. a. 1994.

Ingrid Riedel, *Hildegard von Bingen. Prophetin der kosmischen Weisheit,* Stuttgart 1994.

Heinrich Schipperges (Hg.), *Hildegard von Bingen, Welt und Mensch. Das Buch »De operatione dei«,* Salzburg 1965.

ders., *Hildegard von Bingen. Der Mensch in der Verantwortung. Das Buch der Lebensverdienste (Liber vitae meritorum),* Salzburg 1972.

Lambert Schneider (Hg.), *Hildegard von Bingen, Symphonia. Gedichte und Gesänge,* Gerlingen 1995.